# GUERRA & PAZ

TEXTO ADAPTADO

# LIEV TOLSTÓI

Adaptação e tradução
Robson Ortlibas

TEXTO ADAPTADO

Esta é uma publicação Principis, selo exclusivo da Ciranda Cultural
© 2020 Ciranda Cultural Editora e Distribuidora Ltda.

Adaptado do original em russo
Война и мир

Texto
Liev Tolstói

Adaptação e tradução
Robson Ortlibas

Preparação e texto sobre as personagens
Yuri Martins de Oliveira

Revisão
Vânia Valente
Agnaldo Alves

Produção editorial e projeto gráfico
Ciranda Cultural

Imagens
paseven/Shutterstock.com;
AkimD/Shutterstock.com;
BVA/Shutterstock.com;
Ella Hanochi/Shutterstock.com

**Dados Internacionais de Catalogação na Publicação (CIP) de acordo com ISBD**

T654g Tolstói, Liév, 1828-1910

    Guerra e Paz / Liév Tolstói ; traduzido por Robson Ortlibas. -
Jandira, SP : Principis, 2020.
    368 p. ; 15,5cm x 22,6 cm.–(Literatura Clássica Mundial)

    Tradução de: Война и мир
    Inclui índice.
    ISBN: 978-65-5552-079-8

    1. Literatura russa. 2. Romance. I. Ortlibas, Robson. II. Título. III.
Série.

                   CDD 891.73
2020-1442            CDU 821.161.1-3

**Elaborado por Vagner Rodolfo da Silva - CRB-8/9410**

**Índice para catálogo sistemático:**
1. Literatura russa : Romance 891.73
2. Literatura russa : Romance 821.161.1-3

1ª edição revista em 2021
www.cirandacultural.com.br
Todos os direitos reservados.
Nenhuma parte desta publicação pode ser reproduzida, arquivada em sistema de busca ou transmitida por qualquer meio, seja ele eletrônico, fotocópia, gravação ou outros, sem prévia autorização do detentor dos direitos, e não pode circular encadernada ou encapada de maneira distinta
daquela em que foi publicada, ou sem que as mesmas condições sejam impostas aos compradores
subsequentes.

# SUMÁRIO

**Livro Um**
**Volume 1** ....................................................................7
Primeira parte .................................................................8
Segunda parte ............................................................. 41
Terceira parte ............................................................. 68

**Volume 2** ................................................................ 99
Primeira parte ........................................................... 100
Segunda parte ........................................................... 115
Terceira parte ........................................................... 135
Quarta parte.............................................................. 155
Quinta parte.............................................................. 168

**Livro Dois**
**Volume 3** ............................................................... 189
Primeira parte ........................................................... 190
Segunda parte ........................................................... 213
Terceira parte ........................................................... 250

**Volume 4** ............................................................... 279
Primeira parte ........................................................... 280
Segunda parte ........................................................... 296
Terceira parte ........................................................... 310
Quarta parte.............................................................. 323

**Epílogo** ................................................................. 339
Primeira parte ........................................................... 340
Segunda parte ........................................................... 356

# LIVRO UM

## Volume 1

# Primeira parte

## CAPÍTULO 1

Em julho de 1805, Anna Pávlovna Scherer, dama de companhia da imperatriz Maria Fiódorovna, encontrando-se com o príncipe Vassíli, disse-lhe que não aceitaria outra afirmação que não fosse a de que haveria uma guerra contra Napoleão Bonaparte, o qual ela considerava um anticristo. Apesar de estar gripada, Anna Pávlovna preparara alguns bilhetinhos convidando a sociedade de Petersburgo para uma reunião em sua casa naquela mesma noite. Ela havia convidado o príncipe Vassíli, que dissera não ter certeza se iria, pois haveria uma festa na casa do embaixador.

Anna Pávlovna fez algumas perguntas sobre política, e o príncipe Vassíli disse que Bonaparte estava avançando com os navios, assim como a Rússia.

O príncipe Vassíli sempre falava de forma arrastada; já Anna Pávlovna falava sempre com animação. Ela se exaltou durante a conversa sobre política, pois ficara irritada que a Áustria, segundo sua opinião, estivesse traindo a Rússia, e afirmou que o imperador russo iria salvar a Europa.

Anna Pávlovna anunciou ao amigo que convidara o visconde de Mortemart e o abade Morio para sua reunião. Este último já havia sido recebido uma vez pelo próprio imperador.

O príncipe Vassíli queria indicar o filho para o cargo de primeiro-secretário em Viena, mas parecia que a imperatriz havia indicado o barão Funke. Anna Pávlovna evitou fazer julgamentos ou comentar sobre os desejos da imperatriz e limitou-se a confirmar a suspeita do amigo. Vendo que ele ficara triste, mudou de assunto e tentou consolá-lo, falando no quanto a sociedade gostava de sua filha, mas observou que ele não valorizava os outros dois filhos homens. Diante de tal observação, o príncipe Vassíli disse que não nascera para a paternidade. Anna Pávlovna não lhe deu muita atenção e mudou de assunto, dizendo que seu filho, Anatole, era motivo de fofocas entre a sociedade e também na corte. O príncipe Vassíli fechou a cara e disse que fazia tudo pelos filhos homens, mas eram dois imbecis.

– Então por que o senhor teve filhos? Se o senhor não fosse pai, eu não teria de dizer-lhe tais coisas – disse Anna Pávlovna.

– Meus filhos são o entrave da minha vida. Esta é a minha cruz. O que fazer? – ele se calou, como se aceitasse seu destino.

Anna Pávlovna aproveitou o assunto para sugerir que casasse Anatole com a princesa Mária Bolkónskaia; tudo o que o príncipe Vassíli queria saber é se ela era rica.

– O pai é rico e avarento. Vive no campo. É o famoso príncipe Bolkónski, o senhor sabe, aquele apelidado de rei prussiano. Ela tem um irmão, ajudante de ordens de Kutúzov. Ele virá hoje aqui.

– Escute, querida Anna, arranje este casamento e serei sempre seu fiel escravo. Ela é de boa família e rica. É tudo o que eu preciso – disse o príncipe.

– Falarei agora com a esposa do jovem Bolkónski. Talvez dê certo – disse Anna Pávlovna.

# CAPÍTULO 2

A sala de estar de Anna Pávlovna começou a encher. Toda a nobreza de Petersburgo estava ali, pessoas de todos os tipos e idades. Liza, a jovem esposa do príncipe Bolkónski, conhecida como a "mulher mais sedutora de Petersburgo", foi uma das primeiras a chegar. Estava grávida e frequentava apenas pequenas reuniões. Vieram também o príncipe Hippolyte, um dos filhos do príncipe Vassíli, com Mortemart, o abade Morio, entre outros. A filha do príncipe Vassíli, Hélène, também veio, mas para buscá-lo para a festa do embaixador.

Anna Pávlovna fazia questão de apresentar a todos sua tia, uma velha pequenina, que ela observava o tempo todo. Todos seguiam aquele ritual de cumprimentar a tia desconhecida, mesmo contra a vontade. Anna Pávlovna acompanhava todos até a tia. Cumprimentavam-na rapidamente e, da mesma forma, afastavam-se, para não mais retornar durante toda a noite.

A jovem princesa Bolkónskaia, mesmo com o lábio superior curto, que mostrava os dentes e um imperceptível buço, esbanjava beleza, justamente por tais pequenas imperfeições. Todos olhavam enlevados para a futura mamãe. Eles se sentiam mais leves e menos entediados ao ter um momento de conversa com ela. A jovem princesa contornou a mesa de forma graciosa, com sua bolsinha e seu vestido esvoaçante, sentou-se no sofá ao lado do samovar de prata. Era como se tudo o que ela fizesse causasse-lhe algum prazer.

– Anna, a senhora me disse que era uma pequena reunião, não estou bem-vestida para uma festa – disse ela, mostrando seu vestido à anfitriã.

– Liza, você sempre será a mais bonita – respondeu Anna Pávlovna.

Em seguida, entrou um jovem grande e gordo, de óculos, trajando roupas da moda. Era o filho ilegítimo de um famoso nobre, o conde Bezúkhov, que estava doente em Moscou. Ele ainda não servia o exército, acabara de chegar do exterior. Anna Pávlovna cumprimentou-o sem muita reverência. Apesar do desdém, a presença de Pierre deixava Anna Pávlovna ansiosa e com medo, por causa de sua grande aparência física.

Pierre cumprimentou Anna Pávlovna e aproximou-se da tia. Ele mal terminou de ouvir o que ela tinha a lhe dizer e se afastou. Anna Pávlovna intercedeu:

– O senhor conhece o abade Morio? É uma pessoa interessante...

– Sim, já ouvi falar de seu plano de paz eterna, mas não acredito – disse Pierre.

Anna Pávlovna já ia retornando para os outros convidados, mas Pierre chamou a atenção para si e tentou continuar a conversa, tentando explicar o motivo de não acreditar no plano do abade Morio. Anna Pávlovna não deu atenção, sorriu e deu-lhe as costas. Seguiu cuidando de seus convidados, para que as conversas entre eles não enfraquecessem. Ela cuidava da festa como um proprietário de uma oficina de fiação, cuidando para que cada máquina funcionasse perfeitamente e, caso não funcionasse, ia correndo até ela para fazê-la funcionar novamente. Por causa disso, seu temor por Pierre ainda era visível.

Ela o vigiaria de perto durante toda a noite. Para Pierre, era tudo novidade, era sua primeira noite de festa na Rússia. Ele sabia que ali estavam todos os intelectuais de Petersburgo e precisava absorver todo conhecimento reunido naquela casa. Não queria perder uma única conversa sequer. Até que ele se aproximou de Morio. O assunto parecia-lhe interessante, ficou prestando atenção, até conseguir entrar na conversa.

# CAPÍTULO 3

A noite de Anna Pávlovna havia enfim começado. As conversas fluíam de todos os lados. Além da tia, perto da qual sentava-se uma senhora bastante idosa, de aparência desgastada, formaram-se três grupos de conversas. Um era constituído apenas por homens, tendo o abade como centro; o outro, formado por jovens moças, contava com as princesas Hélène e Liza; e o último era o grupo de Mortemart e Anna Pávlovna.

O visconde era um homem bonito, considerava-se uma celebridade, mas sua humildade fazia com que se adequasse à sociedade em que vivia. Anna Pávlovna fazia questão de mostrá-lo a todos os convidados. Em sua roda, Mortemart falava da execução do duque d'Enghien.

– Ah, sim! Conte-nos tudo, visconde! – disse Anna Pávlovna, fazendo uma roda de pessoas em torno do visconde.

Ela contou que o visconde era conhecido do duque e um bom contador de histórias. E assim o visconde foi apresentado à sociedade, sob a luz de sua anfitriã.

Hélène sorriu e saiu rapidamente do grupo de jovens. Foi diretamente para a mesa de Anna Pávlovna, exibindo toda a sua beleza, para ouvir a história de Mortemart. Ela era tão bela que ficava tímida por exibir tamanha beleza. A jovem princesa sentou-se à mesa, aguardando a história do visconde. A princesa Liza foi atrás de Hélène e também se sentou à mesa.

O visconde contou a história de como o duque d'Enghien e Napoleão se encontravam com a mesma mulher, *mademoiselle* Georges[1], de Paris. Certa vez, os dois se encontraram e Napoleão desmaiou. O duque, porém, nada fizera ao imperador. Mesmo assim, no dia seguinte, o imperador determinou sua execução. A história era muito interessante e as mulheres pareciam bastante animadas.

Mortemart continuou a história, mas Anna Pávlovna estava preocupada com Pierre, que já estava conversando em voz alta com o abade. Eles conversavam sobre política. Ambos estavam entusiasmados com a conversa. Anna Pávlovna, por sua vez, estava incomodada com o rumo da conversa. O abade falava que a Rússia deveria se unir à Europa para salvar o mundo. Pierre era contrário a essa ideia e começara a contra-argumentar, quando Anna Pávlovna aproximou-se, olhou para Pierre e mudou logo o assunto, levando o abade e Pierre até o círculo principal da reunião.

---

1 Marguerite Georges (1787-1867), uma das atrizes mais famosas do começo do século XIX. Além de seu sucesso nos palcos, ficou conhecida por seus inúmeros romances, muitos deles com homens poderosos como Napoleão Bonaparte e o imperador Alexandre I. (N.E.)

Neste momento, alguém entrou na sala de estar. Era o jovem príncipe Andrei Bolkónski, marido da princesa Liza. O príncipe era de baixa estatura, muito bonito, porém de comportamento caracteristicamente seco. Sua aparência demonstrava o oposto de sua bela esposa: parecia cansado e tinha o andar preguiçoso. Aparentemente, conhecia todos e estava cansado de ouvi-los e até de olhar para eles. Parecia ainda mais cansado de sua bela esposa. Assim que a viu, fez uma careta e virou as costas. Beijou a mão de Anna Pávlovna e deu uma olhada a seu redor.

– O senhor está indo para a guerra? – perguntou Anna Pávlovna.

– O general Kutúzov aceitou-me como ajudante – respondeu Bolkónski.

– E Liza?

– Irá para o campo.

A princesa Liza tentou falar algo para o marido, mas ele novamente lhe deu as costas. Pierre aproximou-se dele e pegou sua mão. O príncipe Andrei ficou surpreso com a presença de Pierre e deu um sorriso.

O príncipe Vassíli e sua filha levantaram-se e desculparam-se com o visconde e com Anna Pávlovna por não poderem ficar mais na festa, por causa do compromisso com o embaixador. Pierre não tirava os olhos da filha do príncipe Vassíli, impressionado com sua beleza.

O príncipe Vassíli pegou Pierre pela mão e o levou até Anna Pávlovna e pediu que ela olhasse por ele e o introduzisse à sociedade. Anna Pávlovna sorriu e prometeu cuidar de Pierre.

# CAPÍTULO 4

Assim que o príncipe Vassíli saiu, a senhora idosa levantou-se e correu como podia até ele.

– O que o senhor me diz, príncipe, sobre o meu Boris? Eu não posso mais ficar em Petersburgo. O que direi ao meu pobre menino? – disse a senhora.

Apesar da impaciência do príncipe Vassíli em ouvir a senhora, ela sorria carinhosamente para ele, segurando-lhe pela mão.

– Peça ao soberano para que transfira Boris para a guarda – pediu a senhora.

– Acredite, eu farei o que for possível, princesa, mas seria melhor que pedisse a Rumiántsev, por meio do príncipe Golítsin – disse Vassíli.

A senhora era a princesa Drubétskaia. Ela queria um lugar para seu filho na guarda e fora até a festa de Anna Pávlovna especialmente para encontrar o príncipe Vassíli.

– Príncipe, eu nunca lhe pedi nada e jamais iria lembrá-lo de sua amizade com o meu pai. Mas agora, peço-lhe que faça este favor para o meu filho. Seja bondoso, como antes – disse ela.

Neste momento, Hélène chamou pelo pai, dizendo que iriam se atrasar. O príncipe sabia que não podia pedir favores em nome de outras pessoas, pois quando precisasse para si mesmo, não teria mais para quem pedir, mas sentiu um peso na consciência diante da princesa Drubétskaia, que o lembrara de que ele devia favores a seu pai. E viu também que ela não desistiria de um desejo do filho. Essa ponderação o fez repensar sua resposta.

– Querida Anna Mikháilovna, não posso fazer muito, mas tentarei, em consideração à senhora e a seu falecido pai. Seu filho será transferido para a guarda. Dou a minha palavra – disse ele, já querendo ir embora.

– Espere, mais duas palavras. Quando ele for transferido... o senhor é próximo do Mikhail Illariónovitch Kutúzov[2], recomende o Boris como seu ajudante.

– Não posso prometer. A senhora sabe que Kutúzov é o comandante-chefe. Ele já não aguenta mais tantos pedidos de mães desesperadas – disse o príncipe Vassíli, sorrindo.

– Prometa-me, meu benfeitor!

Outra vez, Hélène chamou o pai para ir embora.

– Bem, até mais. Adeus.

– Então o senhor falará com o soberano?

– Certamente, mas quanto ao Kutúzov não prometo.

Assim que Vassíli partiu, ela voltou a seu estado normal, com o rosto triste. Retornou ao círculo do visconde, fingindo prestar atenção à história, mas já pensando em partir dali.

– Mas como o senhor vê toda essa comédia da coroação de Milão? Essa comédia dos povos de Gênova e Luca, que acabam de coroar Bonaparte? Ele

---

2   Mikhail Illariónovitch Kutúzov (1745-1813), comandante-chefe do exército russo, foi o principal militar a resistir aos avanços de Napoleão. Tendo ingressado no exército muito jovem, era um dos militares mais experientes e respeitados da Rússia, o que não impediu que muitas de suas decisões fossem duramente criticadas ao longo das invasões napoleônicas. Kutúzov preferia evitar o confronto sempre que possível e foi o principal opositor à ideia de continuar a guerra depois de os franceses terem deixado a Rússia, entre 1812 e 1813. (N.E.)

sentou-se no trono e recebeu os votos das nações! Adorável! Mas é uma loucura! O mundo enlouqueceu – dizia Anna Pávlovna.

– "Deus deu-me a coroa, ai de quem a tocar" – disse Andrei, repetindo as palavras de Bonaparte, com um sorriso.

– Espero que seja a última gota que fará transbordar o copo. Os governantes não podem mais suportar esse homem – disse Anna Pávlovna.

E assim a discussão seguiu. Pierre intrometeu-se na conversa com o visconde, defendendo as ações de Bonaparte, o que deixou todos espantados. Anna Pávlovna tentou interceder por diversas vezes, mas foi inútil. Somente depois de o príncipe Hippolyte começar a contar uma piada é que todos pararam de discutir e passaram a conversar sobre outros assuntos.

# CAPÍTULO 5

Após agradecerem a Anna Pávlovna pela noite agradável, os convidados começaram a ir embora.

Pierre era muito desajeitado, muito alto, gordo e largo, não sabia dizer algo agradável, nem quando entrava no salão e muito menos quando saía dele. Mas tudo isso era compensado pela sua simplicidade, bondade e modéstia. Anna Pávlovna, ao despedir-se dele, disse que esperava vê-lo mais vezes e que ele mudasse de ideia quanto a Napoleão. Indiferente, Pierre apenas ouviu e nada respondeu.

O príncipe Andrei foi para o vestíbulo com seu lacaio e ouvia, com indiferença, a conversa de sua esposa com o príncipe Hippolyte, que estava bastante próximo dela, fitando-a atentamente.

– Vá, Anna, a senhora vai adoecer – disse a jovem princesa, despedindo-se de Anna Pávlovna.

Anna Pávlovna conseguiu falar com Liza sobre o arranjo de Anatole Kuráguin com sua cunhada, a princesa Mária Bolkónskaia.

– Confio na senhora, escreva para ela e conte-me o que seu sogro acha da ideia. Adeus!

O príncipe Hippolyte aproximou-se da jovem princesa e sussurrou-lhe algo.

Os dois lacaios, do príncipe e da princesa, esperavam a conversa terminar, fingindo que entendiam o francês falado por eles. A princesa, como sempre, falava e ouvia sorrindo.

– Fico feliz por não ter ido à festa do embaixador, seria uma maçada – disse o príncipe Hippolyte.

– Dizem que os bailes são ótimos e frequentados por belas mulheres – comentou a princesa.

– Não todas, pois a senhora não estará lá – respondeu o príncipe Hippolyte que, ao vestir o xale na princesa, não tirou as mãos de seus ombros, parecendo que a estava abraçando.

Ela recuou e olhou para o marido, mas este estava de olhos fechados, cochilando. A princesa e seu marido subiram na carruagem, com o príncipe Hippolyte ainda os atrapalhando.

– Estou esperando por você, Pierre – disse o príncipe Andrei ao amigo.

O príncipe Hippolyte ficou esperando o visconde, o qual prometera levar para casa.

– Meu querido, sua pequena princesa é muito charmosa, e muito francesa. Saiba que esse ar inocente é um perigo – disse o visconde ao príncipe Hippolyte.

Pierre chegou antes do príncipe Andrei em sua casa. Foi até o escritório, pegou um livro e deitou-se no sofá para lê-lo.

– O que você fez com a senhora Scherer? Ela deve estar ainda mais doente – disse o príncipe Andrei.

– Nada. O abade é muito interessante, só que não entende nada do assunto. A paz eterna não é possível – disse Pierre, sorrindo.

– Bem, você decidiu o que fazer? Será cavaleiro da guarda ou diplomata? – perguntou o príncipe Andrei, mudando de assunto.

– Ainda não me decidi. Não gosto nem de um nem de outro.

– Mas precisa decidir. Seu pai espera uma decisão.

Quando Pierre retornou do exterior, seu pai o enviou a Petersburgo para escolher algo para fazer. Deu-lhe dinheiro e uma carta ao príncipe Vassíli. Passaram-se três meses e Pierre ainda não se decidira por nada. Era disso que o príncipe Andrei falava.

– Você esteve na guarda? – perguntou o príncipe Andrei.

– Não, não estive. Mas estive pensando: a guerra é contra Napoleão, se fosse pela liberdade, eu seria o primeiro a servir. Mas ajudar a Inglaterra e a Áustria contra alguém magnânimo como Napoleão, não irei.

# CAPÍTULO 6

A princesa Liza entrou no cômodo onde estavam o príncipe Andrei e o Pierre.

– Eu não entendo o motivo de seu marido querer ir para a guerra – disse Pierre à princesa.

As palavras de Pierre entusiasmaram a princesa.

– Concordo! Por que os homens não podem viver sem guerra? Eu disse a Andrei que aqui ele tem um bom cargo, todos o respeitam. O que acha? – disse a princesa.

Pierre percebeu que a conversa incomodava Andrei e nada respondeu. Ao invés disso, perguntou ao príncipe Andrei quando partiria para a guerra. Esta pergunta desencadeou na princesa Liza o desespero de ficar sozinha no campo com o sogro e a cunhada, até que entrou no assunto principal:

– Você mudou demais, Andrei. Antes você não era assim comigo.

– O médico disse que você precisa descansar. Você deveria ir dormir – disse Andrei.

A princesa Liza ainda insistiu em querer saber o motivo pelo qual seu marido estava tão estranho com ela, como se a rejeitasse. Neste momento, Pierre tentou tranquilizar a jovem princesa e depois insinuou que iria embora. O príncipe Andrei não permitiu e disse que a princesa não iria estragar a noite dos dois amigos. Liza despediu-se do marido e de Pierre e saiu do escritório. Após a saída de Liza, os dois amigos foram para a sala de jantar.

Durante o jantar, Andrei aconselhou o amigo a nunca se casar, pois o casamento acabava com o sonho e com a vida de um homem. No início, era só paixão, mas depois começava o tormento. Aconselhou que se casasse quando já estivesse velho e imprestável. Pierre não levou muito em consideração os conselhos do príncipe Andrei. Ele julgava que seu amigo tinha de tudo na vida, mal podia crer naquelas palavras sobre seu casamento.

– Eu sou um homem acabado! Fale-me um pouco de você! – disse o príncipe Andrei.

– Falar de mim? Bem, eu sou um bastardo! Sem nome, sem posses. Eu nem sei o que fazer da vida, gostaria de alguns conselhos de você! – disse Pierre.

– Você está bem. Escolha aquilo que você desejar. Aconselho só que deixe de ir à casa de Kuráguin. Todas essas bebedeiras, o governo, e tudo mais...

– O que fazer, meu amigo, são as mulheres! – disse Pierre.

Já na rua, de madrugada, depois de sair da casa do amigo, Pierre pensou em visitar Kuráguin, mas lembrou das palavras de Andrei. No entanto, acabou decidindo ir para aproveitar a noite da forma que ele gostava. Chegou à varanda da casa e encontrou a porta aberta. Entrou e sentiu o cheiro forte de vinho. Ao fundo, ouvia-se gritos e o rugido de um urso. Na janela estava Dólokhov, apostando que conseguiria ficar sentado no parapeito da janela, sem se segurar, enquanto bebia uma garrafa inteira de rum. O dono da casa pediu mais uma garrafa e cumprimentou Pierre. Ao fundo, ouvia-se a voz de Dólokhov, chamando Pierre para fazer sua aposta.

Anatole passou uma garrafa para Pierre e o fez tomá-la inteira, enquanto contava da aposta de Dólokhov com o inglês Stevenson. Dólokhov tinha uns 25 anos, era de estatura média, vivia com Anatole, e era um oficial do regimento de Semiónov. Não era uma pessoa de posses, nem tinha bons contatos na sociedade. Apesar disso, as pessoas o respeitavam mais do que a Anatole, dono da casa. Ele sempre vencia todos em qualquer jogo e conseguia beber e nunca perder a consciência.

Trouxeram-lhe a garrafa de rum, ele se sentou na janela e apostou com o inglês cinquenta imperiais. Repetiu novamente os termos da aposta e todos concordaram. Um dos lacaios tentou impedir a loucura de Dólokhov, mas foi repreendido por Anatole. O oficial ainda disse que apostaria cem imperiais, caso alguém mais fizesse como ele. Um jovem hussardo[3] subiu na janela, olhou para baixo e desistiu. Dólokhov estava pronto para cumprir a aposta. Pôs-se a beber a garrafa de rum, sentado na janela do terceiro andar e sem se segurar nos batentes. Todos foram até a janela para assistir. Um dos lacaios não tirava os olhos da janela. Alguns não quiseram nem olhar, por medo. Pierre cobriu o rosto com as mãos para não ver aquela cena. Todos ficaram em silêncio. Pierre tirou as mãos do rosto. A cabeça de Dólokhov inclinava cada vez mais, conforme virava a garrafa de rum e bebia. As mãos tremiam. Pierre já não conseguia mais olhar. O corpo de Dólokhov tremia ainda mais. Pierre não abria os olhos, mas sentia que tudo a seu redor girava e então decidiu abrir os olhos e ver o que estava acontecendo. Dólokhov já estava de pé na janela, com seu rosto pálido e alegre, dizendo que a garrafa estava vazia.

---

3    Classe de cavalaria dos exércitos eslavos. (N.E.)

Pierre decidiu ir para a janela e também apostar. Anatole resolveu enganar Pierre, dizendo que apostaria no dia seguinte e que, naquela noite, o levaria para outro lugar. Pierre concordou e disse:

– Vamos! E levaremos o urso conosco.

# CAPÍTULO 7

O príncipe Vassíli cumpriu sua promessa para a princesa Drubétskaia e indicou seu filho, Boris, para a guarda do regimento de Semiónov como sargento-mor. O cargo de ajudante de ordens não foi possível. Sendo assim, a princesa Drubétskaia retornou a Moscou, para visitar o filho, que vivia na casa de um parente rico, o conde Iliá Rostov.

Na casa dos Rostov comemorava-se o dia do santo de duas Natálias, mãe e filha. A condessa e a filha recebiam os convidados na sala de visitas, enquanto o conde conduzia os convidados para a sala de jantar.

A esposa do conde Rostov completava 45 anos, mas tinha o rosto cansado, talvez por causa dos doze filhos que trouxera ao mundo. A princesa Drubétskaia, como era da casa, auxiliava mãe e filha na recepção dos convidados. Os jovens estavam em outra sala, não faziam questão de receber as visitas.

O conde cuidava de tudo com muita precisão: chamava todos os convidados para o jantar, cuidava pessoalmente da inspeção da enorme mesa posta com oitenta talheres. Para auxiliá-lo, contava com um mordomo, Dmitri Vassílievitch, que cuidava de todos os seus negócios. Foi anunciada a chegada de Mária Lvóvna Karáguina e sua filha Julie. A condessa já estava cansada e disse que seriam as últimas visitas que receberia.

O assunto principal à mesa era a doença do conde Bezúkhov, pai de Pierre, um velho muito rico e belo nos tempos da imperatriz Catarina II[4]. Segundo as conversas, o conde tinha muitos filhos ilegítimos, mas o príncipe Vassíli seria seu herdeiro direto de toda a sua herança. No entanto, Pierre era seu preferido e talvez deixasse toda a sua herança para ele quando morresse. Todos sentiam pena de Bezúkhov, por considerarem Pierre uma vergonha para o

---

4    Catarina II (1729-1796), imperatriz da Rússia entre 1762 e 1796. Alemã de nascimento, Catarina tornou-se imperatriz depois de tramar um golpe de Estado, apoiado pelo exército, contra seu marido, o tsar Pedro III (1728-1762), que morreu em circunstâncias suspeitas. Conhecida como uma das déspotas esclarecidas, seu reinado foi marcado pela expansão do território, por muitas reformas políticas e uma maior abertura ao Ocidente, especialmente à França. (N.E.)

conde, dadas as más companhias que ele escolhera. Afinal, Pierre, Anatole e Dólokhov foram punidos pela bagunça que fizeram na noite em que saíram com o urso pela cidade. Os três entraram na casa de umas atrizes com o urso, a polícia interveio e os três amarraram o inspetor de costas com o urso e os jogaram no rio. Como punição, Dólokhov fora rebaixado no exército, Pierre e Anatole, banidos de São Petersburgo. As visitas associaram o comportamento de Pierre à sua educação no exterior.

# CAPÍTULO 8

Houve um momento de silêncio absoluto. A condessa olhou para as visitas e sorriu, mas aquele sorriso não escondia sua indiferença, caso as visitas fossem embora. A filha de Mária Lvóvna já se preparava para levantar-se, quando ouviram ruídos de passos na sala vizinha. De repente, entrou na sala uma menina de 13 anos, que parecia surpresa por ter chegado até ali. Logo atrás dela, na porta, apareceram um jovem da guarda, um estudante, uma menina de 15 anos e um menino gordo, vestindo um casaco.

O conde abraçou a filha mais nova. Em seguida, apresentou a outra aniversariante às visitas: aquela era Natacha, uma menina de olhos negros, um tanto feia, mas muito viva. Um tanto a contragosto, a menina mostrou sua boneca a uma das visitas e esta sentiu-se na obrigação de interagir.

– Diga, minha querida, essa é sua filhinha? – perguntou, indicando a boneca.

Natacha não gostou do tom condescendente da visita e fez um ar sério e não respondeu.

Enquanto isso, todos os jovens entraram na sala: Boris, o oficial e filho de Anna Mikháilovna; Nikolai, estudante e filho mais velho do conde; Sófia, a sobrinha de 15 anos do conde, e o pequeno Petrucha, o filho mais jovem. Todos eles ficaram na sala e tentaram se comportar, na medida do possível. Claramente aquela sala estava mais animada do que a outra, onde eles estavam antes, ouvindo da condessa Apráksina uma conversa enfadonha sobre o clima. Eles não aguentaram mais e fugiram correndo de lá.

# CAPÍTULO 9

Dos jovens, permaneceram na sala apenas a filha mais velha da condessa, a filha da visita, Nikolai e a sobrinha Sônia. Sônia ainda era uma menina, mas já se notava que se tornaria uma bela mulher. Ela considerava de bom tom exibir seu belo sorriso, enquanto os outros conversavam, mas olhava apaixonadamente para seu primo, que estava de partida para o exército. Ela estava ansiosa para poder ter um momento a sós com ele assim que conseguissem sair daquela sala, a exemplo de Boris e Natacha.

O conde apontou para Nikolai e falou para a visita que seu filho ia para o regimento dos hussardos para não abandonar seu amigo Boris.

– Não é por amizade, sinto o chamado do serviço militar – disse Nikolai.

As duas meninas olhavam para ele, sorrindo.

– Hoje virá Schubert, comandante do regimento dos hussardos de Pávlograd. Ele levará Nikolai com ele – disse o conde.

Julie Karáguina começou a conversar com o jovem Rostov.

– Que pena que o senhor não foi na quarta-feira à casa dos Arkhárov. Estava tão sem graça sem o senhor lá.

O jovem deu um sorriso e pôs-se a conversar com Julie em separado, não notando todo o ciúme de Sônia, que não suportou aquela situação e saiu da sala, acabando com a animação de Nikolai. Tão logo a conversa com Julie cessou, ele saiu da sala à procura de Sônia.

– Mas que doce é sua filha mais nova! – disse Anna Mikháilovna.

– Sim, puxou ao pai. E que voz ela tem! Já está estudando canto com um professor italiano.

– Ainda não é cedo? Dizem que não é bom estudar canto quando criança.

– De forma alguma! Nossas mães não se casaram com 12 ou 13 anos? – disse o conde.

Anna Mikháilovna disse que a menina estava apaixonada pelo filho dela, e a condessa interrompeu, dizendo que a filha lhe contava tudo, e assim faria, caso tivesse algo com Boris.

– Talvez eu a tenha mimado demais, fui mais severa com a mais velha – completou a condessa.

A filha mais velha, Vera, permaneceu calada e séria.

– Mas ainda assim, a mais velha se saiu uma bela filha – disse o conde, olhando com aprovação para Vera.

Os convidados se levantaram e saíram, prometendo voltar para o jantar. A condessa ficou aliviada, pois já não aguentava mais a presença das duas visitas.

# CAPÍTULO 10

Quando Natacha correu, chegou apenas até o jardim de inverno. Ela ficou ali, esperando que Boris saísse também da sala de estar. Já estava impaciente, quando ouviu os leves passos de alguém e escondeu-se entre as flores. Boris estava parado no meio do cômodo, olhando-se no espelho. Natacha observava, esperando para ver o que ele ia fazer. O jovem caminhou até a porta de saída.

Assim que Boris saiu pela outra porta, surgiu Sônia, aos prantos. Natacha continuou apenas observando. Ela sentia certo prazer em observar. Sônia sussurrou algo da porta e Nikolai saiu. Nikolai correu até Sônia, que estava cheia de ciúmes. Ele tentou acalmá-la, dizendo que era tudo imaginação, invenções da cabeça dela. Não adiantou, e ela pôs-se a chorar.

– Sônia, você é tudo para mim, vou provar a você – disse Nikolai, beijando-a.

Após esta cena, ambos saíram e Natacha pôde ir atrás de Boris.

Ela alcançou o jovem oficial e disse que precisava lhe contar algo. Boris se aproximou, Natacha não esperou mais e lançou-se em seus braços.

– Natacha, a senhorita sabe que gosto de você, mas... – disse Boris.

Natacha gostou do que ouviu, mas Boris disse que seria melhor esperar por mais quatro anos, até que eles pudessem se casar. Ela começou a pensar e contar os anos, para saber a idade que ela teria quando fosse se casar com Boris, e concordou.

– Então é assim? Será para sempre? – perguntou Natacha, radiante de felicidade.

– É assim, para sempre! – respondeu Boris, pegando-a pela mão e indo para a sala de jantar.

# CAPÍTULO 11

A condessa já estava cansada das visitas, não queria receber mais ninguém e deu ordem ao mordomo para que chamasse para o jantar apenas quem viesse parabenizar a ela e a filha. Ela queria conversar com a amiga de infância, a princesa Anna Mikháilovna, e pediu que Vera se retirasse.

Ao passar pelo sofá, Vera notou que havia dois casais sentados. Olhou e deu um sorriso de desdém. Ali estavam Sônia, Nikolai, que lhe escrevia alguns versos, Boris e Natacha. Todos se calaram com a chegada de Vera. A visão das duas jovens apaixonadas deveria ser comovente para qualquer pessoa, menos para Vera. Ela repreendeu Nikolai por pegar o tinteiro do quarto dela e tomou-o bruscamente de sua mão, em seguida repreendeu também os outros, por terem entrado correndo na sala, dizendo que era uma estupidez jovens tentarem guardar segredos dos adultos.

– Que segredos? Cada um tem o seu! Eu não me meto entre você e o Berg – disse Natacha.

– É bom não se meter mesmo! Nós não temos nada a esconder. Direi à mamãe o que você anda fazendo com o Boris – respondeu Vera.

Boris intercedeu e disse que Natacha não fazia nada de que precisasse se envergonhar com ele. Natacha acusou Vera de nunca ter amado ninguém, de não ter nem mesmo coração, mas mesmo assim flertar com Berg à vontade. Nikolai se irritou e pediu que Vera parasse com as provocações. Todos saíram da sala.

Enquanto isso, a conversa continuava na sala de estar. A condessa queixava-se das obrigações da sociedade: as idas ao clube, à casa de campo, às festas, ao teatro, aos bailes e jantares. Depois, interessou-se pela história da amiga. Como ela conseguira o cargo para o filho, sozinha, indo até Petersburgo e voltando para Moscou. Anna Mikháilovna contou que conseguia tudo com muita obstinação, que só descansava quando alcançava seus objetivos.

– Mas quem lhe ajudou com o cargo para Boris? Ele já é um oficial, enquanto Nikolai ainda é um soldado – perguntou a condessa.

Anna Mikháilovna contou que fora até o príncipe Vassíli e que ele fora muito gentil com ela e fizera tudo de bom grado. Omitiu, porém, que fora preciso passar por algumas pequenas humilhações até conseguir finalmente ser atendida pelo príncipe. Mas ela pouco se importava, fazia de tudo para seu Boris. A condessa perguntou sobre Vassíli, se ainda era um belo homem e lembrou-se de quando ele a cortejava.

– Ele continua o mesmo. O sucesso não o mudou em nada – respondeu a princesa.

Anna Mikháilovna aproveitou o ensejo e queixou-se de sua condição financeira e que precisava de quinhentos rublos para comprar o uniforme do pobre Boris. A condessa se emocionou com a história, chegaram a correr lágrimas por seu rosto. Anna Mikháilovna disse que o filho não conseguiria assumir o cargo, que ela tanto lutou para conseguir, caso não comprasse o uniforme. Ela pensava em pedir dinheiro para o conde Kirill Bezúkhov, que era padrinho de Boris. A princesa levantou-se, chamou seu filho e foram direto para a casa do conde Bezúkhov.

# CAPÍTULO 12

Enquanto estavam na carruagem da condessa Rostova, Anna Mikháilovna pediu que Boris fosse gentil e atencioso com seu padrinho, o conde Kirill Bezúkhov, pois dele dependia seu futuro. O filho sabia que podia esperar apenas humilhação daquela visita ao padrinho.

Ao chegar à casa do conde, apesar da carruagem conhecida e de os lacaios terem reconhecido mãe e filho, perguntaram quem eles vieram visitar, se as princesas ou o conde. Alertaram-na de que o conde não estava recebendo visitas, pois estava muito doente.

Anna Mikháilovna, esperta, disse que viera visitar o príncipe Vassíli, que estava na casa. Mãe e filho foram anunciados e entraram. Ao adentrarem, a porta dos aposentos do príncipe Vassíli se abriu. O príncipe foi em direção ao médico, o doutor Lorrain, que lhe anunciara que o estado de saúde do conde era grave: estava em estado terminal. Ao ver Anna Mikháilovna e seu filho, o príncipe despediu-se do médico e foi em direção a eles. O filho notou o olhar seco do príncipe em direção à mãe.

Anna Mikháilovna perguntou-lhe sobre a saúde do conde, como se não percebesse a frieza do príncipe. Vassíli estava visivelmente surpreso com a visita inesperada. Boris o cumprimentou, mas o príncipe nem sequer respondeu. Anna Mikháilovna apresentou o filho ao príncipe Vassíli, dizendo que Boris queria agradecer-lhe pessoalmente.

– Sirva bem ao exército e seja digno. Você está aqui de férias? – quis saber o príncipe.

O jovem disse que estava apenas esperando a ordem para poder assumir seu posto e que estava hospedado na casa dos Rostov. Anna Mikháilovna estava querendo saber do estado de saúde do conde Bezúkhov. Insistiu para que o príncipe permitisse sua entrada no quarto do conde. O príncipe Vassíli confirmou que o estado era grave e não concordou que ela o visse. Anna Mikháilovna tornou a insistir, dizendo querer agradecer por tudo o que o conde fizera por ela e por Boris. Ao dizer isso, apontou para o filho, anunciando-o como afilhado do conde. Ao perceber que o príncipe temia por Boris ser mais um concorrente à herança do conde, tratou de tranquilizá-lo. Fingiu preocupação a respeito da extrema-unção, dizendo ser importante para o enfermo. Viu ali uma oportunidade para intrometer-se e ter acesso ao conde, dizendo que as mulheres têm um jeito especial para tratar desses assuntos.

De repente, saiu uma das princesas, sobrinha do conde, com um olhar frio e triste. Ela informou ao príncipe Vassíli que o estado do tio não melhorara. Aproveitou para reclamar do barulho, insinuando que Anna Mikháilovna estava incomodando. A jovem princesa não disse mais nada, nem mesmo sorriu, e saiu imediatamente. Anna Mikháilovna já havia se instalado no sofá e convidou o príncipe Vassíli para sentar-se a seu lado. Sugeriu que seu filho fosse ao quarto de Pierre, para convidá-lo ao jantar na casa dos Rostov. O príncipe Vassíli gostou da ideia, pois não aguentava mais a presença de Pierre.

# CAPÍTULO 13

Pierre não teve tempo de escolher uma carreira em Petersburgo. Foi expulso da cidade por perturbação da ordem. Chegara fazia poucos dias e estava na casa de seu pai. Tal história já era conhecida nas rodas de conversas de Moscou. Quando retornou, foi diretamente para o quarto de seu pai. Ali estavam as princesas, costurando e lendo livro. A mais velha, aquela que encontrou a princesa Anna Mikháilovna, também estava lá. Todas olhavam para ele, segurando um sorriso sarcástico. Mas fingiam estar ocupadas com seus afazeres, desviando o olhar da figura de Pierre.

Quando Pierre perguntou à princesa da saúde do pai, ela responde que ia mal, em grande parte, por culpa dele. Quando ele insinua querer vê-lo, é impedido pela prima, com a desculpa de que aquilo poderia matá-lo de desgosto. Pierre desistiu e foi para seu quarto. E de lá praticamente não saía.

No dia seguinte, o príncipe Vassíli veio ficar na casa do conde e disse a Pierre que seria melhor que o conde não recebesse visitas. Quando Boris entrou no quarto de Pierre, um olhou para o outro. Pierre não reconhecia Boris e até o confundiu com o filho do conde Rostov. Os dois não se encontravam havia uns catorze anos. Após refrescar a memória de Pierre sobre quem ele era, Boris transmitiu-lhe o convite do conde Rostov para o jantar. Pierre tentou conversar sobre política com o recém-chegado, mas este nada entendia sobre o assunto, então disse:

– Moscou só fala sobre o conde e de sua saúde. Mas acredito que ele sobreviverá a todos nós.

Pierre concordou.

– Pode parecer ao senhor que eu e minha mãe viemos aqui visitá-lo com segundas intenções, mas não é assim. Não queremos nem esperamos nada de seu pai. Não queremos disputar a herança.

Boris sentiu-se aliviado por tirar todo o peso de seus ombros. Pierre ficou encantado com a forma com que Boris disse-lhe tudo, direto e claro.

– Então, o senhor irá ao jantar dos Rostov? – perguntou Boris.

– Estou muito feliz por tê-lo conhecido e espero poder conhecê-lo melhor durante o jantar – disse Pierre

O lacaio veio chamar Boris, pois a princesa já estava de saída. Já na carruagem, a princesa contou ao filho sobre a condição de seu padrinho. Ele já não podia reconhecer a ninguém. Boris perguntou à mãe sobre a relação do conde com Pierre. Ela apenas se limitou a dizer que o futuro dos dois dependia do testamento do conde.

– Mas a senhora acha que ele deixará algo para nós? – perguntou Boris.

– Meu filho, ele é tão rico e nós somos tão pobres! – respondeu a mãe.

O filho continuou achando que não havia relação alguma entre um fato e outro, e que não havia sentido em esperar alguma herança, qualquer uma que fosse.

# CAPÍTULO 14

Quando Anna Mikháilovna saiu com o filho para visitar o conde Bezúkhov, a condessa Rostova ficou sentada, sozinha, descansando. Quando ficava triste, como ficara com a história da princesa e seu filho, descontava tudo nos empregados, tratando-os grosseiramente. E desta maneira grosseira pediu que chamassem o conde, seu marido. Ele veio e, sem titubear, ela disse que precisava de muito dinheiro, de quinhentos rublos. O conde pediu a Mítia, o mordomo, que providenciasse o dinheiro naquele mesmo momento e não apenas quinhentos, mas setecentos rublos. E ainda pediu que fosse em notas novas, para sua condessa.

– Ah, o dinheiro... quantas pessoas sofrem por ele! Mas eu preciso muito deste dinheiro – lamentou a condessa.

O conde nem sequer perguntou o motivo de tamanha quantia. Quando Anna Mikháilovna retornou, o dinheiro já estava debaixo de um lenço sobre a mesa. A princesa notou que a condessa estava agitada.

– Anna, pelo amor de Deus, não negue – disse a condessa, entregando-lhe o dinheiro.

Anna Mikháilovna percebeu do que se tratava e já insinuou um abraço apertado em sua amiga.

– Aqui está, para Boris comprar seu uniforme – disse a condessa.

Ambas choraram, pela amizade de anos, porque elas eram boas pessoas e porque precisavam se preocupar com miudezas, como o dinheiro.

# CAPÍTULO 15

A condessa Rostova e sua filha já estavam com um grande número de convidados na sala de estar. O conde achava-se com os homens em seu escritório, gabando-se de sua coleção de cachimbos. Ele saía à porta e perguntava a todo instante: "Ela já chegou?". Estavam esperando a Mária Dmítrievna Akhrossímova, apelidada de "o terrível dragão". Ela era conhecida por sua aspereza e franqueza, conhecia a família do tsar, além de toda Moscou e Petersburgo, e todos a respeitavam.

No escritório era só fumaça. Falavam sobre a guerra, que já havia sido declarada por manifesto. Ninguém havia lido, mas falavam sobre ele. O conde estava sentado, provocando os interlocutores a discutirem. Um deles, o velho Chinchin, de língua felina, era primo da condessa. Ele conversava com um jovem oficial da guarda, Alfons Kárlovitch Berg. O conde estava sentado entre eles e apenas ouvia-os.

– Bem, meu honorável Alphonse Kárlitch, o senhor quer apenas obter lucros do Estado? – perguntou Chinchin.

– Não senhor, Piotr Nikoláievitch, desejo provar apenas que há mais benefícios na infantaria do que na cavalaria.

– Isso que é equilíbrio! – disse Chinchin, piscando para o conde.

O conde começou a rir e Berg não percebia que estava sendo ironizado por todos no escritório, mas adorava falar de si mesmo.

– Bem, o senhor obterá sucesso em qualquer posição, na infantaria ou na cavalaria – disse Chinchin, fazendo Berg sorrir.

Os convidados já estavam ansiosos para o início do jantar. Pierre chegou em cima da hora, sentou-se no meio da sala de estar, atrapalhando a passagem. A condessa queria fazê-lo falar, mas ele respondia apenas com monossílabos. Todos olhavam para Pierre, tentando imaginar como alguém, com uma aparência tão doce e humilde, seria capaz de amarrar um policial a um urso. A condessa olhou para Anna Mikháilovna, e ela entendeu que era um pedido para que olhasse por Pierre. A condessa levantou-se e foi para o salão.

Quando Mária Dmítrievna chegou, todos se levantaram. Ela parou diante da porta e olhou para todos ao redor.

– Parabéns à aniversariante e seus filhos – disse Mária Dmítrievna, disparando uma série de palavras ásperas aos anfitriões logo em seguida.

– Onde está o meu casaco? – resmungou ela e então, vendo Natacha, acrescentou – Você é uma menina levada, mas gosto de você.

Dizendo isso, tirou um enorme brinco de rubi da bolsa e deu-lhe de presente. A próxima "vítima" foi Pierre. Ela o chamou e disse:

– Bom garoto! O pai morrendo em casa, enquanto ele não perde uma farra. Era melhor ter ido à guerra.

Ela virou-se para o conde, que gargalhava. Foram todos para a sala de jantar, aos pares. A mesa estava praticamente dividida, em uma ponta estava o conde com os homens e, na outra, a condessa com as mulheres. Na outra estava um hussardo, amigo de Nikolai, que falava cada vez mais alto e comia demais. O conde já o tomava como exemplo para os outros convidados. Pierre pouco falava, apenas observava todos aqueles rostos novos. O conde bebia cada taça de vinho com prazer, olhando orgulhosamente para os hóspedes. Nikolai sentou-se longe de Sônia, ao lado de Julie, o que despertou novamente o ciúme da prima.

# CAPÍTULO 16

A conversa ficava cada vez mais animada no lado masculino da mesa. O comandante de regimento, Schubert, falava sobre o manifesto da declaração de guerra, que fora publicado em Petersburgo e que ele mesmo tivera a chance de ver.

– E por que devemos entrar em guerra com Bonaparte? Ele já acabou com a Áustria e podemos ser os próximos – indagou Chinchin.

Um coronel ali presente, alto, forte e patriota, sentiu-se ofendido com tais palavras.

– Por isso temos que lutar até a morte, dar até a última gota de sangue pelo imperador – disse o coronel.

– E o senhor, meu jovem? – perguntou o coronel a Nikolai.

– Concordo completamente com o senhor! Acredito que os russos devem vencer ou morrer! – respondeu Nikolai, aproveitando seu momento de bravura.

Pierre aprovava os discursos acenando com a cabeça.

– Um verdadeiro hussardo! – disse o coronel sobre Nikolai.

Mária Dmítrievna ouviu todo aquele barulho e repreendeu o coronel, pois estava falando muito alto. O conde disse-lhe que falavam sobre a guerra e que ele estava enviando um filho para a batalha. Mária Dmítrievna respondeu com aspereza e disse que enviara quatro filhos e nem por isso fazia barulho. E assim, mais uma vez, a conversa se dispersou, cada um para seu lado. De repente, Natacha levanta-se da mesa e pergunta da sobremesa. A condessa quis repreendê-la, mas não conseguiu.

Toda a atenção voltou-se para a Natacha. Sônia e Pétia tentavam esconder o riso. Mária Dmítrievna respondeu que seria sorvete, mas que a menina não poderia provar. Mas Natacha não temia a Mária Dmítrievna e todos estavam surpresos com a audácia da menina. Depois de muito insistir, Mária Dmítrievna disse que o sorvete seria de abacaxi. Satisfeita com a resposta, Natacha sentou-se novamente. O conde levantou se, beijou sua condessa, parabenizou-a e todos fizeram um brinde à condessa.

# CAPÍTULO 17

Após o jantar, todos se dividiram em várias mesas para o jogo de bóston. Os mais jovens ficaram em volta do clavicórdio e da harpa, a pedido da condessa. Julie pegou a harpa e, com todos os outros, pediu que Natacha e Nikolai cantassem algo.

– Cantar o quê? – perguntou Natacha.

– *A chave* – respondeu Nikolai.

– Bem, então vamos.

Natacha chamou Boris e perguntou por Sônia, mas ninguém sabia onde ela estava. Natacha foi atrás dela. Encontrou-a aos prantos e, mesmo sem saber o motivo, também se pôs a chorar.

– Sônia, o que houve? – perguntou Natacha.

– O Nikolai partirá dentro de uma semana. Ele me mostrou os documentos – disse Sônia.

Sônia disse que entre Boris e Natacha não havia obstáculos, mas entre ela e Nikolai havia, era o parentesco. Ela temia que Vera contasse tudo para a mamãe (ela também chamava a condessa de mãe). Caso Vera contasse, estaria tudo acabado. Natacha tentou tranquilizá-la, mas não estava conseguindo consolar a prima. Tudo indicava que Vera tinha dito algo a Sônia depois do jantar.

E, realmente, Sônia havia encontrado, sobre a mesa, os versos que Nikolai escrevera e que estavam agora em suas mãos. Vera dissera que Nikolai estava prometido para Julie e não para ela. Isso fez com que os ciúmes de Sônia aumentassem ainda mais. Natacha abraçou-a e começou a tranquilizá-la. Disse à prima que, conforme os quatro combinaram, o futuro dos dois casais seria ficar juntos e que ela e Nikolai não eram parentes próximos, mas sim primos de terceiro grau.

No salão, os jovens cantavam *A chave* em quarteto. Depois, Nikolai cantou outra canção, de improviso. Antes que terminasse, os jovens começaram a dançar. Natacha foi até Pierre e o convidou para dançar com ela. Pierre, que não sabia dançar, pediu-lhe que o ensinasse. Natacha estava feliz por dançar com alguém que esteve no exterior. Ela estava com um leque, que segurava para alguma senhora, e abanava-se enquanto conversava. A condessa, sua mãe, não gostou nada do que viu e logo chamou a atenção da filha.

Após algumas canções e peças, o conde e Mária Dmítrievna foram para o salão. O conde pediu aos músicos que tocassem *Danila Kuper*, sua preferida desde a juventude.

O conde dançava com Mária Dmítrievna, mas ela apenas mexia a cabeça, enquanto ele mexia todo o corpo com a dança. Ele dançava muito bem, Mária Dmítrievna não fazia questão de dançar. A dança ficava cada vez mais rápida.

Todos estavam atentos, observando a dança dos dois. O conde gritava para que os músicos tocassem ainda mais rápido.

– É assim que dançávamos em nosso tempo, minha querida – disse o conde. Mária Dmítrievna concordou.

# CAPÍTULO 18

Enquanto dançavam a sexta música na casa dos Rostov, o conde Bezúkhov sofria o sexto ataque. Os médicos anunciaram que já não havia muita esperança de recuperação, pediram para preparar a extrema-unção. Fabricantes de caixões já se aglomeravam no portão da casa.

O comandante-chefe foi se despedir do conde Bezúkhov. A sala de recepção estava cheia. Todos se levantaram quando o comandante-chefe saiu do quarto do conde, depois de meia hora. O príncipe Vassíli foi atrás do comandante, conversou algo em segredo e permaneceu no outro cômodo. Depois, levantou-se e foi diretamente para o quarto da princesa mais velha. A segunda princesa saía do quarto do doente e pediu ao doutor Lorrain que passasse alguma receita ao conde. Um outro médico, alemão, foi até Lorrain perguntar se o conde sobreviveria, mas Lorrain apenas sinalizou com o dedo que não e disse que não passaria daquela noite.

Enquanto isso, o príncipe Vassíli entrou no quarto da princesa Katerina.

– Ah, é o senhor, meu primo? Aconteceu algo? – perguntou a princesa.

– Nada, apenas vim falar com você sobre negócios, Katiche – disse o príncipe.

Ela se sentou de frente para o primo, como se estivesse pronta para ouvir o que ele tinha a dizer. O príncipe Vassíli explicou à princesa que ela e as três irmãs, além de sua esposa, eram herdeiras diretas do conde. Alertou para o perigo de o conde deixar toda a herança para Pierre, seu bastardo. A princesa não acreditava em tal possibilidade, visto que o conde escrevera inúmeros testamentos e, além do mais, não poderia deixar tudo para um filho ilegítimo. Então o príncipe Vassíli explicou que o conde escrevera uma carta ao imperador, para que reconhecesse Pierre como seu filho legítimo, sendo assim, ele poderia receber toda a herança sozinho. Ele sabia que tal carta havia sido escrita, mas que, talvez, não tivesse sido entregue ainda. Mas, de toda forma, o maior agravante era que o imperador já sabia da existência da carta.

30 | LIEV TOLSTÓI

O príncipe afirmou que conversara com Dmitri Onufritch, o advogado do conde, e que ele confirmara a existência dos documentos e que havia tempo de reverter a situação, pois o conde fizera tudo em um momento de ira. A princesa afirmou que sabia quem provocara aquela intriga: Anna Mikháilovna. A princesa a vira quando ela viera visitar o conde, que nunca mais havia sido o mesmo desde então.

– É isso! E por que não me disse nada antes? – disse o príncipe Vassíli.

– Os documentos estão na pasta com mosaico, debaixo do travesseiro – disse a princesa.

# CAPÍTULO 19

A carruagem que levava Pierre e Anna Mikháilovna chegou à casa do conde Bezúkhov. Assim que chegaram, Anna Mikháilovna acordou Pierre e tratou de consolá-lo. Eles entraram pela porta dos fundos. Anna Mikháilovna seguiu na frente, com passos decididos e firmes. Pierre nunca estivera naquela parte da casa e simplesmente não sabia aonde ir.

– Talvez o conde não queira me ver – disse Pierre.

Anna Mikháilovna parou para conversar com Pierre e disse-lhe que fosse um homem corajoso e que ela também estava sofrendo, pois o conde estava à beira da morte. Fez questão de dizer-lhe que ela mesma cuidaria dos interesses dele. Ao passar pelo quarto da princesa Katerina, Pierre viu o príncipe Vassíli e a princesa conversando. Parou e observou por um instante. Os dois pareceram ficar muito assustados e a princesa correu bater a porta na cara de Pierre.

– Seja homem, meu querido, cuidarei de todos os seus interesses – repetiu Anna Mikháilovna.

Ele não entendeu, mas seguiu em frente. Eles chegaram à sala de recepção, Pierre conhecia muito bem aquele ambiente. Todos olhavam para Anna Mikháilovna e Pierre. No rosto de Anna Mikháilovna via-se a consciência de que chegara o momento determinante.

– Graças a Deus que chegamos a tempo. Este é o filho do conde, trouxe-o a pedido dele – disse Anna Mikháilovna ao clérigo.

Naquele momento, todos estavam estranhamente respeitosos com Pierre, como nunca haviam sido. Ele sentia que era por causa daquele momento trágico e se conformou. Nem dois minutos após sentar-se, chegou o príncipe Vassíli, andando majestosamente.

– Coragem, meu querido. Ele pediu para chamá-lo. Está tudo bem – disse ele, afastando-se em seguida.

– Como está a saúde de...? – perguntou Pierre, sem saber se poderia chamar de conde ou de pai.

– Ele sofreu um ataque meia hora atrás.

Neste momento, Anna Mikháilovna aproximou-se de Pierre e disse:

– A bondade divina é inesgotável. A cerimônia de extrema-unção já vai começar. Venha.

Pierre entrou no quarto, todos o acompanharam; naquele momento, já não era necessário pedir permissão para entrar no quarto do conde.

# CAPÍTULO 20

Pierre conhecia bem aquele enorme quarto. Havia um imenso ícone iluminado, como faziam na igreja no momento da missa. Na frente do ícone estava uma poltrona, e ali Pierre podia avistar a figura majestosa do conde, coberto com um manto verde até a cintura. Na mão direita do conde, um lacaio apoiava uma vela acesa. Em volta da poltrona estavam os eclesiásticos, duas jovens princesas chorando e Katerina, com sua aparência severa. Anna Mikháilovna estava de pé, junto da porta. O príncipe Vassíli estava do outro lado, segurando uma vela e fazendo o sinal da cruz. Sua expressão era serena e devotada à vontade de Deus.

Atrás de todos, estavam os médicos, os lacaios e ajudantes, os homens separados das mulheres, como na igreja. Todos, em silêncio, ouviam a liturgia. A princesa mais nova ria ao olhar para Pierre, ela não podia se conter e precisou esconder-se atrás de uma coluna, para evitar os risos ao olhar para ele. No meio da cerimônia, a liturgia cessou. Anna Mikháilovna tomou a frente e chamou Lorrain, que se aproximou do doente, tomou o pulso dele e ficou pensativo. Deram algo para o doente beber e reiniciaram a cerimônia. Neste momento, o príncipe Vassíli aproximou-se da princesa mais velha e ambos foram para longe. Retornaram apenas um pouco antes de terminar a cerimônia.

Os sons do canto cessaram e o doente estava imóvel. Anna Mikháilovna decidiu que precisavam colocar o conde de volta na cama. Naquele momento, Pierre percebeu que o estado de saúde do conde era terminal. No entanto, a aparência do conde era a mesma de meses atrás, quando Pierre o vira pela última vez.

Anna Mikháilovna pegou a mão de Pierre e o trouxe até a cama do conde. Ele estava deitado, com a cabeça inclinada sobre os travesseiros. Quando Pierre aproximou-se, o conde olhou diretamente para ele e Pierre não sabia o que fazer, mas Anna Mikháilovna indicou-lhe que deveria beijar a mão do conde e sentar-se ao lado dele. Ao ser beijado, o conde não esboçou reação alguma, permaneceu olhando para o mesmo lugar de antes, quando Pierre estava de pé. De repente, os músculos e as rugas do rosto do conde pareciam se mexer. Anna Mikháilovna tentava entender a expressão do conde, mas não conseguia, até que um empregado finalmente percebeu que o conde queria cochilar e foi ajudá-lo a virar-se na cama. Pierre levantou-se para ajudar o empregado e começaram a correr lágrimas pelo seu rosto. Ele saiu do quarto assim que o conde começou a cochilar.

# CAPÍTULO 21

Na antessala estavam apenas o príncipe Vassíli e Katerina, conversando de forma agitada. Quando notaram Pierre e sua guia, calaram-se. Katerina parecia esconder algo e disse que não gostava de Anna Mikháilovna. O príncipe Vassíli tratou de tirar o desafeto daquela sala. Anna Mikháilovna foi a outra sala, com Pierre, para tomar chá.

Estavam todos reunidos na sala de estar. Pierre não quis comer, estava sem fome, e notou que sua guia saíra de fininho para a antessala, onde estavam o príncipe Vassíli e a princesa. Ele foi atrás de Anna Mikháilovna e percebeu que ela estava de pé, junto de Katerina, e ambas sussurravam de forma enérgica. Anna Mikháilovna e a princesa Katerina brigavam por causa da pasta de documentos do conde. A princesa Katerina queria levá-la para o conde e saber do testamento, mas Anna Mikháilovna queria fazê-lo no lugar dela e tentava impedi-la, parando diante da porta do quarto do conde. Irritado, o príncipe Vassíli decidiu levar a pasta por conta própria. Anna Mikháilovna insistia que o conde precisava descansar.

Quando a outra princesa saiu do quarto do conde, Anna Mikháilovna aproveitou o momento e correu para a cama dele com a pasta. O príncipe Vassíli e Katerina foram atrás dela. Após alguns minutos, saiu Katerina, cansada, culpando Pierre pelo acontecido. Depois, saíram o príncipe Vassíli e Anna Mikháilovna, que levou Pierre até o conde.

Anna Mikháilovna disse a Pierre:

– Meu querido, é uma grande perda para todos nós. Mas Deus sabe o que faz. O senhor terá uma grande responsabilidade ao receber essa fortuna, espero.

Pierre ficou em silêncio. Anna Mikháilovna chegou ainda a dizer que o conde prometera cuidar de seu Boris e insinuou que Pierre cumpriria a promessa do conde. Ela disse que depois lhe contaria tudo o que ocorrera.

Pierre não dizia nada, apenas ruborizava e olhava para Anna Mikháilovna. Após a conversa, Anna Mikháilovna retornou à casa dos Rostov e dormiu. Na casa dos parentes, ela fez questão de contar tudo sobre a morte do conde e tudo o que acontecera naquela noite. Disse que Pierre estava tão arrasado que mal conseguia derrubar mais lágrimas pela morte do pai. Disse que estava comovida por causa daquele último encontro entre pai e filho.

# CAPÍTULO 22

Nos Montes Calvos, a propriedade do príncipe Nikolai Andréievitch Bolkónski, esperavam ansiosamente a chegada do jovem príncipe Andrei e sua esposa. Mas mesmo aquela espera não quebrara a rotina regrada, a qual seguiam na casa do velho príncipe. General-chefe, o príncipe Nikolai Andréievitch era conhecido também como Francisco I, o rei da Prússia[5], e morava no campo desde que o imperador Paulo I[6] o exilara nos Montes Calvos com sua filha, a princesa Mária e sua dama de companhia, a senhorita Bourienne. Ele mesmo dava aulas para sua filha, de álgebra à geometria. Estava sempre ocupado, fosse com a escrita de suas memórias, fosse com seus trabalhos manuais no torno. Ele levava a ordem das coisas até suas últimas consequências: sempre comia e levantava da mesa no mesmo horário. Todos temiam o príncipe, em razão de

---

5    Francisco I (1768-1835). Último imperador do Sacro Império Romano-Germânico, dissolvido por Napoleão Bonaparte em 1806, e primeiro imperador da Áustria, de 1804 a 1835. Membro de uma das mais antigas e poderosas casas reais da Europa, os Habsburgo, vivenciou a derrocada de seu Império durante as batalhas napoleônicas. Uniu-se com a Rússia para deter os avanços do imperador francês. Apesar disso, em 1810, deu a mão sua filha mais velha, Maria Luísa (1791-1847), a Napoleão, seguindo uma longa tradição de alianças imperiais por meio do casamento. Francisco I foi também o pai da princesa Leopoldina, que, casada com D. Pedro I, seria a primeira imperatriz do Brasil entre 1822 e 1826. (N.E.)

6    Paulo I (1754-1801). Filho único da imperatriz Catarina II, reinou entre 1796 e 1801. Contrário a todas as ideias da mãe, com quem sempre tivera um relacionamento difícil, Paulo pôs fim aos processos expansionistas da Rússia. Em pouco tempo de reinado, suas medidas e posturas políticas impopulares entre a nobreza e o exército levaram a uma conspiração que, em 1801, culminou em seu assassinato e na ascensão de seu filho Alexandre. (N.E.)

sua severidade. Todos tremiam quando viam a grande porta do escritório se abrir e de lá sair o príncipe Nikolai.

Todos os dias, Mária ia cumprimentar o pai, mas antes ela fazia o sinal da cruz, como se desejasse boa sorte a si mesma. A sala era cheia de coisas que ele usava constantemente. Ali estavam seu torno, seus livros, os projetos, armários de biblioteca, uma mesa para escrever e um caderno aberto. Era visível que o príncipe sempre estava em plena atividade.

Mária foi até o escritório do pai, ele a cumprimentou, pegou o caderno de geometria, apontou algumas páginas e disse que lhe entregasse a lição no dia seguinte. De repente, o príncipe retirou uma carta e entregou-a à princesa. Era de sua amiga Julie. Ele alertou-a, dizendo que a terceira carta ele abriria para checar o conteúdo. Continuou tomando lições da filha e explicou que a matemática era muito importante e que não queria que sua filha fosse uma ignorante, como todas as outras da sociedade. Após passar uma lição, entregou-lhe também um livro que a Julie enviara para a princesa Mária, era o livro *A chave do mistério,* de Karl von Eckarstshausen.

A princesa Mária retornou a seu quarto com uma expressão triste e com medo, o que tornava seu rosto feio diante do espelho. A princesa, ao contrário do pai, era totalmente desorganizada. Ela abriu a carta rapidamente. A carta era de sua amiga, a princesa Julie Karáguina, que estivera na casa dos Rostov.

Julie escrevia que sentia saudades da amiga, do tempo em que passaram juntas. A princesa Mária ficou feliz por saber que alguém sentia sua falta. Apesar de considerar-se feia, ela era uma mulher bonita, de olhos grandes. Mas achava que não era digna do amor de ninguém. No restante da carta, Julie contava que em Moscou só se falava na guerra, escrevia sobre seu amor por Nikolai Rostov e também sobre a morte do conde Bezúkhov, que deixara toda a herança para Pierre. Depois, escreveu que estavam planejando o casamento da princesa Mária com Anatole, filho do príncipe Vassíli Kuráguin. Julie despedia-se, escrevendo sobre o livro que enviara junto com a carta, que era sobre misticismo.

Depois de ler toda a carta, a princesa resolveu escrever a resposta naquele mesmo momento. Ela respondeu, dizendo não saber sobre a pretensão de casamento, mas aceitaria de bom grado se assim fosse a vontade de Deus. Tendo terminado a carta, ela olhou para o relógio e notou que já perdera cinco minutos de estudo do clavicórdio, então correu para a sala. Entre meio-dia e duas horas, enquanto o príncipe dormia, ela deveria sempre praticar clavicórdio.

# CAPÍTULO 23

O príncipe Nikolai roncava, enquanto do outro lado da casa, ouvia-se Mária tocando a mesma música por mais de vinte vezes.

Foi nesse momento que chegou o príncipe Andrei com a esposa. Tíkhon, lacaio da casa, colocou a cabeça para fora da porta e informou que o príncipe estava cochilando. O príncipe Andrei sabia que não podia incomodar o pai durante seu cochilo. Olhou para o relógio e notou que o pai não mudara em nada.

– Daqui a vinte minutos ele estará de pé. Vamos até a princesa Mária – disse Andrei.

A jovem princesa Liza havia engordado nos últimos tempos, mas sua beleza era a mesma de antes.

– Mas é um palácio! – disse ela, sorrindo para todos – É a Mária tocando? Vamos em silêncio, quero surpreendê-la.

Andrei acompanhou a princesa. Antes de chegarem até Mária encontraram uma bela francesa loira. Era a senhorita Amélie Bourienne, dama de companhia da princesa. Ela ficou imensamente feliz ao ver o príncipe e a esposa.

– Ah! Que alegria para a princesa! Finalmente! Preciso avisá-la! – disse ela.

Liza pediu para não os anunciar, queriam fazer uma surpresa a Mária. A princesa entrou e a música parou, ouvia-se os sons dos beijos entre Liza e Mária, que pôs-se a chorar de emoção. O príncipe Andrei beijou a mão da irmã e disse que ela continuava a mesma chorona de sempre.

A princesa Liza falava sem parar, dizendo que Andrei estava diferente com ela, que iria para a guerra e a abandonaria. A princesa Mária ouvia em silêncio, olhando para o irmão. Ela não aguentou e perguntou se o irmão iria mesmo para a guerra e quando. Ele respondeu que iria já no dia seguinte.

A princesa Mária não lhe deu ouvidos, virou-se para a cunhada e apontou para sua barriga. Ela se aproximou da cunhada e pôs-se a chorar. Mária contou a Andrei que o pai continuava o mesmo, sempre regrado, trabalhando no torno e dando lições de matemática e geometria.

Passados exatos vinte minutos, Tíkhon veio chamar o jovem príncipe para ver o pai. O conde quis saber do filho todos os detalhes da estratégia russa e da alemã para cercar Bonaparte. Depois de o príncipe Andrei contar tudo, o velho desaprovou cada detalhe e passou a se perguntar como fazer a Prússia e a Áustria agirem na batalha. O príncipe Andrei estava, de início, relutante naquela conversa, mas depois chegou mesmo a animar-se com o assunto e contou todos os detalhes, dizendo que a estratégia francesa também não era tão pior que a russa. Neste momento, o velho príncipe já não demonstrava o mínimo interesse na história do filho. O príncipe Andrei apenas sorriu e o pai disse que ele não lhe contara nada de novo. Pediu, então, que fosse à sala de jantar.

# CAPÍTULO 24

Na hora marcada, o príncipe ia para a sala de jantar, onde aguardavam-no a nora, a princesa Mária, a senhorita Bourienne e o arquiteto do príncipe, Mikhail Ivánovitch. O mordomo aguardava ansiosamente a chegada do príncipe, olhando para o grande relógio de parede, sobre a porta pela qual ele entraria. Enquanto isso, o príncipe Andrei olhava com deboche para um imenso quadro de armação dourada, em que estava pintada a árvore genealógica dos Bolkónski.

A princesa Mária não gostou da atitude do irmão. Para ela, tudo o que o pai fazia era motivo de veneração. Ela já se preparava para discutir com ele, quando ouviu os passos do velho vindos do escritório. Naquele momento, o relógio bateu duas horas e ouvia-se uma voz aguda, vindo de outro cômodo. O príncipe parou e observou a jovem princesa. Ela experimentou aquilo que os cortesãos da corte sentiam, medo e respeito, com a entrada do rei. Ele acariciou a princesa e deu leves tapinhas atrás de sua cabeça. Todos sentaram-se em seus lugares. A princesa Mária sentou-se junto ao velho príncipe.

Ele notou a cintura roliça da nora e disse que ela precisava andar mais, pois lhe faria bem. A princesa não deu ouvidos àquela observação. O príncipe perguntou-lhe sobre seu pai e todos seus conhecidos em comum. A jovem princesa contou-lhe todas as novidades mas, enquanto ela falava, o velho príncipe a observava um tanto desinteressado e, de repente, virou-se para Mikhail Ivánovitch.

– Pois bem, Mikhail Ivánovitch, o Bonaparte vai acabar conosco. Segundo o príncipe Andrei, ele reuniu uma grande força! E nós o considerávamos um homem insignificante.

Mikhail Ivánovitch não gostava de falar sobre política, mas olhou para o príncipe Andrei, para que entrasse no assunto. E assim iniciou-se a conversa sobre a guerra, sobre Bonaparte e seus atuais generais e funcionários do governo.

O velho príncipe dizia que Bonaparte era insignificante e que todos estadistas atuais não entendiam nada sobre a arte da guerra e da política. Dito isso, passou a explicar, em detalhes, que Suvórov[7] apenas não venceu Moreau[8] por culpa do rei da Prússia e que agora estavam chamando Moreau para aliar--se ao exército russo, para lutar contra Bonaparte. Ele completou dizendo que Bonaparte fez muitas trapalhadas no governo e nas batalhas e que apenas ganhou visibilidade porque venceu os alemães, que, na verdade, todos sempre venciam. O filho, tal como o pai, jamais mudaria de opinião, por mais que o pai tentasse convencê-lo.

– Você acha que não entendo a situação em que estamos? Eu mal consigo dormir pensando nisso. O que tem a dizer-me sobre esse seu grande general? – gritou o velho príncipe.

– Levaria muito tempo para dizer-lhe tudo – respondeu o filho, sereno.

– Vá então para seu Bonaparte! Senhorita Bourienne, aqui está mais um admirador de seu querido imperador! – gritou o velho.

– O senhor sabe que não sou bonapartista, meu príncipe – respondeu a senhorita Bourienne, tímida.

A princesa Liza ficou apenas observando aquela discussão. Depois, ela foi até a princesa Mária e disse que achava seu pai muito inteligente e que talvez por isso tivesse tanto medo dele.

# CAPÍTULO 25

O príncipe Andrei partiria na noite seguinte. Ele arrumava suas malas em um quarto separado, junto de um empregado. O príncipe estava pensativo, com as mãos para trás e caminhando de um canto para outro do quarto. Talvez estivesse pensando em sua partida para a guerra, no abandono de sua jovem esposa.

---

7    Aleksandr Vassílievitch Suvórov (1730-1800), generalíssimo russo do governo de Catarina II e Paulo I. É considerado um herói nacional russo por jamais ter perdido uma só batalha. Entre as batalhas que lutou, destacam-se as da Guerra Russo-Turca, entre 1768 e 1774. (N.E.)

8    Jean-Victor Marie Moreau (1763-1813), general da Primeira República Francesa, principal oponente de Suvórov. Durante as guerras napoleônicas, foi inicialmente aliado de Napoleão, mas, com o passar do tempo, tornou-se seu opositor. Em 1813, chegou a aliar-se aos russos contra o imperador francês. (N.E.)

A princesa Mária foi até o quarto e iniciou uma breve conversa com o irmão, fez-o jurar que usaria uma joia com a imagem do Salvador, usada pelo avô deles durante as guerras e que poderia protegê-lo e colocá-lo no caminho de Deus. Ela começou a insinuar que o irmão havia mudado e, por diversas vezes, pediu-lhe que entendesse sua jovem esposa antes de partir e que a tivesse em bons pensamentos. O príncipe Andrei logo percebeu que aquelas ideias não vinham da cabeça de sua irmã.

Uma das defesas de sua irmã, em relação à jovem princesa, era de que sua esposa fora criada em outro ambiente, não estava acostumada ao isolamento do campo. Após esse comentário, o príncipe Andrei teve a confirmação de que sua esposa contara todas as suas aflições à cunhada, que agora intercedia por ela. A princesa Mária disse ao irmão, ainda, que Liza ficaria muito solitária na casa e que, talvez, teria apenas a companhia da senhorita Bourienne, de quem o príncipe Andrei não gostava. A senhorita Bourienne fora acolhida pelo conde quando ela morava na rua, sem família e sem ninguém na vida.

O príncipe Andrei insinuou que a irmã sofria vivendo com o pai, mas ela o defendeu e disse não sentir nada pelo pai, além de amor e veneração. Ele beijou a irmã na testa e sugeriu que fossem para seu quarto, para ele se despedir da esposa. Ela foi na frente para despertá-la. No corredor, o príncipe Andrei encontrou a senhorita Bourienne, que tentou conversar com ele, mas foi ignorada.

Chegando ao quarto, a jovem princesa já estava acordada. O príncipe perguntou se ela estava melhor e ela apenas acenou com a cabeça dizendo que sim.

A carruagem já estava pronta na porta da casa. Havia movimento de pessoas, segurando lanternas, esperando para despedir-se do jovem príncipe. O príncipe Andrei foi chamado no escritório do pai, que queria falar a sós com o filho. Foi então que o príncipe Andrei fez um pedido ao pai: na hora em que sua esposa fosse dar à luz, ele deveria chamar um médico parteiro de Moscou. Disse que eles temiam pelo pior, pois a princesa Liza sonhara que ocorreria um infortúnio na hora do parto. O pai relutou em aceitar, mas concordou para não contrariar o filho.

O pai deu-lhe uma carta para ser entregue ao Mikhail Illariónovitch, para que colocasse o filho em uma boa posição, para que não o prendesse tanto ao cargo de ajudante de ordens. Recomendou ao filho que, caso seu comandante fosse bom, que o servisse igualmente bem, pois um filho de Nikolai Andréievitch Bolkónski não serviria a um mau comandante. Entregou-lhe também seu caderno de memórias, para que o filho o enviasse ao governo para publicação. Após tais recomendações, deixou também uma carta de crédito e uma correspondência, que seria um prêmio para quem escrevesse a história da guerra de Suvórov.

Depois daquela conversa, o príncipe Andrei pediu que, caso ele morresse na guerra, o pai cuidasse do neto que estava para nascer. O pai estranhou tal pedido, mas aceitou e despediu-se do filho, que saiu do escritório.

– Andrei, já? – disse a esposa, pálida e com medo de olhar para o marido.

Ele a abraçou e ela gritou e desfaleceu em seu ombro. Ele cuidadosamente a retirou de seu ombro e a repousou no sofá.

– Adeus, Mária – disse ele, beijando-lhe a mão e rapidamente saindo da sala.

Do escritório, ouviu-se o ruído do velho assoando o nariz várias vezes seguidas. Assim que o príncipe Andrei saiu, a porta do escritório abriu e apareceu o velho.

– Partiu? Muito bem! – disse e, olhando com desaprovação para a jovem princesa que repousava no sofá, tornou a fechar a porta.

# Segunda parte

## CAPÍTULO 1

Em outubro de 1805, as tropas russas ocupavam as aldeias e cidades do arquiducado austríaco, e novos regimentos ainda chegariam da Rússia e ocupariam a fortaleza de Braunau. Neste local, ficava o quartel-general do comandante em chefe Kutúzov.

Em 11 de outubro, o único regimento de infantaria presente em Braunau esperava a revisão do comandante-chefe. Ao anoitecer, receberam a ordem de que o comandante faria uma inspeção ao regimento em marcha. O comandante do regimento ficou em dúvida se utilizaria a farda de campanha ou não. Em acordo com os comandantes dos batalhões, decidiram por bem utilizar a farda de desfile, pois pensaram ser melhor pecar pelo excesso do que pela escassez. Pela manhã, estavam todos em forma, uma massa de dois mil homens, perfeitamente enfileirados e limpos, prontos para a inspeção do comandante-chefe. Apenas as botas destoavam, pois estavam desgastadas de tanto caminhar, e o departamento austríaco não fornecera novas botas.

O comandante do regimento era um senhor forte e grisalho e usava uma farda totalmente nova. Ele tinha a aparência de uma pessoa que gostava do que fazia e que não perdia tempo com a vida mundana.

Neste momento, chegam o ajudante de ordens e um cossaco[9], trazendo a informação de que o comandante-chefe queria ver o regimento sem nenhum embelezamento e com as fardas comuns, pois Kutúzov precisava mostrar aos austríacos que o exército russo estava em más condições, tudo para não se unir a eles. O vozerio e a correria tomaram conta do regimento, todos correndo para se prepararem até a chegada de Kutúzov. Em meia hora todos estavam prontos e enfileirados, todos vestidos de cinza-escuro. O comandante do

---

9    Povo que habita as estepes russo-ucranianas ocidentais, principalmente em regiões próximas às fronteiras. Conhecidos por suas habilidades militares e pelo bom domínio de cavalos, os cossacos tiveram grande importância nas batalhas russas dos séculos XVIII e XIX, e eram também importantes para a manutenção das fronteiras. Houve também revoltas cossacas contra o governo russo, a mais famosa delas foi a Revolta de Pugatchóv, entre 1773 e 1775, que serviu de base para a novela *A Filha do Capitão*, de Alexandre Pushkin (1799-1835), publicada pelo Selo Principis. (N.E.)

regimento deu uma última inspecionada e gritou pelo comandante da terceira companhia, que se aproximou do comandante do regimento, ofegante de tanto correr.

O comandante do regimento ficou furioso, pois havia um soldado com capote azul. Um dos capitães informou ao comandante do regimento que aquele soldado de capote azul era o Dólokhov, que fora rebaixado. Então, o comandante do regimentou aproximou-se dele.

– Por que o capote azul? Sargento! Troque a roupa deste cana... – mas ele não teve tempo de terminar de dizer.

– General, eu sou obrigado a cumprir ordens, mas não sou obrigado a ser... – interrompeu Dólokhov.

– Em frente, não abra a boca!

– Não sou obrigado a ser ofendido – falou Dólokhov, em voz alta e clara.

Ambos se entreolharam. O general calou-se e ajeitou seu lenço apertado.

– Peço-lhe que troque de roupa, por favor – disse ele, afastando-se.

# CAPÍTULO 2

– Está vindo! – gritou uma sentinela.

– Se-e-e-en-ti-i-i-do! – gritou o comandante.

No horizonte, apontava uma alta carruagem azul, carregada por dois cavalos e escoltada por um comboio. Ao lado de Kutúzov sentava-se o general austríaco, o único de uniforme branco. A carruagem parou junto do regimento.

– Saúde para a Vossa E-e-excelência! – gritou todo o regimento.

E então, veio o silêncio. De início, Kutúzov ficou parado, enquanto o regimento se movimentava, mas, depois, pôs-se ele próprio a caminhar pelas fileiras.

Após o comandante do regimento saudar o comandante-chefe, seguiu-o pelas fileiras. Era óbvio que ele gostava mais do ato de obedecer do que de dar ordens. Todo o regimento estava em ordem, apenas as botas estavam gastas.

Kutúzov parava ocasionalmente e olhava para as botas do regimento, fazendo uma expressão de tristeza, para demonstrar ao general austríaco as más condições dos soldados. Entre as pessoas que acompanhavam Kutúzov estavam o ajudante de ordens, o príncipe Bolkónski e um oficial do Estado-Maior, o senhor Nesvítski. Ao chegar à terceira companhia, Kutúzov parou bruscamente e reconheceu Timókhin, o mesmo capitão que fora repreendido pelo comandante do regimento. Kutúzov disse-lhe que era um bom soldado, apenas gostava de beber demais.

A terceira companhia era a última a ser verificada. O príncipe Andrei aproximou-se de Kutúzov e lembrou-lhe a respeito de Dólokhov. Kutúzov conversou com Dólokhov e prometeu-lhe que não se esqueceria dele, caso servisse de forma correta. Dólokhov prometeu mostrar serviço e redimir-se de seu erro para que pudesse voltar a sua antiga posição. Kutúzov então afastou-se e retornou para sua carruagem.

O regimento começou a andar em direção ao acampamento, esperando receber novas fardas e botas, após a longa caminhada. Depois, o comandante do regimento pediu ao capitão que olhasse por Dólokhov e disse que receberia sua dragona após a primeira batalha. Ainda quis saber como era o temperamento de Dólokhov e o capitão disse que ele tinha alguns dias ruins e outros melhores. O comandante do regimento entrou nas fileiras e disse a Dólokhov que lhe devolveria as dragonas após sua primeira batalha. Dólokhov não disse nada, apenas ficou com sua expressão zombeteira de sempre.

Diante da companhia correram vinte homens, com seus vinte e poucos anos. O tamboreiro virou-se para os cantores, deu um sinal com a mão e iniciaram uma canção em homenagem ao comandante-chefe. As vinte vozes cantavam com vigor. Os soldados balançavam e marchavam no ritmo da canção. Atrás da companhia, seguia a carruagem com a comitiva do comandante-chefe. Kutúzov passou pela companhia, observando a marcha e ouvindo a canção. Ao lado estava caminhando Dólokhov, ao som da música. Um hussardo, da comitiva de Kutúzov, avançou e foi até Dólokhov. O hussardo era Jérkov, alferes da cavalaria de Kutúzov, que andara em companhia de Dólokhov em Petersburgo. No exterior, ele encontrara Dólokhov rebaixado, mas fingira que não notar. Agora, ao ouvir a conversa de Kutúzov com o soldado rebaixado, fez questão de ir falar com ele, mas a conversa não foi tão calorosa como era em Petersburgo.

Jérkov convidou Dólokhov para um jogo de cartas, mas Dólokhov disse que fizera uma promessa de não mais jogar nem beber até conquistar sua dragona de volta. Ambos se despediram e o hussardo saiu em disparada, com seu cavalo, em direção à comitiva do comandante-chefe, ao ritmo da canção.

# CAPÍTULO 3

Retornando da inspeção, Kutúzov foi até seu gabinete com o general austríaco e ordenou ao príncipe Andrei que trouxesse alguns papéis. O comandante-chefe argumentava o fato de que seu exército ainda não tinha condições para juntar-se ao exército austríaco. Insinuava que seria uma honra passar seu exército para o comando de Francisco I e do general Mack[10], mas que não poderia naquele momento. O general austríaco não estava gostando do que ouvia, dizia não concordar e que a Rússia não colheria os louros da vitória. No entanto, Kutúzov insistia, dizendo que os austríacos não precisavam da Rússia para vencer, pois ele recebera uma carta do exército de Mack, contando sobre sua vitória. Na carta, o general dizia que o exército austríaco havia concentrado toda a força para atacar o inimigo, caso atravessasse o Rio Lech, dominando o Ulm. Ainda disse que esperaria até o exército russo estar pronto para então unir-se a eles e avançarem contra o inimigo.

Kutúzov pediu ao príncipe Andrei que fizesse o relatório de todas as correspondências e documentos, em francês, para entregar ao general austríaco. O príncipe Andrei abaixou a cabeça e saiu do gabinete silenciosamente. O comandante-chefe tinha apreço pelo príncipe Andrei, tanto que o levou consigo para Viena, dando-lhe sempre os serviços mais sérios. Kutúzov chegou a escrever uma carta ao pai do príncipe Andrei, elogiando-o e dizendo que via nele um grande futuro no exército. O príncipe Andrei era admirado por muitos e também odiado, porém sempre respeitado e até mesmo temido pelos colegas.

Saindo do gabinete, Andrei foi diretamente ao ajudante de ordens do comandante Kozlóvski. O príncipe comentou com ele que deveria escrever um relatório e explicar o motivo de não ter avançado com o exército austríaco. Naquele momento, entrou um homem alto, certamente um general austríaco, com um lenço amarelo e preto amarrado em sua cabeça. O príncipe Andrei parou.

– Onde está o comandante-chefe Kutúzov? – perguntou o general austríaco.

Kozlóvski tomou a frente, informando que Kutúzov estava ocupado e impedindo a entrada do general austríaco. De repente, a porta do gabinete se abriu e surgiu Kutúzov. O general foi diretamente a Kutúzov, apresentou-se como general Mack e ambos entraram no gabinete.

---

10 Karl von Mack (1752-1828), general do exército austríaco. Rendeu-se a Napolenão na Batalha de Ulm, na atual Alemanha, em 1805. Por essa rendição, Mack foi julgado pela corte austríaca e condenado a dois anos de prisão. (N.E.)

A notícia sobre a derrota dos austríacos em Ulm se espalhou. Foram enviados ajudantes de ordens para várias direções, avisando que, em breve, o exército russo também defrontaria o inimigo. O príncipe Andrei foi diretamente para seu quarto, escrever ao pai, como fazia todos os dias. Ele encontrou, no corredor, os companheiros Jérkov e Nesvítski, como sempre, rindo muito.

Neste momento, entraram três generais austríacos. Ao passarem, Jérkov deu-lhes os parabéns. Ele olhava para os três generais, ora para um, ora para outro. Um dos generais olhou com atenção para Jérkov e não pôde deixar de notar aquele sorriso bobo. Jérkov alegou que se alegrava porque o general Mack chegara ileso. O general fechou a cara, afastou-se e andou alguns passos.

Nesvítski abraçou o príncipe Andrei e pôs-se a rir, mas Bolkónski empurrou-o e virou-se para Jérkov. Estava irritado com toda a situação, com a derrota de Mack, com a iminência da notícia de que o exército russo iria avançar e com a zombaria de Jérkov. Os dois colegas ficaram surpresos com a reação do Bolkónski.

– Eu apenas dei os parabéns – insistiu Jérkov.

– Não estou brincando com o senhor, fique em silêncio! – gritou Bolkónski, afastando-se de Jérkov.

– O que é isso, meu irmão? – disse Nesvítski, tranquilizando-o.

– Como assim? Entenda que somos oficiais a serviço do tsar e da pátria. Quarenta mil homens foram massacrados e o exército de nossos aliados foi destruído. Isso pode ser engraçado para alguém à toa, como aquele seu amigo, mas não para o senhor! – disse Bolkónski para Nesvítski, esperando uma resposta de Jérkov, mas este deu-lhe as costas e seguiu pelo corredor.

# CAPÍTULO 4

O regimento dos hussardos de Pávlograd encontrava-se próximo de Braunau. O esquadrão, onde servia Nikolai Rostov, estava localizado na aldeia alemã de Salzeneck. O capitão Váska Deníssov estava no melhor alojamento da aldeia e Rostov estava morando com ele.

No mesmo dia em que lamentavam a derrota de Mack, o esquadrão levava uma vida tranquila. Deníssov havia jogado a noite toda e, quando Rostov chegou em casa, ele ainda não havia chegado. Ao chegar, Rostov chamou um ucraniano, Bondarenko, para que levasse seu cavalo para passear.

O anfitrião alemão, que estava no estábulo, espiou Rostov e ficou feliz com sua chegada. O rapaz saiu do estábulo em direção à isbá onde morava com Deníssov. Perguntou por ele, mas Lavruchka, o lacaio de Deníssov, informou que ele passara a noite jogando e ainda não havia retornado. Enquanto o lacaio preparava o café, Deníssov chegou à isbá. Ele havia perdido todo o dinheiro, estava nervoso e entediado, e ansioso para lutar.

De repente, Lavruchka anunciou que o furriel estava ali. Deníssov contou o pouco de moedas que lhe restara e pediu a Rostov que as escondesse debaixo do travesseiro, enquanto ia encontrar-se com o furriel.

Neste momento, chegou também Teliánin, um oficial do mesmo esquadrão. Deníssov disse-lhe que perdera todo o dinheiro no jogo, na casa de Býkov. Teliánin perguntou a Rostov sobre o cavalo que lhe vendera e se propôs a ajudá-lo a tirar a ferradura, pois o cavalo estava mancando. Rostov deixou Teliánin no quarto e foi pedir para prepararem seu cavalo. Na varanda, encontrou Deníssov conversando com o furriel, que lhe disse odiar Teliánin. Rostov retornou ao quarto e foi com Teliánin para o estábulo.

Mais tarde, quando Rostov retornou, Deníssov estava à mesa, bebendo e escrevendo uma carta. Neste momento, Lavruchka aproximou-se deles e anunciou que o furriel voltara para receber seu dinheiro. Deníssov fechou a cara e perguntou sobre seu dinheiro a Rostov, que tudo escondera sob o travesseiro. Rostov disse que era muito pouco e ofereceu-lhe dinheiro, mas Deníssov negou.

Quando Deníssov foi até a cama pegar o porta-moedas, não o encontrou em lugar algum, então pôs-se a discutir com Rostov e Lavruchka. Ele desconfiou de Lavruchka, mas Rostov intercedeu e disse que sabia quem pegou: Teliánin. Rostov insinuou que Teliánin fora o único, além deles, que havia entrado no quarto. Deníssov tentou impedi-lo, mas Rostov não deu ouvidos e saiu correndo do quarto, diretamente para o alojamento de Teliánin. Chegando lá, foi informado de que ele fora para o Estado-Maior. Rostov estava decidido e foi até o Estado-Maior atrás de Teliánin.

Na aldeia havia um restaurante frequentado pelos oficiais. Rostov foi até lá e viu Teliánin comendo um prato de linguiça e bebendo uma garrafa de vinho. Teliánin ficou surpreso com a chegada de Rostov. Quando terminou de comer, tirou do bolso o porta-moedas e pagou uma moeda ao garçom.

Rostov aproximou-se e disse que sabia de quem era aquele porta-moedas. Falou que era de Deníssov e que ele havia pegado de seu quarto. Teliánin apenas entregou o porta-moedas a Rostov e pediu que não contasse nada, pois ele tinha pai e mãe doentes e precisava de dinheiro. Rostov mostrou indignação e disse que, caso ele precisasse de dinheiro, deveria ter pedido. Jogou o porta-moedas de volta para Teliánin e partiu.

# CAPÍTULO 5

Na mesma noite, no alojamento de Deníssov, acontecia uma conversa entre os oficiais do esquadrão. Kirsten, o capitão de cavalaria, dizia que Rostov precisava desculpar-se com o comandante do regimento, Karl Bogdánovitch Schubert. Mas Rostov se negava, pois não estava mentindo. O problema todo foi que Rostov acusou um oficial de roubo na frente de outros oficiais, manchando assim a imagem de todo o regimento, não apenas do oficial. O capitão insistia para que ele pedisse desculpas ao comandante e explicava a Rostov a importância da honra do regimento e que ele, daqui a um tempo, poderia servir como ajudante de ordens e não estaria mais naquele regimento, portanto, talvez, a honra do regimento não tivesse a mesma importância para ele como tinha para aqueles que cresceram ali, servindo durante anos.

Deníssov, que apenas ouvia a conversa, interrompeu e concordou com o capitão, pedindo a Rostov que se desculpasse. O jovem ficou vermelho de raiva e depois pálido, olhando para cada um dos dois. Disse que honrava o regimento, mas lutando em campo, e não concordava em pedir desculpas. Por fim, acabou concordando apenas em assumir a culpa por ter exigido medidas do comandante do regimento. Deníssov começou a rir.

O capitão continuou insistindo. Dizia que o comandante era rancoroso e poderia tornar a vida dele mais complicada no regimento, mas nem assim Rostov cedeu. O capitão perguntou a Deníssov por onde andava o oficial acusado de roubo e soube que ele pedira licença por estar doente.

De repente, Jérkov, que fora transferido após o incidente com os austríacos, entrou no quarto, avisando que Mack fora derrotado e que a Rússia entraria na guerra.

Então, um ajudante de ordens do regimento também entrou e confirmou a notícia que Jérkov acabara de transmitir, e acrescentou ainda que, no dia seguinte, iriam para a batalha.

– Em marcha, senhores!

– Graças a Deus, já era a hora.

# CAPÍTULO 6

Kutúzov recuou para Viena, destruindo as pontes por onde passava, nos rios Inn e Traun. Em 23 de outubro, os soldados russos atravessaram o Rio Enns e marcharam por toda a cidade, ocupando os dois lados da ponte.

Era um dia quente e chuvoso de outono. Eles estavam no topo dos morros, de onde podiam avistar toda a cidade, da catedral aos telhados vermelhos das casas. Via-se também, do outro lado do Rio Enns, as tropas inimigas. Entre os canhões, no alto, estavam o comandante da retaguarda com os oficiais. Um pouco mais atrás, estava Nesvítski, que fora enviado pelo comandante-chefe da retaguarda. Ele conversava com outros oficiais, enquanto servia bebida e comida. Todos estavam honrados em poder conversar com alguém importante, vindo do Estado-Maior.

Enquanto isso, mais à frente, um general olhava pela luneta e, percebendo que os inimigos atacariam durante a travessia, ficou irritado com a demora de seus soldados. De longe, viu-se uma fina fumaça branca e depois um estampido: era um tiro de canhão inimigo. Nesvítski levantou-se e aproximou-se do general, oferecendo-se para levar a notícia. O general pediu que transmitisse a ordem de destruir a ponte após a travessia. Ele pegou seu cavalo e desceu o morro em direção à ponte.

– Soldados, aos canhões! – ordenou o oficial e, dentro de um minuto, todos correram felizes para os canhões.

– O primeiro! – deram a ordem.

E dispararam o primeiro canhão. Ouviu-se o estampido e viu-se a fumaça do canhão. Do outro lado, avistaram a fumaça do impacto da bala, que alcançara o pé do morro onde estavam os inimigos. Os soldados alegravam-se com aquele momento.

# CAPÍTULO 7

Sobre a ponte já haviam passado duas balas de canhão inimigas. No meio da ponte, passavam cavalos, soldados e carruagens. E ali estava o príncipe Nesvítski, parado no parapeito. Quando ele resolvera seguir em frente, não conseguira, pois os soldados o pressionavam contra o parapeito da ponte. Um cossaco gritava com os soldados, tentando abrir caminho para Nesvítski.

Podia-se ver as ondas rápidas do Rio Enns passando debaixo da ponte. Acima dela, via-se outras ondas, igualmente rápidas, passando; eram os soldados, ombro a ombro, disputando um lugar sobre a ponte e tentando atravessá-la.

Enquanto os soldados passavam, Nesvítski ouvia todo o tipo de conversa e reclamações dos soldados entre si, conversas sobre confrontos, sobre mulheres, sobre coisas corriqueiras de suas vidas. Um oficial alemão gritava, querendo passagem, mas ninguém entendia o que ele dizia. De repente, ouviu-se um estrondo no rio. Era um tiro inimigo que acertara em cheio na água. Os soldados ficaram animados e começaram a andar. Nesvítski entendeu que era hora de acelerar.

– Ei, cossaco, dê-me o cavalo! – disse ele, tentando abrir caminho para passar.

– Nesvítski! Seu bandido! – ouvia-se uma voz de longe.

Nesvítski olhou ao redor e, a uns quinze passos de distância, em meio à massa viva em movimento, avistou Váska Deníssov.

– Abram caminho, seus malditos! – gritava Deníssov.

Os soldados abriram caminho e Deníssov conseguiu alcançar Nesvítski.

– O que faz aqui? – perguntou Nesvítski.

– Vim para a batalha! Estou perfumado, banho tomado e até fiz a barba.

Eles conseguiram atravessar a ponte e ambos ficaram parados em sua saída, vendo todos os soldados passarem.

# CAPÍTULO 8

O restante da infantaria passava pela ponte, espremendo-se como em um funil. Finalmente todas as carroças passaram e o último batalhão entrou na ponte. Alguns hussardos de Deníssov estavam do outro lado da ponte, de frente para o inimigo, que agora já não era visível de onde eles estavam. De repente, avistaram as tropas francesas, de casacos azuis e a artilharia. Uma patrulha de cossacos desceu ladeira abaixo. Entre o esquadrão e os inimigos não havia mais nada, apenas algumas patrulhas. Um espaço vazio, de uns seiscentos metros, separava os exércitos.

Na colina do lado inimigo, surgiu a fumaça de um tiro de canhão e a bala passou voando sobre suas cabeças. Os oficiais se separaram. Todos estavam calados no esquadrão, à espera de ordens. Rostov estava de pé em seu cavalo, com uma expressão confiante. Tinha certeza de que se destacaria perante os outros. Olhava para todos, esperando que observassem como ele ficava tranquilo diante daquele ataque inimigo.

Deníssov saiu a galope, em direção ao outro flanco, gritou para que verificassem as pistolas e aproximou-se de Kírsten, que disse achar que não haveria luta. Deníssov também não tinha certeza se haveria, mas provocou Rostov, que estava ansioso para lutar. Então, o comandante apareceu na ponte e Deníssov galopou até ele, pedindo para atacar. O comandante concordou e ordenou que trouxesse o flanco de volta.

O esquadrão atravessou a ponte e saiu da zona de tiro e os últimos cossacos saíram da outra margem. Saíram dali sem perder nenhum homem. O comandante Bogdánovitch aproximou-se do esquadrão de Deníssov e passou por Rostov sem dar muita atenção a ele, por causa do que ocorrera com Teliánin dias antes. Para Rostov, parecia que o comandante estava querendo testar a coragem do soldado na batalha e também mostrar sua própria coragem a Rostov.

Jérkov, que conseguira o cargo de ordenança do príncipe Bagrátion[11], aproximou-se do comandante Schubert, trazendo ordens do comandante da retaguarda para incendiar a ponte. Depois de Jérkov, veio outro oficial, e depois também Nesvítski apareceu, dando a mesma ordem. Bogdánovitch ficou furioso, alegando que avisaram para colocar materiais inflamáveis, mas não para incendiar. Nesvítski alertou o comandante de que era preciso incendiar rapidamente, pois os inimigos poderiam aproximar os canhões e abrir fogo com metralhas. Só então o comandante decidiu que iria ele mesmo incendiar a ponte. Rostov logo imaginou que estava certo, o coronel queria testá-lo.

Todos se moveram em direção à ponte, mesmo sem saber o que iriam fazer. Os hussardos faziam o sinal da cruz. Deníssov passou por Rostov, gritando algo que o rapaz não conseguiu entender. Ele não via nada além dos hussardos que se apressavam rumo à ponte. Alguém pedia uma padiola, mas Rostov, sem nem imaginar o que seria aquilo, apenas saiu correndo para manter-se à frente de todos, passando pela lama pisoteada por cavalos e homens. Escorregou e

---

11    Piotr Ivánovitch Bagrátion (1765-1812), príncipe russo e general do exército. Participou de muitas guerras, entre elas as Guerras Circassianas e a Guerra Russo-Turca de 1787, sendo um dos mais respeitados generais. Durante as Guerras Napoleônicas, foi um dos principais defensores do Império Russo, lutando em duas das principais batalhas, Austerlitz e Borodinó. (N.E.)

caiu com as mãos no chão. Ao levantar-se, viu o comandante do regimento, alegre, seguindo em frente. Pôs-se a correr, imaginando que, quanto mais à frente, melhor.

Enquanto isso, Nesvítski, Jérkov e o oficial da comitiva estavam longe da zona de tiro e observavam ora a tropa inimiga aproximando-se do outro lado da ponte, ora os hussardos do lado oposto. Dali, conversavam e comentavam tudo, observando com atenção. Sabiam que o comandante do regimento estava em busca de reconhecimento por um feito como aquele. Então, do lado inimigo, surgiu novamente uma fumaça esbranquiçada e saíram os primeiros tiros de metralha. Uma cortina de fumaça se formou sobre a ponte. Nesvítski não conseguia ver o que estava acontecendo. Os hussardos haviam conseguido incendiar a ponte, mas a bateria francesa atirava sem cessar. Já não mais para detê-los, mas ainda era possível acertá-los em cheio.

Ouviam-se gemidos e gritos dos hussardos. Rostov estava apavorado e não sabia o que fazer, pois nem mesmo a palha, para incendiar a ponte, havia levado. Mas estava ali, esperando o que fazer e preocupado em provar algo para Bogdánovitch. As rajadas de metralhas soavam como se fossem nozes, batendo sobre a ponte. Mais uma vez, gritaram: "Padiola!". Os hussardos pegaram quatro pessoas e começaram a levantá-los. Nikolai Rostov não fez nada e estava se achando um covarde, mas depois de conversar um pouco com os amigos, percebeu que ninguém percebera sua covardia.

Todos estavam felizes por aquele momento que, certamente, renderia promoções e condecorações a todos os presentes.

– Diga ao príncipe que eu incendiei a ponte – disse o comandante Schubert, alegre e triunfante.

– E se perguntarem das baixas?

– Coisa pouca: dois hussardos feridos e um *morto em campo* – disse com alegria e pronunciando bem o *morto em campo*.

# CAPÍTULO 9

Perseguido pelo exército de cem mil homens de Bonaparte, encontrando hostilidade dos habitantes locais, não confiando mais nos aliados e necessitando de provisões, o exército de trinta e cinco mil homens de Kutúzov retirou-se do Rio Danúbio, agindo em retaguarda apenas para manter seus equipamentos e soldados. Houve combates em Lambach, Amstetten e Melk. O exército austríaco já não os acompanhava mais e eles não conseguiam mais defender Viena.

No dia 28 de outubro, Kutúzov e seu exército atravessaram a margem do Danúbio e pararam, pela primeira vez, no dia 30 de outubro. Atacaram a divisão de Mortier, na margem esquerda do Danúbio, e conseguiram fazer prisioneiros e apreender armamentos e provisões. Pela primeira vez, conseguiram manter o campo de batalha e expulsar os franceses. Apesar de muitos feridos, retardatários, doentes e mortos deixados pelo caminho, contando até com a humanidade do inimigo, a tropa de Kutúzov seguia com uma alegria elevada. Na Rússia, já se ouviam rumores de alguma vitória do exército russo sobre as tropas de Napoleão.

O príncipe Andrei, na ocasião, estava ao lado do general Schmidt[12], quando este fora abatido em batalha. Em sinal de gratidão, o comandante-chefe o enviou para a corte austríaca, em Brünn, levando notícias da vitória. O príncipe Andrei seguiu a galope para lá, com as lembranças das batalhas em que combatera. O fato de ter sido enviado como mensageiro indicava algo que poderia ser um passo para uma importante promoção. Ele seguia confiante, pensando na história que contaria ao próprio imperador.

Já era muito tarde quando o príncipe Andrei chegou a Brünn. O entusiasmo do príncipe Andrei só fez aumentar ao se ver diante do palácio. Ele estava certo de que seria levado diretamente ao imperador Francisco. Já começara a pensar nas perguntas que lhe fariam, quais respostas daria e até imaginava as possíveis perguntas inesperadas. Mas, ao chegar na entrada do palácio, encontrou um funcionário que, reconhecendo que ele era um mensageiro, indicou-lhe outra entrada, que dava diretamente para o gabinete do ministro da Guerra. Um ajudante encontrou o príncipe Andrei e conduziu-o até o ministro. Chegando ao gabinete, o sentimento de alegria enfraqueceu rapidamente. Começou até a se sentir ofendido, por não ser recebido pelo imperador.

Inicialmente, o ministro da Guerra tratou o príncipe Andrei com uma certa indiferença, como ele já imaginava que seria, mas, ao ler os papéis, mudou sua aparência e lamentou muito a morte de seu companheiro Schmidt. Disse que fora um preço muito alto a ser pago pela vitória em Mortier. Depois disso, o

---

12 Heinrich Schmit (1743-1805), general austríaco, foi um dos principais ajudantes de Kutúzov contra Napoleão. Morreu na Batalha de Krems. (N.E.)

ministro da guerra informou ao príncipe Andrei que, certamente, o imperador se encontraria com ele. Mas que, naquela noite, Andrei precisava descansar e preparar-se para encontrar com o soberano pela manhã.

Quando o príncipe saiu do palácio, toda a alegria de outrora havia desaparecido e toda a alegria pela vitória era como uma lembrança longínqua em sua memória.

# CAPÍTULO 10

O príncipe Andrei ficou em Brünn, hospedado na casa de seu amigo Bilíbin, um diplomata russo. Os dois amigos sentaram-se no escritório do diplomata para jantar. Ele estava muito cansado, mas feliz por poder conversar com um homem russo que compartilhava da mesma aversão pelos austríacos.

Bilíbin tinha seus 35 anos e fora criado no mesmo círculo que o príncipe Andrei. Eram amigos desde muito tempo. Ambos jovens muito promissores em seus afazeres, um na arte militar e o outro na diplomacia. Bilíbin era jovem, mas já servira em Paris, Copenhague e agora em Viena.

– Pois bem, conte-me suas proezas – pediu Bilíbin.

Bolkónski contou-lhe tudo sobre seu encontro com o ministro da guerra. Contou que não deram muita importância à notícia. Bilíbin sorriu e disse-lhe que realmente não era uma vitória das mais brilhantes.

O príncipe Andrei argumentou que pelo menos não haviam perdido como os austríacos. Pressionou Bilíbin, dizendo que os diplomatas não conseguiram impedir Bonaparte, da mesma forma que os soldados não puderam. Disse não entender por que o arquiduque Ferdinando e o comandante Karl, que só cometiam erros, não deram um sinal de vida nem quando Mack perdera todo o exército, nem agora, quando finalmente Kutúzov trouxera uma vitória, e ninguém dava valor. Paciente, Bilíbin explicou ao amigo que, caso fosse alguma vitória de um comandante austríaco, a história seria outra, mas de um russo, ninguém dará valor. E ainda foi às custas da vida de seu melhor comandante, Schmidt.

O jovem Bilíbin também tinha uma notícia para o amigo: contou-lhe que Viena fora ocupada pelos franceses e que Bonaparte estava em Schönbrunn. Bolkónski, então, entendeu por que não podia ser recebido como um salvador e por que seu amigo achava que a campanha estava terminada. O diplomata explicou ainda que tentariam forçar a entrada da Prússia na guerra e encostar a

Áustria contra a parede ou então tentariam fazer algum acordo entre a França e a Áustria, que fora enganada e queria se vingar. Segundo Bilíbin, havia rumores de que haveria um acordo de paz, em segredo, com os reis de Sardenha.

Quando Bolkónski foi para seu quarto, ficou pensando em toda aquela história. A aliança da Prússia, a traição com a Áustria, o triunfo de Bonaparte... tudo aquilo estava muito distante de sua pequena vitória. Ele fechou os olhos e começou a sonhar com sua participação em Mortier, tudo muito vívido e real em sua cabeça.

Ele acordou.

– Sim, isso tudo aconteceu! – disse ele, feliz, sorrindo como uma criança e adormeceu novamente.

# CAPÍTULO 11

No dia seguinte, príncipe Andrei acordou cedo. Relembrou o que acontecera, que agora precisava se encontrar com o imperador, lembrou-se do ministro da guerra e da conversa com Bilíbin. Vestiu-se com o uniforme completo de parada e foi até o escritório do amigo diplomata. Lá estavam quatro senhores do corpo diplomático. Um era o príncipe Hippolyte Kuráguin, já conhecido de Bolkónski, os demais foram apresentados por Bilíbin.

Eram todos jovens ricos e alegres. Naquele grupo, a conversa nada tinha a ver com política ou guerra, mas sim com mulheres, a sociedade e a burocracia do trabalho diplomático. Estes senhores receberam Bolkónski como se fosse um deles. Por cortesia, fizeram-lhe algumas perguntas sobre o exército e a batalha, mas logo tomaram outro rumo e voltaram ao assunto anterior. Bilíbin e os amigos comentavam sobre a fama de Don Juan do príncipe Hippolyte.

Andrei logo percebeu que o Hippolyte era o gozador do grupo, mas Bilíbin disse a Bolkónski que o príncipe Kuráguin também sabia falar seriamente quando o assunto era política. Sentaram-se todos ao redor do príncipe e ouviram-no falar sobre o assunto. Ele anunciou que Bolkónski seria seu hóspede e que contava com a ajuda de todos para mostrar a sociedade, o teatro e as mulheres ao amigo que precisava relaxar.

Bolkónski ficou apenas um pouco e disse que precisava ir embora, ao encontro do imperador. Como conselho, disseram-lhe para falar bastante, pois o imperador não era de muitas palavras.

# CAPÍTULO 12

Na recepção, o imperador Francisco apenas olhava atentamente para o príncipe Andrei, que estava no local combinado, entre os oficiais austríacos. Depois, o ajudante de ordens disse-lhe que o imperador cedera uma audiência com ele. O imperador estava de pé, no meio da sala, e parecia que não sabia muito bem o que dizer.

– Diga-me, quando começou a batalha? – começou o imperador.

O príncipe Andrei respondeu e, na sequência, vieram muitas outras perguntas do mesmo teor, como se havia forragem suficiente, a que horas o general Schmidt fora morto e coisas do tipo. As respostas pareciam não interessar ao imperador, obviamente.

O soberano agradeceu a Andrei e cumprimentou-o. Na saída, o príncipe foi cercado por todos, que falavam ao mesmo tempo, convidando-o para visitar a arquiduquesa. Em seguida, ele recebeu condecoração do ministro da guerra, assim como todos de seu exército, e conheceu todos os figurões da sociedade. Acabando as visitas, por volta das duas horas da tarde, o príncipe Andrei retornou para a casa de Bilíbin.

Na varanda da casa, havia uma carroça cheia de bagagens e um criado trazia mais malas de dentro da casa. Bilíbin saiu ao encontro de Bolkónski. Em seu rosto havia uma expressão de preocupação que o príncipe Andrei não estava entendendo, pois passara o dia todo no palácio do imperador. O diplomata contou então que os franceses haviam atravessado a ponte que o marechal austríaco deveria defender. Não haviam explodido a ponte, e o general Murat[13] estará chegando dentro em breve, no dia seguinte, no mais tardar.

– Então se a ponte foi atravessada, o exército está acabado. Vão cortar o caminho – disse Bolkónski.

Bilíbin contou, em detalhes, tudo o que ele sabia a respeito da travessia da ponte pelos franceses. Aconteceu que os austríacos foram enganados: oficiais franceses apareceram na ponte, propondo trégua e, ao encontrarem com o marechal austríaco, um pelotão francês atravessou a ponte e tomou o lugar.

---

13    Joachim Murat (1767-1815), general francês. Destacou-se na carreira militar durante as guerras da Revolução Francesa. Lutou em importantes campanhas napoleônicas na Itália, na Espanha, na Áustria e na Rússia. Casado com Caroline Bonaparte, irmã de Napoleão, foi nomeado rei de Nápoles em 1808. (N.E.)

Neste momento, Bolkónski viu uma oportunidade de ser o herói do exército, chegando até seu grupo e, em um conselho de guerra, dar sua opinião e então ser incumbido de executar o plano. Bilíbin contou ainda que o marechal confiava tanto nos franceses que prendeu um sargento que tentou alertá-lo de que era uma armadilha dos franceses.

Bolkónski foi para seu quarto para arrumar as malas. Bilíbin tentou persuadi-lo a viajar com ele, mas Andrei estava decidido a ir para o exército. Seu amigo disse-lhe que havia apenas duas opções: ou ele chegaria com a paz já selada, ou compartilharia a humilhação da derrota. O príncipe Andrei partiu mesmo assim, pensando em salvar o exército. Bilíbin já o considerava um herói.

# CAPÍTULO 13

Na mesma noite, ao despedir-se do ministro da guerra, Bolkónski partiu para seu exército, ele mesmo não sabia onde o exército estava, poderia encontrar-se com os franceses pelo caminho.

Toda a população já partia de Brünn para Olmütz. No caminho, Bolkónski encontrou inúmeras carroças com soldados, carregando canhões e armamentos, com lama até os joelhos. A situação do exército russo era deplorável. O príncipe Andrei ficara sem esperanças ao olhar para aquele exército em colapso, mas continuava em frente, tentando encontrar o comandante-chefe.

Querendo perguntar a alguém sobre Kutúzov, Bolkónski aproximou-se de um comboio. À sua frente, havia uma carroça. Chegando mais perto, viu que um soldado conduzia a carroça e, dentro dela, havia uma mulher toda coberta por xales. Ao chegar mais perto ainda, notou que o oficial que conduzia o comboio batia com um chicote no soldado que conduzia a carroça, gritando com ele, para que não o ultrapassasse. A mulher gritava muito. Ao ver o príncipe Andrei, ela colocou a cabeça para fora da carroça e pediu ajuda.

Bolkónski pediu que o oficial deixasse a mulher passar, mas ele não só não atendeu o pedido como continuou gritando que daria uma lição no oficial que conduzia a carroça. Bolkónski insistiu e o oficial disse-lhe para não se meter, pois ele era o chefe. Vendo que não adiantaria conversar, o príncipe Andrei aproximou-se do oficial e o ameaçou com o chicote, gritando-lhe para que deixasse a carroça passar. O oficial recuou e deixou a mulher passar. O príncipe Andrei, às pressas, apenas olhou para a mulher e partiu rapidamente em busca do comandante-chefe.

Chegando à aldeia, parou para descansar por alguns minutos. "Isso não é um exército, é uma multidão de miseráveis", pensava ele, quando ouviu uma voz conhecida. Olhou ao redor e, em uma pequena janela, notou que Nesvítski chamava por ele.

Ao entrar na casa, viu Nesvítski e outro ajudante, que comia algo. Eles perguntaram a Bolkónski se ele não sabia de alguma novidade. No rosto de Nesvítski via-se uma expressão de preocupação. Um ajudante disse-lhe que o comandante-chefe estava na isbá vizinha.

O príncipe Andrei chegou à isbá de Kutúzov. Ali estavam o próprio comandante, o príncipe Bagrátion, o general austríaco Weyrother[14] e Kozlóvski. Este fez várias perguntas a Bolkónski, mas ele não tinha respostas às perguntas dele.

Quando Kutúzov saiu do quarto com Bagrátion, despedindo-se dele, Bolkónski teve a chance de conversar com o comandante-chefe. Kutúzov não tinha muitas esperanças no regimento de Bagrátion, acreditava que não retornaria nem um décimo vivo. O príncipe Andrei pediu para ir com Bagrátion, mas Kutúzov negou.

# CAPÍTULO 14

Por intermédio de um espião, o comandante-chefe recebeu, em 1º de novembro, a notícia de que seu exército estava em uma posição desesperadora. Comunicou que os franceses marchavam em direção às linhas de comunicação entre Kutúzov e as tropas que vinham da Rússia. Caso Kutúzov ficasse em Krems, o exército de Napoleão o cercaria e faria como fez em Ulm. Se Kutúzov resolvesse ir por outro caminho que não fosse pela estrada, enfrentaria as montanhas da Boêmia. Se decidisse seguir pela estrada de Krems para Olmütz, daria de frente com o exército de Napoleão e teria de enfrentá-lo em marcha, carregando todos os equipamentos pesados, cercado por todos os lados. Kutúzov escolheu a última opção.

O comandante-chefe precisava chegar à Znaim antes dos franceses, caso contrário deixaria todo o exército exposto ao ataque do inimigo. Na noite em que Kutúzov recebeu a notícia, enviou Bagrátion para a estrada de

---

14 Franz von Weyrother (1770-1806), general austríaco. Próximo a Kutúzov, tornou-se, graças a sua influência, membro do Estado-Maior. Foi quem redigiu o plano de Batalha de Austerlitz, a maior derrota do exército russo-austríaco nas Guerras Napoleônicas. (N.E.)

Krems-Znaim. O príncipe deveria segurar o exército de Napoleão o maior tempo possível, enquanto Kutúzov seguia para Znaim com todo o seu carregamento pesado.

O exército de Bagrátion estava faminto, descalço e cansado, sob uma forte tempestade. Porém, Bagrátion conseguiu chegar antes dos franceses. Kutúzov precisava que o príncipe segurasse os franceses por vinte e quatro horas até que ele conseguisse chegar a seu destino. O destino tornou possível o que era impossível. Murat tentou a mesma tática com Kutúzov, planejar um falso armistício para ganhar tempo até todo o seu exército chegar e destruir todo o exército de Kutúzov. Até então, Murat não sabia que o exército de Kutúzov não estava todo naquele lugar. Murat propôs a Bagrátion uma trégua de três dias. Bagrátion disse que não podia aceitar ou negar a proposta de trégua e enviou um ajudante de ordens até Kutúzov.

A trégua era a única forma de Kutúzov obter o tempo necessário para chegar e dar à companhia de Bagrátion a possibilidade de descansar um pouco. Ao receber a notícia, Kutúzov enviou Wintzingerode até o acampamento inimigo. Wintzingerode deveria ganhar o máximo de tempo possível, enquanto Kutúzov enviava os ajudantes para acelerar as tropas na estrada.

Assim que Bonaparte recebeu a notícia de Murat sobre um possível projeto de trégua e capitulação, percebeu o engano e escreveu uma carta ao marechal, dizendo-se decepcionado com a atitude dele de tomar decisões que não lhe cabiam. Ordenou que atacasse imediatamente o exército russo e completou dizendo que Murat fora enganado por um ajudante de ordens do imperador.

O ajudante de ordens de Bonaparte galopou com essa terrível carta até Murat. O próprio Bonaparte não confiava em seu general e por isso moveu-se com toda a sua guarda até o campo de batalha, temendo perder uma vitória certa. A companhia de Bagrátion estava descansando e preparando mingau pela primeira vez em três dias. Mal sabiam o que os esperava...

# CAPÍTULO 15

Às quatro horas da tarde, o príncipe Andrei, após insistir muito com Kutúzov, foi até Grunt e apresentou-se a Bagrátion. O ajudante de ordens de Bonaparte ainda não chegara até Murat; a batalha ainda não começara. Na companhia de Bagrátion ainda não sabiam nada a respeito das negociações. Falavam na batalha, mas não acreditavam que seria em breve.

O príncipe Bagrátion deu um lugar de destaque a Bolkónski em sua tropa. Como ele era um ajudante de ordens de confiança do Kutúzov, deixou-o escolher se ficaria na retaguarda ou na linha de frente, com o próprio Bagrátion. "Seja na linha de frente, seja na retaguarda, ganhará uma condecoração da mesma forma, mas ao meu lado será mais útil", pensava ele, "veremos se tem coragem".

De imediato, Bolkónski nada respondeu, mas pediu que lhe deixasse percorrer o campo para conhecer a tropa. Um oficial foi destacado para acompanhá-lo.

Bolkónski via, por todos os lados, soldados molhados, carregando os mais diversos objetos das aldeias. Resolveu ir até uma das tendas, a fim de comprar algo para comer. Alguns oficiais estavam sentados nas mesas, bebendo e comendo. Um deles era o capitão Túchin, que estava sendo duramente repreendido por um oficial.

Continuando a andar pelo campo, Andrei e o oficial que o acompanhava avistaram alguns soldados e oficiais cavando uma vala, fazendo barricadas de barro vermelho. O príncipe e seu acompanhante seguiam para o morro do lado oposto. Lá do alto podiam avistar o exército francês. O príncipe Andrei parou e começou a observar. Pouco depois, disse ao oficial que iria sozinho a partir daquele ponto. Quanto mais para a frente ele ia, mais organizadas, dispostas e alegres eram as tropas. Muito diferente do que ele observara desde a estrada para Znaim.

O príncipe Andrei finalmente chegou ao front. Lá ele podia ver claramente os soldados franceses. A ordem era de manter distância, mas os curiosos não obedeciam e aglomeravam-se na linha imaginária entre os dois exércitos.

– Olhe, olhe só como ele sabe falar a língua deles! – disse um soldado, apontando para um soldado que fora, junto de um oficial, até o exército francês.

O soldado de quem falavam era Dólokhov. O príncipe Andrei o conhecia e passou a prestar atenção à conversa. Os dois exércitos estavam tão próximos que era possível ver claramente os rostos dos soldados. Dólokhov trocava ofensas com um soldado francês, ambos diziam que acabariam um com o outro. Falaram de Bonaparte e trocaram outras tantas ofensas, daquelas que só se dizem aos piores inimigos.

# CAPÍTULO 16

Caminhando por toda a linha da tropa, do flanco direito ao esquerdo, o príncipe Andrei subiu até a bateria, de onde podia avistar todo o campo. Ao chegar, desceu do cavalo e observou a seu redor. Atrás dos canhões estavam as carroças, os cavalos e as fogueiras dos artilheiros; à esquerda, perto do canhão da frente, estava uma barraca; ouviam-se oficiais conversando dentro dela.

Do alto, avistava-se todo o exército russo e grande parte do exército francês. Bolkónski notou que naquela posição os franceses poderiam facilmente cercá-los. Como ele estava acostumado a estar com os comandantes e a ouvir muitas histórias e reuniões sobre estratégias de guerra, puxou seu caderno de anotações e pôs-se a desenhar sua própria estratégia. Ele traçou algumas possibilidades de defesa e também de ataque ao inimigo. Sua intenção era de mostrar seus planos ao príncipe Bagrátion.

O tempo todo ele ouvia a conversa dos oficiais na barraca, mas não conseguia entender exatamente o que diziam. De repente, ouviu uma voz mais alta, uma voz que parecia ser de alguém conhecido.

– Bem, dê-me um gole dessa sua bebida, Túchin! – disse alguém.

"Ah, é o mesmo capitão que estava sem botas na tenda", pensou o príncipe Andrei.

Naquele momento, caiu uma bala de canhão ali perto. Túchin foi o primeiro a sair da barraca. Atrás dele saiu o oficial da infantaria, correndo para sua companhia.

# CAPÍTULO 17

Bolkónski, a cavalo, parou na bateria, olhando para a fumaça do canhão de onde saíra o tiro. Seus olhos observavam todo o campo. Viu que, à esquerda, os franceses começavam a agitar-se, era realmente uma bateria. A fumaça não havia sequer se dissipado e já surgia outra, seguida de um novo tiro. Dois ajudantes de ordens franceses subiam o morro. A batalha começara. Murat acabara de receber uma carta furiosa de Bonaparte, por isso decidira atacar rapidamente, antes da chegada do general francês, na tentativa de redimir-se.

O príncipe Andrei galopou rumo a Grunt para encontrar-se com Bagrátion. Atrás dele, ouviam-se outros canhões, o exército russo respondia aos tiros. Lá embaixo, ouvia-se os tiros de fuzis. "Começou! Eis aí a guerra!", pensava ele, sentindo o sangue correr por suas veias em direção ao coração.

Ao longe, avistou o príncipe Bagrátion. Andrei ficou parado, esperando que ele se aproximasse. O príncipe, reconhecendo Bolkónski, parou seu cavalo e acenou com a cabeça.

A expressão de "Começou! Eis aí a guerra!", que há pouco passara pela mente de Andrei, estava estampada no rosto de Bagrátion, bem como no rosto de todos os demais soldados. O príncipe Andrei começou a contar todos os seus planos a Bagrátion, que ouvia atentamente, como se concordasse com cada uma daquelas palavras. Após ouvi-lo, tocou o cavalo em direção à bateria de Túchin.

O príncipe Andrei foi atrás dele, junto do oficial da comitiva, Jérkov, um ordenança, um oficial do Estado-Maior e um auditor, que era um civil, mas insistira para acompanhar a batalha de perto. Jérkov e os outros soldados faziam piadas do auditor, mas este parecia gostar de ser motivo de piadas dos soldados. Neste momento, enquanto seguiam para a bateria de Túchin, caiu outra bala de canhão à frente.

Mal caiu a primeira bala, já se ouviu outro assovio e um golpe em algo líquido. O tiro acertara um cossaco e seu cavalo. Bagrátion olhava com indiferença para aquela cena, como se não fosse nada importante. Eles chegaram à bateria em que Bolkónski estivera há pouco, quando fizera seus planos de estratégia.

Ao chegar, avistaram Túchin dando ordens aos artilheiros e ajudando a colocar os canhões em suas posições. Mesmo sem receber ordens, Túchin decidiu lançar projéteis incendiários na aldeia de Schöngraben, onde se via uma grande massa de franceses. Bagrátion observava a ação de Túchin com aprovação.

Do lado direito, os franceses estavam ainda mais próximos. Por diversas vezes, ajudantes de ordens aproximavam-se de Bagrátion com recomendações ou esperando alguma ordem. Bagrátion sempre concordava com as sugestões de seus soldados.

Naquele momento, o batalhão do Túchin fora esquecido. O príncipe Andrei escutava com atenção as conversas entre Bagrátion e os oficiais e notara que ele não dava ordem alguma, mas ouvia atentamente as sugestões dos oficiais e as acatava, fazendo uma expressão de que fazia o necessário. Graças a esta expressão de interesse que Bagrátion fazia diante dos oficiais, conseguia manter todos os soldados em plena disposição, alegres e confiantes. Ficavam até mesmo mais corajosos.

# CAPÍTULO 18

Ao chegar ao ponto mais alto do flanco direito, o príncipe Bagrátion começou a descer ladeira abaixo e não era possível enxergar nada por causa da fumaça dos tiros. Começaram a encontrar feridos: um era carregado por dois soldados, com um tiro no pescoço, outro estava com um tiro no braço. Pelo caminho, encontraram vários soldados retornando para o morro. À frente, na fumaça, já se podia ver os capotes cinzas e um oficial que se aproximava de Bagrátion, chamando seus soldados de volta. Os rostos dos soldados estavam alegres e sujos de pólvora.

Apareceu o comandante daquele regimento, um velhinho, magro e de aparência frágil, que recebeu Bagrátion como se estivesse recebendo uma visita. Ele contou ao príncipe que sua companhia fora atacada pelos franceses e perdera metade dos soldados. O príncipe Bagrátion virou-se para o ajudante e ordenou que buscasse o sexto batalhão, o mesmo que passara por eles, subindo o morro. O príncipe Andrei observou uma mudança na aparência de Bagrátion. Notou uma expressão concentrada e feliz.

O comandante do regimento tentara convencer Bagrátion a afastar-se do campo de batalha, para proteger-se do perigo. Ele pedia como se fosse um carpinteiro dizendo a seu senhor: "estamos acostumados ao serviço, mas o senhor criará calos nas mãos". O oficial do Estado-Maior também começou a pedir que Bagrátion se afastasse. No momento em que suplicavam, um vento levantou a nuvem de pólvora e o campo de batalha ficou visível, inclusive todo o exército francês. Era possível até distinguir os oficiais dos soldados.

Já se ouviam os passos pesados de uma massa de soldados, que ia diretamente para a batalha. Do flanco esquerdo, vinha um comandante gorducho, com uma expressão feliz no rosto, andando todo imponente, como se quisesse impressionar o príncipe Bagrátion. Enquanto marchavam, passou outra bala de canhão rompendo o ar. Os soldados continuaram sua marcha. Bagrátion, por sua vez, avançou à frente das fileiras, desceu do cavalo e ajeitou seu uniforme. Os franceses já apontavam ao pé do morro.

– Que Deus esteja conosco! – disse Bagrátion, de maneira firme e virando-se para o front.

Os franceses já estavam perto o suficiente para que Bolkónski pudesse distinguir até seus rostos e dragonas. Então os franceses começaram a disparar, subiu novamente a fumaça de pólvora e alguns soldados russos foram atingidos, inclusive o oficial que marchava todo imponente diante do Bagrátion. No momento em que se ouviu o primeiro tiro, Bagrátion virou-se e gritou:

– Hurra!

Ouvia-se o grito dos soldados se prolongando ao longo das fileiras; os soldados, fora de formação, mas animados, correram morro abaixo atrás dos franceses.

# CAPÍTULO 19

O ataque do sexto regimento de caçadores assegurou a retirada do flanco direito. A ação da bateria de Túchin, que incendiou Schöngraben, parou o movimento dos franceses, que passaram a se preocupar em apagar o fogo que se espalhara com o vento. O retorno do centro pelo barranco ocorreu às pressas e de forma barulhenta. Porém, o flanco esquerdo, cercado pelos franceses e composto pelos hussardos, ficou em desordem. Bagrátion então enviou Jérkov com a ordem de que eles recuassem. O alferes, de início, estava animado, mas depois acabou ficando com medo de avançar até o campo de batalha, por isso não transmitiu as ordens de Bagrátion.

O flanco esquerdo estava dividido entre o comandante do regimento em que servia Dólokhov e o comandante do regimento de Pávlograd, em que Rostov servia, e, por isso, havia grande desavença e forte competição entre os dois comandantes. Nenhum dos dois entrava em um acordo sobre quem iria avançar para o front. Enquanto isso, o exército francês avançava na direção deles. Decidiram ambos ir até o front para ver a situação, mas nenhum dos dois quis dar o braço a torcer e recuar, até que a única opção fosse atacar para abrir caminho.

Ao chegarem à linha de frente, as balas voavam sobre suas cabeças, e eles ficaram ali, parados. Todos sentiam que o próprio comandante não sabia o que fazer diante do exército francês. A impaciência contagiou todos os soldados e oficiais. Somente Rostov, ao avançar, sentia-se cada vez mais alegre.

O jovem hussardo notou uma árvore à frente. Esta árvore, antes diante dele, agora já havia ficado para trás. Após passar o suposto perigo, ficou ainda mais animado. "Agora pego o primeiro que aparecer!", pensava ele, apertando as esporas no cavalo e ultrapassando todos os outros. Rostov já estava de frente para o inimigo, erguendo a espada e seguindo sempre em frente, mas, de repente, um soldado passou por ele e Rostov sentiu como se não estivesse mais galopando, mas parado no mesmo lugar.

"O que é isso? Não estou mais cavalgando? Eu caí, morri...", perguntava-se Rostov. Estava sozinho no meio do campo. Sentia o sangue quente escorrendo em suas costas. "Estou ferido... o cavalo está morto". O cavalo, com a cabeça sangrando, tentou se levantar, mas caiu sobre a perna de Rostov. O jovem se sentia perdido, parecia não haver mais ninguém a seu redor. Com esforço, ele finalmente se levantou e sentiu seu braço esquerdo pesado. Ao olhar para o braço, viu que não havia sangue.

Rostov avistou algumas pessoas se aproximando, mas quando se aproximaram mais, ele observou que vestiam capotes azuis: eram do exército inimigo. Naquele momento, pensou que seria morto ou feito prisioneiro pelos franceses. Notou, então, que, na frente dos franceses, corria um hussardo, possivelmente tentando fugir.

Ele não podia acreditar que alguém pudesse querer matá-lo: ele era tão querido por todos, por sua mãe, pelos amigos, pela família... "Ah, mas eles me matarão!", pensou. De repente, apareceu um francês bem diante dele, apontando uma arma direto para sua cabeça. Tão depressa quanto pôde, Rostov sacou a pistola, mas, em vez de disparar, jogou a arma contra o soldado e saiu correndo. "Não, melhor não olhar para trás", pensava ele enquanto corria. Seu braço ficou ainda mais pesado. Sentia que não conseguia mais correr, mas reuniu as últimas forças, segurou o braço esquerdo com a outra mão e correu mais um pouco, em direção a alguns arbustos mais próximos. Ao chegar mais perto, olhou pela última vez para trás. Os franceses estavam fora de vista, então Rostov parou de correr. Atiradores russos estavam atrás dos arbustos.

# CAPÍTULO 20

Os regimentos de infantaria, pegos de surpresa na floresta, saíram da mata e misturaram-se às outras companhias, fugindo desordenadamente. Um soldado, assustado, começou a gritar que estavam cercados e encurralados.

Naquele momento, o comandante do regimento, ao ouvir os disparos e gritos, entendeu que algo terrível acontecera com seu regimento. Ele não queria manchar sua reputação de bom comandante, por isso, foi até seus soldados a galope, gritando para que todos voltassem. No entanto, os soldados não obedeceram e continuaram correndo.

Tudo parecia perdido, mas os franceses pararam de correr atrás dos soldados e recuaram. Foi então que o comandante viu surgir os artilheiros russos que estavam na floresta. Era a companhia do capitão Timókhin, que ficara sozinha na floresta, atacando os franceses. O oficial Dólokhov, que corria bem ao lado do capitão, conseguira abater um francês e fora o primeiro a pegar um prisioneiro pelo colarinho. O comandante do regimento estava com o major Ekonómov na ponte quando Dólokhov aproximou-se deles, entregando-lhes uma cartucheira e uma espada francesa. O oficial avisou que prendera um francês e pediu-lhes que não se esquecessem dele.

Bagrátion enviou um oficial do Estado-Maior e depois o príncipe Andrei até a bateria de Túchin, com a ordem de recuar rapidamente. A bateria de Túchin só não fora tomada pelos franceses porque estes não podiam crer que os soldados estivessem ali sozinhos; imaginavam que havia um grande número deles escondidos, com muitos outros canhões, e não apenas quatro. Logo após a partida de Bagrátion, Túchin conseguiu incendiar Schöngraben por completo.

Todos os franceses se ocupavam com a contenção das chamas. Os franceses decidiram contra-atacar por vingança e aproximaram dez canhões, mirando contra a companhia de Túchin. Ele estava tomado pela euforia, parecia uma criança, animada com novos brinquedos. Algumas balas acertaram seus soldados e cavalos, ele perdeu dezessete de seus quarenta soldados. Sua animação mantinha também seus soldados animados e atirando sem parar. Túchin encontrava-se em um estado de puro êxtase, delirante e quase febril. Para ele, os franceses eram como formigas.

Um oficial tentou dizer a Túchin que recuasse com seu batalhão, mas não terminou de dizer o que queria. Rapidamente, outra bala de canhão sobrevoou e todos tiveram de se abaixar. Logo em seguida outra bala já irrompia no ar. O oficial deu meia-volta com o cavalo e foi para longe dali.

Pouco depois veio o ajudante de ordens com a mesma ordem de recuo. Desta vez, foi o príncipe Andrei que deu a ordem e permaneceu com a bateria.

Decidiu ajudar na retirada dos canhões. Junto de Túchin, sob o fogo dos franceses, iniciou a retirada das armas.

Quando carregavam os únicos dois canhões que restaram, o príncipe Andrei aproximou-se de Túchin, despediu-se e notou que lágrimas corriam de seus olhos.

# CAPÍTULO 21

O vento se acalmara, as nuvens negras de fumaça pairavam sobre o campo de batalha. Na escuridão, destacavam-se dois pontos de incêndio. Os tiros de canhão tornaram-se mais fracos, mas ainda era possível ouvir os tiros dos fuzis. Assim que Túchin bateu em retirada, encontrou-se com os comandantes e os ajudantes de ordens, entre eles o oficial do Estado-Maior e Jérkov, que nunca chegara a falar diretamente com Túchin antes. Todos os presentes falavam ao mesmo tempo, mas Túchin permaneceu calado e aproximou-se da artilharia. Mesmo com a ordem de abandonar os feridos, alguns se arrastavam atrás das tropas buscando socorro. No pé do morro, vinha correndo um hussardo, segurando o braço esquerdo com a outra mão. Aproximou-se de Túchin e pediu-lhe ajuda. Era o jovem hussardo Rostov. Túchin pediu que lhe arranjassem um espaço na carroça com o canhão. Rostov explicou que havia se ferido em combate e talvez tivesse quebrado o braço.

Com muito custo, subiram o morro, chegaram à aldeia de Guntersdorf e pararam por um momento. Estava tão escuro que não era possível enxergar nem as fardas dos soldados. De repente, ouviram-se tiros de fuzis e abriu-se um clarão naquela escuridão. Eram soldados russos rechaçando alguns franceses. Mais uma vez, na completa escuridão, Túchin e seus soldados seguiram em frente.

O capitão Túchin decidiu parar na estrada, acender uma fogueira para que todos descansassem e convidou Rostov para sentar-se ali. O jovem estava muito mal, com dor, febre e com muito frio.

– Vossa Excelência, o general está chamando o senhor. Estão aqui na isbá – disse um artilheiro ao Túchin.

Na isbá estavam o príncipe Bagrátion, reunido com alguns comandantes, o oficial do Estado-Maior, Jérkov e o príncipe Andrei. Em uma isbá vizinha, estava um coronel francês, feito prisioneiro, rodeado pelos oficiais.

O príncipe Bagrátion agradeceu a todos os oficiais e pediu-lhes que contassem todos os detalhes do combate e as perdas. O comandante do regimento contou toda a sua história de como rechaçara os franceses: estava na floresta e fora cercado pelo inimigo, mas resolvera dividir o batalhão para depois atacar os franceses na retaguarda. Contou também sobre o heroísmo do Dólokhov ao enfrentar os franceses e capturar um oficial.

Depois desse relato, o príncipe Bagrátion agradeceu a todos pelo heroísmo e perguntou o motivo de terem abandonado dois canhões no morro. O oficial do Estado-Maior disse que talvez estivessem quebrados. Contaram ao príncipe Bagrátion que Túchin estava por ali perto quando isso ocorrera. O príncipe, então, questionou o capitão de artilharia. Naquele momento, Túchin desejou ter morrido em combate, para não passar a vergonha de ter abandonado dois canhões.

Túchin disse não ter uma resposta para tal questionamento. No entanto, ele poderia ter dito que não havia reforços, mas quis poupar os outros oficiais. Houve um duradouro silêncio na isbá. O príncipe Andrei se levantou, olhou para Túchin e disse ao Bagrátion que Túchin perdera dois terços dos soldados e os dois canhões, completou dizendo que o capitão lutara de forma heroica.

O príncipe Bagrátion olhou para Túchin e disse-lhe que podia se retirar. O príncipe Andrei saiu em seguida. Túchin agradeceu ao Bolkónski, mas ele nada respondeu.

Enquanto isso, Rostov estava delirando, pois a dor no braço tornava-se cada vez mais forte. O sono já o dominava e ele perdeu a consciência por algum tempo. Vieram-lhe as lembranças de sua adorada família. Em alguns momentos, chegou a questionar-se sobre o motivo de ter ido para aquela guerra. Estava completamente desolado, sozinho e o médico não chegava para cuidar de seu ferimento.

No dia seguinte, os franceses não voltaram a atacar, e o esquadrão do Bagrátion juntou-se ao exército do Kutúzov.

# Terceira parte

## CAPÍTULO 1

O príncipe Vassíli não remoía seus planos, muito menos pensava em fazer mal para as pessoas em benefício próprio. No entanto, ele tinha sempre vários planos acontecendo ao mesmo tempo em sua cabeça.

Pierre estava em Moscou, e o príncipe Vassíli conseguira que ele fosse indicado a pajem da corte. Feito isso, insistiu para que o jovem fosse a Petersburgo hospedar-se em sua casa. E assim, como quem não quer nada, faria de tudo para que Pierre se casasse com sua filha. Afinal, ele era agora o conde Bezúkhov.

Sempre cercado de pessoas, cheio de convites para festas, bailes e reuniões, Pierre viu-se, de uma hora para outra, cercado por todos aqueles que antes o evitavam e agora o tratavam com ternura. Até mesmo a princesa mais velha, Katiche, que era a mais irritada de todas, veio até o quarto de Pierre, logo depois do enterro do velho conde, para pedir uma carta de crédito e a permissão de permanecer mais um tempo na casa. Foi o príncipe Vassíli que convenceu Pierre a dar à princesa tanto a permissão quanto um crédito de trinta mil rublos; possivelmente, com medo de que ela contasse sobre a pasta de mosaico do conde. Aliás, desde a morte do conde Bezúkhov, o príncipe Vassíli não arredou mais os pés de Pierre. Também a irmã mais nova da princesa, que sempre zombava de Pierre, passou a tratá-lo de forma cordial.

No início do inverno de 1805 para 1806, Pierre recebeu uma carta de Anna Pávlovna dizendo que ele encontraria a bela princesa Hélène Kuraguina em sua casa. Pierre sentiu que entre ele e Hélène havia algum tipo de ligação, já sabida por todos da sociedade. Isso o animava e, ao mesmo tempo, apavorava.

A noite na casa de Anna Pávlovna era a mesma que a anterior, a única novidade era o diplomata que viera de Berlim. Como sempre, ela havia organizado diversos círculos de conversa em sua sala de estar. No círculo maior, estavam o príncipe Vassíli, um general e o diplomata. O outro círculo era a mesa de chá. Pierre queria ficar no primeiro círculo, mas Anna Pávlovna fez questão de que ele ficasse no mesmo círculo que Hélène. O jovem conde olhava para a bela princesa, enquanto pensava que ela poderia ser facilmente sua futura esposa.

De volta a casa, Pierre ficou pensando naqueles instantes em que ficara tão próximo de Hélène. Tentou encontrar razões para não se casar com ela, mas não conseguia achar nem uma única razão. Chegou a lembrar-se dos rumores de que o próprio irmão, Anatole, era apaixonado por ela, mas nem isso lhe pareceu motivo suficiente. Eram apenas rumores, afinal de contas. Decidiu que Hélène poderia ser sua futura esposa e continuou a pensar em toda a sua beleza.

# CAPÍTULO 2

Em novembro de 1805, o príncipe Vassíli teve que ir em auditoria por quatro províncias. Ele ia aproveitar e visitar suas propriedades, que estavam abandonadas, e também visitar Anatole, que estava no exército, e levá-lo à casa do príncipe Nikolai Bolkónski, a fim de casar o filho com a filha do velho. Mas, acima de tudo, Vassíli Kuráguin precisava decidir o futuro de sua filha com Pierre, que ainda não fizera o pedido de casamento. O príncipe achava que já estava na hora. Ele planejou uma festa de aniversário para Hélène e, caso Pierre não fizesse o pedido, ele mesmo arranjaria tudo.

No dia do aniversário da princesa Kuráguina, na casa do príncipe Vassíli, compareceram algumas poucas pessoas próximas da família. A todos esses convidados deram a entender que o futuro da jovem aniversariante seria decidido naquela noite.

O príncipe Vassíli falava com todos, mas ignorava Hélène e Pierre, fingindo que não os notava. Porém, a cada vez que fazia uma brincadeira ou contava uma piada, o príncipe olhava ora para a filha, ora para o genro em potencial, como se esperasse, com isso, conseguir uma decisão do jovem conde.

Todos na mesa riam muito, apenas Pierre e Hélène estavam quietos; ela por esperar o desfecho que o pai prometera, ele por ter de tomar uma grande decisão. Mesmo com toda a alegria dos convidados, Pierre sentia que todos estavam esperando sua decisão, e sentia-se pressionado cada vez mais.

Depois do jantar, Pierre levou sua dama para o salão, junto dos outros. Os hóspedes começaram a se dispersar. Alguns nem sequer se despediram de Hélène, como se não quisessem atrapalhá-la naquele compromisso importante, que decidiria seu futuro.

Durante a despedida dos convidados, Pierre ficou sozinho com Hélène. Ele já havia ficado muito tempo sozinho com a princesa antes, mas nunca havia falado sobre o amor. Sabia que precisava se decidir e dizer algo, mas não conseguia dar o primeiro passo. Ele não sabia o que dizer, então perguntou-lhe se estava satisfeita com a festa. Ela respondeu que fora uma das noites mais agradáveis que já tivera.

Alguns parentes próximos ainda permaneceram na festa, todos na sala maior. O príncipe Vassíli aproximou-se de Pierre e sentou-se a seu lado. Ele fez uma piada e Pierre sorriu, mas em seu sorriso era evidente que ele entendera a intenção do príncipe, e este também compreendera que ele havia entendido. O príncipe Vassíli saiu de repente da sala. Pierre e Hélène estavam encabulados com toda aquela situação.

Depois de ter cochilado um pouco, o pai de Hélène acordou e pediu à esposa, a princesa Aline Kuráguina, que fosse ver o que a filha e Pierre estavam fazendo. A esposa foi até a sala e respondeu que os dois estavam apenas conversando. O príncipe logo fechou a cara, levantou-se bruscamente e foi em direção à sala onde estava o casal. Com passos rápidos, fez uma expressão alegre e aproximou-se de Pierre, que até se assustou e levantou-se.

– Graças a Deus! A minha esposa contou-me tudo! Estou muito feliz! Eu amava seu pai... e ela será uma ótima esposa... Que Deus os abençoe! – disse o príncipe Vassíli, abraçando o casal.

Ele chamou a esposa e ela pôs-se a chorar. Beijaram Pierre e a mão da bela Hélène. Logo em seguida ficaram a sós novamente.

"Tudo isso tinha que acontecer e não podia ser de maneira diferente", pensou Pierre.

– Hélène! – disse ele, em voz alta e parou – Eu amo você! – continuou, de uma maneira tão tímida que ficou com vergonha de si mesmo.

Após um mês e meio, Pierre estava casado e tornou-se, como dizem, o feliz proprietário de uma linda esposa e de milhões de rublos, com uma casa enorme em Petersburgo.

# CAPÍTULO 3

O velho príncipe Nikolai Bolkónski, em dezembro de 1805, recebera uma carta do príncipe Vassíli comunicando sua chegada com seu filho, o príncipe Anatole. O velho Bolkónski fechou a cara e não disse nada.

O velho Bolkónski nunca vira com bons olhos o caráter do príncipe Vassíli, e isso desde quando ele obtivera promoções durante os reinados de Paulo e Alexandre[15]. Agora, com a carta do príncipe Vassíli em mãos e com as alusões que a jovem princesa Mária Bolkónskaia fizera, o velho príncipe sentia um desprezo ainda maior por Vassíli Kuráguin. No dia de sua chegada, o príncipe estava especialmente mal-humorado.

Como de costume, às nove horas, ele foi passear por sua propriedade. Na véspera, havia nevado, mas o caminho que levava à estufa estava completamente limpo. Haviam tirado toda a neve do caminho e da alameda. O velho ficou furioso, pois não tiraram a neve para sua filha passar, mas tiraram para uma visita. Alpátitch, um dos criados da casa, disse que limpara a alameda para a chegada do ministro. O velho virou-se para o criado e olhou diretamente para ele.

– O quê? Que ministro? Não receberei ministro nenhum! – gritou o velho príncipe, furioso.

Neste momento, o velho príncipe tentou acertar sua bengala na cabeça do criado, mas ele conseguiu se desviar do golpe.

– Canalhas! Bloqueiem com neve! – continuou a gritar o príncipe Bolkónski.

Ao chegar para o jantar, o velho perguntou por Liza, sua nora. A senhorita Bourienne respondeu que ela estava indisposta e ficara no quarto. A jovem princesa não estava indisposta, mas sim com medo do mau humor do velho.

Após o jantar, o príncipe foi até o quarto da nora. A pequena princesa estava sentada, conversando com Macha, sua criada. Liza ficou pálida ao ver o sogro, mas ele queria apenas saber de sua saúde. Saindo do quarto, ele foi até a copa, certificar-se de que o criado havia bloqueado a alameda, como ele ordenara.

À noite, quando o príncipe Vassíli chegou, encontrou a alameda bloqueada de tanta neve. Os cocheiros e copeiros ajudaram a empurrar o trenó até a casa de hóspedes. O príncipe e seu filho ficaram em quartos separados.

---

15  Alexandre I (1777-1825), imperador da Rússia entre 1801 e 1825. Primogênito de Paulo I e sua segunda esposa, era o favorito da avó Catarina e fora escolhido por ela para assumir o trono, mesmo antes do pai. Seu governo foi marcado por uma retomada nos projetos expansionistas, anexando muitos territórios ao Norte e ao Sul, e também pelas Guerras Napoleônicas. Em 1807, assinou um tratado de paz com Napoleão, que foi descumprido alguns anos depois, quando o imperador francês invadiu a Rússia. A derrota dos franceses em 1812 foi um marco no reinado de Alexandre e colocou a Rússia como uma das principais potências europeias do século XIX. Morto em 1825, vítima de malária, foi sucedido pelo irmão Nicolau. (N.E.)

O príncipe Anatole era o tipo de rapaz que encarava sua vida com divertimento, até mesmo seu casamento arranjado com a rica e horrorosa princesa Bolkónskaia. "Por que não me casar, já que ela é rica? Isso nunca atrapalhou ninguém", pensava ele.

Antes do jantar, Anatole arrumou-se com esmero e foi até o quarto do pai. O príncipe Vassíli estava rodeado pelos criados. Ao olhar para o filho, fez um ar de aprovação, como se dissesse: "Isso, é assim que tem que ser!".

Neste momento, no quarto das criadas, já se sabia da chegada dos dois e da aparência de ambos, nos mínimos detalhes. A pequena princesa Liza e a senhorita Bourienne já tinham todas as informações sobre o filho de Kuráguin e contaram à princesa Mária que era um homem bonito, alto e de sobrancelhas negras. Mas a princesa Mária tentava não pensar nesse assunto. Estava só em seu quarto, com seus pensamentos.

A cunhada e a dama de companhia tentaram arrumar a princesa Mária para que ficasse mais apresentável; já que bonita não seria possível de forma alguma. Trouxeram-lhe alguns vestidos, arrumaram-lhe os cabelos, mas a princesa Mária não via necessidade de arrumar-se, queria ser ela mesma e assim apresentar-se diante do filho de Kuráguin, seu futuro noivo. Após provar alguns vestidos, decidiu-se por usar um vestido de cor clara e uma fita, levantando seu cabelo. Sua aparência havia se modificado completamente, não para melhor, mas ao menos diferente. A princesa Liza decidiu vesti-la como ela era naturalmente, porém de maneira um pouco mais apresentável. Por fim, a princesa Mária irritou-se e não quis trocar mais uma vez seu vestido. Desceria para jantar do jeito que estava e, se fosse a vontade de Deus, tudo daria certo. Entregou seu destino nas mãos do Criador.

Com esse pensamento tranquilizante, a princesa Mária, suspirando, fez o sinal da cruz e desceu, sem pensar no vestido, no penteado nem no que iria dizer. "Que importância tudo isso poderia ter, em comparação com a predestinação de Deus; pois, sem a vontade dele, não cai nem um fio de cabelo da cabeça de alguém", pensava ela.

# CAPÍTULO 4

Quando a princesa Mária entrou na sala, o príncipe Vassíli e seu filho já estavam lá, conversando com a princesa Liza e a senhorita Bourienne. A princesa Mária observava a todos, mas, quando viu o príncipe Anatole, aquele homem alto e bonito, não conseguiu mais olhar para ele. Ao cumprimentá-lo, sentiu apenas sua mão firme, sua pele alva e seus belos cabelos castanhos. Quando finalmente olhou para ele, sua beleza a impressionou. Ele despertava a curiosidade nas mulheres, o medo e até mesmo o amor. Parecia que tinha consciência de sua superioridade. Na sala, a conversa era conduzida com animação, graças à bela princesa Liza.

– Por que nunca nos encontramos na casa de Anna Pávlovna? – perguntou a pequena princesa Liza a Anatole, mas ela mesma respondeu antes dele. – Ah, seu irmão contou-me de suas peripécias. Até as de Paris eu fiquei sabendo.

Ao ouvir falar de Paris, a senhorita Bourienne não perdeu a oportunidade de entrar na conversa e fazer várias perguntas a Anatole sobre a cidade. Observando a bela Bourienne, Anatole decidiu que aquele lugar não seria tão chato quanto esperava e passou a desejar a dama de companhia da princesa Mária.

O velho príncipe Bolkónski ainda estava se vestindo no escritório. A chegada das visitas o deixou profundamente irritado. Ele não acreditava que sua filha precisasse se casar. Como considerava sua filha feia, não acreditava que alguém pudesse lhe querer por amor, apenas por dinheiro.

O velho entrou na sala e rapidamente passou os olhos em todos os presentes. Notou que a filha mudara de vestido e de penteado, que a princesa Liza estava de vestido novo, que a senhorita Bourienne estava cheia de sorrisos para Anatole e que a filha se isolava da conversa.

"Arrumou-se como uma tola! Não tem vergonha! Ele nem quer saber dela!", pensou o velho.

O velho príncipe puxou uma poltrona e chamou o príncipe Vassíli para sentar-se perto dele. O velho parecia ouvir com atenção as histórias de Kuráguin, mas olhava para a filha o tempo todo. Finalmente, ele se levantou e foi até ela.

– Você se arrumou para os convidados, não é? Muito bem, você mudou seu penteado para os convidados, agora você ficará sempre assim – disse o velho para a filha.

– A culpa é minha, meu sogro – disse a princesa Liza.

– A senhora tem todo o direito, mas ela não tem motivo. Já é tão feia – disse o velho.

Ele retornou a seu lugar e não deu atenção às lagrimas da filha. O príncipe Vassíli, pelo contrário, elogiou o penteado da futura nora. Desta vez, o velho chamou Anatole para conversar. A conversa não se desenrolou muito bem, o velho perguntou do exército, mas Anatole nem sequer sabia para onde fora transferido. O velho riu da situação e o jovem príncipe riu ainda mais.

Passado algum tempo, Bolkónski levou o príncipe Vassíli para seu escritório. Ao ficar a sós com o velho, o príncipe foi direto ao assunto e falou de seus desejos e anseios. O velho ficou furioso e disse que, por ele, Mária poderia ir embora no dia seguinte. O príncipe Vassíli disse que seu filho não era muito inteligente, mas era uma boa pessoa. No entanto, o velho disse que queria averiguar.

Como sempre acontece com mulheres solitárias, a presença de Anatole deixou as mulheres da casa do príncipe Nikolai entusiasmadas. A princesa Mária não pensava mais em nada além do belo Anatole e até já fantasiava sua vida de casada, sua família. Estava completamente encantada por ele, mas não conseguia ser agradável com o novo hóspede.

Enquanto isso, Anatole pensava: "Pobre moça! Ela é diabolicamente feia".

A senhorita Bourienne também estava encantada com Anatole. A jovem, que não tinha ninguém nem posição alguma na sociedade, via naquele belo rapaz sua oportunidade de conquistar seu príncipe russo que tanto sonhava. Era sua grande chance, não poderia desperdiçá-la.

A pequena princesa Liza, por sua vez, de forma inconsciente, esquecendo-se de sua posição, flertava com o belo jovem. Fazia isso sem nenhuma intenção, apenas por uma simples diversão.

O príncipe Anatole parecia já estar acostumado a sempre ter mulheres atrás dele. Por causa disso, sentia um prazer pretensioso em ver sua influência sobre aquelas três. Ao mesmo tempo, ele começava a experimentar um sentimento apaixonado e provocante pela bela senhorita Bourienne, que poderia levá-lo a fazer alguma loucura.

Depois do chá, todos foram para a sala de estar. Ali, pediram que a princesa tocasse o clavicórdio. Anatole ficou de frente para ela, seus olhos estavam virados para a princesa, mas ele olhava para os movimentos do pezinho da senhorita Bourienne. Ela também olhava para a princesa Mária, mas também havia nela um sentimento diferente. No entanto, a pobre princesa Mária não podia nem imaginar o que se passava, pois acreditava na fidelidade da amiga e dama de companhia.

Depois do jantar, Anatole beijou a mão da jovem princesa. Ao beijá-la, aproximou-se da senhorita Bourienne e também lhe beijou a mão. A senhorita

Bourienne ficou assustada e logo olhou para a princesa. "Que delicadeza. Será que a senhorita Bourienne acha que eu sentirei ciúmes dela?", pensou a princesa Mária, inocentemente. Ela então se aproximou e abraçou a senhorita Bourienne. Em seguida, Anatole tentou pegar em sua mão, mas Mária o impediu, dizendo que só deixaria que o fizesse depois de seu pai atestar que ele era um bom rapaz, e saiu da sala.

# CAPÍTULO 5

Todos se dispersaram e, exceto Anatole, que caiu no sono tão logo se deitou, ninguém foi dormir cedo.

A princesa Mária demorou para dormir, ficou pensando em seu possível futuro marido, em como ele era bonito e, o mais importante, em como era um bom homem. Por estar muito agitada, chamou sua criada para deitar-se em seu quarto.

A senhorita Bourienne estava insone e caminhava pelo jardim de inverno, talvez esperando por alguém.

A princesa Liza também não conseguia dormir, pois reclamava que sua cama não estava bem-arrumada e chamou a criada para arrumá-la. Anatole mexera com ela, fazendo com que ficasse dispersa como há muito não ficava.

O velho príncipe também não dormiu. O lacaio Tíkhon podia ouvi-lo andando pelo quarto com passos pesados, bufando de tempos em tempos. O príncipe Bolkónski estava ofendido por sua filha, pois ele acreditava que ela, como um cãozinho, abanava a cauda para o primeiro que passava pela porta, partindo logo mais. Ele vira que Anatole só tinha olhos para a senhorita Bourienne e estava tentando achar uma forma de dizer isso para a filha sem magoá-la. Depois de muito pensar, chamou Tíkhon e começou a despir-se para dormir.

Apesar de nada ter sido dito entre Anatole e a senhorita Bourienne, ambos sabiam que havia muito a ser conversado entre eles. Precisavam conversar em segredo pela manhã. Neste momento, a princesa Mária foi até o escritório do pai, como sempre. A senhorita Bourienne estava com Anatole no jardim de inverno.

O velho príncipe estava especialmente gentil com sua filha. Ela sabia que ele usava essa expressão quando precisava falar algo sério. Era a mesma expressão de quando ele falava sobre seus exercícios de aritmética. Ele foi direto ao assunto, dizendo à filha que o príncipe Vassíli pedira sua mão para casar-se com Anatole, e queria saber a opinião dela. A princesa Mária não sabia o que dizer e pediu a opinião do pai, que ficou irritado e disse não ser problema dele. O velho decidiu que ela deveria pensar e, após uma hora, retornar a seu escritório para dar sua resposta. No entanto, antes de a princesa sair do escritório, o velho fez insinuações sobre os olhares de Anatole para a senhorita Bourienne. Com isso em mente, a princesa pôs-se a pensar a respeito.

Imersa em seus pensamentos, a princesa atravessava o jardim de inverno, mas não via nem ouvia nada. De repente, escutou um sussurro da senhorita Bourienne. Ela levantou os olhos e viu Anatole, que abraçava a francesinha pela cintura e falava algo em seu ouvido. Anatole notou a presença da princesa, mas continuou com as mãos na cintura da francesinha, que não notara a presença da amiga. A princesa Mária apenas olhava para eles, em silêncio. Ela não podia acreditar no que estava vendo. Finalmente, a senhorita Bourienne gritou e saiu correndo. Anatole apenas cumprimentou a princesa, com um sorrisinho no rosto, e passou por ela, em direção à porta.

Depois de uma hora, Tíkhon foi chamar a princesa Mária. Os velhos príncipes a esperavam no escritório. Naquele momento, a princesa estava no sofá, abraçada com a francesinha, em lágrimas. A princesa Mária queria renunciar ao casamento, em nome da amiga. A amiga rejeitou mas, no fundo, era o que ela queria.

Quando a princesa entrou no escritório, o príncipe Vassíli começou a tecer-lhe elogios. O príncipe Nikolai anunciou a proposta do príncipe Vassíli, que frisou estar nas mãos dela o destino de Anatole.

– Você quer ou não se casar com o príncipe Anatole Kuráguin? Sim ou não? – gritou o velho.

A princesa Mária disse que não queria se casar, pois não queria abandonar o pai. Neste momento, o príncipe Vassíli levantou-se e pediu que ela pensasse melhor, que desse a Anatole a chance de conquistar seu coração. A princesa Mária foi enfática e manteve sua decisão. O velho príncipe abraçou amigavelmente o príncipe Vassíli e disse à filha que fosse para o quarto.

"Minha vocação é outra. Minha vocação é ser feliz de outra maneira, a felicidade do amor e do autossacrifício. A pobre Bourienne está tão apaixonada por ele. Farei de tudo para que ela se case com Anatole. Se necessário, falarei com papai para ajudá-la financeiramente, falarei até com Andrei", pensava a princesa Mária, enquanto ia para seu quarto.

# CAPÍTULO 6

Há muito tempo a família Rostov não recebia notícias de Nikolai. Foi só no inverno que ele escrevera. Assim que recebeu a carta, o conde ficou assustado e foi rapidamente lê-la, correndo para seu escritório. Ao saber da carta, Anna Mikháilovna, que ainda estava hospedada na casa dos Rostov, foi logo atrás dele.

– Meu bom amigo? – disse, de forma triste, Anna Mikháilovna.

– Nikolai... carta... foi ferido... meu querido... ferido... oficial... graças a Deus... como direi à condessa? – disse o conde, chorando.

Anna Mikháilovna aproximou-se do conde, enxugou suas lágrimas e decidiu que ajudaria a preparar a condessa para a notícia sobre a carta do filho.

No jantar, Anna Mikháilovna tocava em assuntos de guerra e falava de Nikolai. Perguntou quando fora a última vez que haviam recebido uma carta dele. Era como se estivesse preparando a condessa para a notícia vindoura. Natacha, sempre atenta a tudo, notou que havia algo que Anna Mikháilovna e seu pai estavam escondendo e desconfiava que fosse sobre seu irmão.

A pequena Natacha finalmente conseguiu extrair o segredo de Anna Mikháilovna, que lhe contou a notícia, mas só depois de receber da menina a promessa de que ela guardaria segredo. Natacha foi logo contar a novidade para Sônia. Contou que, por causa do ferimento, Nikolai recebera uma promoção e agora era um oficial. As duas se abraçaram e começaram a chorar. Natacha convenceu Sônia a escrever para Nikolai, para lembrar-se dela e do compromisso que assumira com ela antes de partir. No entanto, Natacha disse que tinha vergonha de escrever para Boris, pois acreditava que nem sequer conseguia se lembrar de como ele era. Pétia, o irmão mais novo de Natacha, intrometeu-se e disse que ela não escreveria porque já se apaixonara pelo Pierre e depois pelo italiano, professor de canto. Sônia ficou espantada com o que a Natacha lhe contou e disse que se lembraria de Nikolai para sempre, pois era o amor da vida dela.

A condessa foi para seu quarto, sentou-se na poltrona e olhava uma foto do filho, enquanto as lágrimas escorriam de seus olhos. Anna Mikháilovna foi atrás dela, com a carta na mão, e o conde ficou ouvindo atrás da porta. De início, ele ouviu uma voz, depois outra e, ao final, ouvia as duas vozes alegres vindas do quarto. No rosto da Anna Mikháilovna havia uma expressão de orgulho, de quem fizera um bom trabalho.

A condessa segurava a carta em uma das mãos e a fotografia na outra. Ela leu a carta quase uma dezena de vezes. Todos entravam em seu quarto para ouvi-la ler a carta do filho. Na carta, Nikolai mandava lembranças a todos, dos copeiros aos pais; contava sobre as duas batalhas, mas não falava um só momento de si ou sobre suas conquistas, escrevia sobre todos os outros, até sobre Deníssov e sua coragem na batalha. Todos estavam orgulhosos de Nikolai, por sua humildade, sua exímia escrita e seu heroísmo. Ao ouvir seu nome e que ele mandara lembranças, Sônia saiu correndo pela casa, dando voltas pela sala. A condessa chorava de alegria e orgulho.

O conde, a condessa, os irmãos e Sônia, todos escreveram para Nikolai. Passaram a semana redigindo e corrigindo a carta. Eles enviariam para o irmão do tsar Alexandre I, Konstantin Pávlovitch, que era o grão-duque e comandante do exército. Quando recebesse a carta, o grão-duque a passaria para Boris, que, por sua vez, a passaria para Nikolai. Com as cartas, enviaram seis mil rublos, para o uniforme de oficial, e alguns apetrechos, que o conde fez questão de enviar.

# CAPÍTULO 7

No dia 12 de novembro, o exército de Kutúzov estava acampado próximo de Olmütz e preparava-se para uma revista pelos imperadores russo e austríaco.

Naquele dia, Rostov recebera um bilhete de Boris, avisando que o regimento de Ismail estava na região e que precisava entregar-lhe uma carta e dinheiro. Rostov foi diretamente ao encontro do amigo. Ele vestia uma farda surrada, o capote ainda era de soldado e apenas o sabre de oficial era novo.

A guarda se manteve, durante toda a campanha, ao lado do grão-príncipe, portanto, estavam com suas fardas impecáveis, comiam tudo do bom e do melhor, eram recebidos com festa por onde passavam. Boris passara o tempo todo ao lado de Berg, que agora era o comandante da companhia. Pierre enviou uma carta de recomendação, que lhe rendera uma amizade com o príncipe Andrei. Por isso tudo, Boris esperava obter algum lugar no Estado-Maior.

Berg e Boris estavam sentados, jogando xadrez. Neste momento, a porta se abriu, era Rostov. Os dois amigos cumprimentaram-se, observando as mudanças que o tempo e o serviço militar causaram-lhes. Ambos ficaram impressionados um com o outro, com a mudança de voz e até de comportamento.

– Ah vocês, malditos engomadinhos! Todos limpinhos, frescos, cheios de celebrações. Não são como nós, os pecadores do front – disse Rostov, mostrando suas roupas para Boris.

Boris perguntou a Rostov se ele já havia entrado em combate. Rostov nada disse, apenas lhe mostrou a Cruz de São Jorge[16] e a mão enfaixada. Boris começou a lhe contar de sua campanha ao lado do filho do tsar, cheio de festas, comidas e mordomias.

Rostov pediu que Boris mandasse trazer o vinho, este não queria beber, mas pediu a garrafa para o amigo. Aproveitando o ensejo, entregou-lhe a carta e o dinheiro. Rostov pegou a carta e começou a lê-la imediatamente. Ficou incomodado com a presença de Berg naquela sala, enquanto ele lia a carta e contava o dinheiro que recebera. De uma forma não muito sutil, pediu a Berg que o deixasse a sós com o amigo. Berg vestiu seu impecável capote, olhou-se ao espelho e saiu.

Com a carta, Anna Mikháilovna escrevera uma recomendação para o príncipe Bagrátion. Rostov não gostou e jogou-a no chão, mas Boris a apanhou, dizendo que poderia ser útil ao amigo. Nikolai disse que não queria ser um ajudante de ordens, pois isso era o cargo de um lacaio, não para ele.

Pouco depois, Berg estava de volta. Então, com a ajuda do vinho, a presença de Berg e a conversa entre os três foi mais alegre e amistosa. Passaram a contar piadas sobre o exército, Berg contava suas aventuras no regimento, sempre contando vantagens. Rostov começou a contar sobre sua batalha, das dificuldades no front. Não queria mentir, queria contar apenas a verdade, mas sentia que, se contasse apenas a verdade, a história não seria tão interessante e passou a mentir um pouco sobre a batalha.

Enquanto Rostov contava suas histórias, o príncipe Andrei Bolkónski entrou no quarto. Andrei se sentia lisonjeado por ser considerado um protetor daqueles jovens. Entrou no quarto na esperança de encontrar apenas Boris, mas viu que havia um hussardo com ele. Bolkónski então fechou a cara e sentou-se em um sofá, apenas observando a história de Rostov, que se sentiu intimidado e calou-se, ficando vermelho. Boris aproveitou e perguntou a Bolkónski

---

16  Condecoração militar russa criada por Alexandre I, em 1807. (N.E.)

as novidades do Estado-Maior. Visivelemnte, porém, o príncipe não queria falar sobre tal assunto na frente de um estranho. Após responder secamente aos companheiros, Bolkónski perguntou se Rostov esteve em Schöngraben. Ao receber a resposta, sorriu com desdém, o que provocou a ira do oficial recém-ordenado, que disse ter vivenciado a batalha e não era como os sujeitos do Estado-Maior, que não fazem nada.

O príncipe Andrei ficou ofendido com tal resposta, visto que ele também estivera no front. Ao ouvir isso, Rostov tentou logo amenizar sua fala, dizendo que falava de maneira geral, não de Bolkónski em especial. Mesmo assim, o príncipe não se deu por satisfeito, disse a Rostov que ali não era o lugar ideal para desrespeitá-lo; disse que conhecia seu sobrenome e, portanto, sabia onde encontrá-lo. Levantou-se e saiu do quarto. Rostov ficou nervoso e foi embora daquele acampamento. No caminho, pensava se deveria ou não aparecer na revista para desafiar aquele ajudante de ordens ou deveria deixar o assunto no passado.

Ao mesmo tempo que pensava em tudo isso, em um possível duelo com aquele ajudante de ordens, também pensava que talvez desejasse ser amigo dele.

# CAPÍTULO 8

No dia seguinte, após o encontro de Boris com Rostov, aconteceu a revista da tropa russo-austríaca. Os imperadores e seus herdeiros fizeram, pessoalmente, a revista naquele exército de oitenta mil homens.

Desde muito cedo, as tropas já se moviam e se organizavam à espera dos soberanos. Todos estavam devidamente fardados, com fardas de desfile e as espadas reluzentes de tão polidas. Todas as tropas estavam enfileiradas em três linhas: na frente estava a cavalaria, mais atrás, a artilharia e, ainda mais atrás, a infantaria. Entre cada tropa havia um espaço, como se fosse uma rua.

Alguém gritava que estavam vindo. Aquela voz percorreu todas as tropas e uma onda de agitação atingiu a todos. Um grupo apontava, ao longe, vindo de Olmütz. Ouviu-se outra vez uma voz: "Sentido!" Depois, vozes soavam de diferentes direções. E todos ficaram em silêncio.

No silêncio mortal, ouvia-se apenas o trote dos cavalos: era a comitiva dos imperadores. Com a aproximação dos imperadores, soou o som do trompete do primeiro regimento de cavalaria, tocando uma marcha militar. Os soldados se alegravam com a aproximação dos soberanos. O imperador Alexandre fez uma saudação e o primeiro regimento respondeu de forma tão duradoura e ruidosa que os próprios soldados se surpreenderam com tamanho poder.

Rostov estava na primeira fileira do exército de Kutúzov e foi o primeiro a ver a aproximação do soberano. Ele sentia-se orgulhoso da consciência do poder daquele exército. Sentia que, com apenas uma palavra daquela pessoa, faria com que todos fossem para o fogo ou para a água, para o crime ou para a morte. Enfim, aquele soberano exercia um grande poder sobre todos. E assim era em cada tropa da qual o soberano se aproximava. O exército estava pronto para matar ou morrer por aqueles soberanos, tamanha a agitação, confiança e coragem que eles passavam para o exército.

Na comitiva dos imperadores, havia centenas de cavaleiros e, à frente, os dois soberanos. Após a revista de todas as tropas, eles passaram pelo vão central, foram se afastando, até que só se podia ver as penas de seus chapéus militares. Entre as primeiras fileiras, Rostov pôde ver Bolkónski, e então entendeu que fizera bem em não o desafiar, não seria uma atitude acertada.

Após a dispersão dos soldados, os oficiais reuniram-se para falar das batalhas, dos exércitos austríacos e russos, da chegada do exército da Prússia e de Essen. Mas, sobretudo, os oficiais falavam do imperador Alexandre que, com suas palavras, seus gestos e sua presença, transmitiu uma coragem imensa a todos. Depois da revista, todos estavam convencidos da vitória, ainda mais após a vitória nas duas batalhas.

# CAPÍTULO 9

No dia seguinte, depois da revista de tropas, Boris cumpriu o combinado e seguiu para Olmütz para encontrar-se com Bolkónski, na esperança de conseguir um posto de ajudante de ordens. Para Rostov era muito fácil rejeitar a hipótese de ser um lacaio, pois ele recebia dez mil rublos frequentemente. Já para Boris, a história era outra.

Em Olmütz, ele não conseguiu encontrar-se com o príncipe Andrei. Ver aquela cidade repleta de carruagens luxuosas, o corpo diplomático, as casas onde estavam os imperadores, só serviu para reforçar em Boris seu desejo de fazer parte daquele mundo.

No dia 15, ele retornou em busca do Bolkónski. Ao entrar na casa ocupada por Kutúzov, perguntou por Bolkónski. Ele entrou em um grande salão, ocupado por muitos outros ajudantes de ordens, todos relaxando, de maneira que ninguém se incomodou com a presença de Boris naquele lugar. Bolkónski não estava ali. Perguntou a um ajudante, que lhe informou que Bolkónski estava trabalhando na recepção. Na recepção havia uns dez oficiais e generais.

Boris viu o príncipe Andrei atendendo ao pedido de um velho general, que lhe pedia algo insistentemente e com ar de piedade. Quando Andrei viu Boris, fez um sinal com a cabeça e parou de prestar atenção ao general. Ali, mais uma vez, Boris teve certeza de que queria aquela vida, em que um general obedece pacientemente a um capitão. Toda a subordinação do campo não servia como regra naquele lugar. O príncipe Andrei levantou-se e foi conversar com Boris.

O rapaz disse ao príncipe Andrei que queria ser um ajudante de ordens e perguntou se Bolkónski falaria com Kutúzov a respeito disso. Andrei ouviu com atenção, porém, disse que o mais correto seria falar com um amigo seu, o príncipe Piotr Dolgorúkov, que era general ajudante do próprio imperador.

O príncipe Andrei sentia-se animado em poder ajudar o jovem Boris a obter sucesso em sua carreira. Muito prontamente, pegou Boris pela mão e ambos desceram até o príncipe Dolgorúkov. Já era tarde da noite quando eles chegaram ao palácio dos imperadores e seus preferidos.

Naquele mesmo dia, houvera um conselho de guerra, do qual participaram todos os membros do alto escalão e os imperadores. Nesse conselho, chegaram ao acordo de avançarem com o exército para cima de Bonaparte. Os mais velhos eram contrários, mas os mais jovens eram maioria no conselho. Dolgorúkov era um dos jovens a favor da ofensiva, por isso retornou do conselho cansado e desgastado, mas muito animado e orgulhoso de sua vitória.

Assim que pôde se encontrar com o príncipe-general, Andrei apresentou--lhe Boris como seu protegido. O príncipe Dolgorúkov porém não deu muita atenção a essa apresentação, virou-se para Bolkónski e começou a contar sobre a reunião. Segundo o general, ao contrário do que se pensava, os austríacos eram perfeitos aliados, pois conheciam todo o campo de batalha. A derrota de Bonaparte era certa.

De fato, Dolgorúkov conversou muito com os dois, ora dirigindo-se a Bolkónski, ora a Boris. O príncipe Andrei, porém, não conseguiu concluir seu pedido. Um ajudante de ordens entrou e chamou Dolgorúkov, pois o imperador queria vê-lo. De toda forma, Dolgorúkov mostrou-se disposto a ajudar Boris, mas disse que precisava ir embora.

No outro dia, as tropas marcharam até a Batalha de Austerlitz[17]. Boris não conseguiu mais falar com Bolkónski nem com Dolgorúkov e permaneceu no regimento de Ismail.

# CAPÍTULO 10

Na aurora do dia 16 de novembro, no esquadrão de Deníssov, no qual servia Nikolai Rostov, todos se levantaram cedo para a guerra, caminharam certa distância e depois pararam.

O jovem Rostov viu que passaram os cossacos, o primeiro e o segundo esquadrão de hussardos, os batalhões da infantaria com a artilharia e também os generais Bagrátion e Dolgorúkov, com seus ajudantes de ordens. Todo o medo que ele sentia antes do combate, toda a luta interna que precisava vencer antes de lutar, haviam desaparecido. Seu esquadrão foi deixado na reserva, então Rostov passou o dia triste e entediado.

Às nove horas da manhã, o jovem oficial ouviu alguns gritos de "hurra", viu alguns soldados feridos retornando e, finalmente, viu um grupo de prisioneiros franceses. A batalha estava encerrada, certamente não fora das maiores, mas era feliz. Os soldados e oficiais contavam sobre a grande vitória, a tomada da cidade de Wischau e a captura de um esquadrão francês inteiro. Rostov ficou aflito por ter sentido todo o medo em vão. Deníssov o chamou para sentar-se com ele, na beira da estrada, para beber e comer alguma coisa. Os oficiais ficaram todos ao redor de Deníssov, conversando e comendo.

– O soberano! O soberano! – disseram os hussardos, de repente.

Todos correram, apavorados, e Rostov via na estrada alguns cavaleiros brancos com penachos sobre as cabeças. Em um minuto, todos ficaram parados. De imediato, passou todo o pesar, a infelicidade e a tristeza e qualquer pensamento sobre si. Ele foi todo absorvido pela felicidade da proximidade do soberano. Estava feliz como um apaixonado que esperava pelo encontro com a

---

17 Região da Morávia, na atual República Tcheca, onde foi travada uma das principais batalhas das Guerras Napoleônicas. Conhecida também como a Batalha dos Três Imperadores, a Batalha de Austerlitz, ocorrida em 2 de dezembro de 1805, foi uma das maiores vitórias de Napoleão, consagrando-o como grande estrategista militar. (N.E.)

amada. Naquele momento, houve um silêncio mortal e apenas ouvia-se a voz do soberano.

– São os hussardos de Pávlograd? – perguntou o imperador Alexandre.

– É a reserva, senhor! – disse alguém.

O soberano chegou até onde estava Rostov e parou. O rosto de Alexandre I brilhava com todo o esplendor da juventude, mas ainda era o rosto majestoso de um imperador. Por acaso, os olhos do soberano se encontraram com os olhos de Rostov, não mais do que dois segundos. Após esse momento único, o soberano galopou com sua comitiva até a vanguarda.

Passados alguns minutos, a divisão de Pávlograd marchou para Wischau. Na cidade, Rostov avistou o soberano outra vez. Na praça da cidade, ainda se encontravam corpos de soldados abatidos e alguns feridos, e o soberano parou diante de um soldado caído, com sangue na cabeça. Os soldados foram rapidamente retirar o companheiro ferido, e o soberano, piedoso, pediu que fizessem com mais cuidado e o colocassem na padiola. Rostov pôde ouvir o soberano, com lágrimas nos olhos, dizer:

– Que coisa terrível é a guerra, que coisa terrível!

O soberano, como recompensa, distribuiu uma porção dupla de vodca para todos. Ainda mais felizes, todos estavam ao redor das fogueiras e cantavam canções militares. Deníssov, já bastante bêbado, fez, emocionado, um grande brinde ao soberano.

Tarde da noite, Deníssov aproximou-se de seu protegido, Rostov, e fez uma piada, dizendo que ele estava apaixonado pelo tsar. Rostov ficou nervoso e disse que era um sentimento grandioso e maravilhoso. Rostov levantou-se e andou entre as fogueiras, sonhando com a alegria que seria morrer diante dos olhos de seu imperador. Ele realmente estava apaixonado pelo tsar, pela glória das armas russas e pela esperança de um futuro triunfo. E não era apenas ele, mas pelo menos nove décimos daqueles soldados russos estavam apaixonados, embora com menos intensidade, pelo tsar e pela glória das armas russas.

# CAPÍTULO 11

No dia seguinte, o soberano ficou em Wischau e o médico da corte foi chamado algumas vezes. No quartel-general principal e nas tropas próximas, espalhou-se a notícia de que o soberano adoecera. O motivo do mal-estar havia sido a forte impressão que a imagem dos mortos e feridos em batalha causara na alma sensível do soberano.

No alvorecer do dia 17, em Wischau, chegou um oficial francês, carregando uma bandeira branca, exigindo um encontro com o imperador russo. Ao meio-dia, o oficial foi recebido pelo soberano em pessoa. Depois, saiu com o príncipe Dolgorúkov em direção aos postos avançados do exército francês.

Conforme contavam, o motivo era uma proposta de paz entre o imperador Alexandre e Napoleão. Para a alegria de todo o exército, o soberano negou encontrar-se com Napoleão e enviou Dolgorúkov em seu lugar. À noite, o príncipe-general retornou e passou algumas horas conversando com o soberano.

Nos dias 18 e 19 de novembro, as tropas seguiram em frente e, após alguns tiroteios, os franceses recuaram. Nas altas esferas do exército, ao meio-dia do dia 19, iniciou-se uma grande movimentação que continuou até o dia 20 de novembro, o dia da grande Batalha de Austerlitz. Até então, o movimento e as conversas estavam no quartel-general dos imperadores. Depois do meio-dia, a movimentação se deu no quartel-general de Kutúzov e nos superiores das colunas. Naquela noite, uma massa de oitenta mil soldados pôs-se em marcha.

Toda aquela movimentação havia começado na manhã daquele mesmo dia. Ali estava sendo decidido o destino de cento e sessenta mil homens, entre russos e franceses, na batalha conhecida como a Batalha dos Três Imperadores. O príncipe Andrei não saía de perto do comandante-chefe.

Às seis horas da tarde, Kutúzov foi ao quartel-general do imperador e lá permaneceu por algum tempo. Depois, foi até o alto marechal da corte.

Bolkónski aproveitou para ir até Dolgorúkov, para saber detalhes do assunto. O príncipe Andrei sentia que Kutúzov estava um pouco frustrado, infeliz, e também achava que estavam descontentes com ele no quartel-general.

Ao encontrar o príncipe Dolgorúkov, ciente de que ele vira Napoleão pessoalmente, Bolkónski quis saber como era o famoso general francês. Dolgorúkov insinuou que Bonaparte temia um confronto com o exército russo, e por isso os exércitos russo e austríacos sentiam uma vitória iminente. Disse ainda que Kutúzov queria que o exército esperasse por algo que eles nem sequer sabiam se aconteceria, todos acreditavam que aquele era o momento certo de atacar o inimigo. Tendo ouvido isso, o príncipe Andrei quis expor seu plano de ataque a Dolgorúkov, que ouviu atentamente, mas, ao final, disse ao príncipe que apresentasse suas ideias no conselho de guerra, que aconteceria mais tarde no alojamento de Kutúzov.

Ao retornar a seu alojamento, o príncipe Andrei não pôde mais resistir e perguntou a Kutúzov o que ele pensava sobre a batalha. Kutúzov olhou seriamente para seu ajudante de ordens e disse:

– Acho que perderemos a batalha. Eu disse ao marechal e também pedi que transmitisse a minha opinião ao soberano. E o que você acha que ele disse? "Ah, meu caro general, eu cuido do arroz e das costeletas, cuide o senhor dos assuntos da guerra." Sim... eis o que ele me respondeu!

# CAPÍTULO 12

Às dez horas da noite, o general Weyrother, conforme os planos, foi em direção ao quartel-general de Kutúzov, onde haviam marcado o conselho de guerra. Todos os comandantes de colunas estavam lá, exceto o príncipe Bagrátion, que se recusou a ir a um conselho àquela hora.

Weyrother era o responsável pela condução da batalha. Estava tão cheio de si que ignorava o comandante-chefe, Kutúzov: interrompia suas falas e não respondia às suas perguntas. Kutúzov ficara encarregado de ser o presidente do conselho de guerra, mas estava visivelmente sonolento e desinteressado com o que Weyrother iria apresentar. O general austríaco estivera duas vezes na linha de frente inimiga para observar e trazer notícias aos soberanos. Ele falava muito rápido, não olhava para ninguém, apenas para o grande mapa na mesa. Esperavam apenas o príncipe Bagrátion para dar sequência ao conselho militar. Às oito horas, chegou a ordenança de Bagrátion, com a notícia de que o príncipe não poderia participar. O príncipe Andrei transmitiu a notícia para Kutúzov e aproveitou para ficar na sala e ouvir a reunião.

Kutúzov iniciou o conselho de guerra e, assim que Weyrother começou a ler seu dispositivo, em alemão, começou a cochilar em sua cadeira, em uma mistura de cansaço real e desdém. Weyrother pouco se importou com o desdém de Kutúzov, continuou lendo seu fatigante dispositivo, que era muito complexo e difícil de entender. Lia de forma ininterrupta, descrevendo cada detalhe do ataque.

Durante toda a leitura, era claramente visível que o comandante era favorável a Kutúzov, assim como Dolgorúkov era favorável aos planos de Weyrother. Este acreditava que Napoleão estava enfraquecido e que seria uma vitória certa; aquele acreditava que, caso Napoleão estivesse enfraquecido, não esperaria o ataque. A conversa seguiu neste teor durante algum tempo, até que Kutúzov despertou de seu sono e encerrou o conselho de guerra, alegando que agora já estava tarde, todos precisavam descansar para a batalha e nada mais poderia ser feito. O príncipe Andrei não conseguiu expor seus planos, que se diferenciavam tanto dos de Kutúzov quanto dos de Weyrother. Todos se levantaram, os generais se despediram e se afastaram.

O príncipe Andrei começou a pensar em uma forma de fazer o soberano ouvir Kutúzov, pois não era justo colocar em risco milhares de soldados por causa de um plano mal-elaborado; começou a pensar em sua família, em sua esposa grávida, no sofrimento de tanta gente que estava ali lutando. Naquele instante, percebeu até mesmo que poderia morrer na batalha. De repente, começou a sonhar acordado: via-se conversando com os comandantes e os soberanos sobre seus planos de ataque, recebia um regimento para comandar e vencia heroicamente a batalha.

# CAPÍTULO 13

Rostov ficou com o pelotão nas fileiras de flanco, à frente do destacamento de Bagrátion. Os hussardos estavam distribuídos nas fileiras, a qual o príncipe em pessoa percorria minuciosamente, para superar o sono. Naquela noite, não se podia ver nada, apenas uma espessa névoa e a completa escuridão à frente.

O jovem Rostov estava com muito sono, não havia dormido nada e, por diversas vezes, cochilava em cima de seu cavalo. Estava ansioso para lutar, mas sabia que seu esquadrão ficaria na reserva. Pensou em pedir ao príncipe Bagrátion que o deixasse trocar de esquadrão. Ao fundo, Rostov conseguia ver algumas luzes, mas não sabia se eram casas, fogueiras ou apenas alguma confusão de seus olhos sonolentos. Ele continuava com a ideia fixa de ter contato com o soberano, chegou até a fantasiar que o soberano o enviaria para a linha de frente, para averiguar as posições dos franceses. Sonhava com uma proximidade com o soberano, para protegê-lo de todo e qualquer perigo. Rostov começou a delirar, imaginando soldados alemães e franceses capturados por ele, na frente do imperador. Após um tempo, Rostov passou a ouvir alguns gritos, vindos do morro à frente. "Viva, viva o imperador!", ouvia ele.

Apesar de todo o sono, Rostov seguiu junto do sargento até os generais. O príncipe Bagrátion com o príncipe Dolgorúkov e os ajudantes de ordens foram averiguar o que eram aquelas estranhas luzes e aqueles gritos ao longe. Rostov ofereceu-se para ir até lá e foi com outros três hussardos em direção ao inimigo. Ele tinha a ordem de não ultrapassar o riacho, mas não deu ouvidos e avançou. Ao chegar a uma pequena estrada, parou e começou a ouvir alguns tiros. Viu as pequenas luzes dos disparos dos fuzis, então, ele e os hussardos retornaram para o morro, correndo dos tiros. Ao relatar isso a Dolgorúkov, este insistiu que os franceses já haviam se retirado e deixado apenas alguns soldados para enganá-los.

Rostov finalmente pediu a seu comandante-chefe para trocar de esquadrão e lutar aquela batalha. O príncipe Bagrátion concordou e o reconheceu, lembrou-se de que ele era o filho do conde Iliá Andréievitch Rostov.

# CAPÍTULO 14

Às cinco horas da manhã, ainda estava completamente escuro. As tropas do centro, das reservas e do flanco direito de Bagrátion ainda estavam imóveis, mas, no flanco esquerdo, as colunas de infantaria, cavalaria e artilharia foram as primeiras a descer para atacar o flanco direito francês e expulsá-los para as montanhas da Boêmia. Os comandantes de coluna austríacos andavam pelas tropas russas, anunciando que era hora de marchar. Todos começavam a se agitar.

A neblina estava tão forte que, apesar de já ter amanhecido, os soldados não conseguiam enxergar a dez passos de distância. Ainda assim, marchavam em direção ao pé do morro e ao exército francês. Os comandantes de coluna, que foram contrários à decisão do conselho de guerra, não davam ânimo a seus soldados, estavam ali apenas cumprindo ordens. Todos caminhavam, mas parecia não haver uma direção ou destino certo, não se podia distinguir uma árvore de um arbusto.

Depois de um tempo, até os soldados estavam descontentes com aquela situação, e começaram a culpar os austríacos, que não conheciam sequer o próprio país, pois os faziam marchar sem rumo horas a fio. E assim o nervosismo tomava conta de todo o exército russo. Toda a energia com a qual haviam se erguido naquela manhã dava lugar à decepção e à raiva. O motivo da confusão foi que, durante o movimento da cavalaria austríaca, que seguia então pelo flanco esquerdo, o alto-comando achou que o centro estava muito separado do flanco direito e, por isso, toda a cavalaria foi redirecionada para aquele lado. Alguns milhares de cavaleiros avançaram na frente da infantaria, fazendo-a esperar.

Na linha de frente também houve uma desavença entre um comandante de coluna austríaco e um general russo, fazendo todos esperarem por mais uma hora. As tropas sentiam, cada vez mais, a falta de ânimo. Finalmente, depois de uma hora de espera, começaram a descer o morro. A névoa já havia se dissipado do alto, mas estava parada na parte de baixo, para onde desciam as tropas.

À frente, ouviram-se alguns disparos, com diferentes intervalos. Os soldados russos enfrentavam os franceses sem muita animação, eram tiros esparsos, sem vontade alguma. Assim começou a batalha para a primeira, segunda e terceira colunas, que desceram o morro. A quarta coluna, de Kutúzov, estava no topo do Monte Pratzen. Lá de cima, por causa da névoa, ainda não se via o que estava acontecendo.

Eram nove horas da manhã. A neblina continuava abaixo dos morros. Mas na aldeia de Schlapanitz, onde estava Napoleão Bonaparte, rodeado por seus marechais, estava perfeitamente claro. Não apenas todas as tropas francesas, mas o próprio general Bonaparte com o Estado-Maior, estavam muito próximos dos inimigos. Napoleão, após refletir um pouco, olhando para toda aquela imensidão coberta de neblina, decidira que era a hora de começar a batalha. Esperara que as tropas russas descessem até o centro do campo de batalha para atacar o Monte Pratzen, que estava ficando vazio, com a descida da tropa de Kutúzov.

Aquele era um dia especial para Napoleão, pois era o aniversário de sua coroação. Ele permanecia calado, apenas observando e, só depois de o Sol sair de dentro da neblina e brilhar com força, foi que ele tirou uma luva, levantou a mão e deu sinal para iniciar a batalha

# CAPÍTULO 15

Às oito horas, Kutúzov partiu a cavalo para Pratzen, à frente da quarta coluna. Ele saudou os soldados do regimento e deu a ordem para marchar, mostrando que tinha a intenção de conduzir aquela coluna. Chegando a Pratzen, parou. O príncipe Andrei e a comitiva do comandante-chefe pararam atrás dele. Bolkónski sentia-se agitado, irritado e, ao mesmo tempo, calmo, como acontece com alguém que está diante de um momento decisivo. Ele tinha certeza de que aquele era seu dia de glória.

Lá de cima, todos eles já ouviam o tiroteio das tropas, invisíveis por causa da neblina. Então Bolkónski começava a se imaginar comandando uma tropa, segurando a bandeira e avançando contra o inimigo, passando por cima de tudo e de todos. A cada bandeira que ele via passar, imaginava-se carregando-a.

Abaixo, apenas névoa; acima, já brilhava o Sol; ao longe, via-se as colinas arborizadas e algo que poderia ser o exército inimigo. O comandante-chefe estava parado, observando o movimento das tropas saindo da aldeia. Kutúzov parecia cansado e irritado naquela manhã. A infantaria parou sem sua ordem, obviamente porque algo estava impedindo o movimento. Kutúzov ordenou que marchassem em volta da aldeia, em colunas. No entanto, o general do regimento achou que não era possível, visto que deveriam marchar em direção ao inimigo. Por fim, Kutúzov insistiu em sua ordem.

Um oficial austríaco aproximou-se de Kutúzov, para perguntar-lhe, a mando do imperador, se a quarta coluna havia entrado na batalha. O comandante, sem responder, virou-se para o príncipe Andrei, ignorando o oficial. Ao olhar para Bolkónski, pediu-lhe que avançasse para dizer à terceira divisão que parasse e esperasse por sua ordem. Após transmitir as ordens do comandante-chefe, Bolkónski retornou a galope. Kutúzov estava no mesmo lugar, imóvel.

Neste momento, atrás de Kutúzov, ouviam-se os sons e as vozes de saudações que vinham dos regimentos, que se aproximavam cada vez mais. Eram os imperadores e suas comitivas, chegando pela estrada de Pratzen. Kutúzov deu ordem de "sentido" aos soldados e aproximou-se do imperador. Seu rosto modificou-se por completo diante do soberano.

O imperador Alexandre estava com uma aparência alegre e ativa, embora estivesse mais magro, devido ao mal-estar que sofrera. Ao aproximar-se do soberano, Kutúzov iniciou uma breve conversa. O soberano queria saber qual era o motivo que fizera o comandante não mais avançar e ficar ali, como se esperasse por algo. Kutúzov explicou-lhe que nem todas as colunas estavam reunidas. Embora o soberano tivesse entendido, a resposta não o agradou. Ele olhava, ora para o imperador austríaco, que o ignorava, ora para o conselheiro de guerra, como se estivesse se queixando das atitudes do comandante-chefe. Assim sendo, Kutúzov sentiu que deveria obedecer a ordem do soberano, mesmo que fosse contra. O comandante-chefe chamou então o comandante de coluna e deu-lhe a ordem do ataque. As tropas começaram a se movimentar de forma imponente para o imperador.

Quando o batalhão do regimento de Ápcheron passou, o comandante de coluna galopava em marcha acelerada e, com uma saudação, parou bruscamente diante do soberano.

– Vá com Deus, general – disse o soberano.

– Sua Majestade, faremos todo o possível, senhor! – respondeu ele, alegre, lançando palavras de ânimo e coragem a todos os seus soldados.

# CAPÍTULO 16

Kutúzov, acompanhado de seus ajudantes de ordens, ia logo atrás dos carabineiros. Após cavalgar por um tempo atrás da coluna, ele parou em uma casa abandonada, ao lado de uma bifurcação. As duas estradas iam morro abaixo e as tropas passavam por elas.

A neblina já começava a dissipar e, a umas duas verstas de distância, via-se as tropas inimigas mais acima. À esquerda, na parte inferior, ouviam-se tiros. Kutúzov parou para conversar com o general austríaco. O príncipe Andrei estava um pouco para trás e pediu uma luneta ao ajudante de ordens, que observava a tropa inimiga. Os dois generais e os ajudantes ficaram disputando a luneta. A expressão no rosto de todos era de pavor: os franceses não estavam a duas verstas de distância, mas sim diante deles. O príncipe Andrei percebeu que os franceses iam atacar o regimento de Ápcheron, perto de onde estava Kutúzov, e sentiu que aquele era seu momento.

Todos foram pegos de surpresa pela fumaça dos tiros, e o príncipe Andrei começou a gritar que aquele era o fim deles, como se fosse uma voz de comando. Todos se puseram a correr. O exército francês era uma multidão que vinha correndo, e era impossível não ser carregado por aquela massa de soldados.

Após conseguir se livrar da multidão, Kutúzov e sua comitiva, com menos da metade dos homens, correram em direção aos sons dos tiros. Mais acima, estava a infantaria russa, imóvel. Os franceses passaram a atirar em Kutúzov. O general do regimento foi atingido, junto do porta-bandeira. Os soldados russos começaram a revidar os tiros. Bolkónski desceu de seu cavalo, pegou a bandeira e pôs-se a correr.

O jovem príncipe seguia sozinho, mas depois de alguns passos, outros soldados começaram a seguir atrás dele. Andrei gritava enquanto carregava aquela bandeira em direção ao inimigo. Era aquele o seu momento de glória, aquele que ele tanto sonhara. Diante dele, viu um soldado russo brigando com um francês pelo bastão do canhão. Observou que o russo estava desarmado, mas, mesmo assim, lutava pelo bastão. Mais ao fundo, viu outro francês aproximando-se, carregando um fuzil com baioneta. Aquele russo ia acabar sendo ferido, mas persistia em sua luta. Mas o príncipe Andrei não conseguiu ver como aquilo terminou.

Foi como se alguém o tivesse atingido. Ele sentiu uma pancada na cabeça. Não doeu muito, mas foi incômodo porque o impediu de ver o desfecho daquele embate entre o russo e os franceses. Suas pernas ficaram fracas e ele caiu de costas, vendo apenas um céu azul, com nuvens escuras passando por cima dele, um céu enorme, alto como ele nunca vira antes.

"Como eu não vi este céu antes? E como estou feliz em finalmente conhecê-lo. Sim! Tudo é vazio, é tudo uma farsa, menos este céu infinito. Nada, não há nada além deste céu. Nada além do silêncio, da paz. Graças a Deus!", foi o que pensou Bolkónski.

# CAPÍTULO 17

No flanco direito, comandado por Bagrátion, eram nove horas e a batalha ainda não havia começado. Não querendo aceitar a exigência de Dolgorúkov para começar a batalha e querendo se eximir da responsabilidade, o príncipe Bagrátion propôs a Dolgorúkov que enviasse alguém para perguntar ao comandante-chefe se deveriam ou não dar início à batalha. Bagrátion sabia que Kutúzov estava muito longe e que levaria, no mínimo, algumas horas para o ajudante de ordens retornar, se retornasse.

Dolgorúkov aceitou e Bagrátion enviou Rostov, que estava ansioso para ir até lá e, quem sabe, encontrar o soberano e transmitir a mensagem diretamente a ele. O oficial saiu em disparada e desceu a encosta rapidamente, pois estava descansado e cheio de energia. Fora um dos poucos que conseguira dormir.

Todos seus desejos se realizaram naquela manhã: conseguiu participar de uma batalha geral, sentia-se parte dela, era ordenança de um general respeitável e fora enviado até Kutúzov. E talvez pudesse até se encontrar com o soberano.

Pelo caminho ele encontrou várias tropas, algumas nem sonhavam em ir para a batalha, enquanto outras já estavam preparadas para lutar a qualquer momento. Os sons dos tiros aumentaram e os tiros de canhões já eram mais constantes, ele já podia ver a fumaça dos fuzis e o brilho das baionetas.

Rostov cavalgava cada vez mais depressa, sem saber o que encontraria. Sentia-se destemido e não receava em avançar. Quanto mais avançava, mais os tiroteios aumentavam, mais a fumaça aumentava e menos ele conseguia entender o que estava acontecendo. Sentiu então que estava ali para o que quer que fosse. Estava disposto a sucumbir com todos os seus companheiros. No meio do caminho, encontrou-se com Boris e depois com Berg; mas como sua missão era muito mais importante, não se deteve e continuou a galopar em busca de Kutúzov ou, quem sabe, do soberano.

Quando chegou atrás da aldeia de Pratzen, viu uma multidão de diversas tropas lutando. Ali se encontravam soldados gritando em russo, alemão e até tcheco. Depois de observar por um instante, notou que os austríacos estavam trocando tiros com os russos, seus aliados. Rostov preferiu acreditar que aquilo era um acontecimento isolado e que não representava todo o exército. Por um momento, teve um sentimento de derrota, mas não podia sentir aquilo. Ele tinha uma missão a cumprir. Não conseguia acreditar que as tropas francesas estavam atacando justamente o Monte Pratzen, onde ele deveria procurar pelo comandante Kutúzov. Não conseguia e nem queria acreditar no que via.

# CAPÍTULO 18

Ao chegar na aldeia de Pratzen, viu que não havia ninguém, nem mesmo um único superior, apenas uma multidão heterogênea de tropas. Ele galopou para sair daquele lugar, mas, quanto mais avançava, maior era a confusão entre as tropas. Havia tropas de todos os tipos, com feridos e mortos. Tudo isso somado ao ataque das baterias francesas.

Ao perguntar por Kutúzov e pelo soberano, um soldado disse-lhe que o soberano fora levado em uma carruagem e estava muito ferido. Rostov não conseguia acreditar naquela história, mas o soldado disse que ele mesmo vira tudo. Mais à frente, um oficial disse-lhe que Kutúzov fora atingido por uma bala de canhão e que talvez ainda estivesse vivo. O mesmo oficial apontou o caminho para onde foram os oficiais, para a aldeia de Hosjeradek.

Rostov estava desnorteado, já não sabia se deveria seguir em frente, estava tudo perdido; o soberano, ferido; e a batalha, perdida. Agora já não era possível duvidar. O que ele iria dizer ao soberano ou a Kutúzov, mesmo que não estivessem feridos? Rostov seguiu justamente pelo caminho onde havia mais corpos jogados, em vez de seguir o conselho dos soldados e ir por outro caminho. "Agora tanto faz! Se o soberano está ferido, para que me proteger?", pensava ele.

Passado algum tempo, Nikolai chegou a um local onde havia mais pessoas jogadas pelo caminho. Os franceses já não estavam mais ali. Por ele passavam dezenas de feridos, uns carregando os outros, e gritos vinham de todos os lados. Os franceses haviam parado de atirar, no entanto, ao avistarem um ajudante de ordens russo, miraram seus canhões e começaram a disparar contra Rostov. O sentimento do jovem oficial diante daqueles mortos e os assovios das balas dos canhões era um misto de horror e de pena, mas pena por si mesmo. Ele se lembrou da última carta da mãe e começou a imaginar o que ela sentiria ao ver o filho com tantos canhões apontados para ele.

Ao chegar a Hosjeradek, Rostov encontrou as tropas russas que haviam se retirado do campo de batalha. Estavam confusas, porém, mais ordenadas. Lá, uns disseram que o boato sobre o soberano era verdadeiro, outros disseram que o alto marechal é que fora atingido e saíra do campo carregado. Fosse como fosse, disseram que o alto-comando estava todo reunido atrás da aldeia, então Rostov seguiu adiante apenas para cumprir sua missão.

Depois de avançar uma certa distância, ele avistou dois homens a cavalo, parados diante de um fosso. Um deles estava com um penacho branco sobre um chapéu, parecia-lhe conhecido; o outro, desconhecido, estava montado em um cavalo. O desconhecido conseguiu atravessar o fosso, mas o de chapéu com penacho nem sequer tentou. De repente, Rostov notou que era seu soberano.

Rostov não conseguia acreditar que era o soberano, ali, sozinho. Então o imperador Alexandre virou a cabeça e Rostov pôde confirmar que aquele era sim seu soberano, em carne e osso. Ele estava pálido, as bochechas cavadas e os olhos afundados, mas o encanto e a humildade em suas feições pareciam ainda maiores. Nikolai estava feliz em saber que o boato não era verdadeiro. Estava feliz por ver o soberano, e feliz por saber que podia, e até mesmo devia, aproximar-se dele para transmitir a mensagem de Dolgorúkov. Mas, ao mesmo tempo, ele achou que não tinha o direito de aproveitar-se daquele momento indefeso do soberano, sem contar que, no fundo, ele estava apavorado com a presença do soberano.

Na verdade, Rostov nem sequer via motivo para perguntar ao soberano sobre as ordens para o flanco direito, já que a batalha já estava perdida. Enquanto o jovem oficial estava com seus pensamentos, um tenente-general se aproximou do local e, vendo o soberano, foi até ele e o ajudou a atravessar o fosso a pé. O soberano, querendo descansar, repousou sob uma macieira e o tenente ficou a seu lado. Rostov ficou com inveja e sentiu-se arrependido. De longe, podia ver o soberano chorando de tristeza e apertando a mão do tenente. "E poderia ser eu no lugar dele!", pensou Rostov.

Totalmente sem rumo, mal podendo conter sua tristeza, Rostov seguiu adiante. Ele poderia e deveria ter se aproximado do soberano, fora uma oportunidade única, com a qual ele sonhara por muito tempo. Era o momento de mostrar ao soberano todo o seu amor e devoção. Ele virou o cavalo e retornou para o mesmo local onde avistara o imperador, mas já não havia ninguém no fosso. Apenas carroças e carruagens. Um carroceiro disse a Rostov que o Estado-Maior de Kutúzov estava ali perto e oficial foi atrás deles.

Às cinco horas da tarde, a batalha já havia sido perdida em todos os pontos. Centenas de canhões já estavam em poder dos franceses. As tropas do general Dmitri Dokhtúrov andavam às margens dos açudes, próximo da aldeia de Auguesd.

Às seis horas, ouviam-se apenas os canhões franceses disparando, sem descanso. No caminho, diversos soldados e oficiais foram atingidos pelas balas dos canhões franceses. Dólokhov caminhava junto deles, ferido no braço. De repente, ele saiu do meio da multidão e chamou todos para que atravessassem o açude congelado. Mais balas de canhão passaram por eles e uma delas atingiu um general em cheio. Todos começaram a correr para a água congelada do açude. Algumas balas acertaram o gelo, que quebrou, derrubando algumas dezenas de soldados na água gelada.

# CAPÍTULO 19

No Monte Pratzen, naquele mesmo lugar onde tombara com o mastro da bandeira nas mãos, o príncipe Andrei Bolkónski continuava caído, com sangue escorrendo e gemendo como uma criança.

Ao anoitecer, parou de gemer e ficou em silêncio. Ele não sabia há quanto tempo estava ali caído. De repente, voltou a se sentir vivo, sofrendo de uma forte dor na cabeça. Sentiu que algumas pessoas se aproximaram dele e pararam por ali. Eram Napoleão e dois ajudantes de ordens. Bonaparte ordenara que continuassem atirando contra o açude de Auguesd, enquanto olhava os mortos no campo, e chegou até mesmo a pensar que Bolkónski estivesse morto.

Naquele momento, Bolkónski não estava se importando que seu herói poderia ser o próprio Napoleão, o grande inimigo. Para ele, o principal era seu sofrimento, tudo pelo que ele havia passado, as nuvens e o céu, que ele nunca tinha visto antes e que lhe fora apresentado naquele dia. Reuniu todas as suas forças e conseguiu mover uma perna e gemeu. O gemido foi fraco, tão fraco que o príncipe Andrei sentiu até vergonha.

Napoleão constatou que ele estava vivo e ordenou que o levassem à enfermaria. O príncipe Andrei já não lembrava mais de nada, perdeu a consciência com a terrível dor causada pelos tremores da maca e do exame na enfermaria. Ele só despertou no final do dia, quando notou que estava junto de outros oficiais russos, feitos de prisioneiros, e que estavam internados no hospital. Já se sentia melhor, conseguia até falar um pouco. As primeiras palavras que conseguiu ouvir foram do oficial do comboio francês, que dizia:

– Precisamos parar aqui. O imperador já vai passar e vai gostar de ver estes prisioneiros.

– Pegamos tantos prisioneiros russos que ele já deve estar cansado – disse outro oficial.

– Bem, que seja! Aquele, dizem, é o comandante de toda a guarda do imperador Alexandre – disse o soldado, apontando para um oficial russo de farda branca.

Bolkónski virou-se ligeiramente para ver de quem falavam os oficias franceses. Reconheceu o príncipe-comandante Nikolai Grigórievitch Répnin. Ao lado dele, estava um garoto de uns vinte anos, um oficial da cavalaria.

Pouco depois, Bonaparte aproximou-se.

– Quem tem o posto mais alto? – perguntou ele.

Mostraram-lhe o príncipe Répnin.

– O senhor é o comandante do regimento da cavalaria do imperador Alexandre? – perguntou Napoleão.

– Eu comandava o esquadrão – respondeu Répnin.

– Seu regimento cumpriu honrosamente o dever – disse Napoleão.

– O elogio de um grande general é a melhor recompensa para um soldado – disse Répnin.

– É com prazer que lhe faço esse elogio. Quem é esse jovem que está com você?

O príncipe Répnin chamou o rapaz que estava a seu lado. Olhando para ele, Napoleão disse que ele era muito jovem para tentar enfrentar o exército francês.

Entre os prisioneiros, Bonaparte reconheceu o príncipe Andrei. Fez uma pergunta a ele, mas ao contrário de antes, Bolkónski já não conseguia proferir uma única palavra. Napoleão não esperou pela resposta, virou-se e deu a ordem para que levassem os prisioneiros para o médico de seu acampamento.

No acampamento, Bolkónski estava em estado crítico, o médico disse que ele estava mais morto do que vivo e que não se recuperaria, pois era uma pessoa nervosa e irritada. O príncipe Andrei, com outros feridos desenganados pelo médico, foi entregue aos habitantes locais, para que cuidassem deles.

# Volume 2

# Primeira parte

## CAPÍTULO 1

No início de 1806, Nikolai Rostov retornou para casa, de licença. Deníssov também iria para casa, em Voronej, mas Rostov o convidou para ficar com ele em Moscou. Na penúltima parada antes do destino final, Deníssov se encontrou com alguns amigos e juntos beberam três garrafas de vinho, o que garantiu que ele dormisse durante todo o restante do trajeto.

Na carruagem, Rostov estava impaciente e tentava acordar Deníssov, avisando-o que estavam chegando, mas ele não acordava de forma alguma. O lacaio que estava com eles informou que havia uma luz acesa na casa, a do escritório do conde Rostov, portanto ele ainda deveria estar acordado.

Ao chegar, o jovem Rostov correu em direção à entrada da casa. Assim que entrou, encontrou dois dos serviçais da casa. Tudo o que Rostov queria saber era se estavam todos bem e, ao receber uma resposta afirmativa, ficou mais tranquilo e seguiu mais lentamente casa adentro. Entrando em um dos corredores, muitas pessoas vieram em sua direção, abraçando-o, beijando-o e falando coisas que ele mal podia entender. Eram Natacha, Sônia, Pétia, Anna Mikháilovna, Vera e o velho conde, todos abraçando e beijando Rostov. Sônia estava ruborizada, diante da imagem de seu amor. A moça já completara 16 anos e estava muito bonita, sobretudo naquele momento de alegria.

Estavam todos ali, menos a condessa Rostova. De repente, ouviram-se passos se aproximando e uma porta se abriu. Era a condessa, em um vestido novo. Ao ver Nikolai, correu em sua direção e abraçou-o com força, repousando a cabeça sobre o peito do filho.

Pouco depois, Deníssov entrou na casa, mas ninguém lhe deu atenção. Ele mesmo ficou algum tempo observando aquela cena familiar, até que se anunciou ao conde como sendo amigo de seu filho. O conde o cumprimentou e deu-lhe as boas-vindas. Todos correram também para abraçar Deníssov e beijá-lo. Natacha excedeu-se um pouco e dirigiu-se de maneira demasiadamente animada na direção dele, o que causou embaraço aos presentes.

Todos foram para a sala de estar, queriam saber de todas as notícias que Rostov contaria. A condessa não largava da mão do filho e Natacha brigava com Pétia para saber quem teria um lugar mais perto do irmão mais velho e quem traria o chá e o cachimbo. Rostov estava muito feliz com aquela recepção tão plena de amor e carinho.

Na manhã seguinte, Rostov e Deníssov dormiram até as dez horas. O quarto vizinho estava uma bagunça: sabres, botas e fardas espalhadas pelo quarto. Os criados levaram roupas limpas e bacias com água quente para que ambos fizessem a barba. Havia um cheiro de homem no ambiente. Deníssov foi o primeiro a acordar e correu para despertar o amigo. No quarto vizinho, ouviam-se vozes femininas e o farfalhar dos vestidos engomados. Natacha chamava pelo irmão, batendo e gritando à porta.

Rostov colocou seu roupão e saiu do quarto. Encontrou a irmã Natacha e os dois conversaram a respeito de Sônia, das juras de amor que Rostov fizera antes de partir. Natacha pediu-lhe que não prometesse nada, pois Sônia decidira que o deixaria livre até o final da guerra para não o deixar preso a nenhuma promessa. Rostov concordou, apesar de ter certeza de seu sentimento por Sônia, sobretudo agora, que ela estava ainda mais linda do que antes. Mesmo assim, acatou o pedido da irmã e resolveu não fazer nenhuma promessa à prima. No entanto, ele não sabia como dirigir-se a ela, como "você" ou como "senhora". Natacha aconselhou-o a chamá-la de "senhora", assim seria melhor.

Apesar dos beijos e abraços do dia anterior, Rostov cumprimentou Sônia e dirigiu-se a ela como "senhora", o que causou um estranhamento em Vera. Os olhos dos dois, porém, diziam muito mais do que aquilo: faziam juras de amor eterno um ao outro.

Rostov perguntou à irmã se ela traíra Boris. Natacha disse que não pensara nele e nem em ninguém. Ela perguntou-lhe se conhecia Duport[18], o bailarino. Ao ouvir a resposta negativa do irmão, ela disse-lhe que seguiria a carreira de bailarina e que não se casaria com ninguém, mas que isso ainda era segredo.

Para a surpresa de Rostov, Deníssov apareceu na sala de visitas, vestido com uma farda nova, cabelo penteado, todo perfumado e até de banho tomado, com a mesma elegância com que aparecia nas batalhas e tão amável com todos como Rostov jamais o vira antes.

---

18    Louis-Antoine Duport (1781-1853), bailarino francês que fez carreira na Rússia, aonde chegou em 1808. (N.E.)

# CAPÍTULO 2

Ao retornar do exército para Moscou, Nikolai Rostov foi recebido como o melhor dos filhos pela família; como um belo tenente dos hussardos pelos amigos, e como um dos melhores partidos da cidade pelas mulheres.

Todas as lembranças, como os beijos escondidos em Sônia, pareciam coisas distantes, da infância. Agora ele era um homem adulto e já não podia mais perder tempo com coisas infantis e banais. Por causa disso, até mesmo se afastou da prima, não podia (e não queria) se prender a ninguém. Preferia passar o tempo com coisas dignas de um homem, de um verdadeiro hussardo.

Sua paixão pelo imperador havia enfraquecido um pouco, talvez pela distância. No entanto, muitas vezes falava em seu amor pelo soberano, deixando a impressão de que havia algo mais em seu sentimento, mesmo que, naquela época, fosse um sentimento comum entre os russos, que chamavam o soberano de "anjo encarnado".

O conde Rostov se tornara membro e diretor do Clube Inglês. Pouco tempo depois da chegada de Nikolai, o clube prepararia um almoço em homenagem ao príncipe Bagrátion e o conde era o encarregado da tarefa. O velho Rostov ordenou ao filho que fosse até o conde Pierre Bezúkhov pegar morangos e abacaxis. No entanto, Anna Mikháilovna ofereceu-se para executar a tarefa. Quando o conde disse a Anna Mikháilovna que convidasse o conde Bezúkhov, ela mostrou-se triste e disse que o conde estava muito infeliz, pois Dólokhov, que ele recebera em sua casa como hóspede, havia se envolvido com sua esposa, a condessa Hélène.

No dia seguinte, dia 3 de março, reuniram-se duzentos e cinquenta membros do Clube Inglês e mais cinquenta convidados para o almoço em homenagem ao príncipe Bagrátion. Ainda que a notícia da derrota tivesse chegado até Moscou, alguns russos ainda não acreditavam e até mesmo pouco se falava sobre o assunto. No entanto, aqueles que falavam, culpavam a traição dos austríacos, a precariedade das tropas e também a incapacidade de Kutúzov. Alguns até arriscavam a culpar a inexperiência do imperador. Mas as tropas russas eram muito elogiadas e muito se contava sobre todas as proezas de seus valentes soldados. Falavam até mesmo sobre Berg, que, ferido na mão direita, empunhara a espada com a esquerda e avançara em direção ao inimigo. Sobre o príncipe Bolkónski ninguém falava. Somente os mais próximos comentavam que era uma pena ele ter morrido tão cedo, deixando a jovem esposa grávida e um pai idoso.

# CAPÍTULO 3

No dia 3 de março, o Clube Inglês estava repleto de convidados para o almoço. Ali estavam os membros do clube, os jovens militares e os velhos figurões da sociedade, distribuídos em diversos círculos de conversas.

Entre os jovens militares estavam Deníssov, Rostov e Dólokhov. O príncipe Nesvítski estava na qualidade de membro antigo do clube. O conde Pierre Bezúkhov circulava entre todos as rodas, o dos velhos, pois era rico, e dos jovens, por causa de sua idade. O conde Rostov transitava entre todas as salas, preocupado com a organização do evento e cumprimentando todos. De repente, um lacaio chegou ofegante e anunciou que o príncipe Bagrátion havia chegado.

Houve um grande tumulto, soaram campainhas, os diretores foram até a entrada e todos se espremiam na sala principal. O príncipe Bagrátion estava na porta, envergonhado com todas aquelas pessoas, ele preferia enfrentar o campo de batalha a ter de enfrentar aquela multidão no clube. Ao entrar na sala, os diretores o cercaram e o conduziram para outra sala. Lá, leram versos em sua homenagem.

Na refeição, os convidados foram distribuídos em diversas mesas, os mais importantes ficavam mais próximos da mesa do homenageado. Sucederam-se uma série de brindes em homenagem a Bagrátion e ao imperador e gritos de comemoração.

Após alguns brindes e algumas taças jogadas ao chão, fizeram um brinde ao organizador do evento, o conde Iliá Andréievitch Rostov, que ficou emocionado diante da homenagem e pôs-se a chorar.

# CAPÍTULO 4

Pierre sentou-se de frente para Dólokhov e Nikolai Rostov que, junto de Deníssov, tratavam-no com deboche por ser apenas um ricaço, casado com uma bela mulher e um completo trapalhão. Ele comia e bebia muito, como sempre, mas aqueles que o conheciam notavam que ele estava com um semblante triste. Algo mudara drasticamente o humor de Pierre, mas ninguém podia adivinhar.

Ele permaneceu calado durante todo o almoço, olhando para Dólokhov e sentindo raiva dele, por causa dos rumores de seu envolvimento com sua esposa. Pierre recebera uma carta anônima, alertando-o sobre um possível relacionamento entre Hélène e Dólokhov. Depois disso, tivera uma suposta confirmação quando Dólokhov ofereceu um brinde "aos ricos casados com belas mulheres e a seus amantes". Esse sentimento amargo foi consumindo-o durante todo o almoço, até que um motivo banal deu à questão um desfecho drástico.

Dólokhov quis pegar um papel que Pierre segurava, com a música que seria cantada durante o almoço. Irritado, Pierre desafiou o oficial, em alto e bom som, na frente de todos os presentes, para um duelo. Nikolai Rostov aceitou ser o padrinho de Dólokhov no duelo, enquanto Ivan Nesvítski aceitou ser o padrinho de Pierre. Ambos os padrinhos discutiram os termos do iminente duelo.

No dia seguinte, na floresta de Sokólniki, estavam todos lá. Pierre demonstrava desconhecimento no manejo da arma, mas fingia apenas ter se esquecido de como manuseá-la. Antes do início do duelo, os padrinhos tentaram convencer os duelistas a desistirem e pedirem desculpas, mas ambos se negaram. Ao tomarem a distância de quarenta passos um do outro, deveriam caminhar até o ponto marcado com os sabres, que mediam dez passos.

Passaram-se três minutos desde que tudo ficara pronto para o duelo e nada. Estavam todos em silêncio.

# CAPÍTULO 5

– Bem, vamos começar! – disse Dólokhov.

– Vamos – disse Pierre, sorrindo.

Era visível que, naquele momento, não havia mais volta: o duelo era inevitável. Deníssov pegou as armas, entregou-as aos duelistas, que tomaram suas posições.

– Como não houve conciliação, peguem as pistolas e, quando eu disser "três", avancem – disse Deníssov. – Um, dois, três!

Dólokhov avançava devagar, com a arma abaixada. Pierre avançava a passos largos, com a arma erguida. Nada se via, por causa da neblina.

Ao chegar a uma distância de dez passos, Pierre disparou. Ele se assustou com o som do tiro, que não esperava que fosse tão alto, e ficou parado. Depois da fumaça se desfazer, viram Dólokhov, pálido, segurando o lado esquerdo do corpo, com a pistola na outra mão. Rostov foi até ele, mas Dólokhov ainda avançava, cambaleante, dizendo que o duelo ainda não havia terminado.

Pierre ficou parado, Deníssov disse-lhe para que se protegesse, mas Pierre estava de peito e braços abertos diante de Dólokhov. Ouviu-se outro tiro, Dólokhov disparou sua arma, mas errou a mira. Pierre olhava com pena para seu oponente, que agonizava no chão coberto de neve.

Desorientado, Pierre saiu andando sem rumo pela floresta, mas Nesvítski o alcançou e o levou para casa. Rostov e Deníssov levaram Dólokhov para Moscou de charrete. No caminho, quando Rostov perguntou como se sentia, Dólokhov disse:

– Estou péssimo, mas não importa... eu a matei... ela não suportará isso.

– Quem? – perguntou Rostov.

– Minha mãe, meu querido anjo – disse Dólokhov, chorando e segurando a mão de Rostov.

Entre lágrimas, Dólokhov explicou-lhe que vivia com a mãe e com uma irmã corcunda, em Moscou. Pediu-lhe que as tranquilizasse. Rostov partiu para cumprir sua tarefa e ficou surpreso por aquele duelista fanfarrão ser o filho e irmão mais amoroso que ele já conhecera até então.

# CAPÍTULO 6

Pierre raramente encarava sua esposa. Suas casas, em Petersburgo e em Moscou, viviam cheias de convidados. Na noite seguinte ao duelo, ele ficou no escritório; não conseguia dormir e andava de um lado para o outro, pensando nas besteiras que fizera: no casamento e no duelo. Pensou muito na esposa, pensava em sua beleza, em seu trato com a sociedade, mas logo vinha a imagem debochada de Dólokhov. Começou a ter certeza de que sua mulher era uma depravada, como ele suspeitara até mesmo antes de se casar.

Hélène dizia não sentir ciúmes de Pierre. Dizia nem mesmo querer um filho, pelo menos não com ele. Pierre se arrependia muito de ter se casado, pois nunca a amou de verdade. A princípio, ele achava que fosse o culpado pelo fracasso do casamento, mas agora já começava a acreditar que a culpa era somente de Hélène e estava decidido a separar-se dela.

O criado entrou no escritório para dizer-lhe que a condessa queria vê-lo, mas Pierre não teve tempo de dizer nada, pois a condessa entrou no escritório em seguida. Ela queria saber da besteira que o marido fizera no dia anterior. Hélène disse a Pierre que ele era um idiota, pois Dólokhov não era seu amante, e que ela apenas gostava mais da companhia dele do que da companhia do marido. Disse ainda que mulheres casadas com homens do tipo dele tinham até o direito de ter amantes, mas, como ela era muito bondosa, não os tinha. Apesar disso, por causa daquela bobagem de duelo, ela ficaria falada por toda a Moscou. Todos diriam que o marido desafiara um rapaz de quem sentia ciúmes à toa.

Quando Pierre anunciou que queria se separar, ela apenas disse que aceitaria, mas com a condição de ficar com toda a fortuna. Neste momento, Pierre ficou tão enfurecido que tirou o tampo de mármore da mesa e ameaçou atacar a esposa. Hélène gritou, desesperada, e Pierre atirou o tampo no chão. Ele aproximou-se dela, dizendo que iria matá-la. E talvez, se Hélène não tivesse saído naquele mesmo instante do escritório, Pierre tivesse cometido outra besteira.

Após uma semana, Pierre deu à mulher uma procuração para administrar todos os seus bens na Grande Rússia[19], que consistia em grande parte de sua fortuna, e partiu sozinho para Petersburgo.

# CAPÍTULO 7

Passaram-se dois meses após o recebimento da notícia, em Montes Calvos, sobre a Batalha de Austerlitz e a morte do príncipe Andrei. Apesar de todos os esforços, Bolkónski não foi encontrado entre os mortos nem entre os feridos e nem entre os prisioneiros. Para os familiares, restava a esperança de ele ter sido recolhido pelos moradores de alguma aldeia.

O pai de Andrei recebera uma carta de Kutúzov dizendo que seu filho tombara como um herói e que preferia pensar que ele ainda estivesse vivo. O velho

---

19   O Império Russo era dividido em três partes principais: a Grande Rússia, que correspondia à Rússia em sua extensão asiática e parte do território europeu; a Pequena Rússia, que correspondia à atual Ucrânia e alguns outros territórios ao Sul; e a Rússia Branca, que correspondia à atual Bielorrússia. (N.E.)

príncipe Nikolai Bolkónski recebeu a notícia sozinho, em seu escritório e preferiu não dizer nada a ninguém de imediato.

No dia seguinte, a princesa Mária entrou em seu escritório e ele contou a amarga notícia. No entanto, a princesa Mária preferiu acreditar que ainda havia uma esperança de que seu irmão estivesse vivo. Ela tentou preparar a cunhada para a notícia, mas, no último momento, desistiu e combinou com o pai que esconderiam tudo de Liza até o momento do parto.

A princesa Liza notara que havia algo diferente com o sogro e a cunhada. O velho não caminhava mais, comia pouco e ficava a cada dia mais fraco. A princesa Mária apenas disse a Liza que estavam preocupados com o príncipe Andrei, mas que não tinham notícias dele.

O velho príncipe chegou a enviar um empregado à Áustria, atrás de notícias do filho. Embora escondesse da nora, dizia a todos que o filho morrera na batalha e chegara até mesmo a encomendar um monumento em sua homenagem, que colocaria no jardim da casa.

A princesa Mária rezava todos os dias pelo irmão, esperando notícias de seu retorno.

# CAPÍTULO 8

No dia 19 de março, após o café da manhã, a princesa Liza disse que estava indisposta, talvez por causa da refeição. Ela já estava no mesmo clima do restante da casa, triste, mesmo sem saber o motivo. Ao reclamar para a princesa Mária, esta disse que poderia estar para dar à luz e correu para chamar a parteira, Mária Bogdánovna, que já estava morando na casa havia uma semana. A princesa Liza relutou, alegando que era apenas o estômago e pôs-se a chorar.

Todos andavam por todos os lados, carregando coisas, e alguns acendendo velas. Segundo a crença, quanto menos pessoas souberem do sofrimento da futura mãe, menos ela sofrerá as dores do parto. Desta forma, todos faziam como se não soubessem de nada, ficando em silêncio.

O Sol já se pôs e a noite chegou. A princesa Mária ficou em seu quarto. De vez em quando, ela apenas abria e fechava a porta de seu quarto, mas não perguntava nada. O velho príncipe enviava Tíkhon de tempos em tempos para saber como estava o trabalho de parto. Mais cedo, ele enviara também alguns criados a cavalo para encontrar e guiar o médico alemão até a casa pois, naquela noite, havia uma forte tempestade de neve.

Uma babá acendera algumas velas, em frente aos ícones, no quarto da princesa Mária. Com o vento da tempestade de neve, as velas apagaram, por causa de um vidro com o fecho quebrado na janela. Mária Bogdánovna, a parteira, foi até a janela para fechar o vidro e viu, na alameda, alguém chegando e disse:

– Princesa querida, está vindo alguém pela alameda! Deve ser o médico!

– Graças a Deus! Preciso recebê-lo, ele não fala russo – disse a princesa Mária.

A princesa foi até a entrada da casa. Enquanto isso, ela ouvia uma voz conhecida que dizia:

– Graças a Deus! E papai?

Quando a princesa Mária aproximou-se, não pode acreditar no que via: era seu irmão, o príncipe Andrei! Ele viera com o médico alemão, que encontrara no caminho para Montes Calvos. Avançou até a escada e abraçou a irmã. Andrei perguntou se não haviam recebido sua carta, mas, não obtendo resposta, correu diretamente para os aposentos de sua esposa.

# CAPÍTULO 9

A pequena princesa Liza estava deitada sobre alguns travesseiros. O príncipe Andrei entrou em seu quarto, beijou-lhe a testa e disse algumas poucas palavras. Liza tinha uma expressão sofrida no rosto, como se estivesse pedindo ajuda e questionando o motivo de sofrer tanto. Logo seu sofrimento recomeçou. O médico parteiro entrou no quarto e pediu que o príncipe Andrei se retirasse. Ele ficou no cômodo vizinho, com a irmã. Ouviam-se gemidos, uma mulher saiu do quarto com uma feição assustada, o que deixou o príncipe Andrei bastante preocupado.

De repente, ouviu-se um grito terrível. Era um grito tão terrível que não parecia ser da princesa Liza, mas, mesmo assim, o príncipe Andrei correu até a porta e então o grito cessou. Em seguida, ouviu-se o choro de um bebê. O príncipe Andrei percebeu que era seu filho que nascera e pôs-se a chorar de emoção.

O médico saiu do quarto, assustado, e se retirou. O príncipe Andrei avançou até os aposentos de Liza. Ali, jazia morta sua bela esposa, na mesma posição em que ele a encontrara minutos antes. No outro canto, havia alguma coisa minúscula, vermelha, que soltava ruídos nas mãos da parteira.

Após três dias, a princesa Liza foi sepultada, o príncipe Andrei não conseguia chorar, sentia-se um pouco culpado pela morte da esposa. O velho príncipe também aproximou-se da princesa, beijou-lhe a mão e se afastou. O rosto da princesa Liza ainda expressava o mesmo pedido de ajuda da noite do parto.

O pequeno príncipe Andréievitch Bolkónski foi batizado cinco dias depois, com o mesmo nome do avô, que foi também seu padrinho. O príncipe Andrei estava apreensivo e não pôde assistir ao batismo. Ficou tranquilo apenas quando a babá trouxe o bebê até ele e disse-lhe que tudo correra bem.

# CAPÍTULO 10

A participação de Rostov no duelo entre Dólokhov e Bezúkhov fora abafada pelo pai, por isso, em vez de rebaixado, ele fora nomeado ajudante de ordens do governador-geral de Moscou, cargo que o manteve ocupado durante todo o verão. Os laços de amizade entre Dólokhov e Rostov estreitaram-se durante sua recuperação. A mãe de Dólokhov considerava seu filho uma boa alma e não entendia a razão do duelo, partindo de Pierre, visto que eles eram muito próximos, até onde ela sabia.

Dólokhov, durante a recuperação, não disse uma palavra sequer contra o conde Bezúkhov. Sentia-se culpado, sentia que era uma pessoa má, de poucos amigos, entre eles, o próprio Rostov. Não acreditava nas mulheres, mas ainda tinha a esperança de encontrar sua mulher ideal, por quem ele seria capaz de dar sua própria vida para proteger.

No outono, a família Rostov retornou a Moscou. Na casa também estava Deníssov, pelo qual Natacha tinha muito apreço, e Dólokhov, de quem a moça não gostava. Em uma conversa com o irmão, ela contou que Dólokhov estava apaixonado por Sônia. De início, Rostov não acreditou, mas, com o tempo, passou a ver que seu amigo frequentava muito a casa e que Sônia ficava encabulada em sua presença. Tal situação fez com que Rostov se afastasse ainda mais de sua própria casa. O jovem agora passava cada vez mais tempo em bailes, jantares e festas.

A partir do outono de 1806, todos voltaram a falar sobre Napoleão e a guerra. Rostov estava ansioso e esperava apenas o término das férias de Deníssov para retornar ao regimento com ele. Por causa da guerra iminente, Nikolai aproveitava cada segundo de sua estada se divertindo em Moscou.

# CAPÍTULO 11

No terceiro dia após o Natal, aconteceu um jantar de despedida na casa de Nikolai, já que ele e Deníssov partiriam para o regimento. Entre os convidados estavam Deníssov e Dólokhov.

Ao chegar em casa, Rostov notou um clima estranho entre Dólokhov, Sônia e sua mãe. Ele percebeu que havia algo estranho com Dólokhov, que trazia o mesmo olhar daquele dia no Clube Inglês, antes do duelo.

Durante o jantar, Natacha o convidou para o baile na casa de Vogel, seu professor de dança. Nikolai disse que talvez fosse, pois tinha outros compromissos naquela mesma noite.

Após o jantar, Nikolai foi atrás da irmã, que lhe contou tudo.

– Dólokhov pediu Sônia em casamento. Eu bem que disse.

O jovem Rostov estava com os sentimentos confusos. Por mais que já não tivesse interesse na prima, alguma coisa naquela história havia mexido com ele. Dólokhov era um bom partido e Sônia era uma menina órfã e sem dotes. No entanto, Natacha contara que Sônia havia rejeitado o pedido e, mesmo com a insistência da condessa, fora irredutível, dizendo amar outro homem.

Nikolai foi atrás de Sônia. Ao conversar com ela, explicou-lhe que a amava, mas já havia amado muitas outras vezes e não queria iludi-la. Sônia disse que aquele amor dele já bastava para que ela fosse feliz. Rostov disse que não a merecia e não queria criar expectativas.

# CAPÍTULO 12

Na casa de Vogel havia os bailes mais animados de Moscou. Todos os jovens e até senhoras iam àqueles bailes que, por muitas vezes, foram o começo de matrimônios. Desta vez, porém, para aquela festa em especial, Vogel pedira emprestado ao conde Bezúkhov um dos salões de sua casa.

A pequena Natacha era a melhor aluna de Vogel. Ao dançar, voava como uma pluma. Naquela noite, a jovem estava radiante e apaixonada por tudo o que via, pois era seu primeiro baile usando vestido longo. Dançou muito com Vogel e com o irmão. Sônia também estava especialmente alegre, depois da conversa com Nikolai. As meninas da família Rostov eram as mais belas do baile.

Embora Vogel insistisse, Deníssov se recusava a dançar, preferindo ficar sentado, apenas observando. O capitão estava encantado com Natacha e comentava com o amigo Nikolai quão graciosa era ela.

Quando começou a tocar a mazurca, Nikolai insistiu para que Natacha convidasse Deníssov para dançar, pois ele dançava muito bem a mazurca. Depois de muita insistência de Natacha, Deníssov resolveu tirá-la para dançar.

O capitão Deníssov dançou magistralmente, batendo suas botas e esporas no chão e voando por todo o salão, junto de sua parceira. Todos olhavam embevecidos para aquela dupla de dançarinos. Depois da dança, Deníssov passou toda a noite ao lado de Natacha.

# CAPÍTULO 13

Passaram-se dois dias depois do baile. Rostov ainda não se encontrara com Dólokhov. Na manhã do terceiro dia, ele recebeu um bilhete.

*Como não pretendo ir mais à sua casa, por motivos conhecidos, e também por causa do exército, convido-o para uma despedida; compareça ao Hotel Inglês.*

*Dólokhov*

Rostov compareceu no dia e horário marcados, ao sair do teatro com a família e Deníssov. Ao chegar, viu Dólokhov e mais uns vinte homens amontoados em torno da mesa, jogando cartas. Assim que viu Rostov, Dólokhov levantou-se e o desafiou para uma partida. De início, Nikolai negou-se e ficou apenas observando, mas, após sua insistência, começou a apostar algumas poucas moedas, apenas para satisfazer a vontade do amigo.

Dólokhov ganhou de Rostov uma partida atrás da outra. Nikolai já havia perdido quase todo o dinheiro que seu pai lhe dera e que deveria durar até a primavera. Sabia que logo estaria completamente sem dinheiro, mas continuava apostando para pagar posteriormente. Dólokhov confiava nele.

Restavam apenas mil e duzentos rublos, dos três mil que o pai dera a Rostov. Ele precisava ganhar a qualquer custo. Esperava um sete de copas. Dólokhov estava jogando muito devagar, provocando Rostov, que, não aguentando mais, gritou:

– Vamos, jogue logo!

Quando Dólokhov repousou suas cartas e foi pegar outra no monte, Rostov viu o sete que ele precisava, mas já estava virada para cima, era a primeira carta do baralho. E, assim, ele perdera mais do que podia.

– Não gaste demais – disse Dólokhov, olhando para Rostov e continuando a jogar.

# CAPÍTULO 14

Dentro de uma hora e meia, todos os jogadores já levavam o jogo na brincadeira, observando apenas o jogo de Rostov e Dólokhov.

Rostov já não sabia ao certo quanto estava devendo. Pensava ser quinze mil rublos, mas, na verdade, já passava dos vinte mil. Dólokhov estava com uma aparência séria, não fazia mais brincadeiras, enquanto Rostov rabiscava na mesa os valores. O objetivo de Dólokhov era chegar na soma de quarenta e três mil rublos. Quarenta e três era a soma de sua idade com a de Sônia.

Sem desconfiar de nada, Rostov imaginava qualquer número e apostava nele. Ora contava os galões de seu casaco, ora contava a soma de todas suas perdas e apostava naquele número. Não sabia onde Dólokhov queria chegar com aquele jogo, considerava-se amigo de Dólokhov e não fizera nada de errado, mas essa dúvida o torturava durante toda a noite.

Dólokhov ameaçou parar com o jogo, pois já estava na hora do jantar. Rostov insistiu para que continuasse, mesmo sabendo que jamais recuperaria tamanha soma. Por fim, Dólokhov aceitou mais uma partida. Rostov esperava a carta de número dez. Perdeu outra vez.

– O senhor me deve quarenta e três mil, conde. Quando vou receber o dinheiro? – perguntou Dólokhov, sereno.

Rostov levou Dólokhov para o outro quarto e disse-lhe que não poderia pagar toda aquela soma de uma só vez e ofereceu-lhe uma nota promissória.

– Escute, Rostov, você conhece o ditado: "Feliz no amor, infeliz no jogo". Sua prima está apaixonada pelo senhor. Eu sei – disse Dólokhov.

Rostov ficou ofendido, dizendo que não era para colocar sua prima naquele assunto. Dólokhov foi enfático em querer saber quando receberia seu dinheiro.

– Amanhã! – respondeu Rostov, saindo do quarto.

# CAPÍTULO 15

Dizer "amanhã" foi muito fácil, mas encarar sua família, após perder tanto dinheiro, seria muito mais difícil.

Ninguém estava dormindo quando Rostov chegou em casa. As meninas estavam cantando e tocando clavicórdio com Deníssov, a mãe estava jogando paciência com Anna Mikháilovna, e Vera jogava xadrez com o velho Chinchin.

Rostov não podia se conformar que todos estivessem tão alegres. Aquela visão o aterrorizava; pensava em como era possível tamanha alegria, enquanto ele estava acabado, tendo como única opção disparar uma bala na cabeça.

Quando Natacha viu que Nikolai chegara, correu até ele, que perguntou logo pelo pai. Natacha não teve tempo de responder, pois Sônia adiantou-se e disse que o conde não estava em casa. Nikolai então foi até a mãe, que jogava cartas. Ela perguntou o que havia com ele, pois estava com um semblante de preocupação. Ele preferiu não lhe dizer nada e apenas perguntou se o pai iria demorar a chegar.

Nikolai estava impaciente e desesperado, andava de um lado para o outro na casa. Não sabia o que fazer, não sabia como contar a verdade a seus pais. Pensou em fugir, mas sabia que não adiantaria. Ao retornar para a sala onde estavam os jovens, viu Natacha no meio da sala, preparando-se para cantar, enquanto Sônia tocava o clavicórdio. Ao ver que o irmão estava diferente, Natacha também lhe perguntou o que estava acontecendo, mas ele não dizia nada.

Quando Natacha começou a cantar, Nikolai deixou-se levar pela música e até mesmo cantarolou um pouco com a irmã. Naquele momento, percebeu que não valia a pena preocupar-se com sua palavra de honra, com a dívida com Dólokhov. Aquilo sim, a alegria em sua casa, era a única coisa que realmente valia a pena.

# CAPÍTULO 16

Assim que Natacha terminou de cantar, ele voltou à realidade. Sem dizer nada, desceu para seu quarto. Dentro de quinze minutos o velho conde chegou em casa, passara o dia no clube. Nikolai foi rapidamente ao encontro do pai, que perguntou como estava o filho. A vontade era dizer que estava tudo bem, mas não conseguiu olhar nos olhos do pai e mentir.

O velho conde nem percebeu a tristeza no rosto do filho, mas o rapaz resolveu contar de uma vez, como se fosse algo corriqueiro, normal. Então Rostov contou ao pai que perdera uma grande quantia no jogo e que precisava pagar no dia seguinte. Ao dizer que eram quarenta e três mil rublos, o pai caiu no sofá.

– O que fazer? Isso pode acontecer com qualquer pessoa – disse Nikolai, com um tom atrevido em sua fala.

O velho conde saiu da sala e Rostov foi atrás dele. Não esperava que o pai não oferecesse resistência alguma. Ele logo alcançou o pai, pegou sua mão e desatou a chorar, pedindo perdão.

Enquanto isso, Natacha corria ao encontro da mãe, dizendo-lhe que Deníssov a pedira em casamento. A condessa achou um atrevimento que o rapaz tivesse feito o pedido a uma filha sua, ainda tão nova, sem antes ter falado com ela. A condessa disse que a filha deveria recusar o pedido. As duas foram até a sala encontrar Deníssov. Natacha disse-lhe que tinha pena dele e a condessa disse-lhe que sua filha era ainda uma menina e não estava pronta para se casar.

Deníssov ficou sem palavras, apenas despediu-se, indo embora da casa e apressando para o dia seguinte a sua partida para o exército. Rostov precisou adiar sua ida em mais duas semanas, até seu pai conseguir o dinheiro para pagar Dólokhov. Ele não saía de casa, ficava o tempo todo no quarto das meninas, escrevendo versos e fazendo anotações no caderno delas. Sônia passou a tratar Nikolai com ainda mais devoção, como se o acontecido tivesse aumentado ainda mais seu amor por ele.

Nikolai partiu no fim de outubro, para alcançar o regimento, que já estava na Polônia. Ao pagar os quarenta e três mil rublos a Dólokhov, este entregou-lhe um recibo.

# Segunda parte

## CAPÍTULO 1

Depois da conversa com a esposa, Pierre partiu para Petersburgo. Na estação de Torjók não havia cavalos, ou não lhe quiseram dar, então Pierre precisou esperar. Ele ficou durante muito tempo esperando na acomodação que lhe prepararam. Enquanto esperava, pensava em sua vida, no duelo com Dólokhov e na separação da esposa. Não conseguia resolver e colocar em ordem as coisas em sua cabeça. A todo momento, o encarregado da estação entrava e oferecia-lhe algo, assim como o camareiro e a esposa, que vendia bordados na estação.

Pierre não queria nada além de refletir, não se importava com quanto tempo teria de esperar pelos cavalos, mesmo sabendo que havia a possibilidade de o encarregado fazê-lo esperar de propósito, para que lucrasse um pouco com ele. O conde Bezúkhov chegou à conclusão de que tinha apenas certeza da morte. Ela, sim, resolveria tudo, embora também lhe parecesse algo terrível.

Em seguida, o encarregado entrou e pediu licença a Pierre para acomodar outro cavalheiro no cômodo. Era um senhor de idade avançada, baixo e enrugado, com um criado, também velho. Pierre saiu do sofá e foi para sua cama, dando seu lugar ao velho, sem dar muita atenção a ele. O velho recostou no sofá e seu criado começou a preparar o samovar para servir-lhe o chá. Depois de bebê-lo, o velho pediu ao criado seu livro. Pierre observava de vez em quando os movimentos do velho. De repente, o velho baixou o livro, marcou uma página e olhou diretamente para Pierre, com um olhar severo.

Pierre tentou desviar o olhar, ficou confuso, mas os olhos do velho o atraíam de uma maneira especial, que ele não conseguia parar de olhar.

## CAPÍTULO 2

– Se não estou enganado, tenho o prazer de falar com o conde Bezúkhov? – disse o velho viajante.

Pierre apenas olhou para ele através dos óculos. O velho viajante disse que já ouvira falar de Pierre, sobre todas as infelicidades de sua vida e que lamentava muito tudo aquilo que ocorrera.

– O senhor é infeliz, meu senhor. O senhor é jovem, eu sou velho. Eu gostaria de ajudá-lo, com o que posso ainda fazer – disse o velho.

O viajante pediu-lhe desculpas, caso estivesse incomodando, mas Pierre disse que estava sendo um prazer conversar com ele.

– Permita-me fazer-lhe uma pergunta, o senhor é maçom? – perguntou Pierre.

– Sim, eu pertenço à fraternidade dos pedreiros-livres e, em nome dela, estendo-lhe minha fraterna mão – respondeu o velho.

Apesar dessa solicitude, Pierre precisou contar ao velhor que não acreditava na maçonaria e muito menos em Deus. Mesmo com a insistência do viajante, o conde Bezúkhov continuava incrédulo. Porém, após muito argumentar, principalmente sobre a vida mundana que Pierre levava e que, certamente, influenciara em seu triste destino, ele passou a acreditar nas palavras do viajante.

Naquele momento, Pierre pôs-se a pensar em sua vida, nos erros que cometera, na vida errante que levara até então. Chegou a assumir que odiava sua vida e que nem com toda sua educação e riqueza ele era feliz.

Após uma longa conversa, o maçom, já cansado, recostou-se no sofá e fechou os olhos. Pierre não se atreveu a incomodá-lo, mas esperava uma ajuda dele e andava de um lado para o outro, impaciente e pensativo. Neste momento, o criado veio avisar que os cavalos estavam prontos; o velho levantou-se e disse que não dormiria mais, queria partir naquele mesmo instante.

– Permite que lhe pergunte para onde está indo, meu senhor? – perguntou o maçom.

– Eu vou para Petersburgo – respondeu Pierre.

O maçom disse-lhe que a ajuda que ele esperava e precisava só podia vir de Deus, mas que, no que dependesse de sua fraternidade, ajudaria sem problema algum. Ele pegou um pedaço de papel, escreveu algumas palavras e entregou a Pierre, pedindo-lhe que entregasse ao conde Villárski. O viajante era Iossif Alekséievitch Basdiéiev, um famoso militante maçom.

Pierre ficou pensando durante muito tempo a respeito daquela conversa e passou a acreditar nas palavras do velho maçom. Reconheceu para si mesmo que não levava uma vida correta e que, depois daquela conversa, já imaginava uma regeneração e um futuro bem-aventurado. Passou também a acreditar que era possível a fraternidade entre as pessoas, unidas para se apoiarem umas às outras em direção à virtude. E assim era a maçonaria para Pierre.

# CAPÍTULO 3

Em Petersburgo, Pierre não avisou ninguém que chegara à cidade. Não foi a lugar algum e ocupou-se da leitura de Tomás de Kempis[20]. Ao ler esse livro, Pierre acreditava na possibilidade de alcançar a virtude e no amor fraterno que Iossif Alekséievitch lhe mostrara.

Depois de uma semana, o conde Villárski entrou em seu quarto e disse que estava ali para cumprir o pedido de uma pessoa especial e de posição elevada na irmandade: Pierre seria acolhido na irmandade em um período mais curto e, para isso, Villárski seria o responsável por ele. O conde foi direto e perguntou a Pierre duas coisas: primeiro, se ele queria entrar na irmandade dos pedreiros-livres, e, segundo, se ele acreditava em Deus. Pierre respondeu afirmativamente às duas perguntas. Diante daquelas respostas, Villárski convidou Pierre a ir com ele até uma loja maçônica.

Ao chegar ao edifício em que ficava a loja maçônica, Pierre foi levado para uma pequena sala, onde viu alguns trajes estranhos. Logo em seguida, porém, cobriram-lhe os olhos para que não visse mais nada. Villárski disse que ele seria posto à prova por outros irmãos mais dignos e que deveria responder a todas as questões.

Pierre fora guiado por Villárski até outra sala. Quando lhe tiraram a venda, ele pôde ver uma sala escura, com apenas um ponto de iluminação dentro de um crânio humano, um evangelho sobre a mesa e uma caixinha cheia de ossos. Nada daquilo surpreendeu Pierre. Neste momento, a porta abriu e entrou uma pessoa que se aproximou de Pierre e perguntou:

– Para que o senhor veio?

Ao aproximar-se, o conde Bezúkhov viu que aquele homem era Smoilanínov, um conhecido seu. Pierre ficou sem responder por um tempo e disse:

– Eu quero a regeneração.

Smoilanínov lhe fez diversas perguntas, das mais variadas. Foi assim que Pierre teve de responder que fora ateu e que não acreditara na religião. O homem falava algumas coisas e, em seguida, deixava Pierre refletindo sozinho. Fez isso por três vezes.

---

20    Tomás de Kempis (1379-1471), monge e escritor místico germânico. Escreveu, entre 1418 e 1427, os livros da *Imitação de Cristo*, que trazem ideias e reflexões relacionadas ao cristianismo, pautadas, entre outros pontos, pela abnegação dos bens materiais. Também conhecido como Tomás à Kempis. (N.E.)

Em uma das vezes, o homem lhe explicou as sete virtudes, que eram: a discrição, a obediência, os bons costumes, o amor à humanidade, a coragem, a generosidade e o amor à morte. Ao ouvir as sete virtudes, Pierre sentia que já tinha consigo algumas delas: a coragem, a generosidade, os bons costumes, o amor à humanidade e a obediência. Esta, para ele, nem era uma virtude, mas uma felicidade. Pierre aceitava tudo o que o homem lhe dizia, estava pronto para tudo.

Então, Smoilanínov pediu a Pierre que retirasse tudo aquilo que ele tinha de valor: o relógio, a carteira, o dinheiro e as joias. Depois de receber tudo em suas mãos, ele pediu que também se despisse.

– E por fim, em sinal de sinceridade, peço ao senhor que me revele sua principal paixão – disse.

– As mulheres – disse Pierre, após muito pensar.

O homem recomendou-lhe que voltasse toda a sua atenção para si e que procurasse a beatitude em seu coração, dentro de si. Pierre já sentia a refrescante fonte de beatitude, que lhe preenchia a alma.

# CAPÍTULO 4

Logo depois, Villárski entrou para buscar Pierre, pois era seu patrono. Pierre respondera a todas as perguntas adequadamente.

Saíram da sala e passaram por corredores que viravam de um lado para o outro. Pierre estava vendado e com uma espada encostada em seu peito. Ao chegar à porta da loja, perguntaram-lhe quem ele era, a idade, onde nascera e muitas outras coisas. Enquanto o levavam por vários cantos, chamavam-no por vários nomes, ora de buscador, ora de sofredor e até mesmo de requerente.

De repente, tiraram a venda de Pierre e ele viu várias pessoas usando avental branco de couro, apontando espadas para seu peito. Havia também um homem com a camisa ensanguentada. Pierre inclinou-se em direção às espadas, eles se afastaram e o vendaram novamente. Ele reconhecera algumas pessoas naquela sala, eram pessoas da alta sociedade de Petersburgo.

Colocaram-o diante de um altar, sobre o qual havia um evangelho e um crânio humano. Durante mais alguns minutos, Pierre passou pelo rito de iniciação à maçonaria. Leram o estatuto, explicaram os símbolos, deram-lhe três pares de luvas e uma colher de pedreiro, explicando o significado por trás daqueles objetos. Pierre finalmente fora aceito na irmandade. Agora ele era um maçom, como todos aqueles homens que estavam naquela sala.

Ao chegar em casa, Pierre teve a sensação de que retornara de uma longa viagem, que havia durado dezenas de anos e o mudara completamente. Estava livre dos péssimos e velhos hábitos.

# CAPÍTULO 5

Um dia após ser recepcionado na loja, Pierre ficou em casa, lendo um livro, pensando em sua nova vida, traçando um plano e ocupando-se de entender o significado das simbologias maçônicas. Na loja, seus irmãos comentaram que a notícia de seu duelo chegara aos ouvidos do imperador e que, por isso, seria melhor ele se ausentar de Petersburgo por um tempo. Assim, Pierre foi para suas propriedades rurais.

Antes de partir, o príncipe Vassíli Kuráguin, seu sogro, apareceu em sua casa, tentando convencê-lo a reatar com Hélène. Ele garantia e insistia que a filha não fizera nada que o desonrasse. O sogro não parava de dizer que sua reputação e a de sua filha ficariam manchadas para sempre em Moscou se a separação fosse adiante. Nesse ponto, chegou a sugerir que Pierre escrevesse uma carta à Hélène, convidando-a para vir até Petersburgo, onde fariam as pazes e esqueceriam todo aquele mal-entendido.

Pierre ficou ruborizado, tentou controlar-se, lembrando-se das palavras de seus irmãos maçons. De fato, fez um esforço imenso para conter-se, mas não conseguiu mais aguentar e botou o príncipe Vassíli para fora do quarto.

Ele partiu para o campo e seus irmãos maçons escreveram cartas aos irmãos de Kiev e Odessa, para que dessem continuidade à orientação de Pierre.

# CAPÍTULO 6

O duelo entre Pierre e Dólokhov fora abafado. Embora o imperador fosse severo em relação à prática de duelos, ninguém sofreu nenhuma punição dessa vez. No entanto, a história percorreu toda a Petersburgo e Moscou.

Logo depois de Pierre partir, Hélène chegou a Petersburgo e foi recebida muito bem por todos. Quando tocavam no nome do marido, a princesa fazia ares de sofredora, dizendo que Pierre tinha sido uma cruz que ela precisara carregar. Já seu pai, este falava abertamente que Pierre era um louco.

Anna Pávlovna continuava a organizar os jantares em sua casa, sempre apresentando rostos novos à sociedade de Petersburgo. Os apresentados da vez eram Boris Drubetskoi, que estava ali como mensageiro do exército, o visconde Mortemart, a própria Hélène, seu irmão Hippolyte, que chegara de Viena, dois diplomatas, a velha tia de Anna Pávlovna, um jovem que todos chamavam de "um homem de muito mérito", e muitos outros. O assunto da época era a destruição do exército prussiano em Iena e Auerstadt, no interior da Prússia.

Boris, apesar de não ter posses, acostumara-se a andar sempre bem-vestido e frequentar a alta sociedade. Mais que isso, aprendera a obter vantagens das pessoas certas, conseguia manipular as pessoas que eram responsáveis pelas recompensas do serviço militar. Ele nunca mais estivera na casa dos Rostov e passara a odiar Moscou. Não gostava nem de lembrar de sua velha paixão por Natacha.

Anna Pávlovna fazia questão de apresentar Boris a todos. Ela sempre começava a conversa sobre o exército e sobre a Prússia, para que o rapaz pudesse entrar na conversa. Ele sentou-se ao lado da bela Hélène, que ouvia atentamente todas as suas conversas e com quem trocava olhares vez ou outra. Ela fez muitas perguntas sobre sua viagem pela Prússia. Assim que terminou a conversa, ela sorriu e disse:

– O senhor precisa visitar-me. Venha na terça-feira, por volta das oito horas. Será um grande prazer recebê-lo.

Evidentemente, Boris aceitou o convite. No entanto, Anna Pávlovna inventou uma desculpa para retirar o mensageiro da conversa e levá-lo para outra sala. Ali, ela lhe perguntou se conhecia o marido de Hélène e instruiu-o a não fazer perguntas a respeito dele.

# CAPÍTULO 7

Quando Boris e Anna Pávlovna retornaram à sala, era Hippolyte quem dominava a roda de conversa. Ele fazia alguma piada sobre o rei da Prússia e todos riam.

Anna Pávlovna esperou educadamente até que Hippolyte terminasse, para poder então falar do exército e da Prússia. No entanto, assim que começou a falar, ele a interrompeu, mas pediu desculpas em seguida e calou-se. Boris apenas sorriu um pouco, de uma forma que ninguém poderia dizer ao certo se ele ria com aprovação ou desdém. E assim prosseguiu a conversa durante toda a noite.

Quando se levantaram para sair, Hélène aproximou-se de Boris e relembrou o convite para visitá-la na terça-feira. Era como se ela se interessasse imensamente pela conversa de Boris sobre a Prússia.

Na terça-feira, quando Boris foi até a casa de Hélène, havia outros convidados na casa. Ela não falou com ele durante a noite toda. Apenas na hora de despedir-se, disse:

– Venha jantar amanhã à noite. Preciso que o senhor venha.

Enquanto permaneceu em Petersburgo, Boris tornou-se uma visita recorrente na casa da condessa Bezúkhova.

# CAPÍTULO 8

A guerra intensificou-se e já estava próxima das fronteiras russas. Em toda a parte, ouvia-se que Napoleão era um inimigo da raça humana e organizavam-se milícias para combater o inimigo.

A vida do velho príncipe Bolkónski, do príncipe Andrei e da princesa Mária, mudara muito desde 1805.

Em 1806, o velho príncipe fora nomeado um dos oito comandantes superiores das milícias. Ele adorava sua nova posição: era severo, enérgico e preciso em sua designação. Em Montes Calvos, a princesa Mária cuidava do sobrinho, com ajuda da ama de leite, da babá e da senhorita Bourienne.

Junto ao altar na capela da família, encomendaram uma estátua de um anjo, para ficar sobre a sepultura da princesa Liza. Tanto Andrei quanto Mária achavam o lábio superior do anjo muito parecido com o da princesa Liza. Ao olhar para a estátua, Bolkónski lembrava do olhar de sua esposa, como se estivesse pedindo ajuda, como na noite em que faleceu.

Após o retorno de Andrei, o velho dividiu seus bens e deu ao filho a propriedade de Bogutchárovo, onde o príncipe passava a maior parte do tempo. Depois de retornar da última batalha, ele decidira não mais participar do serviço militar. Para esquivar-se de retornar, aceitou ser subordinado do pai na organização das milícias.

Em 26 de fevereiro de 1807, o velho príncipe saiu em uma ronda, deixando o filho em Montes Calvos cuidando de tudo e também do neto, o pequeno Nikolai, que estava doente. O príncipe Andrei e a princesa Mária não dormiam havia dois dias, pois o menino estava com febre alta.

Enquanto estava em casa, o príncipe Andrei recebeu cartas do pai e também do amigo Bilíbin. A carta do pai pedia que ele partisse imediatamente para Kórtchevo, em busca das provisões que não chegaram para a milícia. Em seguida, o príncipe Andrei abriu a carta do amigo, toda escrita em francês, com letras miúdas. Ele leu rapidamente sem entender muita coisa, apenas para esquecer um pouco da carta de seu pai.

# CAPÍTULO 9

Agora, Bilíbin tinha o cargo de funcionário diplomático no quartel-general do exército. Ele escrevia para o príncipe Andrei pois precisava desabafar sobre todos os acontecimentos que presenciara. Sua discrição diplomática, porém, não permitia contar a qualquer um, apenas a seu fiel amigo.

Na carta, Bilíbin contava que, desde Austerlitz, ele tomara gosto pela guerra e a vida nos quartéis-generais. Contava que vira coisas inacreditáveis naqueles três anos de guerra. Escrevia muito sobre o inimigo da raça humana, Napoleão, que não dava atenção aos belos discursos dos russos, apenas saía destruindo tudo o que encontrava pela frente.

Segundo Bilíbin, a Batalha de Pultuski, em terras polonesas, que foi considerada por todos uma grande vitória, não era motivo de alegria, pois assim que terminara a batalha, o exército havia se retirado e, para ele, quem se retirava da batalha, era um perdedor. No entanto, logo após a retirada, enviaram um mensageiro até Petersburgo, anunciando a vitória, e assim a notícia se espalhara.

O príncipe Andrei leu na carta que o rei da Prússia escrevera para Bonaparte, oferecendo-lhe sua hospitalidade. Os generais prussianos eram gentis com os franceses e se renderam à primeira intimidação do inimigo. Algumas vezes, os comandantes escreviam ao imperador para saber o que fazer, caso os franceses os intimidassem.

Em sua carta, Bilíbin relatou ainda a questão da escolha do general-chefe, que ficou entre o general Buxhöwden e o tenente-general Bennigsen, que fugia de Buxhöwden como se fosse um inimigo. Finalmente, Bennigsen[21] conseguiu o cargo. Para Bilíbin, se Bennigsen conseguira vencer aquele primeiro inimigo, conseguiria vencer Bonaparte.

Quanto às tropas, Bilíbin escrevia que as provisões chegavam ao fim. Algumas tropas já estavam sem nenhuma e, caso demorassem muito para recebê-las, todo o exército estaria comprometido, doente e sem forças para poder lutar.

Com a falta de provisões, o exército começou a saquear todos os lugares por onde passava, deixando cidades em ruínas, habitantes feridos e lotando todos os hospitais. Por duas vezes, o quartel-general fora atacado por saqueadores e fizera-se necessário requisitar um batalhão para combatê-los. Bilíbin relatou que ele mesmo fora roubado em um desses ataques e dizia acreditar que, caso se colocasse o exército para combater os saqueadores, teriam de exterminar a outra metade do exército.

De início, o príncipe Andrei lia a carta sem grande interesse, mas após ler esses relatos, passou a ler com mais interesse o que seu amigo escrevera. Mesmo assim, antes de terminá-la, amassou e atirou-a para longe. Não ficara nervoso com o conteúdo da carta, mas desde que retornara para casa e decidira não mais servir no exército, não queria mais saber de nada que dissesse respeito à vida militar.

De repente, ouviu um barulho no quarto do bebê. Ficou preocupado e foi até a porta do quarto para observar o que estava acontecendo. Quando entrou, viu a babá próxima ao berço da criança, parecia que escondia algo dele. Naquele momento, começou a suar frio, teve medo e quase certeza de que o pior acontecera: seu filho estava morto e a babá tentava esconder. Pensou que tudo estava acabado, principalmente quando ouviu a voz de sua irmã chamando seu nome atrás dele.

Ele avançou até o berço, ergueu o véu que o cobria e procurou pela criança, até que a encontrou, dormindo. Aproximou-se do filho, tirou sua temperatura e notou que ele já estava melhor.

Ao recuperar-se do susto, olhou para a irmã, que se aproximou dele e o beijou, afastando-o do berço. O príncipe Andrei não queria afastar-se dali.

---

21 Levin August von Bennigsen (1745-1826), general germânico a serviço do exército russo, com o nome de Leónti Leóntievitch. Foi um dos conspiradores responsáveis por tirar Paulo I do poder. Depois de perder a Batalha de Friedland, em 1807, foi afastado do exército e chamado de volta alguns anos depois. Era um dos principais opositores do general Kutúzov. (N.E.)

Era como se aquele fosse um mundo à parte, onde os três viviam alheios aos problemas do mundo real.

# CAPÍTULO 10

Logo após sua admissão na maçonaria, Pierre redigiu um guia completo sobre o que deveria fazer com suas propriedades.

Chegando a Kiev, ele chamou todos os seus administradores para uma reunião e explicou-lhes o que deveria ser feito. Ordenou que libertassem todos os servos[22], que liberassem as mulheres e crianças do trabalho, que construíssem escolas e hospitais em cada propriedade e eliminassem os castigos físicos. Alguns administradores não entendiam, outros gostavam, mas o administrador-geral, mesmo demonstrando interesse, aconselhou-o a se preocupar com outros assuntos mais importantes naquele momento, como o pagamento das dívidas com o governo.

Pierre, apesar de receber seus quinhentos mil rublos anuais, sentia que estava melhor quando recebia os dez mil de mesada. Agora ele precisava pagar dívidas, a manutenção da propriedade, pensões... Cuidava dos negócios todos os dias com o administrador-geral, mas sentia que não prosperava. Sendo assim, o administrador-geral sugeriu-lhe que vendesse algumas propriedades sem uso. Como tudo era muito complicado para Pierre, ele ia apenas concordando.

Na cidade, Pierre levava a mesma vida de Petersburgo, com festas, bailes e jantares. E não havia abandonado sua maior fraqueza, as mulheres, como ele mesmo havia citado em sua admissão maçônica.

Na primavera de 1807, Pierre resolveu percorrer todas as suas propriedades para verificar o cumprimento de suas ordens. O administrador-geral preparava recepções ao patrão em cada propriedade. Assim, o conde Bezúkhov foi recebido com festa por cada mujique, criança, mulher e padre de suas propriedades, em agradecimento às mudanças feitas.

Pierre retornou a Petersburgo confiante e feliz por fazer o bem a todas aquelas pessoas. Chegou a comentar com seu grão-mestre da maçonaria que era muito fácil fazer o bem, bastava querer fazê-lo. No entanto, era tudo uma

---

22    Na Rússia, a servidão foi instituída pelo tsar Aleixo (1629-1676), por volta de 1649, como forma de conter fugas e revoltas camponesas. O regime de servidão só foi abolido em 1861, pelo tsar Alexandre II (1818-1881). (N.E.)

grande ilusão: o administrador-geral preparara tudo para enganar Pierre. Os mujiques, as mulheres e as crianças continuavam a ser explorados e talvez até muito mais do que antes, só que agora nada disso era documentado.

# CAPÍTULO 11

Na mais completa felicidade durante seu retorno, Pierre realizou seu grande desejo de visitar o velho amigo Bolkónski. Foi até a nova propriedade do amigo, viu a casa e algumas construções inacabadas, mas tudo muito organizado e bem cuidado.

Ao chegar à casa dos Bolkónski, encontrou o velho criado do príncipe Andrei, que o conduziu até a casa do amigo. Pierre ficou impressionado com a simplicidade da construção. Ao ser anunciado, ouviu uma voz severa, pedindo que esperasse. Ao abrir a porta, Pierre viu o rosto de Andrei, envelhecido e sem o mesmo brilho nos olhos de outrora. Ele abraçou e beijou Andrei e ficou alguns instantes observando como o amigo havia mudado durante os anos que passaram.

Como sempre acontece com pessoas que não se encontram por longos períodos, os dois amigos não conseguiam dar continuidade às conversas. Foi só depois de um certo tempo que conseguiram desenvolver os assuntos e conversar.

Pierre sentia-se constrangido em alegrar-se com todas as suas histórias, seus feitos em suas propriedades, diante da tristeza dos olhos do príncipe Andrei. O jovem conde estava ansioso para contar sobre sua nova vida, a maçonaria, mas continha-se diante do amigo. O príncipe Andrei havia se contentado com a vida que estava levando, apenas construindo sua propriedade e vivendo sem incomodar ninguém e, principalmente, sem ser incomodado.

Andrei perguntou a Pierre sobre seu casamento. O conde ruborizou, como sempre fazia quando surgia aquele assunto, e disse ao príncipe Andrei que a separação era definitiva e não havia retorno. No entanto, o príncipe Andrei disse que nada era definitivo, e Pierre completou contando que duelara com Dólokhov, mas que jamais havia desejado matar seu oponente. O príncipe Andrei discordou e disse que pessoas como Dólokhov mereciam a morte, e que o julgamento sobre o bem e o mal não cabia às pessoas.

Os dois amigos iniciaram uma longa conversa sobre o bem e o mal. Pierre discordava dos pensamentos de Andrei, que pensava não existir o mal, muito diferente do que o conde pensava.

Pierre viu os olhos do amigo voltarem a brilhar com aquele assunto de bem, mal, caridade e vida. Pierre perguntou-lhe do serviço militar, mas o príncipe Andrei disse não ter mais vontade de servir no exército russo. Contou que estava cuidando das milícias apenas para poder cuidar do pai, que era seu comandante e se tornava outra pessoa quando tinha poder ilimitado. Sendo assim, o príncipe servia apenas para impor certos limites ao pai, e isso pelo seu próprio bem, não pelo bem das pessoas sujeitas aos exageros do velho príncipe. Contou que, certa vez, se não tivesse chegado a tempo, o pai teria enforcado um encarregado por ter roubado algumas botas.

Pierre contou ao amigo sua preocupação com os mujiques, mas Bolkónski disse-lhe que os mujiques nasceram para o trabalho, que morreriam sem ele. Eram pessoas diferentes deles, os aristocratas, que nasceram para pensar.

Ao ouvir falar de mujiques e dos hospitais e escolas que Pierre construíra para eles, o príncipe Andrei disse que se os mujiques perdessem seu instinto animal, estariam privados de ser felizes com suas vidas. Disse ainda que, mesmo quando eram castigados fisicamente, os mujiques não mudavam, eram criados para a servidão, fosse ali, na Sibéria ou em qualquer outro lugar.

– Não, mil vezes não! Nunca concordarei com isso – disse Pierre.

O príncipe Andrei convidou Pierre para ir até sua casa, em Montes Calvos, para conversar com a princesa Mária e conhecer o pequeno Nikolai. Disse que com aqueles pensamentos filantrópicos Pierre certamente se daria muito bem com sua irmã, Mária.

# CAPÍTULO 12

Ao final da tarde, o príncipe Andrei e Pierre partiram de carruagem para Montes Calvos. O príncipe interrompia o silêncio pelo caminho, apontando para o campo e contando a Pierre de suas obras agrícolas. Isso demonstrava que ele estava mais disposto do que mais cedo. Já Pierre estava mais pensativo e monossílabo. Pensava na maçonaria, em como falar a respeito dela ao amigo, sem que fosse motivo de chacota.

Pierre não aguentou e voltou a falar da vida, concluindo que o príncipe Andrei acreditava na vida, na morte e até na continuação da vida após a morte. Assim, decidiu que poderia falar da maçonaria com ele. Ao falar disso, notou que Andrei ouvia tudo atentamente e até concordava com tudo, menos no ponto em que disse que somente os maçons é que sabem a verdade sobre a vida virtuosa e o significado de Deus.

Pierre discorreu sobre a maçonaria longamente, durante toda a travessia de balsa pelo rio. Ele tentou convencer o amigo a entrar para a "irmandade", pois ele mesmo também vivera só para si, como o príncipe Andrei vivia agora. Embora Andrei parecesse irredutível quanto às investidas de Pierre com a maçonaria, ouvia atentamente e não tirava os olhos do amigo. Ao final dos argumentos do amigo, disse:

– Sim, quisera que fosse assim tão simples.

O príncipe Andrei ficou por um tempo observando o céu, o mesmo céu que observara em Austerlitz, aquele céu alto, que nunca vira antes. Depois, chamou Pierre para subir na carruagem, que já estava do outro lado do rio, pronta para levá-los até Montes Calvos.

No entanto, aquele encontro com o amigo fizera com que o príncipe Andrei, em seu mundo interior, voltasse a pensar sobre uma nova vida, mesmo que o exterior continuasse o mesmo de sempre.

# CAPÍTULO 13

Já era quase noite quando o príncipe Andrei e Pierre chegaram ao portão principal da casa do velho conde. Naquele momento, na parte traseira da casa, apareceram quatro pessoas. Ao verem a carruagem, correram para dentro da casa. Eram peregrinos, amigos da princesa Mária.

Chegando em casa, o príncipe Andrei perguntou pelo pai e disseram-lhe que chegaria a qualquer momento. Ele foi então até o quarto do filho e, ao retornar, convidou Pierre para ver a princesa Mária. No quarto da princesa estavam os peregrinos, entre eles, um jovem franzino, chamado Ivan, e uma senhora, chamada Pelagueia.

A princesa Mária ficou surpresa e encantada com a visita de Pierre, que era seu amigo de infância. No entanto, o príncipe Andrei começou a provocar a irmã e os peregrinos, e Pierre não resistiu e também fez algumas piadas deles.

Pelagueia contou-lhes a respeito da peregrinação que fizera em Kiev e Koliázin, onde vira a santa que chorava óleo santo e um general, que, como Pierre e o príncipe Andrei, também havia duvidado da santa e acabara ficando cego. Foi somente depois de pedir à santa que fosse curado que o general voltou a enxergar. Pierre duvidou da história e fez algumas perguntas irônicas, mas a velha o repreendeu. O príncipe Andrei também ironizou a história e a velha ficou verdadeiramente atordoada com aquilo, benzeu-se dizendo que Deus castigava quem duvidava daquela história, pois era um pecado, e começou a chorar.

No fim, Pierre acabou se comovendo com o choro da velha e pediu-lhe desculpas, disse que era apenas uma brincadeira. O príncipe Andrei ficou observando os dois e notou que Pierre estava sendo realmente sincero em suas desculpas. O olhar dócil do conde Bezúkhov fizera com que Pelagueia se acalmasse e esquecesse o assunto.

# CAPÍTULO 14

Mais calma, a peregrina continuou contando suas histórias de devoção, relatou que ficara nas catacumbas por dois dias, rezando na presença dos santos.

A princesa Mária deixou os peregrinos terminarem o chá e acompanhou Pierre a outra sala. Disse-lhe que estava preocupada com o irmão, que andava muito triste e solitário e só agora estava mais alegre, com a presença do amigo. Aproveitou a ocasião e pediu a Pierre que levasse o irmão para viajar ao exterior, pois ela temia por sua saúde mental e moral nos últimos tempos.

Em Montes Calvos, todos gostavam de Pierre, até o velho príncipe, que se divertia nas discussões com o jovem conde que não acreditava em guerras. De fato, o príncipe fazia questão de conversar com o visitante e fez questão também de jantar com todos da casa, só porque Pierre estava ali presente. A princesa Mária, por sua vez, gostava do jeito dócil do conde com os peregrinos; e o príncipe Andrei esteve mais alegre naqueles dois dias de visita do que estivera nos últimos meses.

Na hora da partida, o velho príncipe convidou Pierre para retornar quando quisesse e o fez de todo o coração. Na casa, ninguém fazia qualquer objeção quanto ao retorno do conde Bezúkhov.

# CAPÍTULO 15

Ao voltar das férias, Rostov sentia que o regimento era sua segunda casa. Sentia-se acolhido e cercado de amigos. Após a derrota no jogo, ele decidira ser um oficial excelente em todos os sentidos, um verdadeiro camarada. Sua dívida com o pai, ele pagaria durante cinco anos, dando oito mil rublos ao ano, dos dez mil que recebia.

O exército, após recuar e avançar por diversas vezes, encontrava-se em Bartenstein, na Polônia. Esperavam pelo soberano para iniciar a nova campanha. O Regimento de Pávlograd não participara das batalhas de Pultusk e Preussisch-Eylau[23], na Prússia, mas unira-se à divisão de Plátov[24].

Em abril de 1807, o regimento ficou parado por algumas semanas em uma aldeia alemã vazia e destruída. Era o final do inverno, havia muita lama e as estradas estavam intransitáveis. As provisões não chegavam e os soldados ficaram sem ter o que comer, assim como os cavalos. Um carregamento de batatas estragou por causa do frio e mais da metade do regimento adoeceu por comer batatas estragadas. Os soldados passaram a comer uma raiz, que eles chamavam de doce raiz de Maria, de sabor muito amargo e que, possivelmente, fora responsável pelo inchaço em seus braços e pernas. Os cavalos estavam magros e fracos, comiam as palhas dos telhados das casas.

Deníssov, após as férias, intensificou os laços de amizade com Rostov, protegendo-o em cada uma das batalhas. Uma vez, Rostov hospedou em seu alojamento um senhor e uma moça com um filho de colo, poloneses, durante duas semanas. Ele os encontrara famintos e sem roupas para se aquecer. Um soldado acabou se interessando pela moça e disse a Rostov que ele poderia apresentá-la aos companheiros. Nikolai ficou ofendido e desafiou o soldado para um duelo. No entanto, Deníssov intercedeu por ele, sem querer entender se Rostov gostava ou não da moça, dizendo, com lágrimas nos olhos:

– Que gente tola, essa família Rostov.

# CAPÍTULO 16

Em abril, com a chegada do soberano ao exército, as tropas se animaram. Rostov não pôde vê-lo, pois estava longe de Bartenstein, nos postos avançados. Os soldados de Pávlograd estavam em acampamentos. Os oficiais ficavam em abrigos cavados na terra, que eram, até certo ponto, confortáveis para a situação.

---

23   Região da antiga Prússia. A Batalha de Pultusk e Preussisch-Eylau, ocorrida em 7 de fevereiro de 1807, foi um dos embates mais sanguinolentos das Guerras Napoleônicas. Tanto o exército francês quanto o russo sofreram grandes baixas. (N.E.)

24   Matvéi Ivánovich Plátov (1753-1818), general cossaco. Participou de importantes guerras russas, como a Guerra Russo-Turca, de 1787. Durante as Guerras Napoleônicas, foi um dos principais aliados do príncipe Bagrátion. (N.E.)

Rostov ficou de serviço no mês de abril. Depois de horas sem dormir, retornou ao abrigo querendo apenas descansar. Logo em seguida, ouviu Deníssov, nervoso, gritando com o furriel, pois ele se descuidara e alguns soldados haviam comido a raiz de Maria. O príncipe Nikolai também ouviu o lacaio Lavruchka falando sobre carroças e provisões. Neste momento, Rostov ouviu Deníssov dando ordens para selar os cavalos e, em seguida, os sons de cascos apressados, mas continuou deitado e dormiu até o início da noite.

Ao acordar, avistou os hussardos carregando uma carroça, junto de dois oficiais da infantaria e Deníssov. Ao aproximar-se, descobriu que Deníssov pegara as provisões destinadas à infantaria e as trouxera para seus soldados. O oficial da infantaria fora embora, prometendo entregar Deníssov ao Estado-Maior como saqueador. As provisões foram o suficiente para alimentar todo o regimento e ainda dividir com os esquadrões. Deníssov não demonstrava arrependimento algum.

No dia seguinte, o capitão foi convocado ao Estado-Maior para dar explicações. Chegando lá, encontrou Teliánin e descobriu que era ele o responsável por deixar o regimento passando fome. Deu um soco no oficial e retornou ao acampamento. Por causa dessa atitude, ele certamente seria julgado pelo Estado-Maior e penalizado, no mínimo, com um rebaixamento de patente. E assim aconteceu, ele recebeu uma notificação para que passasse o comando do regimento para o oficial mais bem posicionado abaixo dele e que retornasse ao Estado-Maior para dar mais explicações.

Um dia antes, Plátov fez uma operação de reconhecimento do inimigo e Deníssov foi ferido com um tiro na perna. Normalmente, esse ferimento não o tiraria de combate, mas ele aproveitou o ocorrido para ficar no hospital e livrar-se de dar explicações ao Estado-Maior.

# CAPÍTULO 17

Em julho, ocorreu a Batalha de Friedland[25], mas os soldados de Pávlograd não participaram. Logo em seguida, foi declarado um armistício. Sendo assim, Rostov, que sentia falta do amigo Deníssov, foi em busca dele no hospital. O

---

25  Cidade russa da região de Kalingrado, atual Právdinsk. A Batalha de Friedland, ocorrida em 14 de junho de 1807, foi uma das maiores derrotas do exército russo e resultou em um acordo de paz, firmado em julho do mesmo ano na cidade de Tilsit. (N.E.)

hospital ficava em uma pequena aldeia prussiana, já devastada pela guerra, em um prédio de pedras, com muitas janelas quebradas. Chegando lá, Rostov sentiu um cheiro horrível logo na entrada. Encontrou um médico e um enfermeiro na escada, que o avisaram imediatamente que ali havia o risco de ele contrair tifo, pois o prédio era de leprosos.

Rostov perguntou por Deníssov, e o médico, sem muita certeza, disse que certamente o capitão já havia morrido, pois todos que entravam naquele prédio, morriam, inclusive a equipe médica. O enfermeiro disse não saber ao certo o que acontecera a Deníssov, por isso conduziu Rostov para dentro do hospital, contrariando a vontade do médico.

Ao caminhar pelos corredores escuros do hospital, o cheiro era ainda mais forte. Rostov quase não conseguiu continuar sua busca. Ele entrava em algumas salas e via fileiras de soldados deitados no chão sobre casacos ou palhas. Ao entrar nas salas, alguns soldados, conscientes, levantavam a cabeça e olhavam para Rostov, com seus corpos secos e amarelados; outros jaziam inconscientes.

Rostov ficou perturbado com aquela visão. Deu ordens a um soldado, que pensou ser o diretor do hospital, para que desse água a um doente que estava pedindo para beber algo. Viu um soldado que já estava morto desde a manhã daquele dia ao lado de um paciente ainda vivo, e ordenou que o levassem dali. Nikolai saiu da sala de olhos baixos e transtornado.

# CAPÍTULO 18

Seguindo pelo corredor, o enfermeiro conduziu Rostov à enfermaria dos oficiais. O cheiro de carne podre era o mesmo, mas a enfermaria estava dividida em três salas abertas. Os doentes estavam em leitos e vestidos com aventais, alguns perambulavam pelas salas. Um desses era o capitão de artilharia Túchin, que chamou Rostov e levou-o até o leito de Deníssov. Túchin estava muito magro e havia perdido um braço em batalha. Lembrou a Rostov que fora ele quem lhe dera carona na carroça em Schöngraben, na Áustria.

Ao chegar ao leito de Deníssov, este gritou para Rostov com a mesma energia que gritava no regimento, mas Nikolai notou uma tristeza escondida em seu amigo. Ele tinha a mesma aparência inchada de todos os outros doentes. Apesar de seu ferimento ser pequeno, via-se que ainda não havia cicatrizado durante aquelas seis semanas.

Deníssov parecia não querer mais saber dos assuntos do regimento, falava apenas na carta que escrevera ao Estado-Maior e que enviaria como sua defesa. Nesta carta, ele escrevera, de forma irônica e jocosa, que se negava a pedir clemência ao soberano. Túchin e outros oficiais tentavam convencê-lo do contrário, mas o capitão estava irredutível.

Rostov permaneceu no hospital até o anoitecer. Ao ir embora, Deníssov foi até a janela, pegou um tinteiro, escreveu algumas coisas no papel e entregou a Rostov. Ele afinal decidira seguir o conselho dos oficiais e entregar uma carta pedindo clemência ao soberano.

# CAPÍTULO 19

Após voltar ao regimento e explicar a situação de Deníssov ao comandante, Rostov foi direto para Tilsit[26], entregar a carta ao soberano.

No dia 13 de junho, os imperadores francês e russo chegaram a Tilsit. Boris Drubetskoi estava entre os membros da comitiva. Ele agora já era uma figura importante entre os presentes e anotava tudo o que via, tanto o horário do encontro entre os imperadores, quanto os nomes dos presentes naquele local. Os imperadores conversaram durante uma hora e cinquenta e três minutos. Boris morava com outro ajudante de ordens polonês.

No dia 24 de junho, o ajudante de ordens polonês organizou um jantar com seus conhecidos franceses, entre eles, o ajudante de ordens de Napoleão. Naquele mesmo dia, chegou Rostov, de roupas civis, no período da noite. Aquela situação de amizade entre russos e franceses incomodava Nikolai, pois, em seu regimento, os franceses ainda eram inimigos.

Ao chegar no alojamento de Boris, Rostov encontrou um oficial francês. Ele ficou parado, com o mesmo olhar que fazia no campo de batalha, diante do inimigo. Com esforço, perguntou por Drubestkoi, que veio a seu encontro. Antes de dizer qualquer coisa, Rostov viu a expressão inicial de desgosto no rosto de Boris ao vê-lo na porta. Tal expressão foi decisiva para acabar com seu humor pelo resto da noite. O outro ajudante de ordens, um polonês, não gostou da presença de Rostov ali, pois fazia com que ele não se sentisse bem-vindo.

---

26   Cidade prussiana, hoje possessão russa, às margens do Rio Neman. O Tratado de Tilsit, firmado secretamente entre Alexandre I e Napoleão, em 7 de julho de 1807, tornou a Rússia aliada da França. O Tratado foi desrespeitado por Napoleão alguns anos depois, com a invasão à Rússia. (N.E.)

Nikolai chamou Boris para conversar e explicou toda a situação de Deníssov. O novo ajudante de ordens lhe sugeriu que entregasse a carta ao comandante do regimento e não ao soberano, pois este era muito severo em casos como o de Deníssov. Rostov não gostou da resposta e acusou Boris de não querer ajudá-lo. Indiferente, o ajudante foi juntar-se aos companheiros no jantar e Rostov ficou no quarto, andando de um lado para o outro, pensativo.

# CAPÍTULO 20

Rostov escolhera o pior momento para ir até Tilsit. Não podia ir atrás do general-comandante, pois estava sem uniforme, e não podia contar com Boris.

No dia 27 de junho, assinaram as primeiras cláusulas do acordo de paz. Os imperadores trocaram condecorações e ambos deveriam comparecer a um jantar, oferecido ao batalhão de Preobrajenski.

Ao andar pelas ruas, Rostov via casas ocupadas pelos franceses, bandeiras russas e francesas com enormes monogramas com as iniciais dos imperadores. Naquele momento, ele percebeu que poderia encontrar o imperador Alexandre a qualquer momento pelas ruas. Como estava decidido que Boris não poderia ajudá-lo, resolveu fazer por conta própria e levar a carta ao imperador pessoalmente. Temia ser preso, por estar sem farda, mas não se importou e foi mesmo assim até a casa do imperador.

Na casa do imperador, perguntaram-lhe o que ele queria e o encaminharam para o quarto do oficial de serviço. Chegando lá, o oficial estava se arrumando para o evento e achou muita petulância da parte de Rostov ir até lá para entregar uma petição.

Rostov estava certo de que o imperador, piedoso, intercederia por Deníssov. Ao sair da sala, alguém falou com ele e perguntou o que fazia sem a farda. Era seu ex-comandante, agora general da cavalaria. Rostov explicou-lhe a situação e o general se encarregou de entregar a carta ao soberano. No entanto, quando o soberano desceu para montar em cavalo e o general falou com ele, entregando-lhe a carta, a resposta imperial foi:

– Não posso, general, não posso porque a lei é mais forte do que eu.

# CAPÍTULO 21

Na praça para onde o soberano se dirigia, estavam os batalhões de Preobrajenski e a guarda francesa. Logo se aproximaram os dois imperadores, cumprimentaram-se e conversaram algo. Napoleão decidira condecorar um soldado russo, o mais corajoso, com a medalha da Legião de Honra. Esta medalha dava direito a uma pensão vitalícia de mil e duzentos francos. Napoleão pediu a Alexandre que escolhesse um de seus soldados e o escolhido foi um soldado chamado Lázariev, a quem Kozlóvski ajudara a escolher. O próprio Napoleão foi quem colocou a medalha no peito do soldado russo.

Após gritos de saudação dos soldados aos imperadores e a cerimônia de condecoração, todos se sentaram às mesas para um grande almoço. Lázariev sentou-se na mesa de honra, com os oficiais russos e franceses, que o cumprimentavam e queriam ver de perto a medalha.

Boris e seus companheiros ajudantes também estavam na comemoração e, mesmo com a tentativa de Rostov de ficar escondido na multidão, Boris conseguiu vê-lo. Ele acenou para Nikolai e disse que não tivera tempo de conversar com ele, por isso o convidou para ir até sua casa mais tarde.

Rostov via toda aquela festa com estranhamento. Lembrava-se de Deníssov e dos mortos e feridos da guerra, depois se lembrava daquela festa e do reconhecimento de Napoleão como imperador legítimo. Ocorreu-lhe que todo o sofrimento de seus companheiros fora em vão, pois agora franceses e russos eram amigos!

Já com fome, Rostov decidiu ir até um hotel para comer algo. Lá encontrou dois camaradas da mesma divisão e os três passaram a noite conversando e bebendo muito. Nikolai bebeu duas garrafas de vinho e, durante a conversa, em que um dos oficiais disse não gostar da união de Bonaparte com Alexandre, exaltou-se e começou a falar muito alto, dizendo que não eram diplomatas, mas soldados, e iam para a guerra para morrer a mando do imperador e não para pensar.

# Terceira parte

## CAPÍTULO 1

No ano de 1808, o soberano foi a Erfurt, na Prússia, para mais um encontro com Napoleão, e toda a Petersburgo só falava da grandiosidade do evento.

Em 1809, os dois imperadores já eram muito próximos. Cogitava-se até mesmo um casamento de Napoleão com uma das irmãs de Alexandre I. Quando Bonaparte declarou guerra à Áustria, a Rússia foi aliada dos franceses contra seu antigo aliado austríaco.

Fora do âmbito político, os russos levavam a vida normalmente.

O príncipe Andrei passara dois anos vivendo no campo e de lá não saíra para nada. Conseguira implementar em suas terras, e muito bem, todas as melhorias que Pierre vinha tentando implementar nas dele, sem sucesso. O príncipe Bolkónski havia até mesmo libertado os mujiques da servidão, contratado uma parteira para ajudar as mulheres e um sacerdote para educar os filhos dos camponeses. Assim como seu pai, sabia de todas as notícias da Rússia, mais do que aqueles que viviam em Petersburgo.

Na primavera de 1809, o príncipe Andrei foi para as propriedades de Riazan, das quais ele era apenas o tutor, pois pertenciam a seu filho, o pequeno Nikolai. Certo dia, passando pelos campos, atravessou o rio de balsa e foi para outra margem, onde já estivera com Pierre, e pôs-se a galopar pela floresta, observando um enorme carvalho e as bétulas que estavam crescendo.

Essa viagem serviu-lhe para confirmar que ele não precisava iniciar nada, deveria apenas levar o resto de sua vida sem praticar o mal, sem se preocupar e sem querer nada.

## CAPÍTULO 2

O príncipe Andrei precisou visitar o conde Iliá Rostov, o decano da nobreza, para resolver questões referentes à tutela da propriedade de Riazan. Ao chegar à casa do conde, Andrei ouviu algumas vozes femininas e logo avistou um grupo de moças. Uma delas veio em direção à carruagem. Era uma jovem de cabelo preto, muito franzina e de vestido amarelo, que estava gritando alguma coisa às amigas, mas, ao avistar o príncipe, parou e voltou correndo de onde viera. A alegria daquela jovem chamou a atenção do príncipe Andrei.

Depois de falar dos negócios, o conde Rostov fez questão de que o príncipe Andrei passasse a noite em sua casa, para esperar que os documentos ficassem prontos.

À noite, o príncipe Andrei não conseguia dormir. Resolveu ir à janela para observar o belo luar que estava no céu e iluminava todo o jardim. Naquele momento, ouviu novamente a voz de uma moça falando com outra, que se chamava Sônia, e insistindo para que ela também observasse o belo luar.

O quarto das meninas ficava bem em cima do quarto do príncipe Andrei, que ficou em silêncio, pois não queria ser visto ali. Ele permaneceu, durante muito tempo, apenas ouvindo a voz da jovem e imaginando de onde vinha tanta alegria. Depois de tanto pensar naquela alegria juvenil e incompreensível, que ele não podia entender, pegou no sono e finalmente dormiu.

# CAPÍTULO 3

No dia seguinte, o príncipe Andrei despediu-se apenas do conde Rostov e partiu. No caminho, passou novamente pela floresta. Levou algum tempo observando as árvores, que agora já estavam totalmente floridas e cheias por causa da primavera. Ele procurou, por muito tempo, o mesmo velho carvalho que observara antes, até que o encontrou e ficou admirando-o e pensando em toda a sua vida. Andrei lembrou-se daquele maravilhoso momento, em Austerlitz, em que ele observara o céu, tão alto e belo, lembrou-se de Pierre na barca, da alegria de viver daquela menina que observava o luar, a expressão de censura no rosto da esposa morta; veio-lhe tudo ao mesmo tempo. Ali, ele percebeu que a vida não terminava aos 31 anos e que todos deveriam se conhecer como ele conhecia a si mesmo. Precisava mostrar isso a todos.

Ao retornar da viagem, o príncipe Andrei inventou diversos motivos para retornar a Petersburgo, inclusive o serviço militar. Já ficava entediado de morar no campo, não aguentava mais, e era seco e severo até mesmo com sua irmã.

# CAPÍTULO 4

O príncipe Andrei chegou a Petersburgo em agosto de 1809. Era o momento do apogeu da fama do jovem Speránski[27] e das reformas realizadas por ele. Neste mesmo mês, o imperador caíra da carruagem e estava se recuperando em Peterhof, reunindo-se frequentemente com Speránski.

Andrei, na condição de camarista, apresentou-se na corte e em uma recepção. Por duas vezes encontrou o soberano, mas este não lhe disse uma única palavra; era evidente que nutria certa antipatia pelo príncipe Bolkónski, possivelmente por ter abandonado o serviço militar. Essa antipatia fez com que Andrei desistisse de entregar ao soberano seu projeto de um novo estatuto militar. Então, decidiu conversar a respeito com um velho marechal de campo, amigo de seu pai. O marechal aconselhou-o a falar com o ministro da guerra, o conde Araktchéiev[28].

O príncipe Andrei foi às nove horas ao gabinete do conde. Ele esperou todos serem recebidos pelo ministro, até que, enfim, chegou sua vez. O conde Araktchéiev não fora receptivo com seu projeto, disse que muitos criavam novas leis, mas difícil mesmo era segui-las. Disse que não aprovava e encaminhou ao comitê do estatuto militar. No entanto, recomendou que o príncipe Andrei fosse nomeado membro do comitê, mas sem honorários. Tal proposta deixou o príncipe Andrei muito irritado.

# CAPÍTULO 5

Enquanto esperava a nomeação do comitê, o príncipe Andrei refez os antigos contatos, principalmente com as pessoas de poder, que poderiam lhe ser úteis. Ele pegou gosto por aquela nova vida, sentia-se tal como se sentia antes de uma batalha, pois era ali que estava sendo decidido o destino de milhões de

---

27 Mikhail Mikháilovitch Speránski (1772-1839), conde, considerado o "pai" do liberalismo russo. Um dos principais conselheiros de Alexadre I, foi designado pelo tsar para escrever uma Constituição para a Rússia. Vítima de conspirações da corte, caiu em desgraça quando foi acusado de ser um espião francês, em 1812. Exilado durante alguns anos, voltou a Petersburgo em 1816, servindo novamente ao imperador Alexandre e depois a seu sucessor, Nicolau I. (N.E.)

28 Aleksei Andréievitch Araktchéiev (1769-1834), conde e general russo. Servindo o exército desde os tempos de Paulo I, ficou conhecido por suas reformas na artilharia do exército. Foi ministro da guerra de Alexandre I de 1808 a 1825. (N.E.)

pessoas. Para Andrei, a Petersburgo de 1809 era um enorme campo de batalha civil, no qual o comandante era Speránski, que ele considerava um gênio.

O príncipe Andrei encontrava-se em uma posição favorável, pois fora o primeiro a libertar os mujiques, sendo um exemplo ao modelo liberal de Speránski. Todos o recebiam muito bem; as mulheres, por ele poder se casar, e os homens, por considerarem que Bolkónski mudara bastante nos últimos anos, tornando-se mais brando.

No dia seguinte ao encontro com o conde Araktchéiev, o príncipe Andrei foi à casa do conde Kotchubei e contou-lhe sobre o encontro com o ministro da guerra. O conde prometeu apresentá-lo a Speránski naquela mesma noite.

Na casa de Kotchubei, alguns velhos questionaram Bolkónski sobre a liberação dos mujiques, medida à qual eles eram contrários. Os mais velhos estavam preocupados com a nova Constituição, que ordenava que prestassem concursos para cargos púbicos. De repente, chegou Speránski. O príncipe Andrei logo o reconheceu: tinha a fala tranquila e firmeza no sorriso. Quando Kotchubei apresentou-lhe o príncipe Andrei, Speránski fitou-o durante um momento e disse-lhe:

– Estou muito feliz em conhecê-lo, ouvi falar muito sobre o senhor.

O conde Kotchubei contou a Speránski sobre a audiência a qual Bolkónski iria. Speránski disse que o senhor Magnítski, que presidiria a audiência, era um grande amigo dele. O príncipe Andrei passou a noite apenas ouvindo as conversas de Speránski com os convidados. Somente no final da noite foi que o reformista conversou diretamente com Andrei e disse admirá-lo por aceitar aquele cargo no comitê, abstendo-se de quaisquer privilégios. Os dois passaram a conversar sobre as implantações de Bolkónski em suas terras e suas ideias para o estatuto militar. Após a conversa, Speránski convidou o príncipe Andrei para que o procurasse na quarta-feira, a fim de conversar mais detalhadamente com ele.

# CAPÍTULO 6

No início de sua estada em Petersburgo, o príncipe Andrei notou que todas as suas ideias, elaboradas durante a vida no campo, ficaram totalmente obscurecidas. Ele já não tinha mais tempo para pensar, passava os dias em encontros e visitas, repetindo sempre as mesmas falas.

Speránski causou uma forte impressão no príncipe Andrei, talvez pelo fato de ambos pensarem exatamente a mesma coisa sobre diversos assuntos e somente os dois entenderem algumas coisas que são desconhecidas ao restante do povo. A longa conversa de quarta-feira, na casa de Speránski, serviu para confirmar que ele era um homem de grande inteligência, que explicava tudo de maneira sensata e aplicava tudo de maneira racional. No início de suas relações com Speránski, o príncipe Andrei desenvolveu uma enorme admiração.

Na noite em que Bolkónski esteve na casa de Speránski, discutiram sobre a reforma da comissão legisladora, em que os funcionários gastavam o dinheiro do Estado e nada faziam. Speránski sugeriu que o príncipe servisse ao Estado na criação de leis, mas Andrei alertou-o de que não tinha formação jurídica para tal tarefa.

Uma semana depois, o príncipe Andrei era membro do comitê de elaboração do estatuto militar e chefe de uma seção da comissão legisladora, cargo que ele nunca imaginara ocupar. Assim, encarregou-se da elaboração da primeira parte do Código Civil, da seção de Direitos da Pessoa.

# CAPÍTULO 7

Uns dois anos antes, em 1808, Pierre tornou-se chefe da maçonaria de Petersburgo. Ele organizou diversas lojas e contribuía mais do que todos os irmãos. No entanto, fora da maçonaria, continuava com a mesma vida libertina de antes. Chegou a recrutar muitos novos irmãos, a maioria dos lugares que frequentava.

No início, ele sentia-se seguro sob a maçonaria. Depois, começou a não se sentir mais tão seguro, porém já estava amarrado completamente à ordem. Iossif Alekséievitch já não estava mais em Petersburgo e não participava ativamente da loja da cidade: ficava em Moscou e de lá não saía.

Pierre dividia os irmãos em quatro categorias. A primeira era a categoria dos irmãos que não participavam ativamente; a segunda, na qual ele se incluía, era a dos irmãos que vacilavam, que ainda não haviam encontrado o caminho correto; a terceira era a dos irmãos que cumpriam rigorosamente as formas exteriores, como Villárski; e a quarta era a dos irmãos que entraram na ordem apenas para obter influência e contato com os poderosos.

Insatisfeito com o rumo da maçonaria russa, Pierre foi ao exterior para estudar os níveis mais altos da ordem. Ele retornou a Petersburgo em 1809 e foi recebido por todos os irmãos. Era muito respeitado e todos queriam ouvir o que ele aprendera no exterior. Foi agendada uma reunião com todos os irmãos e Pierre leu uma extensa carta, que continha tudo o que ele pensava sobre como deveria ser a maçonaria na Rússia. Um dos pontos centrais era que a virtude teria de prevalecer sobre o vício e a formação de pessoas virtuosas e unidas por uma convicção em comum.

Metade dos irmãos desaprovaram, consideraram-no um *Illuminati*, a outra metade o apoiou integralmente. O grão-mestre formulou diversas objeções. No fim da sessão, o grão-mestre chamou a atenção de Pierre sobre sua exaltação. Pierre apenas queria saber se sua proposta seria aceita. Quando o grão-mestre disse que não seria aceita, ele virou as costas e foi embora.

# CAPÍTULO 8

Pierre novamente encontrou a angústia que ele tanto temia. Ficou em casa durante três dias, após o discurso na loja, não queria receber ninguém. A esposa, Hélène, mandou-lhe uma carta, dizendo que queria voltar para ele, que estava com muita saudade. Nessa mesma época, um irmão maçom veio vê-lo, com a desculpa de dar-lhe um conselho fraternal, e disse que ele estava sendo injusto com a esposa.

Pouco tempo depois, a mãe de Hélène escreveu-lhe, pedindo para vê-lo. Pierre logo percebeu que havia um complô para uni-lo novamente à esposa. Ele não estava preocupado, até aceitaria reatar o casamento, tamanha era sua angústia com a vida em geral.

O conde Bezúkhov foi até Moscou visitar Iossif Alekséievitch e relatou em seu diário toda a conversa que teve com seu benfeitor. Este estava vivendo uma vida de pobreza e sofria havia três anos de uma enfermidade na bexiga, no entanto, não se queixava para ninguém.

Iossif Alekséievitch aconselhou-o a voltar para a esposa, pois seria uma atitude de um verdadeiro maçom, e que ele precisava, antes de impor suas ideias aos irmãos da loja, purificar a si mesmo.

Em 23 de novembro, Pierre já estava morando outra vez com a esposa. Pediu-lhe que esquecesse todo o passado, toda a maldade que ele havia lhe causado e que ambos vivessem uma nova vida. Assim, ele experimentava um sentimento feliz de renovação.

# CAPÍTULO 9

A alta sociedade que se reunia na corte e nos grandes bailes dividia-se em vários círculos e, entre eles, o maior era o círculo que apoiava a aliança com Napoleão, do qual faziam parte o conde Rumiántsev, Caulaincourt e Hélène, que ocupava um lugar de destaque entre os partidários. A condessa Hélène estava em Erfurt na época do encontro dos imperadores e fizera muitos contatos com os importantes napoleônicos da Europa. Em Erfurt, até Napoleão notou sua beleza.

Os saraus de Hélène eram disputados. Ali discutia-se política, poesia e filosofia. Os mais jovens liam livros antes de frequentar os saraus. Participar dessas reuniões era como receber um diploma de intelectualidade.

Pierre era o marido perfeito para Hélène: excêntrico, distraído e benevolente com todos. Porém, ele era ciente de que a esposa era tola e muitas vezes presenciou as banalidades que ela dizia aos convidados.

Entre os inúmeros jovens que frequentavam os saraus, estava Boris Drubetskoi, já um militar bem-sucedido. Ele era uma figura corriqueira na casa dos Bezúkhov. Pierre sentia-se um pouco incomodado com sua presença e com os sorrisos de Hélène para Boris, mas relevava, pois estava em um grande trabalho de desenvolvimento interior.

# CAPÍTULO 10

Pierre continuou a escrever em seu diário, hábito que adquirira após a visita a Iossif Alekséievitch. Em todos os seus escritos, Pierre descrevia seus estudos das Sagradas Escrituras e a luta interior para aceitar melhor as coisas e seguir uma vida de retidão e afastar-se da vida mundana. Ele descreveu vários sonhos que tivera, muitos diziam respeito a sua vida conjugal com Hélène, que, desde a retomada do casamento, não era exatamente uma vida de marido e mulher.

No dia 27 de novembro, Pierre escreveu que conduziu a cerimônia de recepção de um novo irmão. Este irmão era Boris Drubetskoi. Pierre relatou que fez um grande esforço para afastar os pensamentos ruins em relação a Boris, mas pareceu não conseguir.

Aos olhos de Pierre, Boris estava querendo entrar para a maçonaria apenas para conhecer pessoas poderosas e obter vantagens, afinal, o rapaz parecia estar bastante satisfeito com sua aparência e sua vida exterior. Em seu diário, Pierre chegou a escrever que tivera vontade de cravar a espada no peito de Boris durante a cerimônia, depois lamentou não ter conseguido explicar ao grão-mestre o motivo de sua antipatia por Boris.

No dia 7 de dezembro, um de seus sonhos foi com Iossif Alekséievitch. Neste sonho, o benfeitor estava com um rosto rejuvenescido. Pierre disse-lhe que sentiu vontade de cobri-lo de carinhos. No sonho, Iossif Alekséievitch pergunta qual era a verdadeira paixão de Pierre, mas ele não conseguia responder. Naquele mesmo dia, Pierre recebeu uma carta de seu benfeitor, falando sobre os deveres matrimoniais. Pierre percebeu que não podia privar a esposa de seus carinhos.

Dois dias depois, Pierre sonhou novamente com Iossif Alekséievitch. Desta vez, ele estava com o mesmo rosto jovial, mas seus cabelos ainda eram os de um velho. Pierre viu que seu benfeitor estava deitado como um defunto. Logo depois, estavam no escritório de Pierre, olhando um livro com pinturas feitas por ele mesmo. Naquele momento, ele notou que estava fazendo algo errado em sua vida e pediu a Deus que não o abandonasse, pois ele sucumbiria a sua própria depravação.

# CAPÍTULO 11

Mesmo morando no campo por dois anos, a situação financeira dos Rostov não melhorou. Apesar de Nikolai servir a um regimento e gastar pouco, a família vivia de uma forma que só fazia a dívida aumentar cada vez mais. A única saída foi o velho conde ir para Petersburgo tentar um cargo público.

Assim que a família se estabeleceu em Petersburgo, Berg pediu a mão de Vera em casamento. Seu pedido de casamento fora recebido com surpresa, pois ele era filho de fidalgos lituanos e estava pedindo a mão de uma condessa Rostova. Apesar disso, o conde Rostov concedeu-lhe a mão da filha, pois Berg era um bom partido e todos gostavam dele, pois era honesto e humilde. Além disso, a família estava endividada e Vera já estava com 24 anos, portanto não se podia esperar muito mais por um partido melhor.

Após o alvoroço do pedido de Berg, ele foi até o escritório do conde e perguntou-lhe sobre o dote de Vera. O conde tentou desconversar, mas Berg foi insistente e disse precisar de uma parte do dote para poder firmar o casamento e iniciar a vida em Petersburgo. Sendo assim, mesmo endividado, o conde ofereceu-lhe vinte mil rublos em dinheiro e mais oitenta mil em nota promissória.

Embora a família fizesse parte da alta sociedade moscovita, em Petersburgo eles estavam deslocados, mesmo quando entre aqueles que frequentavam sua casa em Moscou. Na capital, eles organizavam os mesmos jantares e bailes de sempre. O conde Iliá Rostov convidava frequentemente Pierre e Boris para visitá-los, os quais já eram íntimos da família.

# CAPÍTULO 12

Era o ano de 1809 e Natacha estava com 16 anos, a mesma idade que ela calculara que estaria pronta para casar-se com Boris. Para a família, Natacha dizia que tudo fora apenas um arroubo de infância. Porém, aquela promessa de noivado ainda a atormentava.

Boris, quando chegou a Petersburgo, foi visitar os Rostov. Estava firme na ideia de que não poderia ter um compromisso sério com Natacha, afinal, ele agora tinha uma posição de destaque na sociedade e sua amizade com a condessa Bezúkhova rendia-lhe bons contatos.

Ao saber da chegada de Boris, Natacha foi correndo para o salão e sentou-se ao lado dele, observando-o a todo momento. Boris se surpreendeu com a bela moça que Natacha se tornara.

Boris ficou pouco tempo na casa dos Rostov e foi embora. No entanto, passou a frequentar cada vez mais a casa, passando o dia todo lá. Ele queria muito dizer a Natacha que os dois não podiam se casar, pois ele não tinha posses e, claro, a família Rostov estava endividada, mas não conseguia dizer e, a cada nova visita, pairava uma nuvem de incerteza em relação ao futuro dos dois.

Durante esse tempo em que passou a visitar os Rostov, Boris parou de frequentar a casa da condessa Bezúkhova, que lhe mandava bilhetes diariamente, convidando-o para fazer-lhe visita.

# CAPÍTULO 13

Uma noite, quando a condessa Rostova fazia sua oração para dormir, Natacha entrou em seu quarto querendo conversar. A condessa também disse que precisava falar com a filha e o assunto era o mesmo: Boris Drubetskoi.

A condessa não concordava com um possível relacionamento entre a filha e Boris, pois ele era muito novo e não tinha posses, além disso, os dois eram parentes (ainda que distantes) e não ficava bem perante a sociedade.

Natacha nem sabia se realmente queria algo com Boris, mas não queria que ele deixasse de visitá-la. A moça ficou bajulando a mãe, na tentativa de convencê-la a deixar que Boris a visitasse. A condessa contou-lhe que já ouvira histórias semelhantes de namoros entre primos e nenhuma delas terminava bem; disse também que, na idade de Natacha, ela já estava casada.

De repente, Natacha começou a dizer que Boris era muito gentil, mas não era do gosto dela. A condessa ficou confusa, observando a filha, que tentou explicar: Boris era franco-maçom, um homem direito, azul-escuro e vermelho. A condessa, porém, não conseguia entender o código de cores, e, como Natacha não se preocupou em explicar nada, a conversa terminou.

– Condessinha, não vai dormir? – ouviu-se a voz do velho conde no corredor.

Natacha pôs-se a correr e foi direto para seu quarto. Pensou em falar com Sônia, mas foi cantarolando para seu quarto e adormeceu.

No dia seguinte, a condessa conversou com Boris e pediu-lhe que não fosse mais visitar Natacha. A partir de então, Boris deixou de ir à casa dos Rostov.

# CAPÍTULO 14

No dia 31 de dezembro, na véspera de Ano-Novo de 1810, um importante fidalgo ofereceu um baile ao qual compareceriam todo o corpo diplomático e o próprio soberano em pessoa. A frente da casa estava toda iluminada, forrada com tapetes vermelhos e protegida pela polícia. A cada carruagem que chegava, todos os convidados se apressavam para ver se era o soberano.

Grande parte dos convidados já havia chegado. No entanto, a família Rostov ainda estava em casa, preparando-se para sair. Natacha acordara cedo e passou o dia pensando e se encarregando dos preparativos para o baile. Encarregara-se pessoalmente de preparar a mãe e a prima Sônia, enquanto ela mesma ainda nem sequer havia colocado seu vestido. Os criados ficavam atrás das mulheres da casa, prendendo e fazendo os últimos retoques nos vestidos, cabelos e na maquiagem. Todas estavam devidamente perfumadas, de banho tomado e de rostos empoados. Eles ainda deviam se encontrar com a Mária Ignátievna

Perónskaia, que era amiga e parente da condessa e encarregada de apresentar os Rostov à alta sociedade de Petersburgo, pois era dama de honra da antiga corte.

O conde Rostov entrou no quarto para apressar a família. Ele também estava limpo e muito bem-vestido. Os Rostov queriam chegar no baile às dez e meia, no entanto, só conseguiram buscar Perónskaia às dez e quinze.

Quando chegaram ao Jardim Tavrítcheski, encontraram Perónskaia, muito bem-vestida e perfumada, até mesmo para alguém velha e feia como ela. Todos embarcaram nas carruagens e partiram diretamente para o baile.

# CAPÍTULO 15

Desde a manhã daquele dia, Natacha não conseguira um único minuto de liberdade para pensar no que a aguardava.

Ao chegarem à porta da casa do fidalgo, Natacha viu o grande tapete de feltro vermelho e, quando entrou no vestíbulo, viu a grandiosidade e o luxo o qual ela nunca vira antes, com muito brilho, belos vestidos e luzes que ofuscavam seus olhos. Os dois anfitriões fitaram atentamente Natacha, que chamara a atenção por sua beleza.

Todos os convidados estavam na frente da porta de entrada, esperando a chegada do imperador. Natacha notou que muitas pessoas a observavam e comentavam a seu respeito. Percebeu então que estava agradando e ficou mais tranquila.

Perónskaia mostrava todos da alta sociedade à condessa Rostova, fazendo observações: quem era rico, quem era feio, quem iria se casar com quem e coisas do tipo. Pierre estava no salão. A seu respeito, Perónskaia comentou que ele era o marido-palhaço da bela Hélène, que só perdia em beleza para a cortesã de Alexandre I.

Natacha contava com que Pierre a apresentasse aos bons partidos da cidade. No entanto, o conde Bezúkhov parou ao lado de um homem baixo, muito bonito, de uniforme branco. Natacha viu que era Bolkónski e avisou sua mãe. Perónskaia não gostava de Bolkónski pois, segundo ela, era como seu velho pai: severo e grosseiro, especialmente com as mulheres

# CAPÍTULO 16

De repente, todos se agitaram: o soberano finalmente havia chegado. O imperador Alexandre cumprimentava a todos apenas com a cabeça. No momento que começou a caminhar, começaram a tocar uma polonesa em sua homenagem e alguns formavam pares para dançar a polonesa. Natacha estava de pé, junto de Sônia, a condessa sua mãe e Perónskaia. Estava ansiosa para dançar e olhava para a frente, em busca de alguém para convidá-la.

Pouco depois, chegaram Berg e sua esposa e juntaram-se para falar assuntos de família, aos quais Natacha não prestava a menor atenção.

Um ajudante de ordens tirou a condessa para dançar. Dançaram a valsa de forma magistral. Ao fundo, Natacha via o príncipe Andrei conversando com alguns homens, possivelmente sobre assuntos militares. Pierre aproximou-se de Andrei e o levou até Natacha, apresentando-a como sua protegida e pedindo ao príncipe que dançasse com ela. O príncipe Andrei foi muito educado com a velha condessa, contradizendo tudo o que Perónskaia havia dito mais cedo a seu respeito.

Assim que Natacha começou a dançar com o príncipe Andrei, seu rosto iluminou-se, como se dissesse ao príncipe que estivera esperando a noite toda por aquele momento. Andrei, por sua vez, adorava dançar e era um dos maiores dançarinos da sociedade; escolheu Natacha porque Pierre a indicara e também para livrar-se das conversas sobre política e todo aquele embaraço por causa da presença do soberano.

Depois de dançar com Natacha, ele a conduziu até seu lugar e ficou observando os outros pares que dançavam no salão.

# CAPÍTULO 17

Após dançar com o príncipe Andrei, Natacha dançou com Boris, com o ajudante de ordens que dançara com sua mãe e com outros diversos rapazes do salão. A moça estava radiante e cansada de dançar, mas não recusava nenhum convite. Cada vez que terminava uma dança, ela retornava para o lugar ao lado do príncipe Andrei. Os dois conversaram durante toda a noite. As conversas não eram sobre nada importante, mas Andrei ouvia atentamente tudo o que aquela bela moça, que estava tão feliz naquela noite, dizia.

O príncipe Andrei já pensava na possibilidade de casar-se com Natacha, pois uma garota tão rara como ela não ficaria mais que um mês sem pretendente. O conde Rostov aproximou-se dos dois e convidou o príncipe Andrei para visitá-los.

Pierre estava infeliz com a posição que sua esposa ocupava na alta sociedade. Natacha percebeu sua tristeza e foi conversar com ele, na tentativa de animá-lo pois, para ela, era impossível alguém ficar infeliz em uma festa linda como aquela.

# CAPÍTULO 18

No dia seguinte, o príncipe Andrei lembrou-se do baile, da bela Natacha Rostova, que era tão graciosa e tão diferente de todas as mulheres de Petersburgo. Depois, tomou seu chá e foi cuidar do trabalho. No entanto, por ter dormido mal, o dia de trabalho não rendeu como o esperado. Ele recebeu Bítski, um frequentador de todos os círculos sociais, que servia em diversas comissões, além de um bom fofoqueiro.

Bítski era um assíduo apoiador das ideias de Speránski e veio contar ao príncipe Andrei tudo aquilo que o soberano havia determinado na sessão do Conselho de Estado. Andrei ouviu todo o relato, que ele aguardava ansiosamente, porém, agora, parecia que todos aqueles assuntos já não eram tão importantes, pareciam-lhe até insignificantes.

Naquele dia, o príncipe Andrei tinha um compromisso com Speránski, uma pequena reunião em sua casa. Ao chegar na casa, pequena e extremamente limpa, o príncipe Andrei encontrou o diretor do comitê do estatuto militar, Mikhail Magnítski[29], diversos apoiadores de Speránski, além da filha e da esposa do reformista. Entrando na sala de jantar, observou que todos riam, e Speránski, que o príncipe Andrei jamais vira rir, tinha um riso esganiçado, por causa de sua voz fina. Eles contavam piadas, ora sobre o trabalho, ora sobre as próprias pessoas do trabalho.

O príncipe Andrei ficara um pouco decepcionado, não imaginava que o assunto daquela noite seria justamente a falta de assunto, apenas divertimento.

---

29   Mikhail Leóntievitch Magnítski (1778-1855), diretor do comitê do estatuto militar, era muito próximo de Speránski e protegido do general Araktchéiev. (N.E.)

Ele permaneceu na casa e sentiu-se deslocado, tentava rir e entrar na conversa, mas não conseguia. Sentiu-se um pouco desapontado com Speránski, por causa daquele riso forçado e esganiçado.

Após o jantar, a filha e a esposa de Speránski saíram e foram dormir; os homens foram para outra sala e começaram a declamar versos em francês, criados por eles mesmos. Assim que viu a oportunidade, o príncipe Andrei despediu-se de Speránski, dizendo que tinha outro compromisso naquela noite.

Já em casa, o príncipe Andrei pôs-se a pensar sobre seus quatro meses em Petersburgo e julgou todo o seu trabalho e bajulações um trabalho improdutivo, uma grande perda de tempo.

# CAPÍTULO 19

No outro dia, o príncipe Andrei foi fazer algumas visitas, entre elas, uma visita à família Rostov. Além da obrigação de cortesia, ele também queria ver outra vez o rosto daquela moça tão alegre e tão diferente, que deixara nele uma boa lembrança. Natacha estava ainda mais bela do que no baile, com roupas comuns de casa. Andrei encontrou na jovem Rostova um prazer novo.

Após o jantar, Natacha tocou o clavicórdio e cantou, a pedido do príncipe Andrei. De repente, ele sentiu uma vontade de chorar inexplicável, pois não estava triste. Depois de tocar e cantar, Natacha aproximou-se do príncipe Andrei e perguntou-lhe se gostava de sua voz, e ele respondeu que gostava não apenas de sua voz, mas de tudo nela.

Em casa, o príncipe Andrei não conseguia dormir, não porque pensava em Natacha, mas porque estava vivendo um sentimento novo, que ele ainda não sabia ser paixão. O príncipe Andrei sentia uma enorme vontade de viver, viajar para o exterior e ser feliz. Ele enfim concordava com as palavras de Pierre: era preciso acreditar na felicidade para ser feliz.

# CAPÍTULO 20

Em uma manhã, o coronel Adolf Berg, o marido de Vera, que Pierre já conhecia, veio à sua casa com um uniforme novo e limpo. Ele viera para fazer um convite à sua casa, pois haveria uma festa. Ele já convidara a condessa Bezúkhova, que recusara, mas Pierre prometeu ir.

Na casa dos Berg, era tudo sistematicamente bem-arrumado. O coronel e Vera estavam dispostos a iniciar o convívio em sociedade, como se fazia em todas as outras casas, por isso aguardavam ansiosamente os poucos convidados e combinavam, entre si, como conduziriam aquela festa, quais seriam os assuntos da noite e como interrompê-los, quando preciso fosse. Tudo entre o casal era minuciosamente calculado e combinado.

Berg sentia-se superior à esposa, e contava sua vida não por anos, mas por patentes conquistadas e estava almejando a posição de comandante de regimento. Vera também se sentia superior ao marido pois, segundo ela, os homens não compreendiam nada, eram orgulhosos e egoístas por natureza.

O primeiro a chegar, pontualmente, foi Pierre. Para o casal, sua chegada foi o sinal de que a festa havia começado. Eles conversavam com Pierre, ora a Vera, ora o Berg, um interrompia o outro nas conversas. Berg falava sobre as campanhas que participara na guerra, Vera falava sobre as trivialidades da sociedade. Logo chegaram os outros convidados, um general, que era o convidado de honra, os Rostov e Boris, que tratava Berg com superioridade. Os homens jogaram uma partida de bóston e as mulheres ficaram à mesa de chá. A casa dos Berg, finalmente, estava como eles queriam, como qualquer outra casa da sociedade de Petersburgo.

# CAPÍTULO 21

Por ser um dos convidados mais respeitáveis, Pierre tinha de jogar bóston com o conde Rostov, o general e o coronel Berg, seu anfitrião. Pierre jogou algumas partidas com eles e, enquanto jogava, observava Natacha, na mesa da frente, com um semblante muito diferente daquele que ele conhecia: estava calada e com um olhar sério e vago.

Antes de terminar uma partida, ouviram-se os cumprimentos de alguém que chegava. Quando Pierre foi conversar com Natacha, viu que o príncipe Andrei conversava com ela e todo aquele semblante sério havia se dissipado do belo rosto da moça. O conde Bezúkhov notou que algo estava acontecendo entre os dois, por isso continuou a observar Natacha e o príncipe Andrei enquanto jogava. Terminando o jogo, Pierre viu que Natacha conversava com Sônia e o príncipe Andrei conversava com Vera, que dava sorrisinhos.

Ao aproximar-se, percebeu que Vera conversava com o príncipe Andrei sobre sua irmã, Natacha. Ela dizia que sua irmã não era capaz de gostar de alguém por muito tempo. Aquela conversa estava incomodando Andrei, e Pierre percebeu o desconforto do amigo, levando-o dali. Ao passarem por Natacha, Pierre notou que o amigo olhara para Natacha de maneira diferente.

O príncipe Andrei comentou com Pierre algo sobre a maçonaria, da qual, agora, ele também fazia parte, mas disse que depois conversaria mais a esse respeito. Ele sentou-se e Natacha sentou-se a seu lado; os dois começaram a conversar. Berg estava feliz e atraiu Pierre para uma conversa masculina, com o general.

# CAPÍTULO 22

No outro dia, o príncipe Andrei foi almoçar nos Rostov, conforme o convite do conde Iliá, e passou o dia inteiro ali. Toda a casa sabia o motivo da longa visita do príncipe Andrei, e ele, sem esconder, tentou ficar o dia todo com Natacha. Não apenas Natacha, mas toda a casa estava receosa, pois sabiam que algo sério estava para ser decidido. Quando os dois ficavam sozinhos, Natacha percebia que o príncipe Andrei tinha algo para dizer, mas não conseguia.

Na hora de dormir, Natacha conversou com sua mãe e confessou-lhe que amava o príncipe Andrei. Ela acreditava que fosse o destino que colocara aquele homem em sua vida, naquele momento, naquele lugar.

Ao sair da casa dos Rostov, o príncipe Andrei foi para a casa de Pierre. Mais cedo, a condessa Hélène fizera uma recepção em sua casa, à qual compareceram o embaixador francês e um príncipe. Este se tornara frequentador assíduo da casa da condessa, e Pierre até obtivera o cargo de camareiro da corte por causa dessas constantes visitas.

O príncipe Andrei foi até o quarto de Pierre para contar-lhe o que estava sentindo. Contou ao amigo a respeito de seu amor pela jovem Natacha e que queria casar-se com ela, pois nunca sentira nada parecido com aquela felicidade. Pierre ouviu toda a história de seu amigo e disse-lhe que Natacha também o amava e que ele deveria casar-se com ela.

Na verdade, muitos pensamentos ruins rondavam a cabeça de Pierre a respeito desde que notara o sentimento e a aproximação entre o príncipe Andrei e a bela Natacha. Ele tentava evitar qualquer espécie de pensamento ruim com o trabalho e com seus afazeres da maçonaria, mas, mesmo assim, para Pierre, parecia que, quanto mais radiante apontava o destino do amigo, mais sombrio ficava seu próprio destino.

# CAPÍTULO 23

Para a realização do casamento, Andrei precisava da bênção de seu pai, o velho príncipe Nikolai Bolkónski, por isso, foi até Montes Calvos o mais breve possível. Seu pai aceitou, mas com a condição de que seu filho fosse para o exterior e, apenas dentro de um ano, retornasse e celebrasse o casamento.

Passaram-se três semanas sem que Bolkónski visitasse a casa dos Rostov. Natacha estava triste, desanimada e desiludida; já não ia mais conversar com a mãe antes de dormir. Passado algum tempo, Natacha voltou uma única vez ao quarto da mãe, mas quando ela ia começar a acalmá-la, disse:

– Não quero casar, tenho medo dele. Já estou calma, bem mais calma agora.

No dia seguinte, Natacha tentou retomar sua vida de sempre. Foi praticar seus exercícios de canto e, enquanto cantava, andava por todos os lados da sala. Já havia retornado seu amor próprio de sempre, falava sobre si mesma em terceira pessoa, tecia elogios a si mesma e olhava-se ao espelho.

De repente, ouviu-se alguém na entrada da casa. Era ele, Bolkónski! O príncipe entrou e sentou-se ao lado da condessa Rostova e de Natacha. Com uma expressão séria no rosto, explicou que estivera na casa do pai para conversar com ele sobre um assunto de muita importância. Por fim, disse que precisava conversar com a condessa.

– Condessa, eu vim pedir a mão de sua filha.

A condessa aceitou o pedido de Bolkónski. No entanto, ele explicou-lhe a condição do pai, de esperar por um ano. A condessa não recebeu muito bem a notícia, mas era a filha quem deveria decidir. A condessa saiu e foi chamar a filha.

Natacha entrou e foi até o príncipe Andrei, que fez o pedido de casamento. Ela aceitou, respondendo que o amava. Então, Andrei a fitou nos olhos e já não havia nele o encanto de antes; o sentimento atual, embora não fosse tão radiante como antes, era mais sério e forte.

Quando Andrei contou sobre a condição de esperar por um ano, que ela ainda era muito jovem e iria se conhecer melhor neste período, e acrescentou que, caso neste período ela se apaixonasse por outro ou não o amasse mais, seria livre e o noivado ficaria em segredo. Natacha interrompeu-o e disse que o amava desde a primeira vez que o vira. No entanto, ela não conseguia aceitar a condição do pai de Bolkónski, achava uma condição horrível e disse que faria qualquer coisa para casar-se antes, mesmo sabendo que era impossível.

Os pais de Natacha entraram na sala e cumprimentaram os noivos. A partir de então, o príncipe Andrei visitava os Rostov na condição de noivo da Natacha.

# CAPÍTULO 24

Conforme o combinado, não houve cerimônia e ninguém ficou sabendo do noivado de Bolkónski e Natacha. O príncipe Andrei disse estar comprometido eternamente com sua palavra, mas que Natacha era livre.

Mesmo após o noivado, o príncipe Andrei mantinha certa formalidade e apenas beijava a mão de Natacha. Com o tempo, os Rostov se acostumaram com o jeito do príncipe Andrei. Segundo o conde, o noivado de Bolkónski e Natacha estava predestinado a acontecer, desde o momento de sua primeira visita em sua casa, em Otrádnoie.

Certa vez, Natacha perguntou ao noivo sobre seu filho, ele ficou sem jeito e disse que não viveria com eles. Natacha disse que poderia viver com eles, pois ela o amaria também, mas percebeu que o príncipe tinha receio do que a sociedade diria sobre aquela situação.

Na véspera da partida de Bolkónski, ele trouxe o amigo Pierre à casa dos Rostov. O conde Bezúkhov ficou conversando com a condessa, enquanto o príncipe Andrei ficou com Sônia e Natacha, jogando xadrez. Andrei contou a Natacha que seu amigo sabia do noivado e que ela podia confiar nele em tudo, pois Pierre tinha um bom coração.

No dia da despedida, Natacha insistiu para que Bolkónski não fosse, mas não adiantou. Ela não chorou no dia e nem depois da partida. Porém, ficou em seu quarto por alguns dias, sem dizer nada. No entanto, após duas semanas, Natacha se recuperou e passou a levar sua vida como sempre fazia, o que foi um tanto inesperado para a família Rostov.

# CAPÍTULO 25

A saúde e o caráter do príncipe Nikolai Bolkónski haviam enfraquecido muito depois da partida do filho. Ele ficara ainda mais irritadiço e direcionava, mais do que nunca, todos os seus acessos de raiva à princesa Mária. Esta sofria muito com os arroubos do pai, que a provocava a todo o momento, mas ela sempre o perdoava. Ela tinha apenas duas paixões em sua vida: o sobrinho e a religião. Portanto, eram justamente esses dois pontos os preferidos do pai para provocá-la.

No inverno, o príncipe Andrei foi a Montes Calvos. Estava alegre e afetuoso, mas não contou nada à irmã sobre seu amor por Natacha Rostova. No entanto, ao partir, ela notou que seu irmão e seu pai tinham um olhar descontente um com o outro.

A princesa Mária escreveu para sua amiga, Julie Karáguina, pois soubera da morte de seu irmão no combate da Turquia.

Além de consolar a amiga, a princesa escreveu sobre os acontecimentos de sua vida, disse que não pretendia ir a Moscou por causa da saúde frágil do pai, que ficava sempre muito nervoso ao ouvir falar em Bonaparte. Disse que agora entendia a morte de Liza, pois ela era um anjo, mas não conseguiria aguentar o fardo da maternidade. Disse que a pequena princesa deixara a compaixão e as lembranças boas em seu coração, bem como no de seu irmão. Compreendeu que era para ser assim, era a vontade de Deus. Escreveu que o irmão estava mais afetuoso, mudara muito no último ano e não se surpreendera ao saber que ele era muito bem falado em Moscou e Petersburgo. Disse não acreditar nos rumores de que ele se casaria com a jovem Rostova, pois, segundo ela, não havia lugar no coração do irmão para um novo amor. Acreditava muito menos que ele seria capaz de escolher uma madrasta para seu filho Nikolai. Não, de forma alguma, Andrei se casaria com Natacha Rostova.

# CAPÍTULO 26

Durante o verão, o príncipe Andrei escreveu para a irmã, da Suíça, anunciando seu noivado com Natacha Rostova e pediu-lhe desculpas por não ter contado nada antes. Disse que estava muito feliz, como nunca estivera. Andrei contou do prazo que o pai estabelecera e pediu à irmã que pedisse ao pai para que antecipasse em três meses.

O príncipe Andrei também escreveu ao pai, que ficou furioso. O velho Bolkósnki respondeu ao filho que poderia se casar no dia seguinte se quisesse, pois ele não viveria por muito tempo. Depois, disse que ele também iria se casar. A noiva seria a senhorita Bourienne, que se tornaria a madrasta de Andrei. A carta de Andrei foi o mais novo motivo das irritações do velho príncipe e de suas provocações contra a princesa Mária. De fato, o príncipe Bolkónski passou a se aproximar mais da senhorita Bourienne, o que incomodava imensamente sua filha.

A princesa Mária tentou tranquilizar o irmão, para que não se preocupasse com a ira do pai. Agora, os motivos de sua alegria eram o sobrinho, a religião e Andrei.

Ela também tinha seu desejo particular: sonhava em ser uma peregrina, como aqueles que a visitavam. Eram pessoas simples, que largavam tudo e saíam pelo mundo, rezando e desapegando dos assuntos mundanos, buscando apenas a salvação. Segundo ela, a vida não era para buscar a felicidade, era apenas uma provação.

A princesa Mária chegou a comprar roupas de peregrino e, diversas vezes, pensou em largar tudo, principalmente ao ver uma das peregrinas, que andava por trinta anos, com correntes presas ao corpo. No entanto, ela pensava no pai, no sobrinho e desistia. Ainda era uma pecadora, pois amava os dois mais do que amava ao Senhor.

# Quarta parte

## CAPÍTULO 1

Nikolai Rostov vivenciava o ócio e a tranquilidade, desde 1807, no regimento de Pávlograd, em que comandava um esquadrão, substituindo Deníssov. No regimento, todos gostavam dele e de seu jeito de comandar.

Em 1809, ele recebia cartas de sua mãe frequentemente, sempre explicando a situação financeira da família e pedindo que ele retornasse para ajudar na administração das propriedades. No entanto, Rostov sempre respondia de forma indiferente aos problemas de fora do serviço militar. Estar no exército era, para ele, uma forma de ficar alheio a todos os problemas externos, incluindo as finanças da família.

Certa vez, a condessa lhe escreveu dizendo que ele precisava retornar urgentemente para casa, pois, caso não retornasse, sua família teria de viver de esmolas na rua. Rostov resolveu ir até Otrádnoie. Pediu uma licença e partiu, deixando para trás o regimento, a resposta de uma promoção, uma condecoração e a venda de três cavalos. Seus soldados fizeram um jantar em sua homenagem e o acompanharam até a primeira muda de cavalos.

Chegando a Otrádnoie, encontrou a família como sempre fora, não percebeu nenhuma miséria. No entanto, mais tarde, começou a perceber que as discussões relativas a problemas financeiros eram constantes.

Seus pais não haviam mudado tanto, apenas envelhecido, mas Natacha mudara bastante, já estava com um ar responsável e sereno, de quem estava prestes a se casar. Sônia estava bela, mas, com 20 anos, já não tinha mais o que melhorar. Seu amor por Rostov fazia com que ele se sentisse feliz.

A respeito do casamento com o príncipe Andrei, Natacha disse que nunca sentira nada como o que sentia por ele, era diferente e mais forte do que sentira por outros homens. Rostov, porém, achava estranho o fato de Andrei não estar por perto e ficou irritado ao saber da condição do velho príncipe Nikolai Bolkónski de esperar um ano.

A condessa mostrou a Rostov uma carta de Bolkónski, dizendo que não retornaria antes de dezembro, o que levantou a suspeita de que ele tinha alguma doença muito séria. Mas, de toda forma, ela o considerava uma boa pessoa e desejava que desse tudo certo em sua permanência na Europa.

# CAPÍTULO 2

Nikolai estava apreensivo, pois sabia que deveria cuidar dos assuntos administrativos. No terceiro dia, foi até o administrador e pediu-lhe todas as contas. Ao conferir tudo, ficou furioso, chamou o administrador de bandido e o colocou para fora de casa aos pontapés.

O velho conde, após o incidente, explicou ao filho que a cifra que estava faltando em uma folha, o administrador havia colocado na folha seguinte. Mas Nikolai não quis saber e manteve sua decisão. O pai estava envergonhado por administrar tão mal as propriedades da família.

Após o ocorrido, Nikolai se absteve da administração. Depois de um tempo, a condessa mostrou-lhe uma nota promissória de dois mil rublos de Anna Mikháilovna Drubestkaia e perguntou-lhe o que fazer. Nikolai, embora não gostasse de Drubestakaia nem de seu filho, disse que eles antes eram amigos da família e, além disso, eram pobres. Dito isso, rasgou a nota, deixando a condessa emocionada com a atitude altruísta do filho.

Em Otrádnoie, Nikolai pegou gosto pela caça com cães, uma prática comum na propriedade do conde Rostov, e passava todo o seu tempo caçando.

# CAPÍTULO 3

Era dia 14 de setembro, o outono já se aproximava e, com ele, chegavam as primeiras geadas. As lebres já haviam trocado os pelos, os filhotes de raposas começavam a se dispersar e os lobos estavam crescidos. Os cães do jovem Rostov estavam muito cansados e foi decidido que teriam três dias de descanso.

No dia 15 de setembro, pela manhã, o jovem Rostov olhou pela janela e viu que estava um dia perfeito para a caça, saiu pela porta e viu seus cães, que se aproximaram dele. Depois, chegou o adestrador, e Rostov o chamou até seu escritório. O adestrador concordou com Nikolai que era um dia perfeito para caçar e eles decidem ir atrás de uma matilha de lobos que estava por ali, em Otrádnoie. Nikolai mandou preparar os cães e os cavalos. Nesse exato momento, Natacha e Pétia entraram no escritório.

A jovem Rostova já havia pedido antes para ir caçar com Nikolai, ela também adorava caçar. No entanto, o irmão não queria deixar, não achava uma boa ideia levá-la. Natacha continuou insistindo, dizendo que não era certo ele mandar preparar os cavalos sem avisá-la. Sendo assim, fez questão de pedir ao adestrador que preparasse os cavalos para ela e Pétia. O adestrador apenas baixou os olhos e saiu depressa, tentando não se intrometer no assunto dos patrões.

# CAPÍTULO 4

O velho conde, que sempre teve um aparato enorme de caça, deixou tudo aos cuidados de seu filho, e estava pronto para caçar com todos. Nikolai passou pelos dois irmãos sem dar muita atenção, subiu em seu cavalo e começou a organizar o grupo que iria caçar. Ao todo, havia mais de cento e trinta cães e vinte caçadores a cavalo. Cada cão conhecia seu dono e atendia somente a seu chamado. Cada caçador tinha uma função e era conhecedor dela. Eles se distribuíram pela floresta de Otrádnoie.

No caminho, Nikolai encontrou um dos tios, um parente distante e pobre, que estava com seu grupo de caça. Os dois grupos resolvem se unir e seguir para a floresta. Esse tio, ao encontrar Natacha e Pétia, repreendeu-os e disse que não fizessem besteira nem atrapalhassem a caça. Em seguida, o tio alertou Nikolai para que andassem rápido, pois o outro grupo de caça, liderado por Iláguin, o proprietário vizinho dos Rostov, poderia chegar na frente deles e tomar a caça.

O velho conde ficou em seu posto de observação, para que nenhum lobo fugisse dos caçadores, acompanhado de seu criado Semiôn e um velho bufão. O conde Iliá se orgulhava de Natacha e Nikolai, por montarem tão bem.

De repente, ouviu-se uma movimentação dos galgos atrás de alguns lobos e também os assobios do adestrador. O velho conde ficou tão apavorado que deixou sua tabaqueira cair. Semiôn e o conde se entreolharam e ouviram os latidos dos cães cada vez mais próximos, o que significava que a caça estava bem perto deles. Então, o adestrador surgiu bem diante deles, assobiando e cavalgando em direção aos cães. O conde olhou para trás e viu outro caçador, que o cumprimentou e apontou para o outro lado.

– Cuidado! – gritou ele com uma voz desesperada e avançou a galope em direção ao conde, soltando seus cães.

Eles avistaram um lobo que, pisando leve, aproximava-se deles pela esquerda, em direção à mata. No entanto, o lobo foi afugentado pelos cães e acabou sumindo na floresta. Quando o adestrador passou por eles, erguendo o chicote de forma ameaçadora, disse:

– Que caçadores são vocês!

O velho conde, envergonhado, olhou para o lado, esperando uma solidariedade de Semiôn, mas este já havia galopado em direção à caça, que ninguém conseguira pegar e fugira para longe.

# CAPÍTULO 5

Enquanto isso, Nikolai estava a postos, esperando a fera. Pela aproximação e pelo afastamento dos latidos e o som de seus cães, ele imaginava onde estaria o lobo, traçando planos para melhor encurralá-lo. Desejava que o lobo viesse a seu encontro, um lobo grande, adulto, seria o ápice de seu orgulho de caçador. Quando notou que os cães e o lobo estavam cada vez mais próximos, Nikolai começou a rezar a Deus para que o animal viesse em sua direção e para que seu cão, Karai, conseguisse pegá-lo. Mas, em seguida, Nikolai começou a pensar que não teria aquela sorte, pois ele não tinha sorte em nada, nem na guerra nem nas cartas e, agora, nem na caça. Vieram-lhe as lembranças de Austerlitz e Dólokhov.

Ele continuava pedindo a Deus e, ao olhar à direita, viu que algo corria em sua direção pelo campo. Ficou esperando, respirando profundamente. Rostov não podia acreditar no que estava vendo: era um lobo adulto, já de peito grisalho, que vinha correndo em sua direção, sem sequer imaginar que Rostov estava ali, esperando por ele.

Rostov estava em dúvida se avançava ou esperava um pouco mais. O lobo cruzou os olhos com os do caçador, mas continuou indo em sua direção. Rostov então começou a atiçar seus cães, que foram atrás da caça, seguidos de perto por ele, barranco abaixo. O lobo corria bastante, Karai acompanhava-o, mas estava difícil alcançá-lo. No entanto, conseguiu abocanhar a pata traseira do lobo, que se soltou e continuou a correr.

Nikolai tentou cercá-lo e, ao chegar a uma vala, os cães conseguiram alcançar o lobo. Karai segurou-o pelo pescoço, Rostov desceu do cavalo para pegá-lo mas, para sua surpresa, o lobo fugiu e continuou correndo.

Então apareceu seu tio, com outro cachorro, que foi logo ferido pelo lobo. Em seguida, surgiu o adestrador de cães, que cercou o lobo com seu cachorro. O lobo finalmente foi capturado, mas pelo adestrador e seus cães. Os caçadores o colocaram sobre o cavalo, amarrado, e levaram para onde estavam todos os outros caçadores. Começaram todos a contar suas histórias sobre a caçada daquele dia.

# CAPÍTULO 6

O velho conde Rostov foi para casa. Natacha e Pétia ficaram mais um pouco com os caçadores. A caçada continuou, pois ainda era cedo. Nikolai ficou parado, observando todos os seus caçadores.

Ao soltar os cães, logo em seguida, ouvia-se eles latindo e os caçadores avisaram que haviam encontrado uma raposa e toda a matilha fora atrás dela. Havia um caçador escondido em um fosso, que logo soltou seus cães. Nikolai avistou uma raposa-vermelha, que estava sendo cercada por todos os cães em uma confusão terrível. De repente, um cão branco e um preto surgiram atrás da raposa; atrás deles vieram dois caçadores, que Nikolai não conhecia, não eram do grupo de seu tio. Os dois caçadores abateram a raposa e desceram dos cavalos. Soou então uma corneta, que era o som combinado para uma luta.

Um caçador do grupo de Iláguin brigara com um caçador do grupo de Nikolai. O jovem Rostov ficou com os irmãos, esperando notícias da luta. Em seguida, o caçador que havia brigado veio até Nikolai e contou que o outro pegara a raposa que seu cão havia caçado. Nikolai, sem dizer nada, foi até onde estavam os caçadores de Iláguin.

A família Rostov tinha uma desavença (até mesmo judicial, diga-se) com a família Iláguin. Portanto, Nikolai, que nunca vira o velho Iláguin, já o odiava profundamente. Tomando esse sentimento de ódio, o rapaz foi até o grupo de caçadores do vizinho, pronto para o pior. No entanto, ao encontrar Iláguin, viu um senhor gordo, de fala mansa e amigável, que lhe pediu sinceras desculpas e, como retratação, convidou a todos para caçar em sua reserva particular. Nikolai aceitou e todos foram para a reserva de Iláguin.

No caminho, Nikolai elogiou um dos cães de Iláguin, que retribuiu o elogio, dizendo que os cães de Rostov também eram excelentes. De repente, um dos cães avistou uma lebre pulando pelo campo. Iláguin mandou sua cadela ir atrás da lebre.

A cadela saiu correndo mais depressa do que qualquer outro cão e alcançou a lebre, rolou pela lama, achando que havia pegado a caça, mas a lebre havia escapado e continuava correndo. Depois, foi a vez de Nikolai enviar sua cadela atrás da lebre. Ela saiu em disparada atrás da caça e a ultrapassou, pois a lebre parou de repente. Foi então que, de repente, o tio de Nikolai enviou seu cão, um cão corcunda e vermelho, que correu bastante, alcançando os outros. Deu logo um bote na lebre, rolando na lama com ela.

O tio de Nikolai galopou até seu cão, desceu do cavalo, pegou a lebre e cortou sua pata traseira, levantando e chacoalhando o corpo do animal para escorrer o sangue. Enquanto fazia isso, gritava:

– Venha, garoto, pegue a pata da lebre! Você fez por merecer!

E jogou a pata da lebre para o cão.

Todos ficaram em êxtase; alguns caçadores ficaram tristes, outros entusiasmados. Natacha dava gritinhos de emoção. Depois, o tio aproximou-se de Nikolai, eles conversaram um pouco e o rapaz ficou contente por ter a oportunidade de conversar com o tio.

# CAPÍTULO 7

Quando anoiteceu, Iláguin despediu-se de Nikolai, que percebeu estar bastante longe de casa. Sendo assim, aceitou o convite do tio para passar a noite em sua casa, na aldeia. Ao chegarem, os criados se prepararam para receber o patrão e seus hóspedes.

Quando as mulheres da casa depararam com Natacha montada em um cavalo, a rodearam imediatamente e começaram a falar entre elas, surpresas por uma moça tão bonita cavalgar o dia todo com caçadores e até carregar uma faca consigo. Falavam de Natacha como se ela não estivesse ali ou como se não entendesse o que diziam, até que o patrão as dispersou e pegou a sobrinha de cima do cavalo.

A casa do tio era rústica, feita de troncos de madeira não muito limpa. Apesar disso, a casa em si era limpa, algo completamente novo para Natacha, acostumada a viver entre sedas. O tio conduziu todos até a sala de estar e depois convidou os sobrinhos para ficarem no escritório. Pétia logo dormiu sobre o braço do sofá, ficando apenas Natacha e Nikolai acordados, observando tudo ao redor. O cão que alcançara a lebre mais cedo estava deitado no sofá, mesmo com as costas sujas de lama. Os irmãos Rostov começaram a rir daquela situação. Então entrou o tio, sem saber o motivo dos risos e também riu junto com os sobrinhos. De repente, entra uma mulher, já com seus 40 anos, de corpo volumoso e delicado, com uma bandeja cheia de iguarias e licor de cereja, servindo aos hóspedes e ao anfitrião. Após servir, preparou-se para se retirar, mas parou à porta e ficou observando por um tempo, com um olhar de alegria e aprovação, para ter certeza de que todos que estavam comendo.

Natacha se fartava, junto com Nikolai e o tio, os quais bebiam licor. Na mesa havia mel, castanhas, panquecas, cogumelos, doces de frutas e muitas outras delícias, todas preparadas por Aníssia Fiódorovna, a governanta da casa. Os irmãos nunca haviam visto iguarias como aquelas antes. O tio estava orgulhoso de Natacha, não cansava de falar que nunca vira algo parecido em sua vida: uma jovem condessa que cavalgava e caçava como um homem e sem se cansar.

O tio pediu que abrissem a porta onde estavam os caçadores e, de lá, ouvia-se uma balalaica muito bem tocada. Natacha foi até a porta para ouvir quem tocava. Era Mítka, o cocheiro do tio, que explicou que ele mesmo dera a balalaica a Mítka e pedira que ele tocasse sempre que retornassem de uma caçada. Natacha gostou muito e Nikolai disse que era bom, mas com um pouco de desdém, o que fez com que Natacha o repreendesse, dizendo que era muito mais do que apenas bom.

Quando a música terminou, o tio pediu a Mítka que tocasse mais e comentou que ele também sabia tocar. Dito isso, pediu seu violão à Aníssia Fiódorovna. Com o violão em mãos, o tio comentou que Natacha já poderia encontrar um bom noivo. Ela sorriu e disse que já tinha um, deixando o velho tio ainda mais surpreso.

O tio começou a tocar algumas canções, deixando Aníssia Fiódorovna tímida, pois uma das canções era para ela. De repente, Natacha parou diante do tio e fez uma pose, como quem fosse dançar. Aníssia entregou-lhe um lenço. Natacha começou a dançar como uma verdadeira russa e a governanta pôs-se a chorar de emoção. Todos ficaram surpresos com o modo como aquela jovem condessa, criada e educada por uma imigrante francesa, exalava toda aquela alma russa por todos os poros. Era algo que não se obtinha durante a vida, já nascia com ela.

Eram nove horas da noite quando chegou a charrete e alguns cavaleiros para buscar Natacha, Pétia e Nikolai. O tio acompanhou-os até o portão da propriedade e se despediu de todos.

A noite estava muito escura, mal se via os cavalos. Natacha comentou com Nikolai que havia adorado aquele dia, talvez nunca tivesse sido tão feliz como fora naquele dia com seu tio. Nikolai concordou e disse que o tio era realmente uma boa pessoa.

# CAPÍTULO 8

O velho conde abandonou a posição de decano da nobreza, pois demandava muito tempo e dinheiro, o qual era cada vez mais escasso. Nikolai e Natacha ouviam conversas dos pais, falando na venda da casa de Moscou. Em Otrádnoie viviam desde o professor de canto até uma parente pobre, que se encostava na família.

O conde já não fazia recepções tão grandes quanto antes, mas a vida seguia da mesma forma de sempre. Havia o grande aparato de caça, quinze cocheiros, dezenas de cães e os presentes caros de aniversário.

A condessa pensou em casar o filho Nikolai com uma esposa rica. Ela tinha em mente Julie Karáguina. A condessa tratou logo de escrever para Karáguina e falar de suas intenções. Mária Lvóvna, a mãe de Julie, recebeu com alegria a ideia da condessa e pediu que Nikolai fosse até Moscou. No entanto, o jovem Rostov negou-se a ir a Moscou e não deu resposta alguma para a condessa. Ele sentia que a mãe queria trocar seus sentimentos por dinheiro, o que o deixou muito contrariado.

Nikolai começou a pensar que só seria feliz ao lado de Sônia. A condessa não aprovava aquela união, visto que a potencial noiva não tinha dote algum. Com a aproximação de Nikolai e Sônia, a condessa começou a hostilizá-la cada vez mais, sem o menor motivo.

Natacha começou a ficar triste com a distância de Andrei Bolkónski, seu noivo, que chegaria apenas em janeiro, pois fora ferido e seu ferimento ainda estava aberto. Ela já começava a pensar que estava perdendo um tempo precioso esperando por ele durante todo este período.

Na casa dos Rostov, não havia felicidade.

# CAPÍTULO 9

Chegaram as festividades de fim de ano e, com exceção da missa solene, os cumprimentos da vizinhança, dos criados e as roupas novas, não havia mais nada de diferente. Era uma época gelada, com vinte graus negativos, então, qualquer celebração era bem-vinda.

No terceiro dia de festa, após o almoço, alguns se retiraram para os quartos e outros ficaram distribuídos pela casa. Natacha entrou na sala onde estavam Sônia e a condessa. Ela parou no meio da sala e disse à mãe que sentia saudades do príncipe Andrei, precisava dele; disse já estar cansada de esperar e sentia que estava apenas perdendo seu tempo naquela espera. Depois, saiu e foi para o quarto dos criados.

Natacha andou por toda a casa, dando ordens a todos os criados e até a Pétia. Estava entediada. Para Natacha, era tudo a mesma coisa, nada mudava em sua rotina enfadonha.

Depois de andar pela casa, foi até a sala e pegou o violão, para dedilhar um pouco. Ao tocar algumas notas, lembrava-se do príncipe Andrei, da ópera a que assistiram juntos. Quando Sônia passou por ela, pediu-lhe que fosse acordar Nikolai.

Natacha começou a pensar que Bolkónski já havia chegado e estava na sala de estar de sua casa. Ela foi até lá e encontrou apenas a família e os criados, sentados à mesa para o chá. Mais uma vez, ela via as mesmas pessoas, os mesmos gestos e as mesmas conversas de sempre.

Depois do chá, Natacha, Sônia e Nikolai foram para a sala do divã, onde eles gostavam de ficar conversando.

# CAPÍTULO 10

Natacha começou a conversar com o irmão, relembrando inúmeras situações de quando eram ainda crianças. Sônia ouvia e tentava também contar algumas coisas, mas, aparentemente, suas histórias não eram tão interessantes quanto as lembranças dos dois irmãos. Os dois relembraram uma situação em que haviam visto um negro, com a casa toda escura; viram só os cabelos grisalhos e os dentes do homem, mas seus pais diziam que nunca, em tempo algum, houvera um negro na casa. Outra vez, Natacha fora castigada por causa de umas ameixas e seu irmão fora consolá-la, oferecendo-lhe seu boneco. Algumas lembranças pareciam a eles apenas sonhos e ambos tentavam confirmar, um com o outro, se determinada lembrança realmente acontecera.

Sônia participou da conversa apenas quando Natacha relembrou do dia em que ela chegara à casa deles. Naquele dia, Sônia disse que sentira muito medo de Nikolai, por causa da roupa que usava, cheia de cordões, e que a babá lhe dissera, só para assustá-la ainda mais, que costuraria toda a sua roupa com cordões como aqueles. Natacha continuou a conversa, lembrando que lhe disseram que Sônia nascera debaixo de um pé de repolho. Ela não acreditava naquilo, mas sempre tivera vergonha de perguntar à prima se era verdade.

No meio da conversa, o professor de música apareceu na sala e começou a tocar na harpa uma canção que a condessa Rostova havia pedido. Enquanto o professor Dimmler cantava, Natacha cochichava, dizendo que, quando se lembrava muito do passado, parecia que acabava se lembrando de outras vidas. Sônia concordou e disse que havia estudado sobre isso em algum livro.

Ao terminar de tocar, o professor juntou-se a eles na conversa, falando sobre anjos e eternidade. No entanto, a condessa pediu a Natacha que cantasse algo para ela. Nikolai foi então ao clavicórdio, Natacha posicionou-se no centro da sala e começou a cantar, mesmo sem vontade. Todos ouviam a bela voz da moça. O velho conde estava no escritório com Mítienka e se atrapalhava ao falar, pois prestava atenção ao canto da filha. Natacha cantou maravilhosamente, como jamais cantara antes. A condessa ouvia, com lágrimas nos olhos, pensando no casamento da filha com o príncipe Andrei, e que havia algo de estranho e horrível no futuro dos dois.

De repente, Pétia entrou correndo, dizendo que os mascarados estavam chegando. Natacha se assustou e, estranhamente, começou a chorar. Os mascarados eram os criados, fantasiados, entrando na casa, enquanto cantavam e dançavam. Após perceber que eram os criados, a condessa começou a rir e o conde deu todo o apoio aos foliões. Os jovens saíram da sala rapidamente.

Meia hora depois, estavam todos de volta, também fantasiados: Nikolai, de velha; Pétia, de turca; o professor, de palhaço; Natacha, de hussardo; e Sônia, com bigodes e sobrancelhas pintados. Todos decidiram ir fantasiados até a casa do tio, mas a condessa os impediu e disse-lhes para visitar a casa dos Meliukov, seus vizinhos. Foram os jovens e os criados em três trenós.

No caminho havia muita neve, mas isso não impediu que eles corressem com os trenós. Nikolai era o que mais corria. Correram tanto que nem sabiam mais onde estavam. Nikolai olhava de um jeito especial para Sônia.

Quando avistaram, ao longe, as luzes de uma casa e seus criados ao portão, notaram que haviam chegado à casa dos Meliukov. Os criados logo os reconheceram por causa dos cavalos.

# CAPÍTULO 11

A anfitriã, Pelagueia Danílovna Meliukova, estava sentada na sala de visitas, rodeada por suas filhas, brincando com a cera das velas. Os fantasiados entraram na casa, curvaram-se diante da anfitriã e começaram a se dispersar, dançando e cantando. As meninas logo se puseram a tentar reconhecer os fantasiados e ficaram felizes com a visita inesperada. Os criados correram para pegar roupas para que as filhas de Meliukova também pudessem brincar.

Pelagueia Danílovna ficou maravilhada com a perfeição das fantasias, não conseguia adivinhar quem era quem no salão. Logo surgiram também suas filhas, fantasiadas, também irreconhecíveis aos olhos da mãe, e se juntaram aos outros.

Após se cansarem de tanta folia, Pelagueia Danílovna serviu um jantar a todos. As visitas foram à sala de jantar e os criados ficaram na mesa do salão. As filhas de Pelagueia começaram a contar maneiras de ler a sorte, uma delas envolvia ir a um celeiro levando alguns objetos, como pratos e talheres, e também um galo. Devia-se esperar algum tempo até que aparecesse a sombra da pessoa amada, uma espécie de fantasma. Se isso acontecesse, era preciso jantar com a sombra e conversar com ela até o galo cantar para ter um final feliz.

Sônia ouviu atentamente e se propôs a participar de uma dessas sessões de adivinhação, ela queria ler sua sorte. Nikolai pôs-se a olhar para Sônia e começou a se achar um tolo por ignorá-la esses anos todos. Via nela uma moça deslumbrante por debaixo daqueles bigodes postiços.

Sônia decidiu ir até o celeiro. Nikolai foi para a outra saída da casa, dizendo estar com calor, mas na verdade estava à espera de Sônia. Quando ela se encontrou com Nikolai, os dois se beijaram, correram para o celeiro e depois retornam, cada um por uma porta.

# CAPÍTULO 12

No caminho de volta da casa de Pelagueia Danílovna, Natacha, que notara tudo que acontecera entre Nikolai e Sônia, organizou os trenós de maneira que o irmão e a prima voltassem juntos para casa.

Nikolai conduzia o trenó com calma, ao lado de Sônia. Ele continuava enxergando a mesma mulher de antes e uma outra, relembrando do cheiro de rolha queimada do bigode postiço e a sensação do beijo. Então, o jovem Rostov passou as rédeas para o cocheiro, desceu do trenó e foi correndo até o trenó de Natacha. Nikolai contou-lhe que estava muito feliz. Natacha respondeu que ela também estava feliz pelos dois e que Sônia merecia ser feliz, pois era uma pessoa muito boa. Nikolai continuava não acreditando que esperara tanto tempo para perceber que Sônia seria sua futura esposa e voltou para seu trenó, feliz.

Ao chegar em casa, todos contaram muito animados à condessa a respeito da visita à casa dos Meliukov e foram para seus quartos. Natacha e Sônia, ainda sem tirar os bigodes, começam a conversar sobre a felicidade de ambas e a planejar o futuro, já casadas e com seus maridos sendo grandes amigos.

Duniacha, uma das criadas, deixara prontas algumas velas e um espelho, a pedido de Natacha, para as meninas usarem para ler a sorte. Elas deveriam sentar-se diante do espelho e observar atentamente o reflexo das velas, dependendo da imagem que surgisse entre as chamas tremeluzentes, o destino seria brilhante ou sombrio.

Natacha foi primeiro. Ela queria muito ver algo que pudesse remeter ao príncipe Andrei e a um futuro feliz, mas não conseguia se concentrar de fato e, por isso, começou a rir e não pôde mais parar. Ainda rindo, passou a vez a Sônia.

Sônia ficou olhando seriamente para as velas refletidas no espelho, esperando ver algo. Natacha estava ansiosa, e Sônia, cansada de forçar os olhos através do espelho, quis piscar os olhos, mas, para não parecer que não estava se esforçando para ver alguma coisa, soltou um gritinho e cobriu o rosto com as mãos. Natacha realmente acreditou que a prima tivesse visto algo e começou a lhe fazer mil perguntas. Para não magoá-la, Sônia disse que tinha visto o príncipe Andrei, deitado, sorrindo e também viu alguma coisa vermelha e azul. Natacha, ainda mais ansiosa, queria saber quando o príncipe Andrei retornaria. Sônia nada respondeu e as duas foram deitar.

# CAPÍTULO 13

Logo após o Natal, Nikolai informou à mãe sobre suas intenções de casar-se com Sônia. A condessa disse que ela e o conde não aprovariam o casamento. Quando o conde chegou, foi falar com Nikolai e pediu que ele desistisse, mas Nikolai disse que não podia faltar com a palavra dada. O conde sabia que a culpa do desastre financeiro era toda dele e não podia sacrificar o filho em nome disso, propondo que ele se casasse com uma noiva rica.

A condessa conversou com Sônia, deixando bem claro que não aprovava o casamento e acusando-a de ser ingrata com seus benfeitores. Por um lado, Sônia não podia se desfazer de sua felicidade nem da de Nikolai, mas por outro, não queria parecer ingrata com a família Rostov.

A condessa, de forma fria, disse a Nikolai que ele era maior de idade e responsável por seus atos, mas ela jamais reconheceria aquela moça como nora. Nikolai ficou furioso e começou a discutir com a mãe. A discussão só cessou com a chegada de Natacha.

No início de janeiro, Nikolai partiu para o regimento e Sônia estava triste por aquela separação e pela hostilidade com que a condessa passou a tratá-la desde aquele dia.

Natacha estava cada vez mais triste com a ausência do príncipe Andrei. Sentia, cada vez mais que perdia um tempo precioso, enquanto ele estava viajando. As cartas de Bolkónski, quando entusiasmadas, deixavam Natacha mais deprimida e irritada. Suas respostas a ele eram cada vez mais padronizadas e frias.

A saúde da condessa ficara muito fragilizada depois da discussão com o filho. Embora preocupado com a saúde da esposa, o conde Rostov precisou deixá-la, pois era necessário ir a Moscou vender a casa. Além disso, sabia-se que o príncipe Andrei era aguardado na cidade, pois se encontraria com o velho príncipe Nikolai Bolkónski, seu pai.

Natacha e Sônia foram com o conde para Moscou, deixando a condessa com Pétia e os criados na propriedade de Otrádnoie.

# Quinta parte

## CAPÍTULO 1

Após o noivado do príncipe Andrei com Natacha, Pierre sentiu que era impossível viver como antes, ele já não tinha o mesmo encanto por aquela vida. Tal sentimento se agravou ainda mais depois da morte de Iossif Alekséievitch, que morreu na mesma época do noivado.

Pierre vivia uma vida ordinária, com uma casa, uma esposa bela e influente e seu cargo de camareiro da corte aposentado. Voltou a beber muito, frequentar os mesmos lugares de antes, na companhia de homens solteiros, e a jogar cartas. Hélène reprimiu seriamente o marido que, percebendo que ela tinha razão, foi para Moscou, para não comprometer a esposa.

Em Moscou, sentia-se acolhido por todos. Os moscovitas o adoravam e o esperavam havia tempos. Pierre era muito bondoso e gentil com todos e nunca dizia não a ninguém; doava dinheiro a espetáculos beneficentes, sociedades filantrópicas, ciganos, maçons, igrejas, para quem quer que fosse. Algumas vezes, doava também livros.

Todas as noites, Pierre frequentava o clube e os salões das lojas maçônicas, que não eram a mesma coisa sem sua presença. As jovens damas adoravam dançar com Pierre, pois ele era sempre muito gentil e nunca cortejava nenhuma delas. No entanto, aquela vida não agradava ao conde Bezúkhov, que sentia-se triste e sofria constantemente.

Se, sete anos atrás, ele soubesse que levaria uma vida como aquela, uma vida como a de tantos outros que ele tanto abominava, não acreditaria. Pierre sempre desejara coisas novas, desejara fazer algo novo. No entanto, parecia que estava com o destino traçado até o fim dos dias. O conde tinha momentos de desespero ao ver que aquela situação não era passageira, mas sim definitiva.

Para Pierre, Hélène pensava apenas em si mesma e era uma das mulheres mais tolas que ele já havia conhecido; os irmãos da maçonaria eram uns hipócritas, pois não seguiam aquilo que pregavam, causavam intrigas entre si e não doavam sequer um rublo para os pobres.

Pierre encontrou seu refúgio no vinho e na leitura. Após a segunda garrafa de vinho, conseguia encarar a vida de forma mais tranquila, sem questionamentos e sem querer fugir dela. Com o vinho, encontrava a solução de seus problemas e ficava decidido a resolvê-los. No entanto, no dia seguinte, já sóbrio, adiava sempre suas decisões.

De maneira geral, Pierre considerava que todos queriam fugir da vida, alguns por meio da política, outros pela caça, uns pelo vinho, outros pelas mulheres, e assim por diante. A principal questão era fugir da vida, de qualquer maneira. A vida era terrível para ele.

# CAPÍTULO 2

No início do inverno, o príncipe Nikolai Bolkónski e sua filha foram a Moscou. O velho tornou-se respeitado pelos moscovitas e o centro da oposição ao governo, por causa da crescente tendência patriótica e da queda do entusiasmo por Alexandre I.

O príncipe envelhecera muito naquele ano e já dava sinais de senilidade: cochilava a qualquer momento, esquecia-se das pessoas e das coisas. Sua casa em Moscou estava sempre com visitas. Todos esperavam por alguma opinião política dele.

Em Moscou, quem mais sofria era a princesa Mária. Sofria por estar longe dos peregrinos, por não ter a solidão de Montes Calvos e também por não mais confiar na senhorita Bourienne. Sua amiga Julie era agora a solteira mais rica e cobiçada de Moscou e, por isso, aproveitava cada momento como se fosse o último. Assim, a princesa Mária não tinha mais para quem escrever e não suportava as conversas de Julie sobre a vida mundana, em suas visitas semanais.

Seu pai a castigava diariamente, culpava-a por tudo e gritava com ela o tempo todo. Após o anúncio do noivado do príncipe Andrei, o velho passou a ficar mais próximo da senhorita Bourienne e a usar essa proximidade para aborrecer a princesa Mária. Ele dava prioridade à senhorita Bourienne até na hora do jantar: a francesa era servida antes da filha.

Certa vez, a princesa Mária gritou com a senhorita Bourienne, pois o pai a abraçara. Mais tarde, o pai a fez pedir desculpas por ter aceitado o prato de comida antes da senhorita Bourienne.

A princesa Mária sentia-se culpada por querer censurar o pai, que estava fraco e velho. Assim como sentia-se culpada por ser severa com o sobrinho, tal como o pai era com ela, na hora dos estudos.

# CAPÍTULO 3

Em 1811, havia um médico francês em Moscou. Era um homem alto, magro e gentil, que frequentava todas as casas da alta sociedade. Seu nome era Métvier. O príncipe Nikolai Bolkónski zombava da medicina mas, por recomendação da senhorita Bourienne, recebia Métvier duas vezes na semana.

No dia 6 de dezembro, era o aniversário do velho e ele entregou à princesa Mária uma lista que fizera com os nomes dos convidados que iria receber para um jantar naquela noite. Métvier resolveu comparecer, mesmo sem ter sido convidado. O velho príncipe estava com um humor terrível, andava de um lado para o outro e fingia que não entendia o que lhe diziam, respondendo de maneira rude. A princesa Mária conhecia bem aquele humor e sabia que o pai iria estourar a qualquer momento.

O doutor Métvier entrou na casa, com a permissão da princesa Mária. Ao entrar no escritório do príncipe Nikolai, este começou a gritar, porque ficou furioso, e colocou o médico para fora, acusando-o de ser um espião francês. O velho colocou a culpa na princesa Mária por aquele incidente e disse que não queria mais que ela morasse com ele, os dois precisavam viver separados, cada um para seu lado.

Às duas horas, chegaram as seis pessoas da lista de convidados. Eram o famoso conde Rastoptchin[30], o príncipe Lopukhin e seu sobrinho, o general Tchatróv e os jovens Pierre Bezúkhov e Boris Drubetskoi. Boris, que estava de férias, fora convidado porque soubera conquistar a simpatia do velho Bolkónski.

A conversa girava em torno de Bonaparte e sua tentativa de invadir a Rússia em 1807, além da disputa pela Polônia e a invasão francesa em Roma, que levara o papa a fugir para o Sul da França. Falaram sobre a indelicadeza do embaixador francês perante o imperador, durante a revista de tropas em Petersburgo, dizendo que os franceses não ligavam para aquelas bobagens.

Nesse momento, o príncipe Nikolai contou-lhes que colocara para fora o médico francês, que era um espião vindo da França. Ninguém questionou o

---

30   Fiódor Vassílievitch Rastoptchin (1763-1845), estadista russo. A carreira de Rastoptchin iniciou-se ainda sob o reinado de Paulo I e continuou se desenvolvendo durante o reinado de Alexandre. Entre 1812 e 1814, como governador de Moscou, foi radicalmente contra o abandono da cidade quando as tropas francesas se aproximavam. (N.E.)

velho e o assunto continuou. O conde Rastoptchin considerava que a Rússia deveria cercar suas fronteiras para impedir outra tentativa de Bonaparte de invadir o país. Mas, indignado com a juventude russa, dizia que precisavam de umas boas pancadas para deixarem de tanta estupidez e idolatria à França.

O velho príncipe balançou a cabeça em aprovação. Pouco depois, o conde Rastoptchin se levantou e despediu-se do príncipe Nikolai.

# CAPÍTULO 4

A princesa Mária não entendia nada das conversas daqueles senhores. Estava mais preocupada em saber se eles perceberam a hostilidade do pai em relação a ela.

O tempo passou, o jantar terminou e Pierre foi o único convidado a ficar na casa. Vendo-se a sós com a princesa Mária, pôs-se a conversar com ela.

Quando Pierre perguntou à princesa se ela conhecia Boris Drubetskoi havia muito tempo, Mária respondeu que não; em seguida, perguntou se ela gostava dele, e a princesa respondeu que o achava um rapaz simpático. Pierre então observou que Boris viera de Petersburgo a Moscou e visitara todas as noivas ricas da cidade. Disse à princesa Mária que a busca por uma noiva rica era seu único objetivo na cidade e que ele visitava corriqueiramente a casa de Julie Karáguina.

Depois desse prelúdio, Pierre decidiu ser direto e perguntou a Mária se ela se casaria com Boris. A princesa respondeu que havia momentos em que ela pensava em se casar com qualquer um, apenas para fugir daquela casa. Nesse instante, começou a chorar, mas negou-se a dizer o motivo para Pierre.

A princesa aproveitou e perguntou a Pierre sobre Natacha, queria saber se ela era uma boa moça. Pierre não sabia responder, disse que era difícil decifrá-la, mas que era uma moça fascinante. Uma resposta como aquela era justamente o que a princesa mais temia. Em seguida, Pierre informou que eles chegariam dentro de alguns dias.

Suspirando, a princesa Mária disse que seria melhor então que ela fosse preparando seu velho pai à ideia. Ele precisaria se acostumar à futura nora, cedo ou tarde.

# CAPÍTULO 5

O jovem Boris Drubetskoi não conseguira uma noiva rica em Petersburgo e, por isso, fora para Moscou, exatamente como dissera Pierre. Em Moscou, estava indeciso entre duas noivas ricas: a princesa Mária e Julie. Embora a princesa Mária fosse feia, Boris a considerava mais atraente e interessante do que Julie. No entanto, em sua última visita, a princesa Mária não lhe dera muita atenção, enquanto Julie sempre o recebia muito bem e aceitava sua corte.

Julie tinha 27 anos e era muito rica pois, após a morte de seus irmãos, tornara-se a única herdeira da família. Ela já não era tão bonita quanto fora um dia, mas sua riqueza fazia com que ela se sentisse bonita. A moça estava em uma fase melancólica, não esperava mais nada da vida, além daquilo que já lhe estava reservado. No entanto, aceitaria prontamente um pedido de casamento vindo de Boris.

Anna Mikháilovna, mãe de Boris, também visitava a casa dos Karáguin, jogava cartas com Mária Lvovna, a mãe de Julie, e tinha sido assim que ficara sabendo da riqueza que pertencia à jovem.

Boris, mesmo não fazendo o pedido oficialmente, já fazia planos e calculava até os rendimentos das riquezas de Julie. Passava o tempo todo na casa da moça, mas não criava coragem para pedir sua mão. Passavam horas recitando poemas, brincando com rimas e escrevendo versos melancólicos no álbum de Julie. A moça também tocava na harpa, especialmente para Boris, as músicas mais tristes.

Próximo do fim da licença de Boris, Anatole Kuráguin foi para Moscou; diziam que o príncipe Vassíli, seu pai, o mandara para cortejar Julie. De fato, o jovem Kuráguin passou a visitar Julie e, com essas visitas, a moça sentia-se muito contente e animada. Era uma sensação completamente diferente da melancolia que sentia com as visitas de Boris.

Notando a presença de outro pretendente, Boris ficou bastante aborrecido e decidiu fazer o pedido de uma vez, pois, caso contrário, ele retornaria a Petersburgo sem ter conseguido nada, e toda a corte e o esforço investidos em Julie teriam sido perda de tempo. Assim, uma tarde, ele foi à casa de Julie. Ao vê-la muito alegre, sentiu ciúmes e ficou irritado com ela. Foi no meio de uma discussão que ele fez o pedido de casamento. Julie aceitou.

Após o noivado, acabaram-se a melancolia e a irritação. Os dois faziam planos de ter uma casa enorme em Petersburgo, visitavam muitas pessoas e convidavam todos para a cerimônia.

# CAPÍTULO 6

O conde Iliá chegou a Moscou no fim de janeiro, com Natacha e Sônia. A condessa ainda não havia melhorado de saúde, mas o conde precisava ir para Moscou para vender as propriedades, fazer o enxoval da filha e encontrar a família Bolkónski. Ficariam hospedados na casa de Mária Dmítrievna Akhrossímova, que era madrinha de Natacha e convidara a família para hospedar-se em sua casa. Mária Dmítrievna morava sozinha, sua filha já se casara e os filhos estavam no serviço militar. No entanto, sua casa estava sempre cheia de pessoas da sociedade.

Tão logo chegaram, Mária Dmítrievna pôs-se a combinar com o conde quem eles visitariam no dia seguinte: a princesa Anna Mikháilovna, o conde Bezúkhov e Piotr Nikoláievitch Chinchin, um velho primo da condessa Rostova.

O conde explicou a Mária Dmítrievna que precisava vender as propriedades de Moscou e, para isso, precisava que ela cuidasse das meninas por um dia. Mária Dmítrievna aceitou de bom grado e, no dia seguinte, levou as meninas à igreja e depois para comprar roupas novas. Elas compraram todo o enxoval de Natacha.

Mais tarde naquele mesmo dia, Mária Dmítrievna chamou Natacha para conversar. Ela parabenizou a afilhada e disse que o príncipe Andrei era um bom noivo, e ela bem sabia disso, pois o conhecia desde criança. Recomendou também que Natacha fizesse uma visita ao futuro sogro e à cunhada no dia seguinte, antes da chegada do noivo. Assim, quando ele chegasse, Natacha já seria conhecida da família.

– Melhor assim – respondeu a jovem, um tanto contrariada.

# CAPÍTULO 7

No dia seguinte, o conde e Natacha foram até a casa do príncipe Nikolai Bolkónski. O conde não estava nem um pouco animado com aquela visita, pois já conhecia o temperamento do velho. Ao chegar a casa, Natacha notou que o príncipe Nikolai estava nervoso e com o rosto vermelho.

Assim que ela e o pai entraram, os criados começaram a correr e cochichar. Depois, veio um criado velho, dizendo que o príncipe não poderia recebê-los, mas que a princesa Mária os receberia em seus aposentos. No quarto estava também a senhorita Bourienne. O conde aproveitou para sair e visitar Anna Semiónovna, uma conhecida sua, evitando assim um encontro desagradável com o velho príncipe.

A conversa entre Natacha e a princesa Mária não se desenrolou. Primeiro porque a presença da senhorita Bourienne deixava as duas desconfortáveis, mas, mesmo assim, a francesa não saía do cômodo; segundo porque a princesa Mária já estava predisposta a não gostar de Natacha; e, terceiro, porque a própria Natacha não tinha gostado da futura cunhada, julgando seus modos artificias e afetados.

De repente, o velho Bolkónsi entrou no quarto, fingindo não saber que Natacha estava presente. Cumprimentou a moça com um tom de desdém e pediu desculpas por estar apenas de roupão, mas não sabia que ela estava ali. A princesa Mária não olhava para nenhum dos dois, estava muito envergonhada. As duas ficaram apenas se olhando, sem dizer nada.

Enquanto isso, o conde Rostov finalmente retornou e Natacha mostrou uma alegria constrangedora diante do pai, deixando claro que gostaria de ir logo embora. Ao sair, a princesa Mária, talvez um tanto arrependida por sua conduta, abordou Natacha e diz-lhe que seu irmão havia encontrado nela sua felicidade. Tentou lhe dizer mais alguma coisa, mas Natacha a impediu, dizendo que ali não era o momento apropriado.

Natacha passou a noite toda chorando em seu quarto, junto de Sônia, que a consolava. Ela desceu apenas para o jantar.

# CAPÍTULO 8

Naquela noite, os Rostov foram à ópera, pois haviam ganhado convites de Mária Dmítrievna. Natacha não queria ir, mas não podia recusar a cortesia de sua madrinha. Muito bem-vestida, foi para a sala e se olhou no espelho, estava belíssima, mas triste.

A moça desejava que o príncipe Andrei estivesse ali com ela. Natacha não era como Sônia, paciente; ela precisava estar junto de seu noivo, não bastava amar e ser amada. Ela queria poder olhar para os olhos negros de Andrei, com aquele olhar sempre curioso a fitá-la, contemplar seu rosto másculo e, ao mesmo tempo, um tanto infantil.

Quando chegaram ao teatro, foram conduzidos ao camarote. Natacha estava impressionada com o ambiente, sentia que chamava a atenção de todos. Em verdade, fazia muito tempo que a família Rostov estava longe da sociedade moscovita, portanto, era natural que despertassem tanta atenção. Mas, além disso, Natacha era uma bela jovem e estava particularmente bonita, e também já circulavam rumores de que ela estava noiva do príncipe Andrei, o melhor partido de Moscou.

Natacha olhava para a plateia e para os camarotes do outro lado, reconhecia alguns rostos: ali estavam Boris com Julie, Anna Mikháilovna e também Dólokhov. Este estava vestido como um persa. Diziam que ele se tornara ministro na Pérsia, mas precisara retornar, pois havia matado o irmão do xá. Mesmo assim, ou talvez justamente por isso, ele, e também seu amigo Anatole Kuráguin, faziam parte dos partidos mais disputados pelas jovens solteiras de Moscou.

De repente, sentou-se no camarote vizinho a condessa Hélène Bezúkhova. Ela estava deslumbrante. O conde Iliá perguntou por Pierre e mandou-lhe lembranças, e aproveitou também para apresentar sua filha Natacha, que estava ainda mais linda do que nunca. Natacha ficou atônita com a beleza da condessa Bezúkhova, imaginou que ela despertava paixões aonde quer que fosse.

Então as cortinas se ergueram e começou o espetáculo. Natacha e todos os presentes assistiram atentamente.

# CAPÍTULO 9

Natacha assistia à ópera, observava o cenário, todos os cantores, suas roupas, danças e expressões. Após ficar um longo período no campo e assumido um comportamento sério em Moscou, por causa de seu noivado, tudo aquilo parecia absurdo para ela. Natacha não via sentido naquelas roupas estranhas, nas falas e nos cantos incompreensíveis dos cantores. Passado algum tempo, ficou procurando nas pessoas a mesma sensação de estranhamento que ela tinha ao ver aquela representação tão afetada. No entanto, a única coisa que ela pôde encontrar no público foi uma admiração falsa, e logo entendeu que assim tinha de ser.

Durante um tempo, Natacha ficou observando as fileiras de cabeças cheias de pomadas, depois pôs-se a observar o camarote vizinho, olhando atentamente para Hélène. Em alguns momentos, Natacha tinha vontade de subir no parapeito do camarote e cantar ou então cutucar um velho sentado perto dela ou até fazer cócegas em Hélène.

Quando o palco ficou em silêncio, ouviu-se alguém chegando ao camarote vizinho. Hélène virou-se para o recém-chegado e Natacha, curiosa, também olhou para ele. Era um ajudante de ordens, vestindo um uniforme impecável, com o sabre e esporas tilintando. Quase imeditamente ela o reconheceu: era Anatole Kuráguin, irmão da condessa. Anatole aproximou-se de Hélène e, olhando para Natacha, disse à irmã que a achava encantadora. Natacha pôde ouvi-lo dizer isso. Kuráguin saiu do camarote pouco depois, juntando-se a Dólokhov na plateia.

Assim que findou o primeiro ato, Boris foi ao camarote dos Rostov receber os parabéns pelo noivado e fazer o convite de Julie a Sônia e a Natacha para seu casamento. Pierre acabara de chegar, estava ainda mais gordo e com um olhar muito triste. Ele foi para as primeiras fileiras e conversava com Anatole, o qual apontava para o camarote dos Rostov. Natacha sentia-se muito entusiasmada por ser notada por Anatole, que era tão bonito quanto a irmã Hélène.

Quando começou o intervalo do segundo ato, Hélène virou-se para o camarote dos Rostov e disse ao conde que ele tinha filhas encantadoras e que fazia questão de diverti-las enquanto estivessem na cidade. A condessa então aproveitou para convidar Natacha para ficar em seu camarote, para conhecê-la melhor. Hélène comentou que ouvira falar de Natacha por meio de Drubetskoi e também do príncipe Andrei, dando a entender que sabia da relação de Bolkónski e Natacha.

No terceiro ato, entraram homens e mulheres dançando no palco; um deles era Duport, que recebia sessenta mil rublos para mostrar sua arte e levar o público ao êxtase.

– Não é realmente admirável esse Duport? – perguntou Hélène.

– Ah, sim – respondeu Natacha.

# CAPÍTULO 10

No intervalo, Anatole foi até o camarote da irmã. Hélène apresentou o irmão à jovem Natacha Rostova. Ele logo disse que esperava havia muito tempo por aquele encontro.

Natacha ficou verdadeiramente impressionada com a beleza daquele rapaz, além de sua inteligência e da simplicidade de sua fala. Entre eles parecia não haver barreiras, os dois conversavam livremente, como se fossem velhos conhecidos.

Anatole convidou Natacha para ir à competição de fantasias na casa dos Arkhárov. Ele insistiu para que ela não faltasse. A moça sentia-se um pouco constrangida diante do olhar firme de Anatole e nada respondeu. Os dois conversavam sobre coisas simples, mas Natacha ficava o tempo todo olhando ora para Hélène, ora para o pai, esperando que dissessem algo sobre o que estava acontecendo. No entanto, a condessa Bezúkhova estava ocupada com um general e o pai nada dizia.

Após alguns minutos de silêncio, Natacha resolveu perguntar a Anatole se ele gostava de Moscou. Ele respondeu que, no início, não gostava, mas agora, e então olhou fixamente no fundo dos olhos de Natacha, estava gostando, por causa das belas mulheres.

Quando começou o quarto ato, Anatole saiu do camarote e Natacha foi para o camarote do pai. Ela não parava de pensar no que havia acontecido no outro camarote, já não prestava mais atenção ao espetáculo nem se lembrava do noivo.

Quando terminou a ópera, Anatole chamou a carruagem dos Rostov e ajudou Natacha a subir, pegando-a pelo braço e lançando-lhe o mesmo olhar firme que a moça recebera no camarim.

No chá, após o espetáculo, Natacha se desesperou e saiu correndo da mesa. Ela começou a pensar em tudo o que havia acontecido, em suas conversas com Anatole, e tentava entender se aquela sensação que sentira era normal. Pôs-se a pensar em seu noivado com o príncipe Andrei, colocou em dúvida se ela era mesmo digna dele depois do que acontecera aquela noite entre ela e Anatole.

# CAPÍTULO 11

Anatole estava morando em Moscou porque o pai, o príncipe Vassíli Kuráguin, o obrigara a sair de Petersburgo. Ele gastava mais de vinte mil rublos por ano entre jogos, festas e empréstimos. Assim, o pai o enviou a Moscou e arrumou para ele o cargo de ajudante de ordens.

Chegando à cidade, Anatole ficou hospedado na casa de Pierre, que o recebeu de bom grado. Os dois passaram a ir juntos às farras e o conde, muitas vezes, chegava até a emprestar dinheiro ao cunhado.

As mulheres de Moscou ficavam loucas por Anatole. Diziam que ele tivera uma relação até mesmo com *mademoiselle* Georges, a atriz francesa que fora amante de Napoleão.

Em pouco tempo, Anatole se tornou grande amigo de Dólokhov, que o usava para conseguir atrair jovens ricos para seus jogos. Enquanto isso, o jovem Kuráguin flertava com todas as mulheres em todas as ocasiões.

Dois anos antes, Anatole fora forçado a se casar com uma polonesa. Ninguém sabia disso, apenas seus amigos do regimento. Anatole fugira e prometera enviar dinheiro ao sogro, a troco de manter o casamento em segredo. A vida de Anatole era baseada em diversão e mulheres, nada mais tinha importância para ele.

O príncipe Kuráguin falou muito de Natacha para Dólokhov, descrevendo e elogiando seus braços, ombros, pés e cabelos. Dizia que tinha decidido cortejá-la a qualquer custo. Dólokhov, que sabia de sua história, alertou o amigo para que não repetisse o mesmo erro que cometera na Polônia. Anatole disse que era impossível acontecer duas vezes.

# CAPÍTULO 12

No dia após ao teatro, os Rostov não saíram de casa. Mária Dmítrievna queria conversar com o conde, e parecia esconder algo de Natacha, que logo imaginou que a conversa seria a respeito do príncipe Nikolai Bolkónski. Mais do que nunca, ela agora esperava a chegada do príncipe Andrei. A espera lhe fazia muito mal. Natacha sentia que havia traído a confiança de seu noivo ao conversar com Anatole da maneira que conversara na ópera.

No domingo de manhã, Mária Dmítrievna convidara a todos para ir à igreja. Domingo era um dia especial para ela, os criados não trabalhavam e todos colocavam a melhor roupa. Ao retornar da igreja, a velha princesa Akhrossímova foi visitar o príncipe Nikolai Bolkónski para conversar sobre Natacha. Assim que ela saiu, a modista chegou para mostrar os vestidos a Natacha.

De repente, na sala de visitas, Natacha ouviu a voz de alguém conhecido. Era Hélène, que entrava em seu quarto, com o conde Rostov. Ela fez questão de convidar o conde e as duas moças para ir à sua casa naquela noite, pois *mademoiselle* Georges iria declamar poesias.

Hélène comentou com Natacha, em meio a elogios, que seu irmão só pensava nela. Natacha ficou ruborizada, mas, ao perceber que não havia nada de mais, ficou mais tranquila em relação à noite anterior.

Quando Mária Dmítrievna retornou, estava com uma aparência séria, parecia que nada dera certo na casa do velho príncipe. Ela disse que contaria tudo no dia seguinte. Ao saber do convite de Hélène, comentou que não gostava da companhia dela, mas, como as meninas já haviam aceitado o convite, não deveriam deixar de ir.

# CAPÍTULO 13

O conde Rostov levou suas meninas para a casa da condessa Bezúkhova. O sarau estava repleto de gente, e o conde logo notou que aquelas pessoas eram conhecidas por sua liberdade de conduta. *Mademoiselle* Georges estava rodeada por jovens em um canto da sala. Havia muitos franceses, entre eles, o médico Métvier, que fora expulso da casa do príncipe Bolkónski como sendo um espião. O conde não se afastou das meninas e prometeu ir embora logo depois da apresentação da tal *mademoiselle* Georges.

Anatole estava esperando pelos Rostov. Na chegada, ele logo se aproximou de Natacha, tentando sentar-se ao lado dela, mas o conde ocupou o lugar. Assim, Anatole teve de se sentar atrás de Natacha.

*Mademoiselle* Georges começou sua apresentação. Natacha nada entendia, como na noite do teatro, aquelas palavras e expressões. No entanto, ela achava a atriz francesa muito bonita. Ao dizer isso, ouviu Anatole retrucar dizendo que Natacha era muito mais bonita do que qualquer *mademoiselle* Georges.

Depois da apresentação, o conde Iliá tentou ir embora com as meninas, mas Hélène insistiu para que ele ficasse para o baile. Natacha dançou com Anatole a valsa, e ele disse a ela que estava apaixonado. Natacha nada respondeu, e Anatole ficou perseguindo a moça durante toda a noite.

Hélène contou a Natacha o sentimento do irmão por ela. Depois, de alguma forma, Anatole conseguiu ficar sozinho com Natacha, declarando seu amor por ela e beijando-a. Natacha saiu correndo da sala e os Rostov foram embora antes mesmo do jantar.

Natacha estava confusa. Ela amava o príncipe Andrei, mas também tinha certeza de que amava Anatole. Não encontrava respostas para sua dúvida.

# CAPÍTULO 14

Na manhã seguinte, as modistas vieram novamente e Mária Dmítrievna chamou todos para o chá. A velha princesa contou a Natacha e a seu pai a conversa que tivera com o príncipe Nikolai no dia anterior. Segundo ela, não houvera diálogo, o velho estava irredutível e apenas gritava muito.

Ela aconselhou que eles voltassem para Otrádnoie, para esperar pelo príncipe Andrei lá, e que, depois que ele mesmo conversasse com o pai, talvez as coisas ficassem mais tranquilas. O conde concordou, mas Natacha estava desesperada, não queria partir.

Mária Dmítrievna entregou a Natacha uma carta da princesa Mária. Nela, a princesa dizia que gostava muito de Natacha e lamentava por seu pai e pelo último encontro das duas. Dizia esperar encontrá-la em outra ocasião. Apesar disso, Natacha não acreditava na sinceridade da carta, nem no amor de sua futura cunhada. Ela tentou escrever uma resposta, mas não sabia o que escrever.

Pouco depois, uma criada trouxe a Natacha uma carta de Anatole, escrita por Dólokhov. Na carta, o príncipe Kuráguin dizia que era impossível viver sem ela, preferia morrer. Escreveu que sabia que os pais dela não aceitariam o casamento dos dois e, se necessário, ele raptaria Natacha para casar-se com ela.

A pobre jovem estava desesperada. Pensou em desistir do príncipe Andrei, pois não achava possível levar o noivado adiante amando Anatole. Apesar disso, a verdade é que ela não se via feliz sem um dos dois. Não podia escolher.

Naquela noite, Mária Dmítrievna ia à casa dos Arkhárov e convidou as meninas para irem junto. Natacha não foi, disse que estava com dor de cabeça e ficou em casa.

# CAPÍTULO 15

Ao retornar para casa, Sônia encontrou Natacha dormindo no sofá e viu a carta de Anatole sobre a mesa. Ela leu a carta e ficou apavorada, não conseguia entender nada, especialmente o rosto sereno de Natacha e a tranquilidade com que ela dormia. Sônia sentou no sofá e começou a chorar.

Depois de algum tempo, Sônia decidiu acordar Natacha. Ao despertar, ela abraçou com alegria a prima, mas logo percebeu nela um semblante sério que a deixou preocupada. Ao ser questionada a respeito da carta, Natacha disse que não aguentava mais esconder dela seu amor por Anatole. Sônia não podia acreditar que aquilo fosse verdade, afinal, Natacha esperava já havia um ano por Bolkónski e agora, em três dias, já estava amando Anatole. Como era possível?

Natacha disse que não podia fazer nada, desistiria de Bolkónski para ficar com Anatole, seria sua escrava, o que ele mandasse, ela faria. Sônia, preocupada, tentou colocar a razão na cabeça de Natacha, perguntando o porquê de Anatole não ir até lá falar diretamente com a família, com o conde, por que precisava ser tudo às escondidas? Algo não estava certo.

Sônia perguntava também o que seria de Bolkónski, mas Natacha não se importava mais com nada, apenas com seu amor por Anatole. Como última possibilidade, Sônia ameaçou contar tudo para o conde, mas Natacha a proibiu, dizendo que ela seria sua eterna inimiga, caso contasse alguma coisa a quem quer que fosse. Sônia saiu do quarto aos prantos e Natacha não falou com ela depois disso.

Na sexta-feira, os Rostov iam partir para Otrádnoie e, na quarta-feira, o conde fora tentar vender sua propriedade em Moscou. Nesse dia, as meninas foram convidadas para um jantar na casa dos Kuráguin, e Mária Dmítrievna as levou. Lá, Natacha encontrou-se com Anatole novamente. Sônia logo percebeu que os dois conversavam algo em segredo. A própria Natacha quis se explicar para a amiga. Sônia a questionou novamente sobre o príncipe Andrei, e Natacha contou que talvez já tivesse rompido com ele, ao entregar uma carta à princesa Mária. As duas brigaram e Natacha disse que a odiava. Agora, eram oficialmente inimigas.

Um dia antes de o conde retornar, Natacha estava muito esquisita, dando respostas vagas a todos, rindo à toa e andando pela casa. Sônia notou que algo terrível estava para acontecer e ficou vigiando a prima. Ela notou que Natacha estava na janela e fazia sinais a um soldado. Talvez fosse Anatole. Depois, uma criada veio e entregou-lhe uma carta. Ficou claro para Sônia que Natacha planejava fugir com Anatole. A jovem ficou desesperada, o conde não estava em casa e ela temia contar para a Mária Dmítrievna, que acreditava apenas em Natacha e em ninguém mais.

Ela decidiu honrar seus benfeitores e ficou no corredor, esperando impedir alguma bobagem de Natacha naquela noite.

# CAPÍTULO 16

Nos últimos tempos, Anatole estivera hospedado na casa de Dólokhov. O plano do rapto de Natacha já estava pronto havia vários dias e fora orquestrado por Dólokhov. A jovem Rostova prometera encontrar Anatole às dez horas da noite, na porta dos fundos da casa de Mária Dmítrievna. Eles viajariam de troica até a aldeia de Kámenka, onde já os aguardava um pope, afastado da igreja, para casá-los. Depois de algumas trocas de cavalos, iriam a galope para o exterior.

Anatole já tinha um passaporte e vinte mil rublos, metade emprestado da irmã e, a outra metade, de Dólokhov. Já tinha também as testemunhas, um amigo e um antigo escriturário. Apesar de tudo já estar perfeitamente organizado, Dólokhov tentava a todo instante convencer Anatole de que aquilo era uma loucura. Ele poderia até ser levado à justiça criminal. No final, Anatole ficou nervoso com o amigo, alegando que ele duvidava de seu sentimento por Natacha. Dólokhov, porém, tentava apenas convencê-lo de que tudo aquilo era mesmo uma loucura, afinal, Kuráguin já era casado e poderiam descobrir. Anatole considerava essa hipótese impossível, visto que no exterior ninguém saberia de nada sobre sua vida. Exausto, Dólokhov tentou acalmar os ânimos, lembrando o amigo de que fora ele quem planejara tudo.

Anatole seria conduzido por um mujique, Balagá, que servia Dólokhov havia mais de seis anos. Ele sabia de todas as farras que Dólokhov e Anatole e até participava de algumas. Eles livraram a pele de Balagá inúmeras vezes, quando ele, bêbado, atropelou pessoas pelas ruas de Moscou. Além disso, o mujique não media esforços, e nem os esforços dos cavalos, para levá-los o mais rápido possível a qualquer lugar.

À noite, Balagá chegou à casa de Dólokhov e estava pronto para levar Anatole até Natacha e depois levar os dois até a região de Kámenka. Ele entrou na casa e conversou com Anatole, prometendo levá-lo dentro do horário previsto, caso não houvesse nenhum problema no caminho. Balagá já matara de cansaço dezenas de cavalos, como naquela vez que levara Anatole de Tvier, a Norte de Moscou, a toda velocidade, matando um cavalo, dos três da troica, de cansaço. Tudo para servir aos dois amigos.

# CAPÍTULO 17

Anatole saiu do quarto e, em alguns minutos, retornou com um casaco de pele e um gorro. Depois, posou para Dólokhov, segurando um copo de vinho, agradecendo aos amigos pela ajuda e despedindo-se. Todos levantaram seus copos e fizeram um brinde.

Após o discurso de Anatole, Dólokhov lembrou-se de pegar um casaco de pele para Natacha. Eles foram diretamente para as duas troicas paradas na porta e partiram pela rua Arbat[31].

Ao chegar à rua de Mária Dmítrievna, Anatole e Dólokhov seguiram a pé. Anatole assobiou e recebeu outro assobio em resposta. Eles foram até a porta dos fundos.

Ao entrar na varanda, Anatole encontrou um lacaio da casa, que lhe disse, bloquenado a passagem:

– Vá ver a patroa, por favor.

Neste instante, Dólokhov gritou para Anatole, dizendo que era uma armadilha. Dólokhov lutava com o zelador, que tentava trancar o portão, impedindo a saída de Anatole. Com muito esforço, Dólokhov conseguiu empurrar o zelador e puxar Anatole para a rua. Os dois correram o mais rápido que puderam até as troicas.

# CAPÍTULO 18

Pouco antes da chegada de Dólokhov e Anatole, Mária Dmítrievna havia encontrado Sônia chorando no corredor e fizera com que ela lhe contasse tudo

---

31 Uma das ruas mais antigas de Moscou. No século XVIII, tornou-se o endereço das famílias aristocráticas mais tradicionais da cidade. Foi praticamente destruída por completo durante o grande incêndio de 1812. (N.E.)

o que sabia. Depois de encontrar o bilhete de Natacha e lê-lo, foi até o quarto da afilhada.

Ela trancou Natacha no quarto e pediu a um dos lacaios que trouxesse até ela os homens que viriam pela porta dos fundos. Ela os esperaria na sala de estar. Quando o lacaio voltou e explicou que os homens haviam escapado, ela foi até o quarto de Natacha. Mária Dmítrievna tinha a intenção de esconder aquela vergonha do conde.

Ao entrar no quarto, Natacha estava deitada, sem chorar, apenas soluçando e tremendo. A madrinha tentou conversar com a afilhada, mas ela estava irredutível em sua decisão e gritava com todos, dizendo que haviam destruído sua vida. Mária Dmítrievna disse que era um absurdo aquele rapto e que eles não conseguiriam ir longe, pois todos os encontrariam. Talvez o conde até desafiasse Anatole para um duelo.

Natacha não esboçou reação alguma. Mária Dmítrievna deixou Natacha no quarto. A moça não dormiu a noite toda.

No dia seguinte, o conde retornou e estava pronto para partir de Moscou. No entanto, Mária Dmítrievna contou que Natacha passara muito mal à noite e precisaram até chamar um médico. Natacha estava em seu quarto, quieta, apenas olhando para a janela e virando-se para a porta a cada passo que ouvia. Mesmo desconfiando de que algo de errado ocorrera em sua ausência, o conde resolveu aceitar a versão de Mária Dmítrievna. Ele estava apenas preocupado com o atraso de sua partida para Otrádnoie, pois estava com saudade de sua esposa.

# CAPÍTULO 19

Com a chegada dos Rostov a Moscou, Pierre fora para Tvier, para não ficar próximo de Natacha. Parecia que ele nutria um sentimento mais forte do que deveria sentir pela noiva do amigo. No entanto, Mária Dmítrievna o chamou até sua casa, assim que ele retornou a Moscou.

A contragosto, Pierre se dirigiu até a casa da velha princesa Akhrossímova. Pelo caminho, cruzou com Anatole, todo imponente, em uma carruagem luxuosa. Ao chegar à casa de Mária Dmítrievna, Pierre foi conduzido até o quarto da anfitriã. Na antecâmara, Pierre encontrou Natacha, abatida, de olhar severo, junto à janela. Ela apenas olhou para ele e saiu, sem dizer nada.

Preocupado, Pierre perguntou a Mária Dmítrievna o que acontecera e ela contou toda a história. Ele ficara surpreso com tudo que ouviu. Não podia acreditar que Natacha, aquela menina tão meiga, fosse igual a todas as outras mulheres. Ao saber do rapto e do casamento, Pierre exclama e conta que Anatole já era casado. Ao ouvir isso, a velha princesa correu até o quarto de Natacha para contar aquela novidade. Pierre foi conversar com o conde Rostov.

Natacha já contara ao pai que rompera o noivado com Bolkónski. O conde estava desolado e envergonhado, mesmo não gostando da ideia do casamento contra a vontade do príncipe Nikolai. Pierre tentava mudar o assunto, mas o conde insistia. Então, avisam a Pierre que Mária Dmítrievna solicitava sua presença no quarto de Natacha.

Quando Pierre entrou, Natacha olhou fixamente para ele e Mária Dmítrievna perguntou-lhe do casamento de Anatole. Pierre confirmou toda a história para Natacha: Anatole era casado com uma moça polonesa e fugira dela. Natacha apenas perguntou se Anatole ainda estava na cidade e Pierre confirmou, dizendo que acabara de se encontrar com ele na rua. Ela gesticulou, indicando que queria ficar sozinha.

# CAPÍTULO 20

Pierre não ficou para o almoço, saiu do quarto de Natacha e foi imediatamente embora. Percorreu toda a Moscou atrás de Anatole. Foi em todos os locais que ele costumava frequentar. Por último, foi ao clube e conversou com os frequentadores. Estes comentaram sobre o rumor do rapto da Natacha, que Pierre prontamente desmentiu, para proteger a família. Como Anatole não apareceu no clube, Pierre foi embora.

O príncipe Kuráguin estava almoçando na casa de Dólokhov e tentava achar alguma maneira de amenizar o fracasso que fora seu plano. Decidiu pedir à irmã que o colocasse em contato com Natacha.

Tarde da noite, Pierre voltou para casa. Havia muitos convidados na casa e lá estava Anatole. Pierre entrou no salão, sem conversar com ninguém e sem nem cumprimentar a esposa, e pegou violentamente Anatole pelo braço, levando-o para seu escritório. Hélène já conhecia aquela expressão de fúria do marido, ela mesma provara anos antes, e sabia que boa coisa não estava por vir.

No escritório, Pierre agarrou Anatole pelo colarinho, ameaçou bater nele por diversas vezes, até deixá-lo assustado e com medo. Por fim, Anatole disse que não havia prometido nada a Natacha, pois não poderia fazer nada, afinal, já que era casado.

Irado, Pierre impôs condições a Anatole: ele deveria lhe entregar todas as cartas de Natacha, partir de Moscou e não contar a ninguém aquela história. Anatole aceitou as condições, mas disse que o cunhado se excedera e que precisava pedir desculpas. Pierre se desculpou e até ofereceu dinheiro para a viagem. Anatole aceitou de bom grado, com seu costumeiro sorriso cínico.

No dia seguinte, o príncipe Kuráguin partiu para Petersburgo.

# CAPÍTULO 21

Tão rápido quanto pôde, Pierre foi à casa de Mária Dmítrievna para contar-lhe que cumprira seu desejo e expulsara Anatole Kuráguin de Moscou.

Na casa da princesa Akhrossímova, todos estavam muito perturbados e até mesmo aterrorizados: Natacha conseguira encontrar arsênico. Conseguiram reverter o envenenamento a tempo, mas a moça estava muito fraca.

Mais tarde, Pierre foi ao clube e todos comentavam sobre o rapto da jovem Rostova. Pierre, sentindo-se no dever de ajudar e acabar com aquela história, desmentia o tempo todo tais rumores. Ele esperava o regresso do príncipe Andrei com temor imenso, por isso passava todos os dias na casa do velho príncipe para saber do retorno do amigo.

O príncipe Nikolai Bolkónski já sabia do rompimento do noivado, por meio de um bilhete que a senhorita Bourienne roubara da princesa Mária. Ele também já sabia dos boatos do rapto de Natacha. Alguns dias depois, Pierre recebeu o bilhete do príncipe Andrei, dizendo que estava chegando e queria vê-lo.

Pierre esperava encontrar o príncipe Andrei arrasado. No entanto, ele encontrou o amigo muito falante e até alegre, conversando com o pai. O pai já havia lhe entregado o bilhete e contado tudo o que sabia. O príncipe Andrei conversava sobre a deportação de Speránski, que fora considerado traidor da Rússia, e também sobre outros assuntos políticos.

Ao conversar com Pierre a sós, Andrei entregou ao amigo um maço de cartas de Natacha com um pequeno retrato da moça, pedindo que ele devolvesse tudo à jovem Rostova. O príncipe Andrei quis saber apenas onde estava Anatole, mas não queria saber de mais nada relacionado a Natacha.

Como pôde, Pierre explicou a Andrei que as histórias do envolvimento entre Natacha e o príncipe Kuráguin e do rapto eram apenas boatos, pois Anatole já era casado e nem ao menos estava em Moscou. Ele contou que Natacha estava muito doente, mas Bolkónski não se comoveu. Ao contrário, ficou nervoso com Pierre e disse para que nunca mais tocasse naquele assunto.

Ao sair da casa, Pierre encontrou o velho príncipe mais alegre do que o habitual, assim como a princesa Mária.

No jantar, a conversa entre os Bolkónski foi apenas sobre os assuntos políticos e a guerra iminente entre a Rússia e a França.

# CAPÍTULO 22

Na mesma noite, Pierre fora diretamente à casa dos Rostov para cumprir o pedido do amigo. Natacha estava na cama e o conde fora ao clube. Pierre entregou as cartas a Sônia e foi falar com Mária Dmítrievna, que queria saber como Bolkónski recebera a notícia do rompimento do noivado. Dez minutos depois, Natacha informou que queria falar com Pierre. Ele foi até ela, que o esperava na sala de estar.

Natacha pediu que Pierre dissesse a Bolkónski que ela sentia muito pelo mal que lhe causara e que pedia perdão. O conde Bezúkhov disse à jovem que pretendia continuar sendo seu amigo e que ela podia contar com ele para desabafar ou para qualquer outra coisa. Natacha, porém, respondeu que não era digna de sua amizade nem da amizade de ninguém, sua vida havia acabado para sempre.

Neste momento, tomado por um imenso sentimento de pena, Pierre disse a Natacha que ela ainda era muito jovem e tinha toda a vida pela frente e que, se ele não fosse feio e casado, ajoelharia ali mesmo e pediria sua mão. Ao ouvir isso, Natacha começou a chorar, olhando para Pierre com um olhar de gratidão, e saiu correndo da sala. Pierre saiu logo depois, correndo diretamente para seu trenó e saindo em disparada.

Pierre olhava para o céu estrelado. Um cometa[32] cortou, brilhando, o céu. O conde Bezúkhov tinha o sentimento de que aquela estrela correspondia exatamente ao que acontecia com sua alma naquele momento: ele se preparava para uma nova vida.

---

32 Grande Cometa de 1811. Um dos maiores cometas a atravessar a órbita terrestre. Foi possível avistá-lo ao redor da Terra por cerca de 260 dias. Sua passagem pela Rússia, em 1812, foi considerada por alguns um prenúncio da invasão de Napoleão. (N.E.)

# LIVRO DOIS

## Volume 3

# Primeira parte

## CAPÍTULO 1

No final de 1811, teve início um intenso armamento e a concentração de forças na Europa Ocidental. No ano de 1812, essas forças começaram a se deslocar para as fronteiras da Rússia, para onde a própria força russa também se dirigia. No dia 12 de junho, as forças europeias cruzaram as fronteiras russas, dando início a uma onda enorme de crimes jamais vista em séculos de história. As pessoas nem sequer conseguiam imaginar que praticavam crimes, não consideravam nada daquilo como algo errado. Talvez não haja um único motivo para ter se desencadeado tal guerra; talvez seja a soma de milhares de motivos. Os historiadores, de sua parte, estão seguros em dizer que a causa foi a imposição ao duque de Oldenburg[33], que perdeu seu ducado, da quebra do Bloqueio Continental, que fechava todos os portos da Europa para a Inglaterra, a ambição de Napoleão, a persistência de Alexandre, inúmeros erros diplomáticos, e assim por diante.

A guerra poderia ser evitada, caso Napoleão escrevesse consentindo a entrega do ducado ao duque de Oldenburg, caso os soldados se recusassem a participar da guerra, caso os oficiais também se recusassem a participar, entre muitas outras ações que poderiam evitar o início da guerra. No entanto, para nós, que não somos historiadores, as causas são inúmeras e incontáveis. Na verdade, a causa pode vir desde a Revolução Francesa e tudo o que a sucedeu.

No final, nada é a causa, não há causa alguma. Tudo é apenas uma coincidência da vida. Poderia ser qualquer outra coisa, ou tudo ao mesmo tempo, responsável por aquela guerra. Todos os atos dos governantes, que pareciam voluntários, em relação à história, são involuntários e determinados desde sempre.

---

33   Jorge de Oldemburgo (1784-1812), conde germânico. Casado com a irmã de Alexandre I, Catarina Pávlovna, teve seu ducado invadido por Napoleão em 1811, o que muito influenciou para reacender a animosidade entre russos e franceses. (N.E.)

# CAPÍTULO 2

No dia 29 de maio, Napoleão partiu de Dresden, onde ficara por um tempo. Apesar de o próprio Napoleão ter escrito uma carta ao imperador Alexandre, dizendo que preferia não entrar em guerra, ele partiu ao encontro de seu exército e deu ordens para que avançassem logo para o Oriente.

Em 10 de junho, ele chegou à Polônia, em Wilkowyski. No dia seguinte, foi até o Rio Niemen, para avaliar a travessia, vestindo um uniforme polonês. Ao observar na outra margem a cidade de Moscou, ele deu a ordem para atacar, contrariando a opinião dos estrategistas.

Na manhã do dia 12, ele saiu da barraca e avistou as multidões de suas tropas, que estavam na floresta. Todos davam gritos de saudação e cantavam músicas em homenagem a Napoleão.

No dia 13 de junho, Napoleão foi até o largo do Rio Víliya. Ao chegar, tirou um mapa, começou a analisá-lo e disse algo a seus ajudantes de ordens. A ordem era encontrar uma parte rasa no rio e atravessá-lo. Entusiasmado, o coronel dos ulanos[34] poloneses sugeriu que poderiam atravessar a nado. O ajudante de ordens disse que o imperador apreciaria tal entusiasmo.

Começaram imediatamente a travessia. Muitos cavalos se afogaram, alguns ulanos caíram e também se afogaram. Napoleão andava de um lado para o outro, preocupado, e às vezes olhava para os ulanos e fazia uma expressão de desaprovação. Alguns foram resgatados, mas quarenta deles morreram no rio. Ao chegar do outro lado do rio, todos molhados, o coronel olhou para onde antes estava Napoleão e notou que ele já não estava ali. Mesmo assim, ele gritou em homenagem ao imperador.

À noite, Napoleão ordenou que notas falsas de dinheiro russo fossem enviadas para a Rússia, ordenou também que fuzilassem o saxão que fora interceptado com informações sobre o exército francês e que nomeassem o coronel, que se lançou ao rio, com a Legião da Honra.

# CAPÍTULO 3

Enquanto isso, o imperador russo estava em Vilnius fazia mais de um mês, participando de manobras e passando as tropas em revista. Ninguém ainda

---

34  Soldados da cavalaria polonesa. (N.E.)

estava pronto para a guerra, embora todos já esperassem por ela e o imperador tivesse vindo de Petersburgo justamente para preparar as tropas. Na verdade, não havia sequer um plano de ação.

No mês de junho, foi oferecido um baile seguido de um jantar ao soberano. Os generais ajudantes de ordens fizeram uma subscrição para obter o dinheiro. O conde Bennigsen ofereceu sua casa de campo para a festa, no dia 13 de junho. Entre os convidados da festa estavam a condessa Bezúkhova e também Boris Drubetskoi, que ajudou com uma considerável quantia em dinheiro, já que agora era um homem rico. Naquele mesmo dia, Napoleão deu ordem para cruzar o Rio Niemen e invadir as fronteiras russas.

À meia-noite, Hélène convidou Boris para uma mazurca. Enquanto dançava, ela observava o soberano, que não estava dançando. No início da dança, Boris notou que o general ajudante de ordens Aleksandr Balachov[35] aproximou-se do soberano, enquanto este conversava com uma dama polonesa. Depois de ouvir o que o general tinha a dizer, o soberano pegou-o pelo braço e atravessou o salão, com um semblante irritado e assustado. Passado algum tempo, Boris foi até a parte de fora da casa, atrás do soberano.

Quando Boris chegou à porta, o imperador Alexandre já retornava com Balachov, e ele não conseguiu desviar dos dois, assim, pôde ouvir que falavam algo sobre uma invasão de Napoleão à Rússia. O imperador encerrou a conversa dizendo que só haveria paz quando o último francês armado deixasse o território russo. Boris entendeu que deveria ficar calado e guardar segredo. No entanto, utilizou essa informação para conseguir se destacar perante os nobres que estavam na festa.

Ao voltar do baile, o soberano chamou seu secretário e ditou-lhe uma carta para ser entregue a Napoleão, citando justamente sua frase, que Balachov deveria dizer-lhe:

*"Só vou selar a paz quando não restar nenhum inimigo armado em minha terra".*

---

35 Aleksandr Dmítrievitch Balachov (1770-1837), estadista e general. Balachov era um dos membros de maior confiança de Alexandre I, fazendo parte do Conselho de Estado desde 1810. Ao longo de sua carreira, foi governador de diversas cidades, como Tula e Riazan, além de São Petersburgo. (N.E.)

# CAPÍTULO 4

Em 13 de junho, às duas da manhã, o soberano chamou Balachov, leu para ele a carta que deveria ser entregue a Napoleão e reafirmou que sua citação deveria ser dita pessoalmente e não escrita.

Após partir, Balachov, acompanhado por um corneteiro e dois cossacos, chegou à aldeia de Rykonty, em região lituana, onde estavam os postos avançados franceses. Lá, um soldado veio a seu encontro, gritando e pedindo que ele parasse. Balachov fora tratado de maneira rude pelo soldado, bem diferente da maneira que estava acostumado a ser tratado em solo russo. Pediram ao general que esperasse o oficial, que viria da aldeia. Quando o oficial francês chegou, reconheceu a importância de Balachov e o tratou com respeito, dizendo que ele seria levado até o imperador, conforme seu desejo. Balachov fora informado que o alojamento do imperador ficava próximo dali.

Após cruzar a aldeia de Rykonty, veio até eles um grupo de cavaleiros. À frente do grupo estava Murat, a quem chamavam de o rei de Nápoles. Ele mesmo acreditava ser realmente o rei daquele lugar e todos os moradores assim o tratavam. Ao encontrar o general russo, perguntou ao coronel francês o que ele fazia ali. O coronel respondeu que Balachov queria transmitir um recado do imperador russo a Napoleão.

Murat desceu do cavalo e pegou Balachov pelo braço, para poder conversar em particular. Ele mencionou que Napoleão ficara ofendido com a exigência de retirar as tropas da Prússia, sentira-se ultrajado. Murat explicou que ele também não queria uma guerra e que torcia para que os imperadores fizessem as pazes e desejou sorte a Balachov em sua missão.

O bravo general Balachov seguiu em frente, acreditando nas palavras de Murat, de que seria apresentado a Napoleão. No entanto, acabou sendo retido no povoado seguinte e foi conduzido ao encontro do marechal Davout.

# CAPÍTULO 5

O marechal Davout era o Araktchéiev de Napoleão. Um tipo aplicado, cruel e incapaz de exprimir devoção sem ser por meio da crueldade. Tais pessoas sempre existem no Estado, são necessárias, como são necessários os lobos no reino animal.

Balachov encontrou Davout em uma isbá, sentado em uma barrica, trabalhando em alguns papéis. Quando entrou, o marechal não deu atenção a Balachov. Passado algum tempo, olhou-o por cima dos óculos e perguntou o que ele estava fazendo ali. Davout tratou o general russo com desdém, mesmo depois de Balachov ter lhe explicado sua alta posição e a importância de sua missão. Davout disse-lhe que ali ele estava sujeito às ordens francesas e fez Balachov ficar no acampamento por alguns dias, isolado, apenas esperando a hora de encontrar Napoleão.

Um dia, Balachov foi levado para Vilnius, que agora estava sob o domínio francês. Ele esteve no mesmo lugar onde, quatro dias antes, estivera com seu soberano. Napoleão finalmente o recebeu na mesma casa em que Balachov recebera as ordens de Alexandre para encontrar-se com Napoleão.

# CAPÍTULO 6

Embora Balachov estivesse acostumado à solenidade palaciana, o luxo da corte do imperador Napoleão o impressionou. O general foi levado para uma enorme sala de recepção, para esperar junto dos generais e magnatas poloneses, os quais ele já encontrara em outras ocasiões. Depois, levaram-no para uma pequena sala de recepção, que dava para um escritório. Era precisamente o mesmo lugar onde ele se encontrara com o imperador Alexandre dias antes de partir.

Então, o imperador Napoleão entrou na sala para encontrar-se com Balachov. Napoleão estava vestido para cavalgar, com uniforme justo e de cabelos penteados.

Napoleão disse-lhe que recebera a carta do imperador Alexandre e ficou olhando para Balachov. Nada parecia ter importância para o imperador francês naquele momento. Ele começou a dizer que não desejava a guerra, mas fora obrigado a invadir a Rússia. Explicou seu descontentamento com o governo russo, o porquê da quebra da aliança entre ele e Alexandre, a longa espera que tivera até obter explicações sobre a ordem para que ele desocupasse a Prússia e tantas outras questões.

O imperador francês chegou a dizer que gostava de Alexandre I e acreditava em uma amizade sincera entre os dois. Citou a oferta que fizera alguns meses antes, de entregar a Moldávia e a Valáquia, no Norte do Rio Danúbio, à Rússia, comentando, sem seguida, que Alexandre preferira fazer as pazes com a Turquia e perder assim a oportunidade de ampliar as fronteiras de seu império. Napoleão lamentava que Alexandre tivesse escolhido tão mal seus aliados e as pessoas que o rodeavam. Citou apenas o nome do príncipe Bagrátion como sendo alguém capaz no quesito militar, mas, mesmo assim, considerava-o um idiota.

Balachov tentava responder a todas as objeções de Napoleão, mas este gritava cada vez mais e se agitava, não deixando espaço para um debate. Ele conseguiu apenas explicar a Napoleão que o imperador Alexandre negociaria a paz somente quando ele atravessasse para a outra margem do Rio Niemen. Tal pedido fez com que Napoleão ficasse ainda mais nervoso, pois este foi exatamente o mesmo pedido feito por ele, meses antes, e nada fora decidido até então.

Enraivecido, Napoleão afirmou que, mesmo se lhe fosse dado Moscou e Petersburgo, ele não recuaria. Ele ainda disse que lhe entregaria uma carta para o imperador Alexandre.

Antes de sair, ele olhou para Balachov e pediu-lhe que dissesse ao imperador que tinha por ele a mesma dedicação de antes e o mais alto apreço. Dito isso, ele saiu da sala.

# CAPÍTULO 7

Depois de toda a conversa com Napoleão, sua demonstração de raiva e seu modo seco de falar, Balachov imaginava que o imperador não iria mais querer vê-lo. No entanto, após um passeio a cavalo, Napoleão convidou Balachov para um jantar e para sentar-se a seu lado.

Napoleão estava alegre, o passeio por Vilnius fizera-lhe bem. Pela cidade, todos acenavam para ele e o saudavam. Durante o jantar, Napoleão tratou Balachov com carinho, como se fosse um deles e não o general de seu inimigo. Ele lhe fez diversas perguntas sobre Moscou, quis saber quantas casas e igrejas haviam na cidade. Quando Balachov disse-lhe que havia mais de duzentas igrejas, Napoleão disse que só um povo atrasado poderia ser tão devoto. Balachov logo retrucou, dizendo que a Espanha também tinha muitas igrejas. Ele citou a Espanha porque a França perdera a batalha para eles. No entanto, ninguém entendeu a ironia de Balachov.

Depois do jantar, foram tomar café no escritório de Napoleão, o mesmo que antes pertencia a Alexandre I. A esta altura, Napoleão já considerava Balachov um súdito seu e arriscou falar mal do imperador Alexandre, questionando sua aliança com os inimigos dele e também sua habilidade como militar. Balachov ouvia, mas estava ali apenas porque deveria estar e queria muito ir embora. Napoleão disse que enxotaria todos os parentes dos aliados de Alexandre da Alemanha.

Após essa conversa, Napoleão deu a Balachov seus cavalos e também uma carta, a ser entregue a Alexandre I. Assim que chegou ao posto onde seu soberano estava, Balachov contou-lhe todos os detalhes e a guerra começou.

# CAPÍTULO 8

Após seu encontro com Pierre, o príncipe Andrei partiu para Petersburgo, para encontrar Anatole Kuráguin. Porém, Anatole já não estava mais na capital, ele partira com o exército para a Moldávia. O príncipe Andrei queria tirar satisfações com Anatole e desafiá-lo, no entanto, queria procurar um novo motivo, que não fosse Natacha. Sendo assim, encontrou-se com Kutúzov e pediu-lhe para acompanhá-lo até a Moldávia. O príncipe Andrei recebeu um cargo no Estado-Maior e partiu para a Turquia. Na Turquia, o príncipe Andrei não conseguiu encontrar Anatole, que retornara para a Rússia pouco antes de sua chegada.

O príncipe Andrei limitou sua vida ao serviço militar, que executava com perfeição e dedicação total. Como não encontrou Anatole na Turquia, Bolkónski decidiu não ir atrás dele na Rússia, mas sabia que esse encontro seria inevitável.

No ano de 1812, quando a notícia da guerra contra Napoleão chegou a Bucareste, Bolkónski pediu a Kutúzov para ser transferido. Sendo assim, partiu para uma missão junto de Barclay de Tolly[36]. No caminho, Andrei passou

---

36 Mikhail Bogdánovitch Barclay de Tolly (1761-1818), marechal e ministro de guerra. Militar condecorado com a Cruz de São Jorge, participou de diversas guerras, entre elas a Guerra Russo-Turca. (N.E.)

em Montes Calvos. Ali, notou que nada havia mudado, tudo era igual, como sempre fora. A única coisa que mudou fora a aparência de Mária, de seu pai e seu filho, que tinha agora cachinhos.

A casa estava dividida, de um lado o velho príncipe com a senhorita Bourienne e o arquiteto, de outro, a princesa Mária, Nikoluchka e os criados. No entanto, durante a estada do príncipe Andrei, todos fingiam que estava tudo bem.

Logo após o jantar, o velho príncipe foi para seu quarto e o príncipe Andrei foi atrás dele para conversar. Durante a conversa, o príncipe Andrei disse saber que o pai provocava a princesa Mária o tempo todo, mesmo o velho dizendo que era a princesa Mária quem o irritava. Depois, Andrei insinuou que a culpada de toda a desavença era a senhorita Bourienne. O velho príncipe ficou irritado e colocou o filho para fora do quarto, dizendo não querer mais vê-lo.

O príncipe Andrei quis ir embora naquela mesma noite, mas a princesa Mária insistiu para que ele ficasse mais um dia. Mária questionou o irmão, querendo saber se ele ia mesmo embora. Bolkónski andava de um lado para o outro, resmungando algo como pessoas insignificantes eram a causa da infelicidade alheia. A princesa Mária não sabia a quais pessoas ele se referia, mas podia imaginar. Na realidade, Andrei tinha em mente não apenas a senhorita Bourienne, mas também Anatole Kuráguin. A princesa Mária pediu ao irmão que perdoasse as pessoas, mas ele disse que o perdão era uma questão para as mulheres, os homens não conseguiam perdoar.

A princesa Mária implorou para que o irmão ficasse mais um dia com eles, mas Bolkónski considerava que era hora de partir, para amenizar a discórdia com o pai. A cada dia que passava, Andrei pensava apenas em seu iminente encontro com Anatole Kuráguin, que, a essa altura, poderia até já estar morto na guerra.

# CAPÍTULO 9

O príncipe Andrei chegou ao quartel-general no fim de junho. O soberano estava no primeiro exército, em Drissa. No Rio Drissa, Bolkónski encontrou Barclay de Tolly, que o tratou de maneira fria e seca. Anatole não estava por ali, havia retornado a Petersburgo. Bolkónski achava melhor assim, pois poderia cuidar dos assuntos da guerra sem preocupações externas.

Bolkónski ficou por quatro dias sem nenhuma designação, estava esperando ordens do soberano. Enquanto isso, percorreu o acampamento e tentou formar uma ideia sobre a situação do exército. Após entender o que acontecia, notou que o exército fora dividido em três ainda quando estava em Vilnius: uma parte estava sob o comando de Barclay de Tolly, outra, sob o comando de Bagrátion e uma terceira, sob o comando de outro general.

O soberano estava no primeiro exército, não como comandante-chefe do Estado-Maior do exército, mas sim como Estado-Maior-Imperial. Com o soberano, sem função militar alguma, estavam Araktchéiev, o conde Bennigsen, o grão-duque Konstantin Pávlovitch, irmão do imperador, o general austríaco Phull[37], o ajudante de ordens Woltzogen e diversos outros. Mesmo sem uma posição no exército, esses senhores eram livres para dar conselhos aos comandantes dos exércitos, confundindo-os, sem saber se eram apenas conselhos ou ordens diretas do soberano.

Este grupo, que seguia o soberano, ainda se dividia em outros tantos partidos.

O primeiro era o dos alemães, liderado por Phull. Esse partido acreditava que o exército deveria partir para o interior do país.

O segundo partido era o dos nacionalistas, diretamente o oposto do primeiro. Liderados por Bagrátion, acreditavam que o exército deveria avançar para vencer o inimigo.

O terceiro partido, o de confiança do soberano, era liderado por pessoas que não eram militares; entre elas, Araktchéiev. Este último grupo acreditava que deveria adotar o meio-termo entre o primeiro e o segundo partido.

O quarto partido era do grão-duque Konstantin, que acreditava que deveriam selar a paz. Para os intregrantes desse partido, era necessário reconhecer que seriam esmagados por Napoleão. Diziam que, assim como perderam Vilnius, perderiam também Drissa e toda a Rússia. Por isso, quanto antes selassem um acordo de paz, melhor.

O quinto partido era o de Barclay de Tolly. Esse grupo não tinha uma posição precisa, mas seus integrantes confiavam cegamente no comandante, independentemente do que ele propunha.

---

37 Karl Ludwig August Friedrich von Phull (1757-1826), general prussiano. Apesar de ter sofrido derrotas como general na Prússia, foi chamado para comandar tropas russas por Alexandre I, em 1807. Na Rússia, traçou planos contra Napoleão em 1812, sendo um dos principais defensores da tática de terra queimada como forma de derrotar o inimigo. (N.E.)

O sexto partido era de Bennigsen. Esse grupo, como o de Barclay de Tolly, acreditava que não havia ninguém melhor do que seu comandante para guiar o exército à vitória contra o imperador francês.

O sétimo partido era das pessoas que cercavam o soberano, os generais e ajudantes de ordens que eram apaixonados pelo imperador, como Rostov fora em 1805. Acreditavam que o soberano deveria assumir a frente do exército para que pudessem vencer Napoleão.

O oitavo partido era formado pelo maior número de pessoas. Estas não queriam a paz nem a guerra. Elas queriam apenas obter vantagens a todo custo, independentemente do que acontecesse. Estavam sempre atrás de favores, condecorações e dinheiro.

Enquanto o príncipe Andrei chegava, estava em formação o nono partido, que era o partido dos velhos, aqueles que tinham mais experiência e exigiam que o soberano deixasse o exército e voltasse para a Rússia, com o propósito de estimular o povo.

# CAPÍTULO 10

A tal carta ainda não havia sido entregue ao soberano quando Barclay comunicou a Bolkónski que o soberano queria falar com ele, para saber a respeito da Turquia. O soberano o encontraria nos aposentos de Bennigsen às seis da tarde.

No mesmo dia chegou a notícia de um novo deslocamento de Napoleão. No entanto, a notícia provou ser infundada. Mesmo assim, o soberano foi com Bennigsen percorrer a muralha do acampamento, pois acreditava-se que a obra de Phull fosse inútil contra o exército francês.

Quando Bolkónski chegou, na hora marcada, quem o encontrou foi o ajudante de ordens Tchernychov. Na outra sala, ouviam-se vozes em francês e alemão; era o grupo escolhido pelo soberano para poder entender os assuntos da guerra.

Passado algum tempo, entrou Phull, a quem Bolkónski teve a oportunidade de ser apresentado. Ele era um típico estrategista alemão, ficava apenas na teoria e odiava a prática. Na verdade, a prática servia apenas para poder provar que sua teoria era a correta. Ele tratou Bolkónski com desdém, quando Tchernychov contou-lhe que ele estivera na Turquia.

Mesmo quando a teoria de Phull não funcionava, ele afirmava que não havia funcionado justamente porque, na prática, a modificaram, tornando sua teoria, assim, ainda mais perfeita. Ele, como todo alemão, era confiante e cheio de si. Considerava-se o detentor da ciência que ele mesmo criara, por isso nunca estava errado.

Phull ficou irritado ao saber que o soberano fora percorrer a muralha sem lhe dizer nada. Após a breve conversa com Tchernychov e Bolkónski, ele se dirigiu à sala vizinha, onde estavam os outros. Pouco depois, ouvia-se sua voz grave gritando com todos na sala.

# CAPÍTULO 11

Phull mal saíra da sala quando Bennigsen entrou apressado, saudando Bolkónski e indo para o escritório. O soberano vinha logo atrás dele e conversava com um ajudante de ordens, e estava nervoso com Phull, por causa de sua muralha e do plano de ficar em Drissa. O soberano reconheceu o príncipe Andrei e pediu que seguisse o ajudante e se reunisse aos outros em outra sala.

O príncipe Piotr Volkónski era o chefe do Estado-Maior do soberano. Ele estendeu mapas na mesa e fez perguntas a todos, esperando opiniões. O que se sucedeu foram diversos planos de guerra, cada um contestando o outro e propondo uma nova abordagem. Não havia planos ruins nem planos bons, todos tinham suas qualidades e defeitos.

Phull ficou irritado com a proposta do ajudante de ordens, que contrariava seu plano, dizendo que o acampamento de Drissa era uma armadilha, então os dois começaram a discutir. Phull acreditava que seu plano era perfeito e que só estava dando errado porque não estavam seguindo-o à risca.

O príncipe Andrei ouvia tudo em silêncio e, apesar de tudo, Phull era quem despertava nele a maior simpatia. Era o único que não almejava nada para si, queria apenas colocar em prática seu plano; e era também o único que não considerava Napoleão um gênio da guerra. Ao mesmo tempo, o príncipe Andrei sentia pena de Phull, pois todos sabiam, e talvez ele também, que sua queda estava próxima, por causa da maneira arrogante como tratava todos em relação a ele, inclusive o soberano.

Para o príncipe Andrei, era inconcebível existir um gênio militar. Afinal, tudo na guerra era imprevisível, tudo dependia de inúmeras variantes e estas podiam mudar segundos antes do início da batalha. Portanto, qualquer suposição era apenas isso e nada mais: uma suposição. Não poderia haver certeza de nada. Na guerra, havia aquele que, diante do inimigo, corria e dizia que seriam todos destruídos e havia também aquele que gritava palavras de ordem e seguia em frente. Desta forma, um exército de oito mil homens podia colocar para correr um exército de cinquenta mil, como acontecera em Austerlitz, ou perder a batalha.

Os melhores generais que o príncipe Andrei conhecera foram aqueles tolos e distraídos, como Bagrátion, que o próprio Napoleão elogiara. Para Andrei, um bom comandante não precisava ser um gênio ou ter qualidades especiais. Na verdade, um bom comandante não devia ser um grande pensador, mas alguém de atitude.

No dia seguinte, o soberano perguntou a Bolkónski onde ele queria servir. O príncipe Andrei escolheu servir no exército e o fez unicamente para se afastar do mundo da corte.

# CAPÍTULO 12

Antes do início da campanha, Nikolai Rostov recebeu uma carta dos pais, contando sobre a doença de Natacha e o fim do noivado dela com Bolkónski. Seus pais pediam que ele retornasse para casa, mas Nikolai nem sequer cogitou pedir afastamento. Para Sônia, ele escreveu uma carta separada, declarando seu amor por ela e dizendo que não podia abandonar o exército, pois se sentiria desonrado perante todos. Prometeu, porém, que aquela era a última separação e que se casaria com ela assim que terminasse a guerra.

Rostov fora promovido a capitão, quando retornou da Ucrânia trazendo cavalos para o regimento. Quando a campanha começou, fora deslocado para a Polônia, para onde foram também novos soldados e cavalos; todos estavam animados com o início da guerra. Depois, as tropas se retiraram de Vilnius por motivos diversos e alheios aos soldados do regimento, que apenas seguiam ordens.

No dia 13 de julho, o regimento de Pávlograd teve uma missão importante. Na véspera, houve uma forte tempestade e eles ficaram acampados em uma plantação de centeio. Rostov estava com seu protegido Ilin, um rapaz de 16 anos, que era apaixonado por ele e repetia todos os seus gestos, como o próprio Rostov fazia, anos antes, com Deníssov.

Um oficial do regimento, com bigodes excessivamente longos, havia retornado do Estado-Maior. Ele entrou na choupana de Rostov e começou a contar uma história de que o general Nikolai Raiévski[38] fizera uma façanha digna dos tempos antigos: levara seus dois filhos sob fogo inimigo e se lançara ao ataque. Rostov não demonstrava, mas não acreditava nem um pouco naquela história. Achava tudo um completo absurdo. Ele sabia muito bem que, na guerra, as pessoas inventam histórias ou aumentam acontecimentos; ele mesmo fizera isso antes.

Após um tempo ouvindo a história do oficial, Ilin saiu em busca de um lugar para abrigar-se da chuva. Quando retornou, informou a Rostov que havia um albergue abandonado e lá estavam o médico do regimento, sua esposa alemã e os hussardos. Rostov cobriu-se com a capa, chamou Lavruchka e seguiu com Ilin até o albergue abandonado.

# CAPÍTULO 13

Do lado de fora do albergue estava a carroça do médico e dentro estavam uns cinco oficiais, além do médico e sua esposa. A esposa do médico estava com roupas de dormir, enquanto o marido dormia atrás dela.

Quando Rostov e Ilin entraram, todos brincaram com eles, por estarem com as roupas molhadas. Os dois, com a ajuda de Lavruchka, trocaram de roupas, prepararam um samovar, abriram uma garrafa de rum e chamaram a esposa do médico para ser a anfitriã, enquanto faziam um círculo em volta dela.

Todos lançavam galanteios à jovem alemã, enquanto o marido dormia. Ela estava toda sorridente e mexia o açúcar do copo de cada um dos soldados. Após terminar todo o chá, decidiram jogar cartas e fizeram sorteio para ver quem seria o par da jovem esposa no jogo. Então, o médico acordou e, irritado, passou diante de todos, em direção à saída. Quando retornou, informou que a chuva havia passado e disse à esposa que eles iriam dormir na carroça, para que ninguém roubasse os equipamentos. Os soldados se ofereceram para vigiar a carroça, mas ele não aceitou a ajuda.

Todos queriam rir dos ciúmes do médico com a esposa, mas disfarçavam como podiam. Quando se deitaram para dormir, ainda estavam curiosos em

---

38   Nikolai Nikoláievtich Raiévski (1791-1829), general. Participou ativamente das batalhas de 1812 contra Napoelão, incluindo a Batalha de Tarútino e a de Borodinó. (N.E.)

saber o que o casal fazia na carroça e conversavam em voz alta a esse respeito, impedindo Rostov de dormir.

# CAPÍTULO 14

Eram umas três horas da manhã, ninguém ainda havia dormido, quando apareceu um sargento com a ordem de seguir para Ostrovna. Todos os oficiais começaram a se preparar rapidamente e colocaram mais água no samovar. Rostov não esperou o chá, foi direto para seu cavalo.

A chuva havia passado e estava quase amanhecendo; viam-se as cores do crepúsculo no horizonte. Rostov, após anos de experiência, dava-se ao luxo de cavalgar tranquilamente, sem preocupação alguma. Ele conseguia dominar sua ansiedade e o medo da batalha iminente, tudo isso graças à experiência. Ilin seguia ao lado de Rostov, como sempre, e falava bastante e muito depressa. Rostov conhecia aquele sentimento de pavor e ansiedade diante da guerra e sabia que o jovem domaria esse sentimento com o tempo.

Quando o Sol surgiu no horizonte, apareceu o conde Osterman-Tolstói, o ajudante de ordens. Ele pediu que todos avançassem a trote pela estrada. Nesse exato momento, ouviram-se tiros de canhão; Rostov não podia adivinhar de onde vinham nem a distância do inimigo. Todos começaram a se preparar para a guerra.

Rostov ordenou a seu regimento que marchasse, e todos seguiram para o topo do morro, para dar cobertura aos ulanos, que seguiram em direção aos dragões franceses. Pelo caminho, ouviam-se muitos tiros e o choque dos ulanos contra os franceses. Cinco minutos depois, os ulanos recuaram, restando apenas a grande massa de franceses ao centro.

# CAPÍTULO 15

Rostov, com seus olhos de caçador, viu os dragões franceses no encalço dos ulanos. Ele observava tudo o que acontecia e tentava pensar na melhor forma de agir. Como nas caçadas, sabia que não podia pensar muito, mas também não podia agir por impulso. Tinha de ser eficaz.

Ao lado de Rostov estava outro capitão, que também observava o campo de batalha. Rostov comentou que seria um bom momento para atacar. Antes que o capitão fizesse objeção, Nikolai avançou a toda velocidade em direção aos franceses e todo o esquadrão o seguiu. Ele atiçava seu cavalo e já não era possível controlá-lo. Neste instante, os franceses começam a recuar e Rostov avistou um oficial francês. Sem pensar duas vezes, pôs-se a persegui-lo. Ao alcançá-lo, fez com que seu cavalo se chocasse contra o cavalo do francês e, em seguida, deu-lhe um golpe de sabre. O golpe fez apenas um pequeno ferimento no braço, mas o inimigo caiu da sela por causa do impacto e também por medo.

Rostov voltou para capturar o francês, que ficara preso pelo pé no estribo. O oficial se rendeu e os soldados russos o colocaram sobre um cavalo. Nikolai teve uma sensação estranha ao ver o rosto daquele oficial inimigo. Era um rapaz loiro, de olhos claros e com uma covinha no queixo. Parecia que o campo de batalha não era lugar para ele.

Mais tarde, no regimento, o conde Osterman-Tolstói indicou Rostov para obter a Cruz de São Jorge, pela bravura na batalha. No entanto, Nikolai parecia diferente. Estava pensativo, bebia com os companheiros como se fosse forçado a isso e ficava quieto o tempo todo. A verdade era que ele não via valentia alguma em sua ação, pois sua mão havia tremido quando ele levantara o sabre para o oficial francês. Ele tivera medo e, ainda assim, obteria uma condecoração por "bravura". De toda forma, ele foi promovido, ganhou um batalhão de hussardos e era sempre chamado quando precisavam de um oficial valente.

# CAPÍTULO 16

Quando recebeu a notícia da doença de Natacha, a condessa, mesmo fraca e não totalmente recuperada, partiu para Moscou, acompanhada de Pétia e todos os criados. Ao chegar a Moscou, toda a família Rostov fora para a própria casa, que ainda não havia sido vendida, deixando a casa de Mária Dmítrievna.

A doença de Natacha era muito grave, tão grave que todos se esqueceram do motivo que a fizera ficar tão doente. Um batalhão de médicos ia a casa diariamente. Davam-lhe comprimidos, gotas, pozinhos de todo o tipo e faziam diversas recomendações, mas nenhum dos médicos sabia o que a jovem tinha exatamente e, por isso, não podiam curá-la. No entanto, sabiam que a presença deles era importante, de um jeito ou de outro. Sua presença era importante para que a família tivesse a segurança de que a moça estava sendo cuidada e de que seria curada; mesmo que todos soubessem que a doença de Natacha era de fundo moral.

O conde Rostov gastava mil rublos em remédios para a filha e gastaria mais mil rublos e até mesmo a levaria ao exterior para fazer novas consultas para curar a filha, caso fosse preciso. Os Rostov tiveram de ficar no verão de Moscou, não puderam ir para o campo, pois Natacha precisava ficar perto dos médicos.

Após um tempo, a mágoa e a dor torturante de Natacha começaram a ser coisas do passado e ela começou a se recuperar fisicamente.

# CAPÍTULO 17

Natacha estava mais calma, mas não mais alegre. Afastou-se de todas as situações externas que antes lhe causavam alegria: não frequentava mais bailes, passeios, concertos, teatros, não cantava e não sorria mais. Quando cantarolava algo para si mesma, era como se estivesse traindo sua mágoa. Chegou a um ponto em que considerava todos os homens iguais.

Em casa, Natacha não falava com quase ninguém, ficava muito no quarto de Pétia, só com ele conversava mais e até esboçava um sorriso. Entre as visitas, a única que lhe agradava era Pierre. Após o episódio em que ele havia se declarado para ela, nunca mais falaram sobre sentimentos. Ela não acreditava que fosse real tudo o que ele dissera, pensava que fosse apenas para consolá-la. Pierre, sempre muito educado, evitava assuntos que pudessem trazer más lembranças a Natacha.

A jovem Rostova encontrou acolhimento nas orações e na devoção. Em junho, após o jejum de São Pedro, uma das vizinhas dos Rostov em Otrádnoie foi a Moscou rezar e convidou Natacha para acompanhá-la. Nesse período, a jovem passou a sentir-se melhor, parou de pensar em seus problemas e não perdia uma missa sequer. A condessa aprovou, principalmente depois de tantos tratamentos médicos malsucedidos.

Ao final daquela semana de devoção e orações, Natacha sentia-se muito melhor. O médico creditou a melhora ao remédio prescrito e disse à condessa que continuasse dando o pozinho a Natacha, enquanto recebia, todo orgulhoso de si, uma moeda de ouro. A condessa cuspiu no chão, para evitar o azar de a condição da filha piorar, e foi para a sala com um semblante de alegria.

# CAPÍTULO 18

No início de julho de 1812, corriam toda espécie de rumores em Moscou a respeito dos rumos da guerra. Falava-se sobre uma proclamação do soberano a respeito de sua vinda a Moscou. No entanto, até o dia 11 de julho, não houve nenhuma proclamação ou manifesto, o que levou o povo a pensar que a situação do exército russo era muito ruim. O rumor era de que somente um milagre poderia salvar a Rússia de Napoleão.

No dia 11 de julho, o manifesto fora recebido, mas ainda não publicado. Pierre havia prometido almoçar no dia seguinte na casa dos Rostov e trazer o manifesto e a proclamação, obtidos com o conde Rastoptchin, então governador de Moscou.

No domingo, os Rostov foram à missa na igreja dos Razumóvski. Natacha também compareceu e entrou na igreja ao lado da mãe. De repente, a moça ouviu um comentário de alguém a seu respeito. Disseram que estava muito magra, mas ainda muito bonita. Natacha tinha esse costume de achar que todos a observavam e ela sempre gostara de chamar a atenção pela beleza. No entanto, naquele momento, depois de tudo que havia passado, não teve a sensação prazerosa que costumava sentir. Ela se pegou pensando e julgando as roupas e maneiras das outras damas da igreja, como sempre fizera. Um sentimento ruim veio-lhe à cabeça, por um instante sentiu-se impura novamente, sentiu-se uma pessoa má, que ela julgava ter ficado para trás havia muito tempo. Natacha precisou repetir diversas vezes que era uma pessoa boa, verdadeiramente boa. Repetiu isso a si mesma até voltar a acreditar em sua bondade.

Durante a liturgia, ela rezou por todos, desde sua família e amigos até os inimigos franceses e também por toda a Rússia, diante do risco iminente da guerra chegar a Moscou. Agora, com as orações, Natacha sentia-se uma pessoa diferente, sentia que era boa e não mais alguém ruim, que fizera o mal ao príncipe Andrei e a Anatole. Até por eles, rezou e pediu perdão.

A missa se estendeu durante um bom tempo e fizeram uma oração especial para a proteção de todo o país, uma longa oração, que comoveu Natacha de forma especial.

Ao término da longa oração pelo país, Natacha sentia que não entendera tudo o que fora dito, mas, fosse como fosse, pedia a todo momento que Deus a guiasse, que lhe mostrasse o que deveria fazer de sua vida. Pedia a Deus que propiciasse a felicidade e a paz na vida de todas as pessoas. E, naquele momento, pareceu-lhe que Deus havia escutado seu pedido.

# CAPÍTULO 19

Desde o dia que Pierre saíra da casa dos Rostov, com a lembrança do olhar de agradecimento de Natacha, vira o cometa que estava cortando o céu e sentira que algo diferente se revelava para ele, todas as questões referentes à vaidade e à insensatez das coisas terrenas deixaram de atormentá-lo. Bastava que ele pensasse na aparência de Natacha naquele encontro para que tudo se resolvesse.

Mesmo assim, Pierre continuava levando a mesma vida de sempre, ociosa e festeira. Afinal, ele passava bastante tempo na casa dos Rostov, e no tempo restante precisava ocupar-se com outras coisas.

Certa vez, um irmão maçom contou-lhe sobre a profecia a respeito de Napoleão. De acordo com ele, fazendo cálculos de numerologia, o nome de Napoleão resultava em 666, o número do anticristo. Aquilo tomou o pensamento de Pierre de tal forma que, fazendo contas, tentava encontrar o mesmo número em seu nome, até que conseguiu, com uma grafia errônea, encontrar o tal número e se considerar também parte daquela profecia.

Quando Pierre foi à casa de Rastoptchin atrás do documento de proclamação e das últimas notícias do exército, encontrou um mensageiro cheio de cartas, que acabou entregando-lhe uma carta de Nikolai Rostov, para que a entregasse à família. Enquanto Rastoptchin entregava os documentos a Pierre, ele lia que Nikolai fora condecorado e que Bolkónski fora nomeado para o comando dos caçadores. Ele ficou ansioso para dar a boa notícia de Nikolai à família Rostov.

Durante a conversa com Rastoptchin, Pierre ficou sabendo que a situação do exército russo estava bastante ruim. Napoleão prometera que conquistaria as duas grandes cidades russas até o outono. Pierre chegou a pensar em servir no exército, mas se lembrou de que um maçom não podia se envolver em guerras, ao mesmo tempo que lhe veio à cabeça a lembrança da profecia e que seu nome também estava envolvido, de alguma maneira, à guerra.

# CAPÍTULO 20

Aos domingos, sempre eram convidadas as pessoas mais próximas para jantar com os Rostov. Sabendo disso, Pierre chegou o mais cedo que pôde para encontrá-los sozinhos.

Quando entrou, ouviu Natacha praticando solfejos no salão. Pierre ficou impressionado, pois fazia algum tempo que a moça não cantava. O conde Bezúkhov então abriu a porta do salão com todo cuidado, para não atrapalhar, e ficou ouvindo um pouco. Passado algum tempo, Natacha o viu e foi até ele perguntar se era errado que ela voltasse a cantar. Pierre, é claro, disse que ela fazia muito bem em cantar.

Natacha tocou no assunto da condecoração do irmão e também sobre Bolkónski estar no exército. Em seguida, perguntou a Pierre se ele achava que Bolkónski a perdoaria. Pierre, sempre educado, disse que não havia o que perdoar. Neste momento, todos os sentimentos de pena, ternura e amor que ele tinha retornaram a seu peito e ele sentiu que as palavras estavam na ponta da língua para dizer a Natacha que ele a amava.

Antes que Pierre pudesse dizer alguma coisa, Natacha disse que devia sua recuperação a ele, pelas belas palavras que dissera a ela. Disse ainda que ele era um homem bondoso, o melhor homem que ela conhecia. Nesse instante, começaram a correr lágrimas em seus olhos e ela cobriu o rosto com a folha de partitura, envergonhada. Então Pétia entrou no salão, querendo que Pierre o ajudasse a entrar para o regimento dos hussardos.

Pétia agora era um jovem de 15 anos, ruivo, e deveria estar se preparando para a universidade. No entanto, como quase todos os jovens de sua idade, tinha a firme intenção de servir no regimento dos hussardos.

Pouco depois, o conde Rostov entrou na sala e logo questionou Pierre a respeito do manifesto. Pierre procurou o texto em seus bolsos, mas não encontrou. Foi Sônia quem encontrou o manifesto, dentro do chapéu do distraído conde Bezúkhov, no vestíbulo. Pierre olhava o tempo todo para Natacha, ruborizado, enquanto procurava pelo documento.

Após o jantar, Sônia leu o manifesto para todos. O velho Chinchin, primo da condessa, queria fazer seus gracejos, mas não encontrou oportunidade. Natacha olhava o tempo todo para Pierre, que procurava não corresponder, envergonhado.

Ao final da leitura, o conde Rostov disse, emocionado, que faria de tudo pela Rússia. Sem perder tempo, Pétia aproveitou a oportunidade e disse que queria entrar para o regimento dos hussardos. O conde e a condessa reprovaram veementemente a ideia, mas Pétia não se deu por vencido e pediu a ajuda de Pierre, perguntando se não era *mesmo* verdade que ele queria servir no exército. Mas o conde Bezúkhov permaneceu calado, ruborizado e envergonhado com o sentimento que a presença de Natacha despertava nele.

Quando o conde chamou Pierre para o escritório, ele ficou afobado e insistiu que precisava ir embora para trabalhar. Natacha tentou impedi-lo, mas foi em vão, Pierre não conseguia permanecer ali. A jovem Rostova perguntou-lhe qual era o motivo de sua partida tão rápida e, mais uma vez, ele quase disse que a amava. Contendo-se no último instante, Pierre apenas beijou a mão de Natacha e saiu.

Ao chegar ao portão, estava decidido a nunca mais ir à casa dos Rostov.

# CAPÍTULO 21

Depois de os pais negarem o alistamento, Pétia foi para o quarto e chorou bastante.

No outro dia, o imperador Alexandre chegou à cidade e muitos criados foram vê-lo. Naquela manhã, Pétia demorou para se arrumar, penteou-se, ajeitou o colarinho como um adulto, fez caras e bocas e até encenou algumas falas. Tinha a intenção de encontrar algum camareiro da corte e pedir que transmitisse seu desejo de servir no exército diretamente ao soberano.

Escondido de todos, Pétia saiu pela porta dos fundos e foi em direção à comitiva do soberano. Nas ruas, a multidão caminhava ao encontro da comitiva, que seguia para a igreja.

O jovem Rostov se embrenhava entre as pessoas, de cotovelos rígidos, para abrir caminho até um lugar mais à frente. Pétia estava emocionado e queria ver o soberano a todo custo. Ao ver uma brecha entre o povo, continuou dando cotoveladas para abrir caminho, no entanto, os guardas empurravam para abrir espaço para a comitiva. Pétia sentiu um forte golpe na costela e perdeu a consciência.

Quando voltou a si, um sacerdote o estava carregando pelo braço. O sacerdote o colocou sob os pés de um canhão, enquanto repreendia todos que passavam por quase terem pisoteado o nobrezinho, que podia ter morrido.

No palácio, o soberano almoçava e todos esperavam por mais uma aparição dele na janela. Quando ele finalmente apareceu, comia um biscoito e olhava para o povo. Uma migalha do biscoito escapou de sua mão e caiu no gramado. Imediatamente as pessoas pularam em busca daquela migalha e brigaram por ela. Então o soberano começou a lançar biscoitos para o povo, que foi à loucura.

Vendo esse gesto do imperador, Pétia não perdeu tempo e pulou sobre uma velha para pegar o biscoito que estava em sua mão. Já era tarde e ele não havia comido nada, mas não era por causa da fome que ele agia daquela maneira. Na verdade, ele mesmo não sabia o motivo de fazer aquilo, sabia apenas que queria aquele biscoito. Quando tudo terminou, Pétia foi para a casa de um amigo seu, da mesma idade, que se alistara no exército. Só depois voltou para casa.

No dia seguinte, Pétia foi enfático ao dizer que queria servir à pátria e o faria, mesmo que precisasse fugir de casa. Ouvindo isso, o conde Rostov foi se informar como faria para alistar o filho para que servisse em um lugar menos perigoso.

# CAPÍTULO 22

Na manhã do dia 15, dois dias após a chegada do soberano, havia uma quantidade enorme de carruagens na frente do palácio Slobóda.

Os salões estavam cheios de nobres e comerciantes. No salão da nobreza, havia uma mesa grande, com cadeiras de espaldar alto e uma imagem do soberano na parede. Muitos nobres andavam pelo salão e somente os mais velhos permaneciam sentados.

Pierre chegara cedo, apertado em seu uniforme de nobre. Estava muito pensativo, agitado e ansioso por aquela reunião, em que o soberano consultaria a população a respeito da guerra. Ele esperava algo muito importante e decisivo para o país.

O manifesto do soberano comoveu todos os presentes. Após a leitura, as pessoas se dispersaram pelos salões e começaram a conversar, tentando imaginar o que seria proposto e feito pelo soberano. Em uma das salas, um oficial reformado da marinha falava em voz alta, rodeado por outros nobres. O conde Iliá Rostov estava precisamente nesse círculo e acenava com a cabeça, concordando com tudo o que era dito.

O oficial estava irritado porque o povo de Smolensk sugerira a criação de milícias. Ele era contra, pois, em seu ponto de vista, as milícias não serviam para nada e apenas enriqueciam os chefes; além disso, não podia aceitar que provincianos quisessem impor leis aos moscovitas. Pierre sentiu vontade de falar, mas não sabia o que dizer. Nesse momento, um senhor começou a falar, era um velho senador.

O senador disse que tais decisões cabiam apenas a uma autoridade superior e não a eles. Pierre discordava inteiramente e começou a contra-argumentar. Disse que, primeiro, era preciso questionar o soberano sobre o número de soldados russos que eles tinham, para que depois pudessem ceder seus mujiques ou até eles mesmos em nome da pátria.

Alguns dos presentes discordaram de Pierre. Um deles era um de seus velhos conhecidos, que, talvez por estar de uniforme, passava uma impressão completamente diferente a Pierre. Esse conhecido achava um ultraje questionar o soberano sobre o número de soldados. Outro começou a discordar de todos, dizendo que era hora de lutar pela pátria, pois os franceses estavam querendo tomar a Rússia, profanar os túmulos de seus pais e sequestrar mulheres e crianças. Todos ficaram exaltados, concordando com aquele senhor. Pierre nem sequer teve tempo de explicar-se melhor.

A multidão foi até uma grande mesa, onde estavam os nobres. Eles falavam em voz alta e todos ao mesmo tempo. Pierre interrompeu o vozerio e disse que queria apenas saber o que o soberano precisava deles, para então poder servi-lo.

De nada adiantou. Naquele momento, ninguém ouvia nada, todos falavam ao mesmo tempo, sem nada decidir.

# CAPÍTULO 23

Enquanto todos conversavam, chegou o conde Rastoptchin, anunciando que o soberano chegaria a qualquer momento.

Rastoptchin adiantou que o soberano pediria a formação de milícias e que gostaria de contar com a ajuda dos comerciantes e dos nobres. Todos estavam de acordo com o pedido do soberano e começaram a redigir um decreto da nobreza de Moscou, no qual se comprometiam a contribuir com dez homens a cada mil soldados e com todo o equipamento militar necessário.

De repente, chegou o soberano. Alexandre I falou calmamente e agradeceu toda a ajuda dos nobres, dizendo que eles haviam superado as expectativas. Ao calar-se, todos se reuniram em volta do soberano.

Do salão da nobreza, o soberano foi para o salão dos comerciantes. Ali, permaneceu por cerca de dez minutos. Quando o soberano retornou, tinha lágrimas em seus olhos e estava junto de dois comerciantes, também aos prantos, implorando para que o soberano usasse todas as suas riquezas em nome da pátria.

Pierre, sentindo-se mal por não ter conseguido se explicar direito em sua fala, queria reparar aquele mal-entendido e informou a Rastoptchin que forneceria mil homens e cobriria todos os custos necessários.

Foi naquele momento, vendo todos os esforços e a disposição de nobres e comerciantes, que o velho conde Rostov decidiu que iria mesmo alistar Pétia no exército. De volta à sua casa, ele contou tudo que se passara na reunião com o soberano com lágrimas nos olhos.

No dia seguinte, o soberano partiu e todos os nobres davam ordens a seus administradores para formar as milícias.

# Segunda parte

## CAPÍTULO 1

Napoleão começou a guerra contra a Rússia porque não poderia deixar de ir para Dresden, na Saxônia, não poderia deixar de influenciar-se pelas honrarias que recebera, não poderia deixar de vestir o uniforme polonês, abster-se de um momento de raiva na frente do general Balachov.

Alexandre recusou todas as negociações porque se sentia ofendido.

Barclay de Tolly tentava conduzir o exército da melhor forma possível.

Rostov avançara contra os franceses porque não conseguia suprimir seu desejo de cavalgar.

Ou seja: cada um tinha o próprio motivo para tomar parte na guerra. Alguns tinham medo, outros eram vaidosos, outros tinham ressentimentos, outros sentiam alegria em guerrear e assim por diante. No entanto, eram todos instrumentos da História. Nenhum deles sabia disso, mas nós, hoje, conseguimos enxergar claramente o papel de cada um deles.

A destruição do exército francês, em 1812, está também clara para nós. Aconteceu porque Napoleão entrou nos confins da Rússia já em uma época de inverno rigoroso, sem o mínimo preparo para o clima. Outra razão é o rumo que a guerra tomou por si só, com as cidades russas incendiadas, estimulando o ódio pelos franceses. Porém, ninguém poderia imaginar que tais decisões culminariam na destruição do exército francês, que era imensamente maior do que o exército russo.

As literaturas francesas, a respeito do ocorrido em 1812, contam que Napoleão sabia do risco em seguir para os confins da Rússia, ao mesmo tempo que os russos se diziam estar cientes de que precisavam atrair os franceses para o interior do país durante o rigoroso inverno. Na verdade, nenhuma das duas afirmações estão corretas. Napoleão queria avançar e comemorava cada avanço de suas tropas Rússia adentro. Os russos, por sua vez, queriam impedir a todo custo o avanço francês. Mas, por uma ironia do destino, talvez, todos os acontecimentos culminaram no recuo dos russos e no avanço francês.

O exército russo estava dividido e os generais lutavam de todas as formas para juntá-lo. Era por isso que recuavam o tempo todo, evitando assim uma batalha com Napoleão. O príncipe Bagrátion adiava a junção de seu exército ao de Tolly, pois o odiava profundamente e não queria submeter-se a seus comandos. Ele adiou essa junção ao máximo, até que não pôde mais se negar e uniu-se a Barclay de Tolly. No entanto, depois de fazer isso, Bagrátion escreveu uma carta ao soberano pedindo que fosse transferido, pois não aguentava viver em meio aos alemães.

Em Smolensk fora travada uma batalha em que morreram milhares dos dois lados. A cidade fora incendiada e seus moradores foram para Moscou, incitando ainda mais o ódio aos franceses.

# CAPÍTULO 2

No dia seguinte, no dia da partida do príncipe Andrei, seu pai chamou a princesa Mária a seu quarto e culpou-a por todas as desavenças que ele tivera com o filho. Depois dessa conversa, o velho príncipe ficou doente por uma semana e a princesa Mária não o viu. No entanto, ela notou que, enquanto o pai estava doente, apenas o criado Tíkhon cuidava dele e não a senhorita Bourienne.

Quando se recuperou, o velho retomou sua vida de antes e realmente cortou as relações com a senhorita Bourienne. Talvez em uma tentativa de provar que não precisava nem dela, nem da filha, nem de ninguém. Depois disso, o velho príncipe mudou seus hábitos. Agora, quem lia para ele era o neto; ele já não dormia tanto quanto antes e ficava sempre mudando de lugar, o dia todo.

Os dias da princesa Mária se resumiam a dar aulas ao sobrinho, conversar com sua antiga babá, com Dessalles, o preceptor do pequeno Nikolai, ler em seus aposentos e receber o povo de Deus. Sobre a guerra, a princesa não sabia de nada, apenas algumas poucas coisas que Dessalles lhe contava. O velho príncipe não tinha interesse na guerra e até a renegava. Julie Karáguina, agora Dubretskaia, que retomara a amizade com Mária depois do casamento, escrevia amiúde.

Em uma de suas cartas, escrita inteiramente em russo, Julie dizia que odiava os franceses e não suportava sequer ouvir a língua deles. Contou de seu marido, que estava na guerra, e que ela passava os dias com as esposas de homens que, como Boris, estavam na guerra. Ao final, dizia que estava com saudades da amiga.

No dia 1º de agosto, o príncipe Andrei escreveu para o pai, pedindo perdão. O velho respondeu de forma amorosa ao filho. Após a carta, continuou mantendo a francesa longe de si.

Depois dessa primeira carta, o príncipe Andrei escreveu outra, alertando ao pai que seria melhor ir para Moscou, pois a batalha estava se aproximando de Montes Calvos. No jantar, o velho mostrou a carta a todos, mas parecia ignorar a gravidade da aproximação da batalha. Ele se fez de desentendido e ignorou o pedido do filho e o alerta de todos da casa.

# CAPÍTULO 3

Certo dia, quando Mikhail Ivánovitch, o arquiteto de Montes Calvos, voltou para o escritório, o velho príncipe estava lendo seus documentos que seriam entregues ao soberano após sua morte. Ele pediu a Mikhail que chamasse o criado Alpátitch, pois queria mandá-lo a Smolensk. O príncipe Bolkónski fez uma lista de tarefas para o criado e escreveria também uma carta que deveria ser entregue ao governador.

Quando Alpátitch saiu, o velho começou a escrever a carta ao governador. Tarde da noite, lacrou a carta e saiu do escritório, andando pela casa com o fiel Tíkhon, procurando um cômodo para dormir naquela noite.

Ao deitar-se, começou a pensar em tudo o que acontecera em seu dia e lembrou-se de algo que Dessalles e a princesa Mária haviam dito. Então, ele chamou Tíkhon e pediu-lhe que trouxesse a carta que o príncipe Andrei escrevera. Ao lê-la com mais atenção, deu-se conta de que os franceses estavam em Vítebsk e que, em quatro dias, estariam em Smolensk. Fechou a carta e deitou-se.

O velho príncipe pôs-se a lembrar de seu tempo de exército, de seu encontro com Potiómkin[39], na Guerra Russo-Turca, e da discussão que tivera com Zúbov[40], por ter o direito de beijar a mão da imperatriz[41] no caixão.

---

39 Grigóri Aleksándrovitch Potiómkin (1739-1791), marechal, príncipe e favorito de Catarina II. Responsável por grandes vitórias do exército russo, Potiómkin foi também um dos grandes responsáveis pela expansão territorial da Rússia, especialmente a Oeste e ao Sul, onde conquistou a região da Crimeia. (N.E.)

40 Platon Aleksándrovitch Zúbov (1767-1822), príncipe e último favorito de Catarina II. Depois da morte de Potiómkin, tornou-se general. (N.E.)

41 Tem-se em vista a imperatriz Catarina II, morta em 1796. (N.E.)

# CAPÍTULO 4

Montes Calvos ficava a sessenta verstas[42] depois de Smolensk e a três verstas de Moscou. Naquela noite, Dessalles conversou com a princesa Mária, orientando-a que entregasse uma carta às autoridades de Smolensk, questionando a segurança de permanecer em Montes Calvos. Ele disse à princesa que o velho príncipe estava doente e não tinha condições de zelar pela própria segurança. Assim, o preceptor redigiu a carta e a princesa Mária assinou, entregando-a em seguida a Alpátitch. Alpátitch partiu para Smolensk com alguns outros criados da casa. Ele seguiu pela estrada, sem deixar de cumprir nem por um minuto as ordens de seu príncipe, as quais ele sempre cumpria rigorosamente.

Na noite do dia 4 de agosto, Alpátitch chegou a Smolensk e parou na estalagem de Ferapóntov, seu velho conhecido. Ferapóntov, mesmo com todos partindo de Smolensk, não acreditava que deveria partir, pois o exército russo derrotaria os franceses. O movimento de soldados era intenso na cidade.

No dia seguinte, Alpátitch foi tratar dos assuntos que lhe haviam incumbido. Era uma manhã ensolarada e ouviam-se tiros ao longe, atrás da cidade. Mais tarde, soaram tiros de canhões e de fuzis. Muitas pessoas andavam às pressas pela rua, assim como os soldados. Mas os comerciantes estavam tranquilos, parados em frente às lojas, e havia missa nas igrejas.

A notícia, nas repartições, era de que as tropas francesas estavam invadindo a cidade. Ao chegar à casa do governador, Alpátitch viu muitas pessoas, um coche de viagem parado e o ex-comissário de polícia reclamando das autoridades que haviam abandonado os moradores da cidade. Ele reconheceu Alpátitch, que lhe perguntou como estava a situação na cidade; o ex-comissário respondeu que estava um caos, pois não havia mais transporte para as famílias poderem fugir.

Alpátitch entrou na casa do governador para entregar a carta do velho príncipe. Ao recebê-la, o governador pediu ao criado que dissesse ao príncipe e à sua filha que ele não sabia de nada, não esperava que chegassem àquela situação. Depois, entregou um bilhete a Alpátitch e pediu que entregasse ao príncipe Nikolai Bolkónski. O bilhete era de Barclay de Tolly, endereçado ao governador; nele, estava escrito que não havia motivos para preocupação, pois

---

42  Antiga medida russa equivalente a 1.067 metros. (N.E.)

o exército russo se reuniria e combateria os franceses, impedindo-os de entrar em Smolensk. De toda forma, antes de se despedir, o governador aconselhou que o príncipe fosse para Moscou.

O povo estava inquieto nas ruas, os tiros ficavam cada vez mais próximos, assim como as balas dos canhões e as granadas. Alpátitch decidiu que era hora de voltar para Montes Calvos, mas não conseguiu, por causa dos tiros e das tropas russas bloqueando a saída da cidade. Ele se abrigou no porão da estalagem, com todos os outros moradores de Smolensk.

Depois de algumas horas, tudo se acalmou e havia apenas fumaça e algumas pessoas correndo nas ruas. Quando Alpátitch saiu do porão, viu soldados correndo e saqueando a estalagem. Ferapóntov permitiu o saque, dizendo que não podia deixar nada para o inimigo e que poria fogo em seu próprio comércio. Todos seguiram com os soldados russos, partindo da cidade. Os próprios moradores colocavam fogo nas propriedades, incluindo Ferapóntov, como ele mesmo já dissera, para não deixar nada aos franceses.

No caminho, alguém chamou por Alpátitch. Era uma voz conhecida. O criado virou-se e viu o príncipe Andrei, que estava diante da estalagem em chamas. Havia uma pequena multidão diante do prédio, assistindo ao incêndio e esperando para ver o teto cair.

O príncipe Andrei, aproveitando a presença de Alpátitch, escreveu um bilhete ao pai e à irmã, instruindo-os que fugissem para Moscou, pois Montes Calvos seria invadida em uma semana. Dizia que esperaria notícias até o dia 10 de agosto e, caso não recebesse, teria de ir pessoalmente até a propriedade da família.

Neste momento, apareceu Berg, que era auxiliar do comandante do Estado-Maior, que reprimiu Bolkónski por estar vendo o comércio pegar fogo e nada fazer. Logo em seguida, ele se desculpou com o príncipe Andrei e disse que fizera aquilo apenas porque era seu dever. O príncipe Andrei, indiferente, continuou falando com Alpátitch e depois partiu em seu cavalo, sem dar atenção a Berg.

# CAPÍTULO 5

Após Smolensk, as tropas continuaram a recuar e o inimigo avançava em seu encalço. No dia 10 de agosto, o regimento do príncipe Andrei estava na estrada que seguia para Montes Calvos. O calor era infernal e levantava uma espessa poeira quente, impedindo todos de respirar e enxergar. O Sol era coberto por nuvens, para logo em seguida surgir com toda a força; a areia era quente e não esfriava nem mesmo à noite. Os soldados corriam para os poços, quando encontravam algum, e bebiam até secá-lo.

O príncipe Andrei era um bom comandante para seu regimento e cuidava muito bem de todos, por isso o chamavam de "nosso príncipe". O incêndio e o abandono de Smolensk marcaram muito a vida de Bolkónski. O ódio ao inimigo fazia com que ele esquecesse as mágoas. Andrei era muito dócil com todos os novos conhecidos, mas era seco e irritadiço com os velhos conhecidos do Estado-Maior, que sabiam de seu passado.

No dia 10 de agosto, o regimento chegou a Montes Calvos. Dois dias antes, Andrei recebera a notícia de que sua família havia partido para Moscou. Mesmo assim, ele quis ir até a propriedade pessoalmente. Ao chegar lá, viu tudo degradado e em completo abandono: os portões estavam abertos, os jardins destruídos e abandonados, as cercas quebradas e os vidros da estufa destruídos.

De repente, surgiu Alpátitch, que veio correndo a seu encontro, agarrando-se em sua perna e beijando seu joelho. Quando se acalmou, o criado contou a Bolkónski que todos haviam partido, restara só ele. Contou também que alguns mujiques haviam fugido para Bogutchárovo, em Tula, ao Sul de Moscou, levando consigo grande parte da colheita, e o que sobrara fora confiscado pelos soldados russos. Aliás, os soldados haviam passado uma noite na propriedade e destruído tudo.

O príncipe Andrei, depois de ouvir aquele relato, instruiu Alpátitch para que saísse dali, pois os franceses logo chegariam e poderiam fazer-lhe algum mal. Disse que ele deveria ir para os arredores de Moscou o mais rápido possível. Dito isso, Bolkónski despediu-se e seguiu pela estrada poeirenta.

No dia 7 de agosto, na estrada de Smolensk, o príncipe Bagrátion escreveu uma carta a Araktchéiev, mas sabia que o soberano também a leria. Na carta, ele apontava o erro que fora abandonar Smolensk para os franceses, pois eles poderiam ter vencido o inimigo e teriam saído com menos prejuízo do que saíram ao abandonar a cidade e recuar. Dizia ainda que não confiava no ministro, que era um péssimo comandante e estava acabando com o exército russo e com a confiança do povo no soberano. Dizia também que acreditava que Woltzogen, o ajudante de ordens do imperador, despertava a desconfiança de todo o exército ao dar conselhos ao ministro. Por fim, afirmava lamentar o fato de deixarem o exército russo na mão de alguém como o ministro, a quem todo o exército odiava tanto.

# CAPÍTULO 6

Petersburgo continuava a mesma durante a guerra.

O salão de Anna Pávlovna era o mesmo fazia sete anos, e o salão de Hélène, o mesmo fazia cinco anos; parecia que o tempo não havia passado. O salão de Anna Pávlovna era frequentado por pessoas que gostavam dos assuntos políticos e da guerra, favoráveis ao entusiasmo de Moscou, com o retorno do soberano, e de caráter patriótico; já o salão de Hélène era frequentado por Rumiántsev e pelas pessoas que ignoravam Moscou e os assuntos da guerra. Eram pessoas que acreditavam que a Rússia deveria fazer um acordo de paz com Napoleão. Este salão era frequentado também por Bilíbin, afinal, todas as pessoas inteligentes deveriam frequentar o salão de Hélène. Sendo assim, os dois salões eram rivais. O único que frequentava os dois era o príncipe Vassíli Kuráguin, que estava sempre no salão de Anna Pávlovna defendendo a posição do soberano, e, quando estava no salão da filha, estava sempre zombando do entusiasmo de Moscou e dizendo ser favorável à paz.

O príncipe Vassíli, no salão de Anna Pávlovna, contava que, na Câmara do Tesouro, haviam escolhido Kutúzov como o novo comandante-chefe das milícias. Ele era contra, pois considerava Kutúzov um péssimo comandante e trazia apenas aborrecimentos ao soberano. De repente, o príncipe Vassíli se esqueceu de que não estava no salão da filha e zombou do entusiasmo de Moscou. E continuou dizendo que Kutúzov não sabia montar um cavalo e era completamente cego, sem visão alguma.

No dia 29 de julho, Kutúzov recebeu o título de príncipe, talvez para se livrarem dele no exército. No entanto, em 8 de agosto, nomearam-no para o posto de comandante-chefe, com plenos poderes na milícia e em todo o exército russo.

No dia 9 de agosto, o príncipe Vassíli encontrou-se de novo no salão de Anna Pávlovna. Porém, seu discurso era totalmente diferente, ele apoiava a escolha de Kutúzov e até o achava perfeito para o posto. Alguém tentou lembrá-lo de sua opinião anterior, mas ele ignorou completamente, dando as costas para a pessoa, junto de Anna Pávlovna.

# CAPÍTULO 7

Enquanto isso ocorria em Petersburgo, os franceses já haviam passado por Smolensk e estavam cada vez mais perto de Moscou. Depois de Smolensk, Napoleão tentou travar batalha em outros locais, mas não conseguiu. O único lugar em que conseguiu batalhar foi em Borodinó[43].

Napoleão sonhava acordado com Moscou e, por isso, avançava cada vez mais, sonhando conquistar aquela cidade que tanto o fascinava. O comandante do Estado-Maior, Berthier, ficara para trás para interrogar um soldado russo da cavalaria. Depois, galopara, acompanhado de um intérprete, até alcançar Napoleão. Segundo ele, o soldado era um cossaco de Plátov, e dissera que Plátov se juntaria ao grande exército e que Kutúzov fora nomeado comandante-chefe. Napoleão pediu para falar pessoalmente com o cossaco.

Uma hora depois, trouxeram Lavruchka, o servo de Rostov. Ele confirmou toda a história sobre o exército russo. Lavruchka fora capturado ao deixar Rostov sem jantar, levar umas chicotadas e ser enviado à aldeia para pegar umas galinhas. Assim que chegou, foi capturado pelos franceses.

Lavruchka fingia que não conhecia Napoleão e tentava agradar seu novo senhor. Quando lhe perguntaram se os russos achavam que venceriam a França, ele respondeu que, se avançassem logo, era vitória francesa, se demorassem mais, a batalha seria longa. Bonaparte ficou feliz com a resposta e comentou com um de seus marechais que diria ao cossaco que ele próprio era o imperador do qual ele estava falando. Lavruchka, para agradar, fingiu espanto e arregalou os olhos.

Depois de recompensar Lavruchka, Napoleão o libertou. Lavruchka galopou até seu patrão Nikolai Rostov, que estava em Iánkovo e ia passear com Ilin pelos arredores. Rostov levou Lavruchka consigo.

# CAPÍTULO 8

Ao contrário do que o príncipe Andrei pensava, a princesa Mária não estava em Moscou e fora de perigo.

---

43 Região à noroeste de Moscou, onde se travou a famosa Batalha de Borodinó, em 26 de agosto de 1812. Essa batalha foi responsável por grandes baixas em ambos os exércitos e é considerada decisiva para os rumos que a ocupação francesa tomou na Rússia. (N.E.)

Assim que Alpátitch retornou de Smolensk, o velho príncipe chamou os milicianos das aldeias, armou-os e comunicou ao comandante-chefe que permaneceria em Montes Calvos. Mesmo assim, preparou a partida da princesa Mária, de Dessalles e do neto para Bogutchárovo. De lá, partiriam para Moscou.

A princesa Mária não queria deixar o pai sozinho e desobedeceu sua ordem, dizendo que permaneceria na casa. O velho a ofendeu de todas as formas de sempre e terminou dizendo que não queria vê-la em sua frente. Por algum motivo, a princesa Mária via algo de bom naquilo tudo, acreditando que o pai não queria que ela partisse.

Depois que o neto e Dessalles partiram, o velho príncipe vestiu sua farda, colocou todas as suas medalhas e seguiu para o jardim, para passar em revista os mujiques e seus empregados armados. Logo depois, algumas pessoas foram até a casa, correndo e de rostos apavorados. A princesa Mária saiu e viu o pai sendo carregado pelos milicianos. Ele mexia os lábios e falava com uma voz rouca, era impossível entender o que dizia.

Quando o médico chegou, fez uma sangria e disse que ele sofrera um ataque do lado direito. Com a proximidade do inimigo, partiram todos para Bogutchárovo com o médico. Ao chegar, Dessalles já havia partido com o pequeno príncipe. Sem demonstrar melhora, o velho permaneceu em Bogutchárovo por três semanas após a paralisia completa. Nesse período, não parava de balbuciar e o médico dizia que seus movimentos eram provocados por reflexos físicos, mas a princesa Mária tinha certeza de que o pai estava sofrendo não só no corpo, mas também na moral e na alma.

A princesa Mária já começava a pensar que seria melhor se o sofrimento do pai chegasse logo ao fim. Por mais que ela se culpasse por pensar assim, era algo cada vez mais recorrente em sua mente. No fundo, a princesa já imaginava como seria sua vida após a morte do pai: teria uma família, seria feliz e não teria mais as restrições que a haviam feito sofrer a vida toda. No entanto, esses pensamentos faziam com que se sentisse uma pessoa ruim.

Permanecer em Bogutchárovo estava ficando perigoso. O chefe de polícia insistia para que partissem e dizia que, caso não partissem até o dia 15, ele não se responsabilizaria pela segurança dos dois. A princesa decidiu partir no dia 15 e, na madrugada, ela estava no quarto vizinho ao do pai, que gemia o tempo todo. A princesa Mária tentou entrar no quarto, mas desistiu, com medo de o pai se agitar ainda mais e não gostar de sua presença.

De manhã, o velho se acalmou e a princesa conseguiu dormir até tarde. Ao acordar, foi até a porta do quarto do pai e ouviu que ele balbuciava alguma coisa. Estava tudo como antes, sem alteração alguma.

De repente, o médico veio a seu encontro e disse que o pai queria vê-la. Ao chegar ao quarto, aproximou-se do pai, muito debilitado, e beijou-lhe a mão. A princesa notou que ele fazia um esforço imenso para dizer-lhe algo, mas era difícil entender. Após algum esforço, ela conseguiu identificar algumas palavras, o velho estava dizendo que sua alma estava doendo.

Depois, começou a pronunciar melhor as palavras e viu que o pai estava pedindo perdão e agradecendo por tudo que ela fizera. Ao final da conversa, o pai pediu-lhe que vestisse o vestido branco, pois gostava muito dele. Ao ouvir essas palavras, a princesa Mária começou a soluçar e foi levada para fora pelo médico. Ela começou a culpar-se por desejar a morte do pai.

Após um tempo, a princesa Mária foi chamada até o quarto do velho príncipe. Ele havia falecido, estava deitado na cama, rodeado pelas mulheres da aldeia. Todas se afastaram para deixar a princesa passar. Ela viu o pai, deitado, sendo preparado para o velório. No velório, apareceram pessoas de fora e também da casa. Todos se aproximavam do caixão e beijavam a mão fria do velho príncipe.

# CAPÍTULO 9

Os mujiques de Bogutchárovo eram diferentes dos mujiques de outros lugares. O velho príncipe Bolkónski considerava que eles tinham mais resistência para o trabalho, mas não gostava deles.

De fato, eram mujiques peculiares: tinham um caráter mais forte, um temperamento difícil e eram conhecidos como gente da estepe; tinham também crenças e atitudes diferentes dos demais, atitudes que ninguém conseguia compreender. Certa vez, partiram todos para o sudeste, sem motivo aparente. Muitos morreram de frio e fome, outros foram capturados e mandados para a Sibéria. Os mujiques acreditavam que o tsar Paulo I havia lhes dado a liberdade, mas que os patrões escondiam isso deles, e acreditavam também que o imperador deposto, Pedro III, voltaria a reinar e daria a liberdade que eles tanto sonhavam.

Os camponeses e mujiques de Bogutchárovo estavam em contato com os franceses. Muitos haviam partido e destruído suas propriedades, para que os cossacos não as destruíssem; outros permaneciam na região, pois diziam que os franceses não destruiriam nada.

Por causa disso tudo, era fácil entender porque os mujiques ofereciam tanta resistência a obedecer aos patrões da região. Alpátitch notou que havia uma agitação ao chegar, pouco tempo depois da morte do velho príncipe. Ele descobriu que o mujique Karp tinha voltado com a notícia de que os franceses pediam que não deixassem as aldeias, pois eles pagariam por tudo o que utilizassem, e que eram os cossacos que destruíam tudo o que era deixado para trás. Karp chegou até a aparecer com cem rublos, dados pelos franceses em troca do feno. O que ele não sabia, porém, era que aquele dinheiro era falso.

Alpátitch foi falar com o estaroste Dron para pedir que preparasse cavalos e carroças para levar a princesa Mária e todos os objetos de valor para Moscou. No entanto, ele sentiu em Dron certa incerteza e mesmo resistência, por isso foi muito firme ao perguntar o que acontecia. Assim, o fiel Alpátitch descobriu que o estaroste estava dividido entre os camponeses e os patrões. Ao ouvir isso, o criado dos Bolkósnki ordenou com mais veemência que Dron conseguisse cavalos e carroças, acusando-o de traição ao imperador russo e ameaçando chamar as autoridades.

Como esperado, as carroças e os cavalos não foram levados até a casa dos Bolkónski. Alpátitch decidiu procurar as autoridades para conseguir que os camponeses o obedecessem. Enquanto isso, tirou os cavalos de sua carroça para ceder à princesa Mária.

# CAPÍTULO 10

Após o enterro do pai, a princesa Mária trancou-se em seu quarto e não quis ver ninguém. Uma criada foi até a porta e disse que Alpátitch queria saber das ordens para partir; a princesa Mária disse que não iria a lugar algum e queria ser deixada em paz.

Ela não tinha vontade de nada, ficou apenas no sofá, olhando para os botões do estofado. Não se sentia digna nem de rezar, por causa dos pensamentos ruins que tivera sobre seu pai. Mais tarde, a senhorita Bourienne se aproximou dela e beijou-lhe a cabeça. A princesa Mária ficou com pena da senhorita

Bourienne, por causa da forma com que seu pai a tratara nos últimos tempos e por ela ser tão sozinha, vivendo de favor na casa dos outros.

A senhorita Bourienne disse à princesa Mária que sua situação era horrível. A francesinha acreditava que era perigoso partir, pois poderiam encontrar os mujiques rebelados ou os cossacos no caminho para Moscou. Ela recomendou à princesa que ficassem todos em Bogutchárovo. A pobre Mária não entendia nada do que a antiga dama de companhia dizia; estava dispersa em seus pensamentos. Depois, a senhorita Bourienne disse que Alpátitch queria partir pela manhã ou na madrugada, mas que ela achava melhor ficar por ali mesmo.

No dia anterior, ela recebera uma carta de um general francês, pedindo que os habitantes não abandonassem as casas, que os franceses forneceriam proteção. Quando questionada do porquê de ela ter recebido semelhante missiva, a senhorita Bourienne disse que talvez fosse por causa do sobrenome francês, afirmando à princesa que ela deveria conversar com o general sem falta.

A princesa Mária ficou desesperada só de imaginar ser protegida por um francês, enquanto soldados franceses invadiam a casa, o escritório do irmão, remexendo e ocupando todos os lugares como se fossem os donos de tudo. Agitada, chamou todos da casa, queria falar com Alpátitch para partir o mais breve possível.

A princesa Mária em pessoa encontrou Dron, o qual disse que Alpátitch tinha ido falar com as autoridades. Quando questionado, o estaroste disse que a princesa poderia partir tranquilamente, mas não havia cavalos nem carruagens. Isso porque, segundo ele dizia, os cavalos haviam sido confiscados, e outros, morrido de fome, pois nem os mujiques tinham o que comer. Ao saber disso, a princesa Mária deu a ordem de distribuir toda a safra de cereais da família aos mujiques. De repente, Dron começou a pedir que o demitisse, mas a princesa não entendeu nada e disse que nunca duvidara da dedicação de Dron e faria tudo por ele e pelos mujiques.

# CAPÍTULO 11

Depois de uma hora, uma das criadas da casa apareceu dizendo que Dron estava com os mujiques às portas do celeiro, por ordem da princesa, e que todos esperavam para falar com ela. A princesa Mária não entendeu, pois dera a ordem de apenas distribuir o cereal e mais nada. No entanto, decidiu falar com os mujiques e explicar o que deveria ser feito. A criada, receosa, disse que era melhor não ir, pois era uma armação. Mesmo assim, a princesa foi até os mujiques.

Chegando ao celeiro, antes mesmo de ouvir qualquer coisa, a princesa Mária começou a dizer que os mujiques pegassem todo o cereal para distribuir entre eles; depois disso, poderiam partir para a propriedade dela, nos arredores de Moscou, e nada lhes faltaria. No entanto, os mujiques diziam que não pegariam o cereal nem partiriam para Moscou, ficariam ali em Bogutchárovo, mesmo que os franceses os matassem.

A princesa Mária continuou achando que eles não haviam entendido, mas notou que pareciam estar irritados. Depois de muito falatório, os mujiques disseram que não aceitavam abandonar tudo nem precisavam de cereal, e completaram dizendo que, se ela quisesse, que fosse sozinha para Moscou. A princesa ouviu algumas vozes animadas dizendo que tinham dado uma lição na patroazinha e que ninguém ali iria trabalhar para pagar a ruína da família Bolkónski.

Confusa e preocupada, a princesa Mária afastou-se do celeiro e voltou para casa. Assim que chegou, pediu a Dron que preparasse tudo para sua partida logo cedo.

# CAPÍTULO 12

Naquela noite, a princesa Mária ficou olhando pela janela aberta por muito tempo. Ainda era possível ouvir as vozes dos mujiques, mas ela não estava prestando atenção, nem mesmo pensando nos mujiques. Agora, ela pensava apenas em sua infelicidade, que se tornara pesada demais, e por isso já era possível rezar, chorar e até se lembrar de tudo que havia acontecido.

A princesa Mária começou a pensar nos últimos momentos de seu pai, em sua última noite, antes de sofrer o ataque. Arrependeu-se de não falar com ele naquela noite e de não ter entrado em seu quarto, enquanto ele balbuciava. Mária sentiu que ele queria vê-la e dizer-lhe tudo o que disse em seus últimos momentos. Seu pai a chamara de "querida".

Depois, a princesa Mária começou a se lembrar da imagem de seu pai no caixão, com o lenço segurando sua mandíbula fechada; ela ficou apavorada e quis pensar em outra coisa, mas o silêncio daquela noite contribuía para que ela não conseguisse pensar em nada de diferente. De repente, Mária começou a chamar uma criada, rompendo o silêncio na casa e indo em direção ao quarto da criadagem.

# CAPÍTULO 13

No dia 17 de agosto, Rostov, Ilin, Lavruchka e um ordenança hussardo cavalgavam por um campo, nos arredores de Bogutchárovo, para experimentar o cavalo novo de Ilin e para procurar feno nas aldeias.

Bogutchárovo estava entre as tropas francesas e russas, o que tornava fácil o acesso tanto da retaguarda russa, quanto da vanguarda francesa. Rostov decidiu ir até lá para conseguir feno e algumas provisões antes dos franceses.

No caminho, Rostov ouvia os relatos de Lavruchka a respeito de Napoleão e se divertia. Ele não podia nem imaginar que aquela aldeia era do mesmo Bolkónski que fora noivo de sua irmã Natacha. Ao chegar a casa senhoril, encontrou uma aglomeração de mujiques, que perguntaram se eles eram franceses, ao que Rostov respondeu que não, que eram russos e estavam em grande quantidade, próximo dali.

Enquanto conversava com os mujiques, vieram duas mulheres e um homem da casa senhoril, o que deixou Ilin e Lavruchka entusiasmados. Alpátitch se aproximou e disse que a princesa Mária Nikoláievna Bolkónskaia mandara que perguntassem quem eram os soldados e a qual regimento pertenciam. Rostov se apresentou e Alpátitch contou-lhe a situação em que se encontravam, dizendo que os mujiques estavam impedindo a princesa, filha do falecido general-chefe, príncipe Nikolai Andréievitch Bolkónski, de partir, desatrelando os cavalos das carroças.

Rostov achou um absurdo e foi até a casa da princesa Mária. Ao aproximar-se, todos na casa correram, assustados, pensando que eram os soldados franceses. Quando Rostov entrou, falando russo, logo a princesa Mária percebeu que era um dos seus e começou a conversar com ele, contando toda a sua história.

Rostov achava que aquilo tudo fora obra do destino, digno de um romance: o soldado que chega para salvar a princesa, indefesa, das mãos dos mujiques rebelados. Assim, ofereceu-se para escoltar a princesa até Moscou, ao que ela agradeceu imensamente, aos prantos.

# CAPÍTULO 14

Assim que Rostov retornou da casa da princesa Mária, Ilin perguntou se a princesa era bonita mas, com o olhar severo de Rostov, ele se calou. Rostov foi direto para a aldeia, dizendo que daria uma lição nos mujiques rebelados. Alpátitch foi atrás de Rostov, que lhe deu uma reprimenda, acusando-o de ser ele também um traidor, por não ter impedido a rebelião dos mujiques.

Rostov foi até o mujique Karp e perguntou pelo estaroste deles. Quando Karp tentou retrucar, Rostov deu-lhe um tapa e exigiu respeito. Então, os mujiques ficaram calados e entregaram Dron, o estaroste. Nikolai ordenou que Lavruchka amarrasse Karp e Dron. Dois outros mujiques ajudaram-no nessa tarefa.

Os mujiques disseram que não queriam impedir a princesa de partir, disseram que haviam recebido ordens de permanecer na aldeia e queriam que a princesa ficasse com eles. Diziam estar dispostos a servi-la. Rostov deu-lhes ordem para que fossem todos para casa. Depois, levou Dron e Karp para o pátio da casa da princesa Mária.

Duas horas depois, as carroças estavam prontas, com as bagagens carregadas e os cavalos atrelados. Alpátitch estava coordenando os mujiques que, com todo o zelo, cuidavam das coisas da patroa.

A princesa Mária ordenou que soltasse Dron e Karp e partiu para Moscou. Rostov a acompanhou até a estrada ocupada pelas tropas russas. Os dois se despediram, a princesa agradeceu-lhe por salvar sua vida, deixando Rostov ruborizado, e partiu.

No caminho, a princesa Mária pensava em Rostov, sentia-se apaixonada por ele e, mesmo que não o visse mais, sabia que aquele homem era sua primeira e última paixão. Rostov também pensava na princesa Mária com alegria, mas, mesmo sabendo que era um bom partido e alegraria sua família, sabia que havia dado sua palavra a Sônia, que era sua noiva.

# CAPÍTULO 15

Após aceitar o comando-geral de todos os exércitos, Kutúzov mandou uma ordem ao príncipe Andrei para se apresentar no quartel-general.

Ao chegar ao quartel-general, o príncipe Andrei ficou esperando Kutúzov, que estava passando a tropa em revista. Ouviam-se os gritos de "hurra!" para o novo comandante-chefe. Enquanto Andrei esperava, aproximou-se do portão um tenente-coronel dos hussardos, perguntando por Kutúzov. Deixaram que ele entrasse e ele foi até Bolkónski, que estava sentado em um banco; eles se cumprimentaram e o hussardo sentou-se a seu lado. O tenente-coronel começou a conversar com Bolkónski, elogiando Kutúzou, dizendo que ele era bom e acessível, não era como os alemães, frios e distantes.

Quando Andrei contou sua história, o tenente-coronel o reconheceu como o príncipe Bolkónski e se apresentou como tenente-coronel Vassíli Deníssov. Ambos se conheciam por causa das histórias de Natacha. Naquele momento, o príncipe Andrei notou que há muito tempo não tinha lembranças de Natacha, em meio aos acontecimentos de Smolensk, a visita a Montes Calvos e a morte do pai. Deníssov também já não pensava mais em seu passado com Natacha; agora ele queria apenas expor seu plano de guerra a Kutúzov. Ele explicou brevemente a Bolkónski que seu plano consistia em cortar as linhas de comunicação do exército francês, atacando não somente o front, mas também a parte mais central.

Após alguns minutos, um cossaco gritou que Kutúzov estava retornando. Com ele vinha uma enorme comitiva de generais, incluindo Barclay, em meio aos gritos de saudação dos soldados. Quando entrou, Kutúzov levou um tempo até reconhecer Bolkónski mas, assim que o reconheceu, chamou-o até a varanda da casa em que ele estava hospedado.

Ao se encontrarem, o general perguntou do pai de Bolkónski, e este lhe contou que o pai falecera dias atrás. Kutúzov então o abraçou e deu para notar os olhos molhados de tristeza.

Quando Kutúzov chamou Bolkónski para conversar, Deníssov aproximou-se também e apresentou-se, dizendo que tinha um assunto de grande importância para o país. O general então deu-lhe toda a atenção, ainda mais quando soube que ele era sobrinho de Kiril Deníssov, um velho amigo. Kutúzov ouviu o plano de cortar as comunicações do exército francês. Deníssov garantiu-lhe que faria isso com apenas quinhentos homens, o que muito agradou o general. Ao final da conversa, Kutúzov disse a Deníssov para que ficasse no Estado-Maior, para conversar com ele no dia seguinte.

Enquanto conversava com Deníssov, chegou o general de serviço pedindo-lhe que analisasse inúmeros papéis. Kutúzov então se instalou na varanda e pôs-se a examinar os documentos. Um deles propunha exatamente o que Deníssov acabara de porpor: cortar a comunicação do exército francês.

Após analisar todos os documentos, o general deu-lhe outro documento para assinar, referente à queixa de um proprietário de terras, que queria indenização pela plantação de aveia verde ceifada pelos soldados. Kutúzov ficou irritado e ordenou que queimassem aqueles papéis.

# CAPÍTULO 16

Quando Kutúzov acabou de analisar os papéis, foi para dentro da casa e a esposa do sacerdote o levou até seu quarto. Pouco depois, Bolkónski foi avisado de que Kutúzov o convidara para o jantar.

No jantar, o príncipe Andrei encontrou Kutúzov lendo um livro e começaram a conversar sobre a morte do velho príncipe. Kutúzov disse a Bolkónski que podia considerá-lo um pai e não um príncipe ou comandante-chefe e, mais uma vez, lágrimas encheram os olhos do bom general.

O príncipe Andrei foi convidado por Kutúzov para permanecer a seu lado no Estado-Maior, mas rejeitou respeitosamente a oferta, imaginando que seu lugar era com o regimento. Além disso, Andrei não queria abandonar os camaradas. Kutúzov achou digna a decisão de Bolkónski e disse que via nele um futuro promissor, um futuro herói.

Kutúzov disse que faria os franceses pagarem por tudo o que estavam fazendo, prometeu fazer com eles o mesmo que fizera com os turcos. Disse a Bolkónski que o segredo era a paciência e o tempo. Estas eram as melhores armas e também os melhores soldados. Como ele era emotivo, mais uma vez seus olhos se encheram de lágrimas.

Ao se despedir, Kutúzov deu-lhe o rosto para que Bolkónski o beijasse e disse que o príncipe poderia procurá-lo sempre que precisasse de algo. Enquanto ainda saía pela porta, Andrei pôde ouvir Kutúzov suspirar e pegar novamente seu livro para ler.

O príncipe Andrei considerava Kutúzov a pessoa perfeita para o cargo que ocupava, um verdadeiro russo, apesar das leituras e provérbios franceses. Todo o povo apoiava Kutúzov, menos os cortesãos.

# CAPÍTULO 17

Depois que o soberano partiu de Moscou, a vida na cidade voltou à normalidade, o que em nada lembrava o entusiasmo patriótico dos dias anteriores.

No Clube Inglês estavam os homens que fariam qualquer coisa pela pátria; o que significava fazer uma gorda doação em dinheiro e em homens. Em verdade, a sociedade moscovita não estava muito preocupada com a chegada dos franceses, por isso deixavam tudo a cargo do destino e aproveitavam a vida. Moscou nunca estivera tão animada quanto naquele ano de 1812.

Na cidade, circulavam diversas histórias e anedotas relacionadas à guerra.

Dizia-se que todas as repartições haviam sido retiradas de Moscou, o que, segundo o velho príncipe Chinchin, era a única coisa que todos deveriam agradecer a Napoleão; dizia-se que um regimento patrocinado por um tal conde Marmónov custara oitocentos mil rublos, mas o do conde Bezúkhov custara muito mais e o próprio conde seria o comandante; e diziam-se ainda muitas outras coisas.

Julie Drubetskaia, preocupada com a possível chegada do exército inimigo, estava pronta para partir de Moscou e fizera uma festa de despedida. A rejeição generalizada por tudo que dissesse respeito aos franceses fez com que se criassem proibições até mesmo de palavras em francês. Certa vez, em uma de suas reuniões, Julie disse algo em francês e um miliciano disse no mesmo instante: "multa!". Assim, nas reuniões em sua casa, a jovem criou uma multa "oficial" para quem falasse qualquer coisa em francês. O dinheiro seria doado à comissão de donativos.

Inesperadamente, Pierre apareceu na casa de Julie. Atenciosa e curiosa, ela perguntou ao conde sobre o regimento. Pierre disse que já se aborrecera demais com esse assunto e desmentiu veementemente que seria o comandante do regimento. Passaram então a falar da família Rostov.

Todos comentavam a situação financeira da família Rostov e a demora em vender a casa de Moscou. Pierre disse que eles ainda estavam na cidade porque esperavam Pétia, o filho caçula, que viria para seu regimento. A condessa não queria partir antes de encontrar o filho.

Aproveitando que falavam daquela família, e também para provocar Pierre, Julie falou em Natacha, com quem ela havia se encontrado alguns dias antes na casa de uns conhecidos. Julie insinuou que Pierre protegia Natacha e essa insinuação o deixou muito zangado. O conde Bezúkhov disse que não ia à casa dos Rostov já fazia um mês.

Depois, o assunto foi a chegada da princesa Mária a Moscou. Julie contou toda a história de que Rostov a salvara dos mujiques. Uma história digna de um romance, comentou ela.

# CAPÍTULO 18

Quando Pierre foi para casa, deram-lhe alguns panfletos de Rastoptchin. No primeiro, dizia que era boato a notícia de que Rastoptchin proibira todos de deixar Moscou, aliás, ele achava até bom que todos partissem, assim evitavam-se mexericos. Dizia também que o inimigo não chegaria a Moscou. Depois de lê-lo, Pierre teve certeza de que os franceses chegariam à cidade. O segundo panfleto dizia que havia armas o suficiente para todos e a preços baixos. Ao ler esse segundo texto, Pierre notou que havia algo muito ruim se aproximando. Neste momento, ele decidiu que precisava se alistar no exército, porém recebeu notícias que o desanimaram.

O administrador de Pierre apareceu em sua casa e disse que não conseguiria o dinheiro para o regimento a menos que vendesse uma propriedade. Pierre deu a ordem para vender qualquer uma; naquele momento, com a desgraça batendo à porta, ele já não ligava mais para o dinheiro. No mesmo dia, Pierre decidiu passear na aldeia de Vorontsóvo e lá viu um grande balão, encomendado pelo soberano. O soberano escreveu pedindo que avisasse a Kutúzov sobre o trajeto e que tivesse cuidado para não descer no exército inimigo.

No caminho para casa, Pierre viu, em uma praça, homens castigando dois franceses acusados de espionagem. Aquela imagem horrível, dos franceses apanhando, aos prantos, e a indiferença da população, fez com que ele decidisse se alistar no exército.

No dia seguinte, Pierre partiu rumo às tropas em Mojáisk; ao chegar, ouviu os sons da Batalha de Chevardinó[44] e começa a sentir uma agitação, um novo sentimento, o mesmo que ele sentiu na presença do soberano. Esse sentimento fazia-o desejar agir, fazer algo pela pátria, sacrificar-se.

---

44 Considerado o primeiro embate direto entre russos e franceses em terras russas. O exército francês levou vantagem e conseguiu dominar a fortaleza de Chevardinó, em um dos montes da região. (N.E.)

# CAPÍTULO 19

No dia 24 de agosto, aconteceu a batalha da fortaleza de Chevardinó; no dia 25, não dispararam um tiro sequer em nenhum dos exércitos e, no dia 26, ocorreu a Batalha de Borodinó.

A Batalha de Borodinó foi irrelevante para os dois lados. Para os russos, o significado era de que se aproximaram da destruição de Moscou e, para os franceses, de que se aproximaram da destruição de seu próprio exército. Esse desfecho era previsível por todos; no entanto, Napoleão ofereceu a batalha a Kutúzov e ele aceitou.

Nessa batalha, estava claro que Napoleão poderia perder um quarto de seu exército e estaria rumo a sua destruição e Kutúzov perderia um quarto do exército e perderia Moscou para os franceses. O exército russo, ao final da batalha, ficou com apenas cinquenta mil homens, dos cem mil anteriores; o exército francês ficou com cem mil, dos cento e vinte mil que tinha antes. Sendo assim, depois de Borodinó, o exército francês ficou em uma proporção de apenas dois para um em relação aos russos.

Borodinó não era uma das melhores posições russas, era até mesmo a mais vulnerável de todas. No entanto, Kutúzov não quis tomar posições que não fossem escolhidas por ele mesmo, por isso deixou posições muito melhores para trás. Borodinó era uma posição tão inesperada para o exército russo que nem sequer tiveram tempo de fortificá-la adequadamente antes de começar a batalha. O fato é que os exércitos russo e francês imaginavam estar em uma posição diferente da que se encontravam. Eles imaginaram travar a batalha cada um de um lado da estrada principal. No entanto, estavam os dois no mesmo lado da estrada.

Portanto, a Batalha de Borodinó ocorreu de uma forma totalmente diferente da descrita, em geral, pelos livros. E isso foi feito justamente para encobrir o erro dos comandantes, o que acabou diminuindo a glória das tropas e do povo russo.

# CAPÍTULO 20

Na manhã do dia 25, Pierre partiu de Mojáisk. Na descida íngreme da montanha, na saída da cidade, havia uma catedral, onde estavam rezando uma missa e os sinos tocavam. O conde Bezúkhov descia a pé, acompanhando sua carruagem e, na direção contrária, subiam carroças com feridos da batalha do dia anterior, conduzidas por mujiques. Atrás de Pierre, vinha um regimento da cavalaria e seus cantores à frente. De repente, a cavalaria avançou, bloqueando a passagem da carruagem de Pierre e das carroças dos feridos.

Entre os feridos, Pierre viu um soldado com um ferimento na bochecha, tão inchado que parecia uma cabeça de criança, e um jovem recruta, tão pálido que parecia não ter sangue no corpo. Pierre estava em busca de algum rosto conhecido e acabou encontrando um comandante médico do exército. Quando o encontrou, o médico perguntou o que Pierre fazia ali, ele respondeu que queria se alistar no exército. O médico disse que seria melhor procurar Kutúzov, senão ele acabaria em algum lugar sem importância. Quando Pierre perguntou sobre a posição, o médico indicou-lhe que atravessasse o povoado de Tatárinova, completando que até o acompanharia, se não estivesse tão cansado daquilo tudo. O médico se queixou da falta de macas e equipamentos para todos os feridos; segundo ele, havia equipamento para seis mil feridos, no entanto, esperavam-se pelo menos vinte mil feridos na batalha.

Ao chegar a Tatárinova, Pierre logo avistou a casa em que Kutúzov estava alojado. No entanto, ele não estava naquele momento, todos tinham ido à missa, então Pierre seguiu para a pequena cidade de Górki.

No caminho, Pierre viu mujiques cavando na beira da estrada e lembrou-se do que tinha ouvido de alguns feridos pouco antes: queriam empurrar todos para a guerra. O conde estava verdadeiramente impressionado ao ver os mujiques, tão velhos, trabalhando em um lugar como aquele, e só então pareceu perceber a seriedade da situação.

# CAPÍTULO 21

Pierre desceu da carruagem e subiu a colina, onde o médico dissera que dava para ver todo o campo de batalha. Ao chegar no topo, Pierre teve uma visão privilegiada, como se estivesse em um anfiteatro: podia ver as tropas russas e francesas ao longe. Mais adiante, ele via a fumaça das aldeias incendiadas.

No entanto, ele não conseguia distinguir o exército russo do francês. Decidiu então perguntar a um oficial, que respondeu que aquela era a aldeia de Borodinó, indicando em seguida quem eram os russos e onde estavam os franceses. Quando Pierre perguntou sobre a posição, o oficial, com todo o prazer, explicou detalhadamente sobre as posições e as fortificações que ele mesmo preparara. O oficial não perdeu a chance de criticar Kutúzov por ter movimentado as tropas e disse que, no outro dia, muitos soldados morreriam ali.

O oficial perguntou a Pierre se ele era médico, este respondeu que não, dizendo estar ali por conta própria e então continuou a descer o morro. Enquanto descia, os milicianos subiam, junto da infantaria. Todos estavam correndo ao encontro da procissão, que entoava cânticos religiosos.

– Estão trazendo a Mãezinha de Smolensk – diziam eles.

Os mujiques, que trabalhavam na beira da estrada, largaram as pás e foram ao encontro da procissão. Quando chegaram ao topo, todos pararam e começaram a rezar diante do ícone. Ali estavam oficiais, mujiques e soldados, todos juntos.

De repente, abriram espaço para alguém importante se aproximar do ícone. Pierre logo viu que era Kutúzov, corpulento, vestindo uma sobrecasaca. O general aproximou-se do ícone, ajoelhou-se e começou a rezar com todos o outros. Quando terminaram as preces, Kutúzov beijou o ícone e ajoelhou-se mais uma vez; todos seguiram seu exemplo, dos mujiques aos oficiais.

# CAPÍTULO 22

Pierre estava parado no meio da multidão e ouviu alguém chamar seu nome, era Boris Drubetskoi. Kutúzov já estava na aldeia, sentado próximo a uma casa. Uma grande comitiva o rodeava.

Interessado na batalha, Pierre pôs-se a conversar com Boris a respeito de sua vontade de participar da batalha e observar a posição. Boris, que era agora ajudante de ordens de Bennigsen, ofereceu-se para mostrar-lhe tudo, passar por todas as tropas. Pierre quis logo saber do regimento de Bolkónski e também queria passar por ele. Enquanto caminhavam, Drubetskoi também fez questão de ironizar a estratégia de Kutúzov, que não aceitara o plano de Bennigsen.

No alto-comando agora havia apenas dois partidos: um era pró Kutúzov e o outro, pró Bennigsen. Este grupo desejava que Kutúzov se saísse mal na batalha, para que, assim, Bennigsen conseguisse o lugar dele.

Muitos conhecidos de Pierre o rodearam, querendo saber notícias de Moscou. Mas antes que ele pudesse responder, Kutúzov notou Pierre e pediu que o trouxessem até ele. Boris conduziu o conde até o general, mas, de repente, surgiu Dólokhov, que se aproximava para conversar com Kutúzov. Ele havia sido rebaixado e estava ali apenas porque apresentara um bom plano ao general.

Enquanto Pierre conversava com Kutúzov, o general ofereceu-lhe seu acampamento para pernoitar. Boris, no entando, já havia convidado Pierre para ficar com o grupo dele, no acampamento de Bennigsen.

Dólokhov, ao ver que Pierre se afastava de Kutúzov, correu e pegou-o pelo braço. Ele pediu perdão a Pierre e disse que não guardasse mágoas dele pois, no dia seguinte, os dois poderiam nem estar vivos. O pedido parecia ser sincero, então os dois se abraçaram e se beijaram, com os olhos cheios de lágrimas.

Chegando ao acampamento de Bennigsen, o general reforçou o convite a Pierre, para que percorresse as tropas com ele e depois seguissem para as linhas de batalha.

# CAPÍTULO 23

Bennigsen seguiu para uma ponte, passando para Borodinó. Por ali, cruzaram por uma grande quantidade de tropas e canhões. No alto da colina estavam as milícias, cavando a terra. Aquele lugar era chamado de reduto Raiévski. Pierre não prestou muita atenção ao reduto, sem nem imaginar que aquele seria o lugar mais memorável de todos para ele.

Depois, Bennigsen pôs-se a observar Chevardinó. No alto, viam-se alguns cavaleiros que, segundo o general, poderiam ser Napoleão ou Murat. Pierre ficou olhando, tentando imaginar qual deles seria o imperador Bonaparte.

Ao avistar um morro sem soldados, Bennigsen ficou irritado e transferiu uns soldados do pé do morro para o topo. No entanto, nem ele nem Pierre sabiam que a intenção era que aqueles soldados fizessem uma emboscada, por isso deviam permanecer escondidos ao pé do morro.

# CAPÍTULO 24

O príncipe Andrei encontrava-se deitado, em um barracão destroçado, na aldeia de Kniazkóvo. Ali, ele olhava para a claridade de uma fresta na parede e pensava sobre sua vida, que, no dia seguinte, poderia não mais existir.

Assim como em Austerlitz, Bolkónski estava em um estado de irritação antes da batalha, ainda mais porque sabia que aquela seria a batalha mais difícil até então. O príncipe Andrei pensava nos principais acontecimentos em sua vida: seu amor por uma mulher, que ele acreditou ser o suficiente para mantê-la esperando por ele durante um ano; a morte de seu pai e a consequente perda de tudo o que ele construíra em Montes Calvos; e a invasão de Napoleão, que já ocupava metade da Rússia.

Passado algum tempo, Andrei levantou-se e começou a andar pelo barracão. Enquanto andava, ouviu algumas vozes. Era o capitão Timókhin com o ajudante de ordens e o tesoureiro do regimento. Eles passaram conversando sobre assuntos do regimento. De repente, o príncipe Bolkónski ouviu alguém tropeçando e caindo, e saiu para ver se estava tudo bem. Era Pierre.

O príncipe Andrei, que não gostava de encontrar pessoas de sua vida fora do exército, perguntou ao conde Bezúkhov, com uma expressão um tanto hostil, o que ele fazia ali. Pierre percebeu aquela hostilidade e respondeu, sem graça, que queria ver a batalha de perto. Andrei nada respondeu.

Passado um minuto, Bolkónski perguntou se Pierre tinha notícias de sua irmã. O conde respondeu que soubera por Julie Drubetskaia que a princesa Mária chegara bem em Moscou, partindo em seguida para alguma das propriedades da família nos arredores da cidade.

# CAPÍTULO 25

Os oficiais que continuavam ali por perto quiseram se retirar, mas o príncipe Andrei os convidou para tomar um chá, como se não quisesse ficar a sós com Pierre. Eles aproveitaram e fizeram diversas perguntas sobre Moscou e a posição das tropas que ele contornara.

Pierre perguntou o que Bolkónski achava da nomeação de Kutúzov e ele respondeu que ficara contente. Timókhin também gostava de Kutúzov, porque ele permitia que fizessem pilhagens, coisas que Barclay não permitia, muito pelo contrário, chegara mesmo a punir os soldados que pilhavam. Bolkónski considerou compreensível que o general não quisesse acostumar as tropas às pilhagens, mas também não deixou de criticá-lo, falando do abandono em Smolensk. Barclay julgara que os russos deveriam abandonar a cidade e assim o fizeram, depois de dois dias de luta. Andrei reforçou a ideia de que, naquele momento, precisavam de um comandante como Kutúzov, um russo, que sentia na pele a perda de um território, mas que, no futuro, veriam que

Barclay também tinha seu valor e não era um traidor, como muitos diziam. Certamente, seria até considerado herói, junto de Kutúzov.

Pierre disse que a guerra era como um jogo de xadrez, o que deixou Bolkónski irritado. Andrei explicou que nada era previsível, que uma tropa poderia ser mais forte que um exército inteiro, pois dependia de cada soldado, do sentimento de vitória que cada um carregava consigo. Disse que, em Austerlitz, eles haviam perdido a batalha porque estavam em território estrangeiro e queriam ir embora, o que era completamente diferente da situação atual, em que a Rússia estava sendo invadida.

Pierre perguntou a Bolkónski se ele acreditava na vitória, e o príncipe respondeu que acreditava e que, se estivesse no comando, não tomaria prisioneiros. Bolkónski considerava um absurdo ser cortês com o inimigo, que devastava seu país e matava suas famílias. Por ele, se não fossem tomados prisioneiros e agissem de forma cruel, não haveria mais guerras como aquela; as pessoas pensariam duas vezes antes de entrar em guerra, porque perceberiam a seriedade da empreitada e não permitiriam mais que desocupados entediados almejassem uma guerra sequer.

Pierre ficou empolgado e começou a concordar com o príncipe Andrei, que continuava dizendo que a carreira militar era a mais honrosa, mesmo que a guerra fosse baseada no assassinato, na espionagem, na traição, no extermínio dos habitantes, na pilhagem de bens para alimentar o exército, na fraude e na mentira.

Bolkónski sentia que viver era muito penoso para ele, pois entendera coisas demais sobre o bem e o mal. Mas sabia que era por pouco tempo, afinal, ele estava pronto para morrer naquela batalha.

O príncipe Andrei se despediu de Pierre e disse-lhe que fosse para Górki descansar, pois, antes de uma batalha, era necessário repouso. Ele deu um abraço e um beijo no rosto de Pierre, que sentiu que aquele era o último encontro dos dois. Pouco depois, o conde partiu.

Quando ficou novamente sozinho, Bolkónski deitou sobre um tapete e pôs-se a pensar sobre sua vida, relembrando Natacha, os passeios dos dois pela floresta e lembrando que a entendia completamente, tanto que pudera amá-la por completo. De repente, lembrou-se de como aquele amor todo terminara, pensando em Anatole, que não precisava de Natacha e não a entendia, que via nela apenas mais um rostinho bonito. Com esses pensamentos, ele saltou do chão e voltou a andar pelo barracão.

# CAPÍTULO 26

Na véspera da Batalha de Borodinó, o prefeito do palácio do imperador, Beausset, e o coronel Fabvier chegaram ao acampamento de Napoleão. Beausset, ao chegar, tirou um embrulho de uma caixa, era uma surpresa da imperatriz Maria Luísa para seu imperador.

Napoleão ainda estava em seus aposentos, enquanto os camareiros o arrumavam e vestiam para sair. Ele seguiu rapidamente para a recepção e notou que Beausset ainda não estava pronto para mostrar a surpresa da imperatriz; fingiu que não o vira e chamou Fabvier. Este explicou tudo que se passara na Batalha de Salamanca[45], que tivera um resultado lamentável. Napoleão disse que teria de compensar em Moscou.

Enquanto isso, Beausset já tivera tempo de preparar a surpresa e mostrou-a a Napoleão: era um retrato de seu filho, que todos chamavam de rei de Roma, com a filha do imperador austríaco, segurando um bilboquê. A bola do brinquedo era o globo terrestre. Parece que, por algum motivo, Napoleão entendeu o que o pintor quis dizer com aquilo e achou maravilhoso.

Napoleão estava com a sensação de que, naquela batalha, não importava o que fizesse, entraria para a história. Sentou-se diante do quadro e ficou olhando para ele. Todos o deixaram a sós com seus pensamentos. Após alguns minutos, ele ordenou que levassem o quadro para a entrada, para que todos pudessem vê-lo. Lá de fora, ouviam-se os gritos dos oficiais, saudando o quadro do pequeno rei de Roma.

Naquele dia, Napoleão leu uma proclamação, escrita de próprio punho, dirigida aos soldados. No documento, ele dizia que a vitória dependia dos soldados e da vitória dependia o retorno breve para suas casas. Tratou de mencionar que a vitória na grande batalha de Moscou ficaria para a história.

Napoleão convidou Beausset para andar com ele pelos arredores e mandou que tirassem o quadro da entrada, pois o filho ainda era muito jovem para ver uma batalha.

---

45    Ocorrida em 22 de julho de 1812 entre tropas luso-inglesas, apoiadas por tropas espanholas e francesas, marcou uma das grandes derrotas dos exércitos napoleônicos e sua consequente retirada da Península Ibérica. (N.E.)

# CAPÍTULO 27

Napoleão passou todo o dia 25 andando a cavalo, examinando o território, discutindo planos com seus marechais e dando ordens aos generais.

Depois da Batalha de Chevardinó, a linha russa fora transferida para trás, não contava mais com a proteção do rio e não estava fortificada, o que deixava um terreno aberto e plano. Era óbvio para qualquer pessoa que ali seria o local ideal para atacar, não era necessário nem pensar muito a respeito.

Napoleão percorreu o terreno e balançava a cabeça, ora com aprovação, ora com ares de descrença. Sem explicar muito, começou a passar ordens e ouviu sugestões do marechal Davout e de um de seus generais.

Tendo dado todas as ordens necessárias, Napoleão retornou para sua tenda e redigiu a ordem de batalha. Era um texto longo, que descrevia cada ação das tropas, suas posições, onde e quando deveriam atacar o inimigo. Ao final, ele escreveu que outras ordens seriam dadas no decorrer dos combates, de acordo com os acontecimentos.

A ordem, redigida de forma totalmente confusa, constava de quatro pontos e quatro disposições. No entanto, nada do que estava ali disposto pôde ser cumprido. Cada uma das ordens foi modificada pelos comandantes responsáveis. Elas eram impossíveis de ser cumpridas. No entanto, historiadores diziam que, por isso, Napoleão previra que novas ordens seriam dadas no curso da batalha. Mais tarde, porém, provou-se que Napoleão estava tão distante da batalha que nenhuma de suas ordens pôde ser cumprida no curso da batalha.

# CAPÍTULO 28

Os historiadores dizem que os franceses não venceram a Batalha de Borodinó porque Napoleão estava resfriado e, por isso, suas ordens não foram geniais. Assim como alguns historiadores consideram que a Rússia foi formada por apenas um homem, Pedro, o Grande, e que a França passou de República a Império e rumou para a Rússia pela vontade de um só homem, Napoleão. Nessa linha de raciocínio, faz sentido dizer que a Rússia só venceu porque Napoleão estava resfriado. No entanto, tudo indica que a Batalha de Borodinó não aconteceu por vontade de Napoleão, mas pela vontade de cada soldado, que lutaria com ou sem a ordem do imperador.

Na batalha, Napoleão não atirou e não matou ninguém. Foram os soldados que fizeram isso. Talvez, se Napoleão os impedisse de lutar, eles se rebelassem e lutassem da mesma forma. Também não fora Napoleão que dirigira o rumo da batalha, pois nenhum dos termos escritos por ele foi cumprido. Desta forma, não é válido dizer que Bonaparte não foi genial por causa de um resfriado; ele deu exatamente as mesmas ordens que sempre dera, mesmo em condições melhores de saúde.

O que determina se um plano foi bom ou não é a vitória ou a derrota na batalha. Se obtém a vitória, todos os planos são geniais e, mesmo o plano mais genial, se perder a batalha, será rechaçado.

# CAPÍTULO 29

Ao retornar da segunda inspeção das linhas, Napoleão disse:

– As peças estão prontas, o jogo de xadrez começará amanhã.

Ele chamou Beausset e começou a falar de futilidades, enquanto tomava ponche. Napoleão estava muito seguro de si, tanto que se permitia se distrair com assuntos banais, como a reforma do palácio da imperatriz, e também fazer inúmeras piadas.

Enquanto isso, um general entrou na tenda e Napoleão lhe serviu ponche. Os dois começaram a conversar sobre a batalha; o general estava confiante de que fariam um bom trabalho. Napoleão preocupou-se apenas em saber se haviam servido os biscoitos e o arroz para os soldados. Preocupava-se tanto com isso que, depois de conversar com o general, foi pessoalmente perguntar a um antigo soldado se ele recebia o arroz de maneira adequada.

Napoleão estava pior do resfriado com a chegada da noite. Reclamava que estava sem paladar e sem olfato e queixava-se também dos remédios que lhe receitaram e que não faziam efeito algum. Ele acreditava que deveria deixar que se curasse sozinho, sem intervenção alguma.

Como não conseguia dormir, Napoleão estava ansioso para que o dia amanhecesse, mas eram apenas quatro horas da manhã, uma madrugada úmida e silenciosa.

Às seis e meia da manhã ele saiu da tenda e foi até Chevardinó a cavalo. À direita, ouviu-se um tiro de canhão; depois ressoou um segundo e um terceiro tiro; quando começaram muitos outros na sequência, Napoleão desceu do cavalo. A partida de xadrez começara.

# CAPÍTULO 30

Quando voltou a Górki, depois de falar com Bolkónski, Pierre mandou que deixassem os cavalos preparados e o acordassem logo cedo. Ele dormiu em um canto da isbá, que Boris cedera a ele.

Na manhã seguinte, Pierre acordou com muita dificuldade, o cavalariço tentara despertá-lo durante um bom tempo e já estava quase desistindo. Quando acordou, não havia mais ninguém na isbá, todos já haviam ido para a batalha.

Pierre ouvia os tiros de canhões cada vez mais nítidos. Ele saiu da isbá, pediu para aprontar os cavalos e partiu para o alto da colina. Ao chegar ao topo da colina, ficou maravilhado com aquela imagem, ainda mais interessante que a do dia anterior, sem as tropas. Os raios do sol reluziam na fumaça dos tiros e formavam matizes de diversas cores. Pierre ficou observando a fumaça que saía dos canhões e o impacto das balas no solo. Os sons dos disparos eram especialmente interessantes e, somados à fumaça, deixavam Pierre encantado e com vontade de estar ali, onde estava a fumaça. Rapidamente, ele observou Kutúzov e os oficiais, para ver se estavam tão empolgados quanto ele, e notou que era um sentimento geral.

Um general montou em seu cavalo e aprontava-se para descer a colina, em direção ao rio. Pierre não pensou duas vezes e, também montou em seu cavalo, com dificuldade, e partiu atrás do general. Todos olhavam para Pierre e sorriam do alto da colina.

# CAPÍTULO 31

O general, que Pierre seguia colina abaixo, virou à esquerda e sumiu de vista, seguindo a galope pelas fileiras da infantaria. O conde Bezúkhov tentou sair dali, mas não conseguia virar, por causa do grande número de cavaleiros. Todos olhavam para ele, insatisfeitos, por causa de sua presença no campo de batalha. Pierre não conseguia controlar seu cavalo e seguiu para a frente da infantaria, direto para a ponte que ficava entre Górki e Borodinó, em que havia uma grande luta entre os soldados, com muita fumaça e barulho de tiros de fuzis.

Ele não ouvia nada nem conseguia enxergar os soldados feridos pelo chão. Quando alguém gritou que ele fosse para a direita, ele obedeceu e, logo depois, encontrou um ajudante de ordens, conhecido seu, que ficou muito surpreso ao ver Pierre naquele lugar e começou a segui-lo.

Enquanto conversavam, o ajudante informou a Pierre que o flanco esquerdo, liderado por Bagrátion, estava ainda pior do que ali. Como Pierre era curioso e manifestou o desejo de ver como estava a situação, o ajudante de ordens o levou até o topo da colina, que era mais tranquilo e de onde podia se ver todo o campo de batalha. Eles estavam seguindo para a colina de Raiévski. Neste momento, o ajudante de ordens notou que o cavalo de Pierre levara um tiro na pata; aquele era seu batismo de fogo, disse ele.

Quando os dois desceram do cavalo, o ajudante de ordens perguntou pelo general, mas ele não estava mais ali. Pierre se prontificou a seguir sozinho até a colina e o ajudante de ordens foi para outro lado, atrás do general. Mais tarde, Pierre soube que aquele ajudante de ordens perdera um braço na batalha.

Sem saber, Pierre estava no lugar mais importante da batalha: a colina da bateria; ele pensava que aquele lugar era o mais tranquilo e sem importância. Pierre ficou ali, quieto, nas trincheiras, e tentava não atrapalhar os soldados que atiravam com os canhões. De início, todos estranhavam sua presença e olhavam de forma hostil. Porém, após notar que Pierre não atrapalhava e dava espaço quando necessário, ele tornou-se uma espécie de mascote da turma, chamavam-no de "nosso fidalgo". Os soldados não podiam acreditar que um fidalgo quisesse ficar ali, no meio da batalha, e sem demonstrar medo das balas de canhão ou dos tiros de fuzis.

Já passava das dez horas e a bateria perdera cerca de vinte homens e dois canhões. Os tiros eram constantes e chegavam perto de Pierre, respingando lama ao atingirem o solo. De repente, um oficial foi informado de que a bateria estava sem munições e não dava mais para atirar. Ele ordenou que fossem buscar mais munições no pé do morro. O soldado desceu para pegar a munição e Pierre, sem pensar, foi atrás dele.

Pierre desviou de inúmeras balas de canhão que passavam sobre sua cabeça e caíam próximo dele. Ao longe, avistou uma carroça com caixas verdes: ali estavam as munições. Quando Pierre chegou perto da carroça, sentiu um baque e caiu. Ficou inconsciente e, quando voltou a si, não ouvia mais nada e via apenas restos da carroça com munições e um cavalo caído, como ele, no chão.

# CAPÍTULO 32

Pierre, apavorado, levantou-se e começou a correr para a bateria, que era o único lugar que ele tinha como referência de proteção de todo aquele horror.

Assim que Pierre chegou à bateria, notou que havia algo de errado. Viu que um soldado russo se debatia diante de outros que o seguravam. O conde não teve nem tempo de entender o que se passava quando um soldado francês correu em direção a ele; Pierre segurou o soldado pelo pescoço e só largou quando uma bala de canhão passou bem perto de suas cabeças. Depois disso, ele saiu da barricada e desceu correndo o morro, tropeçando em corpos. Diante dele, surgiram soldados russos, correndo e gritando ao encontro dos franceses que estavam na colina. Correram atrás deles até Pierre perdê-los de vista.

Pierre seguiu em frente, estava tudo calmo na colina, no entanto, ao longe, os tiros continuavam e até aumentavam de intensidade.

# CAPÍTULO 33

A principal ação da Batalha de Borodinó aconteceu em uma área de mais de dois mil metros, entre Borodinó e as trincheiras de Bagrátion. Este combate ocorreu de maneira simples e sem grandes manobras.

O reduto de Bonaparte, em Chevardinó, ficava muito longe de onde estava o principal combate. Ele conseguia ver o campo de batalha apenas de luneta e, quando olhava a olho nu, não conseguia distinguir entre russos e franceses, enxergava apenas fumaça, o brilho das baionetas e mais nada. Napoleão então desceu a colina e começou a andar de um lado para o outro; olhava de vez em quando pela luneta, quando ouvia tiros. De onde ele estava, era impossível entender o que se passava.

Dos ajudantes de ordens que Napoleão enviava, poucos chegavam no destino; muitos paravam na metade do caminho e se informavam com algum soldado e retornavam com notícias já obsoletas sobre a situação do combate.

Muitas vezes, ao ser informado que haviam tomado a ponte dos russos, minutos depois, aparecia outro para dizer que os russos haviam incendiado a ponte. Assim como os soldados não seguiam as ordens de Napoleão, os generais também davam ordens que não eram seguidas; os soldados não poderiam ser punidos por desobediência, afinal, eles estavam agindo para salvar a própria vida. A salvação estava em movimentos ora para a frente, ora para trás, fugindo dos tiros de fuzis e das balas de canhão; os generais colocavam ordem na multidão, mas tudo dependia do estado de ânimo do momento.

# CAPÍTULO 34

Davout, Murat e os demais generais de Napoleão, que estavam próximos da zona de fogo e às vezes até penetravam nela, enviavam massas de tropas. Porém, ao contrário do que sempre acontecia, desta vez, as tropas retornavam desnorteadas e assustadas; os superiores então as reorganizavam e enviavam novamente, mas o contingente era cada vez menor.

Enquanto Napoleão tomava seu ponche no topo da colina, chegou o ajudante de ordens de Murat pedindo reforços, pois os russos estavam resistindo em suas posições. Napoleão agiu como se não entendesse aquele pedido, pois também não estava acostumado àquela situação de resistência dos exércitos inimigos. Mais de oito horas de combate tinham passado e não houvera um único sinal de vitória.

Napoleão conversava com um general e um marechal quando, de repente, chegou um segundo general dizendo que também precisava de reforços, pois só assim conseguiria vencer os russos, que resistiam e botavam fogo no campo de batalha. E assim ocorreu mais algumas vezes: todos os generais vinham até Napoleão e reportavam a mesma situação, precisavam de reforços.

Por fim, Napoleão decidiu enviar uma nova divisão ao campo de batalha, seguindo um conselho de alguns de seus marechais. No entanto, quando a divisão estava pronta para avançar, Napoleão se arrependeu da decisão e enviou outra divisão, que julgou estar mais bem preparada. Essa atitude atrasou o avanço da tropa para fazer o reforço do combate.

Pela primeira vez Napoleão provava um sentimento opressivo, tendo que ponderar suas possibilidades, mas sentindo que, quanto mais ponderasse, mais chances teria de ser derrotado. Aquele mesmo método, o de concentrar a bateria em um só ponto, rendera-lhe grandes vitórias; no entanto, desta vez não estava sendo suficiente. Quando os russos começaram a atacar o flanco esquerdo, Napoleão ficou horrorizado e seguiu a cavalo para Semiónovskoie, a fim de observar a batalha de perto.

244 | LIEV TOLSTÓI

Ao chegar à colina, viu que os russos estavam alinhados e atacando sem parar, era uma matança incessante. Por causa de sua falta de sucesso, aquele combate pareceu-lhe completamente desnecessário. Pela primeira vez, ele vira de perto a cor de um uniforme russo em uma batalha e em uma posição de vantagem contra o exército francês.

Um dos generais sugeriu que Napoleão enviasse a velha guarda para o combate. Napoleão baixou a cabeça por um momento e disse que não destruiria sua guarda a oitocentas léguas da França. Virou seu cavalo e retornou a Chevardinó.

# CAPÍTULO 35

Kutúzov não dava nenhuma ordem, apenas concordava ou discordava do que lhe sugeriam. Como alguém experiente que era, mal ouvia o que lhe diziam, julgava tudo e todos apenas pela expressão do rosto e pelo o tom da voz do interlocutor.

Ele sabia que o destino de uma batalha era decidido pelo espírito da tropa, uma força impalpável, e comandava, na medida do possível, sob a luz dela. Às onze horas, trouxeram-lhe a informação de que as trincheiras, tomadas pelos franceses mais cedo, haviam sido retomadas pelos russos. No entanto, Bagrátion fora ferido. Kutúzov disse ao ajudante de ordens que fosse atrás de Bagrátion, para saber de sua situação, e enviou um duque para assumir o posto do príncipe-general ferido.

O duque mal chegou ao local da batalha e já solicitou mais tropas. Kutúzov não gostou nada disso e ordenou que o general Dokhtúrov assumisse o lugar do duque. Quando chegou a notícia de que o general Murat fora capturado, todos cumprimentaram Kutúzov, que enviou um ajudante de ordens para espalhar a notícia para as tropas. Pouco depois, porém, chegaram notícias de que os franceses haviam tomado Semiónovskoie, o que fez com que Kutúzov enviasse o general Aleksei Ermólov[46], um de seus melhores, para fazer algo.

Depois de algumas horas, um general foi enviado por Barclay para informar que a batalha estava perdida. Kutúzov ficou furioso e disse que não acreditava

---

46  Aleksei Petróvitch Ermólov (1779-1826), general. Depois do assassinato de Paulo I, passou alguns anos preso antes que Alexandre I o restituísse ao exército, 1801. Destacou-se em batalhas e tornou-se membro do Estado-Maior. (N.E.)

naquela informação, tão contrária a todas as outras que ele recebera. Ele mandou esse mesmo general retornar e informar a Barclay que tinham a intenção de atacar o inimigo no outro dia.

O general Raiévski, o orgulho de Kutúzov, chegou e informou que os russos estavam firmes e que os franceses não ousavam mais atacar. Com essa notícia, Kutúzov enviou outro general para avisar a todos que atacariam os franceses no dia seguinte.

Conforme a ordem percorria as tropas, ela ia se distorcendo. No entanto, o importante era que atacariam no dia seguinte e o exército se sentia consolado e animado com a notícia.

# CAPÍTULO 36

O regimento do príncipe Andrei estava nas forças de reserva, que estavam sem ação alguma até as duas horas. Ele estava atrás de Semiónovskoie, sob intenso fogo de artilharia. O regimento não recuava e também não disparava uma única bala. Eles ficavam ali, parados, sem fazer absolutamente nada, alheios à batalha. Mesmo sem ação, morreram mais de duzentos soldados, atingidos por balas de canhão ou granadas.

Bolkónski andava de um lado para o outro, sem pensar sobre os assuntos da guerra. Ora ele contava os passos, ora olhava a grama no chão. Toda a ansiedade do dia anterior, os planos e pensamentos sobre a batalha, dissiparam-se diante daquelas oito horas de espera. Bolkónski já conhecia todos os assovios que os tiros faziam no ar e ficava passando o tempo imaginando a distância em que atingiria aquela bala ou granada. Por todos os lados passavam os mujiques com padiolas, carregando os feridos e levando para a floresta, onde estava o hospital de campanha.

Ele não tinha ordens para dar, tudo estava se resolvendo sozinho e de forma natural. Uma bala de canhão caiu a cinco passos dele e certamente havia atingido muitos soldados; então, a única ordem que o príncipe Andrei passou ao ajudante de ordens foi a de não permitir que os soldados se aglomerassem. Do outro lado, a cavalo, vinha o comandante do batalhão.

De repente, um soldado gritou para que tomassem cuidado e ouviu-se o assovio de uma granada, que repousou entre Bolkónski e o cavalo do comandante. O ajudante de ordens gritou para que ele se deitasse, mas o príncipe Andrei ficou apenas olhando aquela granada girando no chão e espalhando fumaça. Quando a granada explodiu, estilhaços voaram para todos os lados e o príncipe Andrei caiu de bruços, com os braços para cima e a barriga sangrando.

Os mujiques colocaram o príncipe Andrei em uma padiola e o levaram direto para o hospital de campanha. No caminho, o capitão Timókhin viu Bolkónski ser carregado, este apenas olhou para o capitão e fechou os olhos. A única coisa em que pensava era que não queria morrer naquele momento.

# CAPÍTULO 37

Um dos médicos, de avental e mãos ensanguentados, mandou levar Bolkónski para dentro da tenda. Colocaram-no em uma mesa que estava desocupada. Nas outras duas mesas, estavam um cossaco e outro ferido, deitado de costas, com cabelos cacheados e que parecia familiar a Bolkónski.

Os gritos faziam o príncipe Andrei chorar pelos camaradas e por si, pois não queria morrer. O homem de cabelos cacheados gemia muito, os enfermeiros o rodeavam, colocando peso sobre ele. Cada enfermeiro segurava uma perna do ferido, e uma delas estava muito ensanguentada.

O médico que cuidava do cossaco foi até Bolkónski e, assim que tocou o ferimento, o príncipe ficou inconsciente. Quando voltou a si, tinha uma sensação de conforto. Haviam retirado os ossos quebrados do fêmur, pedaços de carne e protegido a ferida com ataduras.

Ao lado, os médicos se agitavam e o rapaz de cabelos cacheados ainda gritava. Estavam amputando uma de suas pernas. Terminada a operação, o médico então mostrou a ele a perna retirada, ainda calçando a bota. Deram um pouco de água para o rapaz beber. Foi nesse instante que Bolkónski conseguiu ver o rosto do rapaz e percebeu que era Anatole Kuráguin.

Imediatamente, Andrei começou a pensar na ligação que ele tinha com aquele rapaz, desde a história com Natacha e agora naquela tenda. Um sentimento de compaixão tomou conta de Bolkónski e ele começou a entender tudo o que sua irmã lhe dizia a respeito de Deus. Ao mesmo tempo, porém, ele sentia que já era tarde demais.

# CAPÍTULO 38

A aparência horrível do campo de batalha, repleto de cadáveres e feridos, unida às notícias de que mais de vinte de seus generais haviam sido mortos na batalha faziam com que Napoleão sentisse sua força de espírito derrotada. Era uma sensação muito diferente da que ele costumava ter ao percorrer os campos de batalha contemplando os mortos e feridos de seus oponentes.

Depois de ver aquela lamentável imagem, ele retornou para a colina de Chevardinó. Napoleão também estava com uma aparência horrível, o resfriado o deixara muito mal. Ao retornar para seu refúgio, sentia todo o peso da culpa: achava que a batalha fora perdida por culpa dele, mesmo que, na verdade, ele não tivesse controle sobre ela, nem para cessá-la. Culpava-se por cada uma das mortes.

Quando Napoleão estava em Semiónovskoie, o comandante da artilharia sugeriu-lhe que enviasse mais tropas para reforçar o poder de fogo contra os russos em Kniazkóvo, e Napoleão concordou. Depois, um ajudante de ordens veio avisá-lo que os russos mantinham as posições, mesmo sob fogo constante de mais de duzentos canhões franceses. Napoleão ordenou que dessem o que os russos queriam: mais fogo.

Não era a primeira vez que Napoleão contava e calculava os mortos franceses em relação ao inimigo. Naquele dia, ele contara a proporção de cinco russos para um francês. Então, ficou mais animado e passou a notícia para Paris, dizendo que o campo de batalha estivera soberbo. Ele escreveu uma carta dizendo que aquela guerra contra a Rússia deveria ser a mais popular de todos os tempos e que tudo o que ele queria era unir toda a Europa, com navegação livre, fronteiras livres e cessar as guerras e passar a apenas se defender. Seriam todos como uma única nação, sob o comando da capital, Paris.

Em sua cabeça, Napoleão acreditava mesmo que fazia o bem para todos, ao conquistar toda a Europa.

# CAPÍTULO 39

Dezenas de milhares de homens jaziam mortos, em diversas posições e vestindo diversos uniformes. O campo, que pertencia à família Davídov, estava encharcado de sangue e já começava a cheirar mal.

Uma multidão de feridos e não feridos estava com os rostos assustados; uns recuavam para Mojáisk, outros seguiam para outras regiões. Alguns, esgotados e famintos, seguiam em frente, outros permaneciam em posição e continuavam a atirar.

A batalha chegara a um ponto em que bastava um único esforço de qualquer um dos lados para que este lado vencesse, porém todos estavam sem força para dar esse último impulso. Os russos lutaram bravamente, mantiveram a posição de bloquear o caminho para Moscou até o final. Eles perderam metade do contingente mas, mesmo assim, sua vitória era moral e os franceses não esperavam por isso.

Os franceses ainda rolaram, como um animal ferido mortalmente, até Moscou. Mas, lá, não tiveram mais forças para seguir ou entrar em combate. A consequência foi a fuga de Moscou por Napoleão, a perda de quinhentos mil invasores e o fim da França napoleônica que, pela primeira vez, sentiu o peso da mão de um oponente com uma força espiritual superior.

# Terceira parte

## CAPÍTULO 1

Para a mente humana, entender a absoluta continuidade do movimento é impossível. Para o homem, as leis de qualquer movimento só são compreensíveis se separadas em unidades arbitrárias. No entanto, dessa divisão arbitrária decorre grande parte dos enganos humanos. Para entender, é preciso ir mais longe; é preciso analisar a continuidade absoluta. Uma guerra ou um acontecimento histórico não acontece por vontade de apenas um homem ou uma situação, mas sim pela aglomeração de vontades ou situações, que levam ao acontecimento.

Por exemplo, a soma das vontades das pessoas é que fez a revolução e Napoleão, e somente a soma dessas mesmas vontades é que fez com que a revolução e Napoleão fossem aniquilados.

Desta forma, para entendermos e estudarmos as leis da história, temos de mudar o objeto de estudo, não centralizar tudo apenas nos reis, nos ministros e generais; precisamos examinar os elementos infinitesimais homogêneos que regem as massas. Não há como precisar como é possível que o homem alcance esse caminho do entendimento das leis da história, mas é somente assim que se encontra a possibilidade de apreendê-las: onde a mente humana ainda não aplicou todos os seus esforços; os mesmos esforços aplicados para a descrição das ações de reis, comandantes militares e ministros, assim como a explicação das ideias sobre tais ações.

## CAPÍTULO 2

A força de doze nacionalidades europeias invadiu a Rússia. As tropas russas e a população se retiraram da cidade, fugindo do confronto. Assim, as tropas francesas avançavam rumo a Moscou. No entanto, quanto mais as tropas russas recuavam, mais inflamadas ficavam em relação ao inimigo.

Logo após o confronto em Borodinó, os russos recuaram para além de Moscou e os franceses chegaram até a cidade e lá ficaram, sem nenhum combate. De repente, os franceses começam a recuar, primeiro pela estrada de

Kaluga, a nordeste de Moscou, depois de uma vitória em Malo Iaroslávets, e fugiram ainda mais rápido para além de Smolensk, Vilnius e para mais longe ainda.

Após a vitória de Borodinó, Kutúzov ordenou que atacassem o inimigo no dia seguinte, a fim de aniquilar de uma vez por todas o exército francês, que estava enfraquecido. No entanto, naquele mesmo dia, chegavam notícias de perdas em seu contingente, o que revelou ser impossível outra batalha em breve. Por força do impulso, no dia seguinte, o exército francês avançou e o exército russo passou a recuar cada vez mais; o recuo era necessário, para que os soldados descansassem, reabastecessem-se com munições, e até mesmo para que Kutúzov descansasse. Sendo assim, eles foram recuando, dia após dia, até ir para além de Moscou.

Kutúzov precisou reunir informações diversas, de inúmeros acontecimentos, escolher um plano entre os inúmeros que lhe eram apresentados, lidar com inimigos dentro do próprio exército e tomar a decisão mais acertada e em curto espaço de tempo. Por isso, ele não escolheu plano algum, decidiu recuar e entregar Moscou aos franceses, até recuperar todo o seu exército.

# CAPÍTULO 3

Quando se retiraram de Borodinó, as tropas russas pararam em Fili. Ermólov achava impossível combater naquela posição, o que fez Kutúzov duvidar dele. O general desceu da carruagem, próximo de Dorogomílov e sentou-se na beira da estrada. Em volta dele estava uma multidão de generais; o conde Rastoptchin viera de Moscou para unir-se a eles.

Formaram-se vários círculos de conversa, com Kutúzov ao centro, para decidir o que seria feito naquele momento. O único ponto em que a maioria concordava era de que era fisicamente impossível defender Moscou. O conde Rastoptchin disse que estava pronto para morrer com a milícia de Moscou, mas estava preocupado com a falta de informação.

O conde Bennigsen, sempre contrário a Kutúzov, insistia na defesa da cidade, mostrando um patriotismo exacerbado, que fazia com que o grande general franzisse as sobrancelhas.

Na verdade, Kutúzov sabia que Bennigsen queria apenas jogar a culpa em seus ombros, caso perdessem uma batalha em Moscou por terem recuado até a cidade. Assim, caso perdessem a cidade, o conde poderia atribuir ao comando de Kutúzov a perda e isentar-se de qualquer culpa.

Felizmente, Kutúzov não estava preocupado com as intrigas de Bennigsen; estava preocupado tão somente em tomar uma decisão e notou que esta só poderia vir de si. Sendo assim, levantou-se e seguiu para Fili, ao encontro de suas carruagens.

# CAPÍTULO 4

Em uma espaçosa isbá, às duas horas, Kutúzov se reuniu com seus oficiais. Os donos da isbá estavam nos fundos, e com os militares ficara apenas uma pequena garotinha de 6 anos, que chamava Kutúzov de vovô.

Sobre a mesa de Kutúzov havia mapas, lápis, planos e papéis. No banco, sentaram-se Ermólov e Toll; depois, chegaram Barclay, Dokhtúrov, Raiévski e Konovnítsin. Todos estavam esperando por Bennigsen. Ele dissera que estava inspecionando a posição de sua tropa, mas, na verdade, estava degustando um suculento almoço. Esperaram por Bennigsen até as seis horas e só então deram início às deliberações.

Bennigsen, assim que entrou, questionou se abandonariam Moscou sem lutar ou se a defenderiam. Kutúzov ficou irritado e explicou que não era essa a questão, mas sim morrer e perder Moscou ou recuar e preservar o exército. Bennigsen propôs então deslocar as tropas do flanco direito para o esquerdo durante a noite e atacar os franceses pela manhã. Kutúzov achou a ideia tão descabida, que disse a Bennigsen algumas coisas que o deixou vermelho de irritação.

O debate recomeçou, mas a questão agora era para onde recuar, e não se deviam ou não recuar. Apesar de todos os conselhos e discussões, Kutúzov sabia que a decisão cabia apenas a ele e a mais ninguém; ele ponderou e respondeu que, de acordo com o poder conferido a ele pelo soberano e pela pátria, ordenava a retirada do exército. Todos se dispersaram, quietos como se estivessem saindo de um velório.

Após pensar por um momento sozinho, Kutúzov ficou irritado, e questionou seu ajudante de ordens sobre como a situação havia chegado àquele ponto. Ele jurou que faria os franceses comerem carne de cavalo, como fizera com os turcos.

252 | LIEV TOLSTÓI

# CAPÍTULO 5

Muito diferente do que Kutúzov poderia sequer imaginar, Rastoptchin fez a retirada de Moscou incendiando a cidade; pelo menos ele fora apontado como mentor dessa ação.

Esse acontecimento parecia inevitável, tanto quanto fora inevitável o recuo das tropas para além de Moscou, após a Batalha de Borodinó. De início, ainda em julho, quando algumas poucas pessoas partiam de Moscou, sabendo da iminência de uma invasão francesa, Rastoptchin as humilhava, chamando-as de covardes ou até mesmo impedindo-as de partir, fosse confiscando as carroças, fosse por meio de ameaças. No entanto, tal atitude, a de sair da cidade, acabou se tornando o símbolo da força russa contra Napoleão.

Primeiro, partiram os ricos; depois, restavam apenas os pobres, que incendiavam todas as propriedades e bens restantes na cidade. Os ricos, embora soubessem que Napoleão não destruiria a cidade, conforme Rastoptchin escrevia nos panfletos, não queriam ficar sob o domínio francês; ainda que amassem tanto a cultura e a língua francesas e tivessem o conhecimento de que Berlim e Viena estavam intactas.

# CAPÍTULO 6

Hélène, que retornava de Vilnius para Petersburgo, estava em uma situação delicada.

Na capital russa, tinha a proteção de um magnata. Na capital lituana, tinha a proteção de um jovem príncipe estrangeiro. Quando retornou, ambos estavam em Petersburgo e ela precisava conservar essa relação tanto com um quanto com outro, mas sem ofender nenhum dos dois. Ela sabia que não podia mentir para os homens, pois poria tudo a perder. Então, contou toda a verdade e conseguiu jogar a culpa neles, fazendo-se de vítima na situação. Hélène, quando foi reprimida pelo jovem príncipe, disse que os homens eram egoístas e ingratos. O príncipe foi consolá-la e ela contou que nada a impedia de se casar, disse que nunca fora esposa de seu marido.

O príncipe ficou confuso e foi pedir conselho aos irmãos da Companhia de Jesus, com os quais ele tinha contato. Dias depois, em uma das grandiosas festas de Hélène, apresentaram-lhe um certo senhor Jobert, que fazia parte da

Companhia. Esse senhor explicou à Hélène sobre os princípios da verdadeira religião católica. No entanto, um convite para dançar impediu-o de dar continuidade à conversa.

No dia seguinte, Jobert foi à casa de Hélène e a levou para a igreja católica; Hélène sentiu que recebera a graça de Deus naquele dia. Um abade ouviu sua confissão e perdoou seus pecados.

Hélène sabia que aquela conversão tinha como objetivo conseguir sua herança como doação para as instituições dos jesuítas. No entanto, ela usava isso a seu favor, tentando obter vantagens. Queria saber como anular seu casamento atual e poder casar-se novamente. O abade disse que ela poderia terminar seu casamento e ser perdoada, caso quisesse um novo casamento para poder ter filhos. Hélène logo concordou que era aquele o motivo, tudo para conseguir atingir seu objetivo. O abade, porém, ponderou e passou a refutar os argumentos de Hélène, tentando mostrar que não era tudo tão simples assim.

# CAPÍTULO 7

Hélène entendia que a questão da separação era simples apenas no plano espiritual, mas era complicada do ponto de vista da sociedade. Era por isso, e ela bem sabia, que o sacerdote tinha receio em tratar desse assunto com ela.

Sendo assim, Hélène decidiu preparar a opinião da sociedade a respeito dessa questão. Ela despertou os ciúmes do magnata e disse-lhe exatamente a mesma coisa que dissera ao príncipe, e disse de tal forma que ele não teria outra opção que não fosse casar-se com ela. Hélène tratou de comentar com todos os seus amigos que o príncipe e o magnata pediram a mão dela em casamento, mas ela gostava de ambos. Assim, espalhou-se por Petersburgo a notícia de que Hélène precisava decidir entre os dois pretendentes, e não o fato de ela querer se divorciar do atual marido.

Em Petersburgo, ninguém ousava se opor à ideia de Hélène, ninguém queria se passar por ignorante e deixar de fazer parte da sociedade. Apenas Mária Akhrossímova é que ousou dizer algo; no entanto, ninguém nunca lhe dava ouvidos.

O diplomata Bilíbin, grande amigo de Hélène, aconselhou a amiga a escolher o magnata e, depois de sua morte, ficaria livre para casar-se com o príncipe. Mas diante do dilema de não querer magoá-los, ficou sem poder ajudá-la.

Ele apenas questionou se Pierre aceitaria o divórcio, mas Hélène disse que Pierre a amava e queria o bem dela.

A única pessoa que realmente pôs em dúvida esse casamento e o divórcio foi a princesa Kuráguina, sua mãe. Ela tentou argumentar com a filha, buscando mostrar o despropósito que era aquela ideia de casar-se enquanto o atual marido estava vivo. Chegou até mesmo a buscar argumentos no Evangelho. Hélène, é claro, não deu ouvidos à mãe e disse que ela não sabia de nada. Quando o príncipe chegou, a princesa Kuráguina saiu, deixando a filha a sós com ele, e partiu. No caminho, ela pensou que a filha estava certa, pois era tudo muito simples.

No início de agosto, Hélène resolveu toda a situação. Enviou uma carta para Pierre informando que se casaria com outro e se convertera à religião católica. Pediu que se cumprissem todas as formalidades para o divórcio. Essa carta chegou a Pierre enquanto ele estava no campo de batalha, em Borodinó.

# CAPÍTULO 8

Na segunda vez em que Pierre correra para a bateria de Raiévski, foi com a multidão de soldados rumo a Kniazkóvo. Dessa vez, ele passou pelo hospital de campanha e seguiu adiante.

A única coisa que ele queria era o conforto de seu quarto. Depois de percorrer um longo caminho até a estrada de Mojáisk, Pierre sentou-se na beira da estrada e cochilou.

Ao acordar, notou dois soldados a seu lado, comendo algo. Eles ofereceram a Pierre, depois perguntaram para onde ele estava indo e se propuseram a acompanhá-lo. Já estava começando a amanhecer quando eles chegaram a Mojáisk e subiram o morro da cidade.

Pierre se esquecera de que sua casa ficava ao pé do morro. Por sorte, seu escudeiro o encontrou, disse que todos procuravam por ele e estavam preocupados. Pierre agradeceu aos soldados, que seguiram viagem, e quis dar-lhes algo em recompensa, mas não aceitaram.

Ao chegar à estalagem, não havia quartos vagos e Pierre teve de dormir na carruagem.

# CAPÍTULO 9

Ao deitar-se, Pierre ouviu sons de tiros, gemidos, gritos, o cheiro de sangue e o horror que tomou conta dele. Abriu os olhos e estava tudo em silêncio no pátio. Depois, Pierre começou a lembrar-se do campo de batalha e se sentiu um covarde por ter sentido medo e não ser como os soldados, que ficaram firmes até o fim. Ele sentiu que deveria ter sido um soldado, lembrou do almoço com Dólokhov, que antecedera o duelo, e pensou que poderia ter recebido como pena o alistamento no exército.

Ao dormir, sonhou com seu benfeitor maçom em uma mesa; ele não entendia exatamente o que era dito, mas compreendia que era sobre o bem e sobre ser aquilo que eles eram. Pierre despertou e viu que estava amanhecendo, mas queria voltar para o sonho com o benfeitor. Ele voltou a sonhar e era algo sobre atrelar pensamentos, sobre a morte, sobre agir e ficar em silêncio. De repente, seu escudeiro o acordou, dizendo que precisavam atrelar os cavalos, pois os soldados já haviam partido e os franceses estavam próximo dali. Pierre pediu que preparasse a carruagem para encontrá-lo na cidade.

Ao caminhar, Pierre viu que os feridos ficaram para trás, eles estavam nos pátios e nas janelas, esperando para serem removidos nas carroças. Ele cedeu sua carroça para um general ferido, um conhecido seu, e foi com ele para Moscou. No caminho, Pierre recebeu a notícia de que seu cunhado, Anatole, e o príncipe Andrei haviam morrido.

# CAPÍTULO 10

No dia 30, Pierre voltou para Moscou. Logo na entrada da cidade, um ajudante de ordens do governador estava à sua espera. Assim, ao invés de ir para casa, como pretendia, ele mudou o percurso e foi direto para a casa de Rastoptchin.

Ao chegar, Pierre notou que a antecâmara e a sala de recepção estavam abarrotadas de funcionários, que conversavam com o governador. Todos tentavam explicar que Moscou iria se render, pois era impossível defendê-la.

Pierre aproximou-se de um grupo em que havia um conhecido seu. Eles estavam com um panfleto de Rastoptchin nas mãos. Esse panfleto dizia que

Kutúzov estava vindo para Moscou, com dezenas de canhões, a fim de defender a cidade e expulsar o inimigo. Dizia que Rastoptchin contava com os jovens da cidade e do campo para defender Moscou e que viessem com suas ferramentas para lutar. Finalizava dizendo que aguardassem seu chamado.

Pierre e os funcionários sabiam que aquilo era um disparate de Rastoptchin. Kutúzov já havia dito que não defenderia Moscou e que avançaria para além da cidade. De repente, alguém comentou com Pierre de sua esposa, que talvez ela fosse para o exterior; no entanto, o conde tratou do assunto com indiferença e não deu uma resposta.

Um senhor que estava lá dentro, de cabelos e barba brancos, chamou a atenção de Pierre. Este senhor era Verecháguin, pai do homem que fora preso, acusado de redigir a proclamação. Todos sabiam que ele não redigira o documento, mas também não entregava o verdadeiro autor. O pai viera para pedir clemência para o filho.

# CAPÍTULO 11

Rastoptchin chamou Pierre até seu gabinete e foi direto ao assunto: perguntou a Pierre se ele era maçom, emendando que sabia de tudo e esperava que ele não fosse do tipo de maçom que queria destruir a Rússia. O conde Bezúkhov respondeu que era maçom e Rastoptchin, de maneira severa e clara, disse que ele devia se afastar de pessoas como Speránski, Magnítski e outros. Irritado, Pierre argumentou que não havia provas contra nenhuma daquelas pessoas, não eram traidores, por isso ele não via motivo para deixar de se relacionar com eles. Irado, Rastoptchin começou a gritar, exigindo que o conde saísse de Moscou imediatamente.

Profundamente agastado, Pierre partiu da casa do governador. Ao chegar em casa, foi direto para seu quarto, onde leu a carta de Hélène, pensou na morte de Bolkónski, na batalha que presenciara e dormiu até o dia seguinte.

Pela manhã, o mordomo o acordou e informou que a polícia estava na porta, querendo saber se ele já partira de Moscou. Pierre levantou-se, trocou de roupa e saiu pelos fundos.

Daquele dia em diante, ninguém mais soube onde Pierre se encontrava.

# CAPÍTULO 12

Os Rostov ficaram em Moscou até o último dia antes da invasão france- sa. Depois que Pétia entrou para o regimento dos cossacos de Obolénski, a condessa vivia apreensiva. Ficava apavorada com a ideia de perder seus dois filhos para a guerra e tentou de tudo para tê-los por perto. Queria que Nikolai ficasse mais próximo da cidade, mas ele não conseguia, pois estava em combate. A condessa tentou transferir Pétia para Petersburgo, mas também não conseguiu.

Depois da carta de Nikolai descrevendo o encontro com a princesa Mária, a condessa não recebera mais nenhuma notícia do filho. Diante do desespero da esposa, o conde conseguiu transferir Pétia para o regimento de Bezúkhov, que estava se formando perto de Moscou. Essa transferência tranquilizava a condessa, pois ela teria seu filho próximo de sua asa. Tempos depois, receberam outra carta de Nikolai, dizendo que estava em Voronej, na região central da Rússia.

Apesar de todos os conhecidos terem partido de Moscou desde o dia 20 de agosto, os Rostov ainda permaneciam na cidade, esperando a chegada de Pétia, que chegou somente no dia 28. Quando o caçula chegou, porém, não podiam partir ainda, pois o conde não havia preparado nada para a partida da família. Ele estava esperando as carroças chegarem de suas propriedades, o que só aconteceu no dia 30.

Moscou estava um caos entre os dias 28 e 31. Os feridos da batalha haviam chegado à cidade e os habitantes partiam com seus pertences. Todas as notícias eram contraditórias, ninguém sabia se devia partir, se era seguro a partida, se o exército russo vencera ou fora aniquilado.

Sônia era a única que se ocupava com os preparativos da partida. A condessa fez questão de comentar com ela sobre o encontro de Nikolai e a princesa Mária, disse que adoraria uma união entre eles. Natacha e Pétia apenas corriam pela casa e riam o tempo todo. Eles estavam alegres com a possibilidade de uma batalha em Moscou. Uma alegria típica dos jovens, que buscam aventuras.

# CAPÍTULO 13

No sábado do dia 31 de agosto, a casa dos Rostov estava um caos com os preparativos da partida. Os mujiques e os servos retiravam tudo, levando para as carroças que estavam no pátio. Ninguém sabia onde estava o conde, e a condessa estava deitada, com dor de cabeça. Sônia cuidava dos cristais que estavam na sala e Pétia fora visitar um camarada, para tentar se transferir para o exército regular. Natacha decidiu separar seus vestidos, mas ficou com preguiça e passou a tarefa para uma das criadas, Duniacha.

Enquanto Duniacha fazia o serviço, Natacha sentou-se no chão com um vestido antigo no colo e pôs-se a pensar em outras coisas. De repente, ouviu as vozes das criadas e passos apressados no cômodo ao lado. Natacha olhou pela janela e viu as carroças com soldados feridos e uma das serventes da cozinha, Mavra, conversando com um jovem oficial ferido, dizendo que não tinha ninguém em Moscou. Natacha saiu, aproximou-se da carroça e pediu ao major que deixasse alguns feridos em sua casa. Ela pediu autorização para a mãe e também para o pai, que havia aparecido. Sendo assim, algumas carroças começaram a entrar no pátio da casa dos Rostov.

O conde estava preocupado, pois descobrira que todos já haviam partido de Moscou, até a polícia, e ordenou a todos que partissem no dia seguinte. Pétia retornou e contou que estavam distribuindo armas no Kremlin e todos iriam para a região de Tri Góri com as armas para uma grande batalha.

Após o jantar, a condessa pediu ao marido que levasse Pétia embora naquela mesma noite, para que não fosse para a batalha.

# CAPÍTULO 14

A governanta da casa, que fora visitar a filha, retornou contando o caos que estava nas ruas. Após o jantar, aumentou o alvoroço para arrumar tudo nas carroças. Todos se empenhavam na tarefa, até mesmo Natacha começou a ajudar.

A jovem Rostova se empenhou de forma inusitada: ajudou a colocar os tapetes e as louças nas arcas; a arrumação até foi mais eficiente, graças às ordens de Natacha aos criados e aos familiares. Porém, já era tarde da noite e ainda faltava muito para organizar. A condessa já adormecera e o conde adiou a partida para a manhã do dia seguinte.

Ainda naquela noite, trouxeram mais um ferido pela rua da casa dos Rostov; Mavra, que estava na porta, acenou e abrigou o ferido. Parecia que era alguém importante, pois estava em uma carroça fechada, com médico e camareiro. Perguntaram se o ferido estava bem, o médico disse que era um milagre ele ter chegado até ali, mas não sabia se ele aguentaria chegar até sua casa.

Quando Mavra olhou para o ferido, ficou imediatamente espantada e pediu que o colocassem dentro da casa, pois os patrões não reclamariam. Aquele ferido era o príncipe Andrei Bolkónski.

# CAPÍTULO 15

Havia chegado o último dia de Moscou. Os mais pobres ficaram na cidade e foram para Tri Gori, esperar Rastoptchin. Como ele não apareceu, foram todos para a cidade beber nas tabernas e lojas de bebidas.

Na casa dos Rostov nada havia mudado, apenas três servos haviam fugido, mas sem levar nada. Na porta, amontoavam-se pessoas pedindo ajuda ou querendo comprar uma das trinta carroças dos Rostov. Naquela manhã do dia 1º de setembro, o conde levantou-se e foi para a varanda. Ele perguntou para o mordomo Mítia se estava tudo pronto e este lhe respondera que poderiam partir quando o conde quisesse. O conde disse que esperaria a condessa acordar. Com o mordomo estavam um ordenança e um jovem oficial, que pediram que lhes desse uma carroça para sair de Moscou. O conde ordenou ao mordomo que descarregasse duas carroças e cedesse aos dois. No entanto, muitos outros começaram a pedir-lhe a mesma coisa. No final, o conde ordenou que descarregasse todas as carroças.

A condessa acordou, olhou pela janela e viu todas as carroças sendo descarregadas e foi falar com o conde. Ela tentou impedir o marido, pois era todo o patrimônio deles e dos filhos naquelas carroças. O conde não lhe deu ouvidos e insistiu em sua ideia. Natacha ouviu a conversa e quis saber o que acontecera, mas o conde a ignorou. Ela olhou pela janela e viu que Berg, seu cunhado, estava chegando.

# CAPÍTULO 16

Berg já era um coronel condecorado e auxiliar do comandante da primeira seção do Estado-Maior. Ele resolveu voltar para Moscou, com vários outros militares, para resolver assuntos domésticos. Quando chegava à casa dos Rostov, viu várias carroças paradas no pátio e entrou na casa. Depois de cumprimentar todos, o conde perguntou-lhe sobre a situação e a decisão do exército em relação a Moscou. Berg contou todo o heroísmo do exército russo, que todos estavam prontos para um ato heroico e que estava até difícil segurar os soldados. Após contar sobre o exército, Berg quis pedir uma carroça emprestada ao sogro, pois disse que queria fazer uma surpresa para Vera e comprar um móvel de um vizinho. O conde, que já estava irritado com o assunto das carroças, disse que a condessa é quem mandava.

A condessa se irritou e lamentou a ausência de Mítia, que cuidava de tudo, ela já não aguentava mais o assunto das carroças e começou a chorar. O conde saiu da sala e Natacha desceu a escada correndo. Na varanda, Pétia distribuía armas para quem fosse embora de Moscou. No pátio, as carroças ainda estavam carregadas e em uma delas estava subindo o oficial que a pedira antes ao conde.

Natacha ficou horrorizada com o que viu, as carroças com objetos e dezenas de feridos sendo largados para trás. Ela correu para a mãe, gritando que aquilo era um absurdo. A condessa se comoveu e disse para que fizessem o que fosse preciso e abraçou o marido. Natacha quis se encarregar da organização de tudo; os objetos iriam para os depósitos e as carroças levariam os feridos.

Vários feridos, que estavam em outras casas, vieram até os Rostov e foram se acomodando nas carroças. Todos na casa estavam animados e alegres em fazer aquilo, tanto os criados, quanto os patrões. Sônia encarregava-se de levar o máximo possível consigo e anotava todos os itens que ficariam para trás.

# CAPÍTULO 17

Às duas horas, as quatro carruagens dos Rostov já estavam prontas e as carroças com os feridos saíam uma após a outra. O coche que levava o príncipe Andrei chamou a atenção de Sônia, que perguntou a uma criada quem estava ali. A criada respondeu que era o príncipe que fora noivo de Natacha, e completou dizendo que ele estava à beira da morte.

Sônia correu para dentro da casa e encontrou a condessa; ela contou que o príncipe Andrei iria com eles e estava à beira da morte. As duas se abraçaram, aos prantos, e combinaram de não contar nada para Natacha. Natacha, curiosa, entrou na sala e quis saber o motivo do choro das duas, mas ninguém lhe contou nada.

Todos entraram na sala e começaram uma oração, em silêncio. O conde foi o primeiro a terminar e se levantou. No pátio, Pétia terminava de distribuir os sabres e as adagas aos que iriam com os Rostov. Os últimos preparativos consistiam em trazer as coisas que haviam ficado para trás, ajeitar o assento da condessa com almofadas e cobertores e se despedir de quem iria ficar em Moscou.

O conde se despediu dos criados que ficariam em Moscou. As carruagens dos Rostov seguiam pelas ruas de Moscou, acompanhadas pelas carroças dos feridos. No caminho, outras carruagens se encontravam com as dos Rostov e formavam duas filas na rua.

De repente, Natacha viu um homem alto e corpulento, muito parecido com Pierre e avisou sua mãe, que não acreditou que fosse ele, pois estava vestido com um cafetã de cocheiro e acompanhado de um velho. Mas Natacha insistiu que aquele era Pierre e o chamou. Para surpresa de todos, era ele mesmo.

O conde Bezúkhov se aproximou da carruagem de Natacha, que logo lhe perguntou o que ele fazia ali. Pierre só desviou o assunto e evitou responder o tempo todo, fazendo ele mesmo perguntas à jovem e sua família. Por fim, Pierre se despediu de Natacha, e os Rostov seguiram viagem.

# CAPÍTULO 18

Pierre, depois que sumira de casa, estava morando na casa de seu falecido benfeitor havia dois dias.

No dia seguinte ao encontro com Rastoptchin, Pierre despertara e vira um aglomerado de pessoas querendo falar com ele em sua casa. Entre eles estavam um francês, que queria entregar a carta de sua esposa, e também a viúva de seu benfeitor, Iossif Alekséievitch, querendo doar os livros do falecido, pois ela partiria de Moscou.

Pierre sentou-se, levantou-se, pegou um livro e começou a andar pelo quarto. Veio-lhe aquele pavor de costume, ele pegou o chapéu e saiu pela porta dos fundos. Foi diretamente para a rua e pegou o primeiro coche que encontrou. Entre todas as tarefas, os livros e os documentos de seu benfeitor pareciam-lhe mais importantes.

Ao chegar a casa, encontrou o mordomo, que lhe informou que o irmão de Iossif, Makar Alekséievitch, estava na casa, mas advertiu que ele era um pouco atrapalhado da cabeça. Pierre entrou e foi direto para o gabinete do falecido, examinar os livros e documentos. No gabinete, passou o dia e a noite toda; ele chegou até mesmo a dormir ali, em uma cama armada para ele.

Pierre pediu a Guerássim que comprasse uma roupa de camponês e uma pistola. No dia seguinte, Guerássim trouxe um cafetã de cocheiro e um chapéu. Os dois saíram pela cidade para comprar a pistola. Naquele dia, Pierre encontrou as carruagens dos Rostov.

# CAPÍTULO 19

No dia 1º de setembro, Kutúzov ordenou que as tropas russas se retirassem de Moscou e fossem em direção à estrada de Riazan. As primeiras tropas partiram ainda de noite, sem pressa e com tranquilidade. Quando amanheceu, próximo da ponte Dorogomílov, as tropas se afunilaram, bloqueando ruas e vielas. Kutúzov deu a ordem para que seguissem pelas ruas secundárias.

Na manhã do dia 2 de setembro, apenas a tropa de retaguarda estava na saída de Moscou; todo o restante do exército já estava fora da cidade. Ao mesmo tempo, Napoleão estava com suas tropas na colina Poklónaia, nos limites opostos da cidade, e observava o espetáculo à sua frente. A arquitetura única de Moscou enchia os olhos do imperador francês.

"Uma cidade ocupada pelo inimigo é como uma jovem que perdeu a honra", pensou Napoleão.

Ele olhava a cidade e se sentia magnânimo, dando aquela recompensa a seu exército, que chegara até ali. Tinha a ideia de escrever grandes palavras de misericórdia e justiça naqueles mesmos monumentos de barbárie e despotismo, tudo isso para ferir ainda mais Alexandre. Era como uma briga pessoal para Napoleão Sonhava em mostrar o que era a civilização e a justiça aos russos, a paz e o bem-estar. Mostrar que só entrara em guerra contra a política da corte. Sendo assim, Bonaparte pediu que trouxessem uma delegação de representantes russos.

Passaram-se duas horas. Napoleão estava esperando a delegação e pensando em cada palavra que diria a eles. Quando sua comitiva retornou, passaram a conversar entre si, nervosos e encabulados. O fato é que não havia ninguém na cidade, apenas bêbados. Tinham receio de como contar a Napoleão que ele estava fazendo papel de tolo, pois conquistara uma cidade fantasma. A indecisão permaneceu por mais um tempo.

Napoleão ordenou a entrada na cidade, deram um tiro de canhão e todos, marchando em passos ligeiros, seguiram cidade adentro. O imperador parou no platô de Kámmer-Kolléjski, esperando uma delegação russa.

# CAPÍTULO 20

Enquanto isso, Moscou estava vazia. Algumas pessoas ainda permaneciam na cidade, mas era uma ínfima parte dos habitantes de outrora. Moscou parecia uma colmeia sem sua abelha rainha, oca, sem vida e apodrecida.

Napoleão andava inquieto, de um lado para o outro no platô, esperando a chegada de uma delegação russa. Mesmo que no fundo não houvesse essa necessidade, Bonaparte considerava que era um modo de demonstração das regras de decoro. Por todos os cantos da cidade, pessoas caminhavam sem rumo, apenas por força do hábito, mas sem um objetivo definido.

Depois de pensar um pouco, com certo cuidado e ponderação, a comitiva avisou Napoleão que a cidade estava vazia e não havia ninguém para trazer até ele. Napoleão ficou irritado, lançou um olhar ainda mais irritado para quem lhe deu a notícia e continuou a andar, sem emitir uma única palavra.

Depois, pediu sua carruagem e seguiu para o subúrbio de Moscou. Napoleão estava terrivelmente decepcionado com a cidade deserta. Assim que entrou na cidade, ficou em uma estalagem em Dorogomílov. Todo o espetáculo que planejara, no fim, não dera certo.

# CAPÍTULO 21

As tropas russas atravessaram Moscou entre duas da manhã e duas da tarde, levando consigo os últimos feridos e os últimos habitantes que estavam de partida. Durante o deslocamento e o afunilamento das tropas nas pontes, um grupo de soldados resolveu recuar para saquear as poucas lojas que ainda estavam abertas.

Na praça de Gostíni Dvor, os tamboreiros soaram os tambores para que os soldados se afastassem, pois os prisioneiros, que haviam saído das prisões, estavam nas ruas, roubando as lojas. O que se sucedeu foi uma completa desordem.

Um oficial tentou impor a ordem e impedir que seus soldados escapassem para fazer o saque, mas não conseguiu e foi atrás deles. Um comerciante pediu-lhe ajuda, mas ele não podia fazer nada diante daquela multidão.

De repente, ouviram-se gritos vindo da ponte do Rio Moskvá. O oficial retornou para seu grupo, mas todos também haviam avançado para a ponte. Quando o oficial chegou à ponte, contaram-lhe que aqueles gritos foram porque o general Ermólov ameaçara atirar na ponte com o canhão, caso não abrissem caminho e esvaziassem a ponte.

Desta forma, as tropas conseguiram atravessar a ponte do Rio Moskvá.

# CAPÍTULO 22

Enquanto isso, a cidade estava vazia. Os portões e as lojas estavam todos trancados. Próximo das tabernas ouviam-se apenas alguns gritos de bêbados cantando. Ninguém andava pelas ruas, raramente ouviam-se alguns passos.

Na casa dos Rostov, estavam o porteiro Ignat e Michka, o neto de um dos criados, que ficara em Moscou com o avô. Os dois estavam na sala de música, o garoto brincava com o clavicórdio e o porteiro se olhava no espelho. Mavra apareceu e acabou com a brincadeira dos dois.

De repente, Mavra ouviu alguém no portão da casa, mexendo no trinco. Ela foi até a porta e viu um jovem oficial de seus 18 anos. O jovem perguntou pelo conde, e a criada disse que todos haviam partido no dia anterior. O oficial então disse ser sobrinho do conde e estar sem dinheiro para roupas e um par de botas novas. Apiedada, Mavra entrou na casa e voltou com uma nota de vinte e cinco rublos, lamentando que o conde não estivesse em casa. O jovem sorriu, baixou a cabeça e seguiu pela rua, atrás de seu regimento.

# CAPÍTULO 23

Em uma casa inacabada, acima de uma loja de bebidas, ouviam-se gritos e cantorias de bêbados. Havia uns dez trabalhadores de fábrica bebendo e cantando sob a regência de um homem alto e magro. Enquanto cantavam, ouviram gritos e socos na varanda. Todos saíram e viram os ferreiros brigando com o taberneiro.

Os ferreiros, passando por ali, ouviram a agitação dos trabalhadores de fábrica e pensaram que estava havendo saque e quiseram entrar. Um deles tentou bater no taberneiro, mas caiu de cara na rua. Depois, um homem alto saiu e deu um soco em outro ferreiro. Enquanto o ferreiro limpava o sangue do rosto, alguém gritou pela polícia.

O homem alto estava procurando em quem ele pudesse bater. Quando ele ouviu que o taberneiro havia matado alguém, gritou que o amarrassem e fossem todos à polícia. Todos caminharam até a polícia, com o homem alto na frente, ao lado do taberneiro. À medida que pessoas se juntavam ao grupo, o taberneiro conseguiu fugir e voltar para a taberna.

No caminho, ouviram alguém lendo um decreto. Esse decreto dizia que Rastoptchin saíra para conversar com Kutúzov, para decidir sobre a defesa da cidade. Todos se irritaram e resolveram ir até a casa de Rastoptchin. No caminho, encontraram a carruagem do chefe de polícia, que vinha de sua tarefa de queimar os barcos. Ele estava com o bolso cheio de dinheiro da recompensa que recebera pela tarefa. Ao deparar com a multidão, o chefe de polícia disse que Rastoptchin estava na cidade e precisava aguardar ordens dele.

Com essas palavras, o chefe de polícia se apressou e se afastou daquela multidão. O povo não acreditou e foi correndo atrás do chefe de polícia. Eles ficaram revoltados porque perceberam que todos haviam partido e eles haviam ficado.

# CAPÍTULO 24

Na noite do dia 1º de setembro, após seu encontro com Kutúzov, o conde Rastoptchin foi para casa e deitou-se. Naquele encontro, ele ficara ofendido e desanimado, pois havia notado que o general não prestara atenção em sua proposta de defender Moscou e seu patriotismo era secundário e insignificante. Antes de uma hora da manhã, um mensageiro o acordou e entregou-lhe uma carta de Kutúzov, ordenando que ele encaminhasse a polícia para acompanhar as tropas na saída de Moscou.

Nas memórias de Rastoptchin, ele escreveria que pensava em apenas duas coisas naquele momento: garantir a tranquilidade em Moscou e fazer os habitantes partirem. No entanto, parecia que obteria sucesso. Rastoptchin não levou as relíquias de Moscou, as armas, munições, pólvora, comida e ainda enganou a população com uma suposta defesa da cidade. Segundo ele, fizera isso para manter a tranquilidade. No entanto, moveu o balão de Leppich, os papéis das repartições e outras coisas sem importância, sob o pretexto de deixar a cidade vazia.

Agora já era tarde para mover as riquezas e os erários de Moscou, que Rastoptchin não retirou da cidade. No entanto, ele não se sentia culpado, mas culpava os outros. Na verdade, ele sentia que falava pelo povo e até mesmo influenciava seus sentimentos. A população, porém, havia partido contra a vontade de Rastoptchin, e toda a cidade fora evacuada, até mesmo as repartições foram movidas contra sua vontade. No fundo, o maior receio de Rastoptchin era uma rebelião da população contra ele.

Durante aquela noite, chegavam mensagens pedindo instruções ao conde; as mensagens eram do presídio, do manicômio e até dos bombeiros. Irritado, Rastoptchin ordenou que soltassem os presos, os loucos e que os bombeiros levassem os cavalos para longe.

Quando soube que Verecháguin ainda não fora enforcado, pediu que o trouxessem até ele.

# CAPÍTULO 25

Próximo das dez horas da manhã, quando as tropas já se deslocavam de Moscou, ninguém mais pedia pelas ordens do conde. Todos que puderam partir, fizeram-no por conta própria; os que ficaram, também resolveriam por si o que fazer.

O conde ia partir para Sokólniki e pediu que preparassem sua carruagem. Ele estava quieto em seu gabinete. Todo administrador, em calmaria, pensa que a população se move de acordo com seu esforço. No entanto, quando as coisas esquentam e a população se enfurece, nota-se que a população se move por conta própria e o administrador não tem controle algum sobre a população. Era exatamente assim que Rastoptchin se sentia, sabia que perdera o controle da população e isso o irritava.

O chefe de polícia, que a multidão perseguira pelas ruas, junto do ajudante de ordens, foi até a casa do conde e comunicou que no pátio da casa havia uma multidão que desejava vê-lo. Rastoptchin foi até a porta da sacada e viu o grupo de pessoas, com o homem alto à frente delas, gesticulando e falando algo com eles; o ferreiro ensanguentado estava ao lado dele.

O conde, preocupado, apressou-se e perguntou por sua carruagem, que já estava pronta. O chefe de polícia disse que o povo estava querendo defender a cidade dos franceses e esperavam por uma ordem do conde. Mas também ouviu algo como se o chamassem de traidor.

Rastoptchin começou a ficar com medo da reação daquela gente e já pensava em algum plano para livrar-se de tal situação; ele sabia que o povo precisava de um culpado, alguém em quem canalizassem toda a sua revolta. Ele perguntou por Verecháguin e avisaram-lhe que ele estava aguardando na porta. Então, Rastoptchin saiu na sacada e cumprimentou a multidão, dizendo que logo teria uma conversa com eles, mas, naquele momento, precisava castigar o bandido que levara Moscou à ruína.

Minutos depois, os dragões se perfilaram na entrada da casa e trouxeram Verecháguin, de cabeça raspada, maltrapilho e de aparência fraca. Quando Rastoptchin começou a dizer que Verecháguin era o traidor da Rússia, o único responsável pela ruína da cidade, pois se vendera a Napoleão, Verecháguin olhou para o conde e disse que apenas Deus estava acima de todos. A multidão se espremia para tentar ouvir as palavras do conde. Rastoptchin ordenou que batessem em Verecháguin como forma de punição. Todos se entreolhavam e ninguém fazia nada.

– Façam o homem em pedaços! É uma ordem! – gritou Rastoptchin para o povo.

Então, um dos dragões bateu na cabeça de Verecháguin com a parte sem fio do sabre. O condenado deu um grito, que deixou todos com pena dele. Mas, após uns minutos, o homem alto puxou Verecháguin e começou a bater nele.

O que se sucedeu foi uma completa confusão: no aperto do pátio, ninguém conseguia fazer muita coisa para terminar aquela tarefa. Uns gritavam para dar golpes de machado, outros continuavam a chutar. Depois de um tempo, eles se afastam e observam o corpo do condenado, ensanguentado e sujo de terra, sem vida. Os dragões arrastam o corpo até a rua, para tirar da casa do conde aquela visão horrível.

Rastoptchin se aproveitou da distração do povo e partiu em sua carruagem pela porta dos fundos, em direção a Sokólniki.

Chegando em sua casa, em Sokólniki, o conde já não lembrava mais do que fizera, era coisa do passado e considerava que fora necessário para o bom andamento da cidade; o povo queria carne, como lobos na floresta, e ele deu-lhes o que queriam.

Meia hora depois, o conde seguia ao encontro de Kutúzov. Quando encontrou o general, na ponte do Rio Iaúza, as primeiras palavras do conde foram que Moscou estava abandonada e que seria tudo diferente, caso Kutúzov dissesse que protegeria Moscou com uma batalha. Após as palavras de Rastoptchin, Kutúzov disse:

– Eu não abandonarei Moscou sem travar uma batalha.

Parecia que Kutúzov dissera tais palavras de propósito ou não sabia o sentido delas. Fosse como fosse, aquelas palavras fizeram com que Rastoptchin o deixasse em paz e seguisse em direção à ponte, abrindo o caminho entre as carroças que a bloqueavam.

# CAPÍTULO 26

Às quatro horas da tarde, as tropas de Murat entraram em Moscou. À frente, vinha a brigada de hussardos de Württemberg, e, atrás deles, vinha uma comitiva.

No meio da Rua Arbat, Murat parou e ficou esperando informação da situação do Kremlin. Alguns habitantes se reuniram em volta de Murat. Com sua farda imponente e seus ornamentos dourados, os habitantes pensaram que fosse o próprio imperador francês.

Um intérprete se aproximou das pessoas querendo saber a direção do Kremlin. Ele tinha um forte sotaque polonês e algumas pessoas não entenderam o que ele queria saber e disfarçaram, fingindo que não era com elas.

Então, um oficial francês se aproximou e informou que os portões do Kremlin estavam fechados e com barricadas por dentro. Murat ordenou que levassem dois canhões leves para poder arrombar os portões. Ao chegar perto dos portões, ouviu-se um grito e tiros de fuzis por debaixo dos portões, que acertou um soldado francês na perna. Eles atiraram com o canhão, destruindo o portão e abrindo uma passagem por entre as toras da barricada. Morreram quatro russos e outros saíram correndo pelo muro. Os franceses avançaram, atiraram os corpos por cima dos muros, para que não apodrecessem ali e ficassem com um mau cheiro. Eles montaram acampamento dentro da praça do senado e fizeram fogueiras com as cadeiras.

Os soldados franceses ainda estavam em forma para uma batalha, mas era visível o cansaço e o péssimo estado em que se encontravam as fardas que vestiam. Eles ocuparam grande parte das casas luxuosas, que estavam abandonadas pela população. Durante as cinco semanas de permanência, o exército francês se desfez, não eram mais soldados, mas simples saqueadores que carregavam tudo o que achavam ter valor. Os oficiais tentavam impedir os saques, mas acabavam empurrados para a mesma prática dos soldados.

Eles chegaram a marcar as casas com giz, para demarcar qual era a casa de quem. Alguns marcavam até mais de duas casas. Eles começaram a brigar entre si por causa dos objetos de valor; nas casas, eles dormiam, comiam e cozinhavam.

Mais tarde, os franceses culparam os patriotas de Rastoptchin pelo incêndio da cidade, e os russos culparam os invasores. Mas, na verdade, o culpado pelo incêndio foi o próprio abandono de Moscou. Afinal, o que se poderia esperar em uma cidade feita de madeira, onde havia incêndios diários no verão, ocupada por invasores que fumavam cachimbo, cozinhavam e faziam fogueiras sem o menor cuidado?

# CAPÍTULO 27

A invasão francesa em Moscou, que se dispersou na noite de 2 de setembro, alcançou o bairro onde Pierre morava. Depois de ficar dois dias em completa solidão, Pierre estava à beira da loucura. Ele saía poucas vezes de casa, apenas para resolver coisas da vida. Foi à casa de Iossif Alekséievitch com o pretexto de ver os livros e documentos do falecido, mas ele queria era um pouco de alívio, já que Iossif representava tranquilidade e solenidade para ele.

Após receber o cafetã e a pistola do mordomo, Pierre pôs-se a pensar novamente sobre o significado cabalístico de seu nome e o de Napoleão, ele acreditava que os dois tinham uma ligação; acreditava que ele é quem deveria pôr um fim ao imperador francês. Depois que Pierre voltou de Tri Góri e teve a certeza de que ninguém defenderia Moscou, a ideia de que cabia a ele assassinar Napoleão apenas aumentou ainda mais. Ele fazia planos mentais sobre como conseguiria tal proeza.

Aquela ideia parecia crescer à medida que Pierre se irritava com sua situação, dormindo em um sofá duro, comendo a mesma comida seca de Guerássim, sem trocar de roupas íntimas e vestindo a mesma roupa há dois dias.

Certa vez, enquanto Pierre andava pelo escritório, falando em voz alta as palavras que diria no momento de seu ato heroico, Makar Alekséievitch, bêbado, entrou no escritório, pegou a arma de Pierre, que estava sobre a mesa, e saiu correndo em direção à rua, gritando que defenderia a Rússia. Guerássim e o porteiro tentaram impedi-lo, agarrando-o e tentando tirar a arma de sua mão. Em meio aos gritos de Makar, de Guerássim e do porteiro, ouviu-se um grito feminino e estridente.

– São eles! Querido paizinho! Meu Deus, são eles. Quatro, a cavalo!

Todos soltaram Makar Alekséievitch e ouviram-se batidas na porta da frente.

# CAPÍTULO 28

Como Pierre havia decidido esconder sua identidade e o conhecimento da língua francesa, decidiu se esconder quando os soldados entrassem. No entanto, quando os soldados entraram, a curiosidade era tanta que ele se deteve. Entraram um oficial e seu ordenança. Eles falavam em francês com Guerássim, que não entendia uma palavra do que eles diziam. O oficial ficou incomodado que ninguém falava francês, mas gostaram da casa e decidiram explorar os cômodos.

De repente, Pierre viu a porta da cozinha se abrir e aparecer Makar Alekséievitch, com a arma em punho, gritando com os franceses e apontando a arma. Pierre avançou para cima de Makar, os dois caíram e a arma disparou.

Depois de tirar a arma da mão de Makar Alekséievitch, Pierre foi até o oficial, que estava caído, e perguntou, em francês, se ele estava ferido. O oficial disse que não havia se ferido e indagou se Pierre era francês. O conde Bezúkhov respondeu que era russo, mas, para o oficial, ele acabou sendo promovido a francês.

Quando o oficial perguntou quem era o homem que havia atirado, Pierre explicou que era um velho louco, tentando livrá-lo de uma punição. O oficial disse ainda que lhe devia um favor, agora que fora salvo por ele. Pierre então pediu que não punisse Makar Alekséievitch. O oficial, fazendo-se de misericordioso, mandou que tirassem aquele louco de sua frente

Então, o ordenança voltou da cozinha e disse que havia comida. O oficial pediu que lhe trouxessem comida e também vinho.

# CAPÍTULO 29

Pierre considerou necessário reforçar que era russo, e não francês, e insinuou que iria se retirar da casa. Mas o oficial francês não lhe deu ouvidos. Ele era tão gentil, simpático e estava tão agradecido por ter sido salvo por Pierre, que este não teve coragem de recusar o convite para jantar. O oficial não entendia como Pierre recusava um título tão lisonjeiro, que era ser chamado de francês, mas sentia-se eternamente unido a ele por um sentimento de gratidão.

O oficial disse a Pierre que ou ele era um francês, ou um príncipe russo disfarçado. Mesmo assim, ofereceu-lhe sua mão como um gesto de amizade. O oficial apresentou-se como capitão Ramballe, do terceiro regimento. Pierre disse que não podia dizer seu nome, mas, após muita insistência do francês, ele disse apenas que era Pierre.

Quando serviram assado, omelete, samovar, vodca e vinho que o francês trouxe consigo, Ramballe insistiu para que Pierre fizesse a refeição com ele. Como Pierre estava faminto, não negou e comeu até se fartar. O ordenança trouxe o vinho *bordeaux* e uma garrafa de kvás[47], que os franceses já conheciam e apreciavam. Com a fome saciada, o capitão falou sem parar o tempo todo.

O capitão pôs-se a falar da Batalha de Borodinó, que ele participara, do tiro que levara na perna, que o fazia mancar. Ressaltou que os russos eram excelentes soldados, lutavam como ninguém e fizeram uma bela batalha, tanto que até Murat os elogiou.

– Eu estive lá – disse Pierre.

Com essa afirmação, o capitão ficou ainda mais entusiasmado e disse que os russos fizeram os franceses pagarem um preço muito caro pela batalha.

– A propósito, diga-me, é verdade que as mulheres foram embora de Moscou? O que elas tinham a temer? – perguntou o capitão.

– Por acaso as mulheres francesas não iriam embora de Paris, caso os russos tomassem a cidade? – respondeu Pierre.

A conversa entre os dois tinha um ar cordial e amigável, eles falavam sobre os encantos de Paris. Pierre contou ao capitão Ramballe que havia morado dois anos em Paris, e o capitão ficou surpreso por, mesmo depois de ter vivido por dois anos em Paris, ele ainda se manter russo.

Sob o efeito do vinho, Pierre conversava de forma alegre e simpática, esquecera até mesmo seus pensamentos sombrios de antes. Quando o assunto

---

47  Bebida fermentada, de baixo teor alcóolico, típica da Rússia e da Ucrânia. É feita da fermentação do pão, geralmente de centeio. (N.E.)

foi Bonaparte, o capitão falou com muito gosto sobre seu imperador. Disse que ele mesmo se rendera aos encantos daquele homem genial. Ainda disse que vinha de uma família de imigrantes, era inimigo de Bonaparte, mas percebeu que o imperador queria o bem de todos e se alistara no exército há oito anos. Pierre não resistiu e perguntou se o imperador estava em Moscou, o oficial disse que chegaria no dia seguinte.

De repente, ouviram-se vozes no pátio e o ordenança entrou na casa dizendo que os hussardos de Württemberg queriam colocar seus cavalos com o do capitão. Dizia que tentara conversar com eles, mas não entendia os alemães. O capitão mandou chamar o primeiro-sargento. Quando ele entrou, começou a falar de forma confusa, misturando alemão com francês. Pierre, que sabia alemão, começou a traduzir para o capitão e para o primeiro-sargento; este disse que tinha a ordem para ocupar todas as casas, em sequência, para alojar seu regimento. Porém, entendendo que a casa já estava ocupada, saiu e levou seus homens dali.

Enquanto Pierre estava só, começou a pensar em seu plano, mas sentia que não conseguiria cumpri-lo, pois, ao primeiro contato com os franceses, cedera e fizera até amizade. O capitão retornou, assoviando, e Pierre já estava sentindo repulsa pelo francês. Pierre pensou em levantar-se e partir, mas não conseguia.

O capitão estava muito alegre com a conversa dos dois e até perguntou a Pierre como se dizia "asilo" em alemão. Os dois continuaram a beber; já estavam na segunda garrafa de vinho *bordeaux*. O capitão notou uma tristeza no rosto de Pierre e mostrou-se preocupado. Então, ele começou a se abrir para Pierre, contando sobre sua família, suas riquezas e também seus casos amorosos por onde passara. O conde Bezúkhov ouvia tudo atentamente e até com curiosidade.

O capitão Ramballe contou sobre uma mulher, da qual fora amante, e de sua filha, com a qual ele também se envolvera. Depois, falou de uma jovem polonesa: ele salvara o marido e este lhe confiara a esposa, seguindo para o exército francês. Porém, o capitão devolveu a esposa e disse que salvara sua vida e sua honra. Ele se orgulhava desse feito de uma maneira especial.

Diante das histórias de amor, Pierre não aguentou e começou a contar sobre sua vida; contou até mesmo seu nome verdadeiro e que era um nobre russo. Contou sobre seu amor por Natacha, que desde a infância a amava, mas era um amor proibido, pois ele era um filho bastardo e sem posses. Depois, ficou muito rico e já não podia ceder a seu amor, porque estava muito acima socialmente e também não queria trair seu amigo.

– O amor platônico... – resmungou o capitão.

Depois da terceira garrafa de *bordeaux*, os dois saíram para a rua, observando o céu, o cometa que o cortava, e experimentaram um momento de alegria. Guerássim e o porteiro estavam conversando com os soldados no portão, talvez em uma mistura de idiomas, para que todos pudessem entender.

Quando Pierre se lembrou de seu plano de assassinar Napoleão, ficou tonto e se apoiou no portão. Sem ao menos despedir-se de seu amigo, Pierre voltou para seu quarto e dormiu.

# CAPÍTULO 30

As tropas que ainda se retiravam e os habitantes que partiam de Moscou viam as chamas que ardiam na cidade, ao longe, desde o dia 2 de setembro.

O comboio dos Rostov parou nos Grandes Mitíchi e ficaram por lá, na noite de 1º de setembro. Com eles estavam os soldados feridos. O ajudante de ordens de Raiévski estava com a mão fraturada e gemia a noite toda, impedindo a condessa de dormir; ela acabou indo para outra isbá.

Após a refeição, os criados notaram um grande clarão e chamaram os outros para observar. Eles não sabiam ao certo onde estava pegando fogo, se era nos Pequenos Mitíchi ou em Moscou. Eles ficaram especulando, tentando adivinhar onde seria o incêndio. Até que o camareiro do conde confirmou que era em Moscou.

Todos ficaram olhando para aquele clarão e lamentando que a tão querida Moscou estivesse queimando. Ouviam-se suspiros, orações e soluços entre os criados.

# CAPÍTULO 31

O camareiro retornou e avisou ao conde que Moscou estava em chamas. O conde foi com Sônia até a varanda para conferir, com a governanta logo atrás. A condessa e Natacha ficaram no quarto. Natacha não estava nem um pouco interessada, estava de frente para os ícones, olhando para o nada e incomodada com os gemidos do ajudante de ordens, a três casas de onde estavam os Rostov.

Eles retornaram e Sônia estava horrorizada com o que vira. Ela tentou mostrar para Natacha, que não estava querendo saber do incêndio, mas, de tanto Sônia insistir, deu uma olhada pela janela e retornou a seu lugar. Natacha estava dispersa desde que a prima lhe contara que o príncipe Andrei estava no mesmo comboio, ferido.

A condessa brigou com Sônia por ter contado e proibiu Natacha de vê-lo, pois estava preocupada com o estado da filha. Além disso, também achava que ela fosse aprontar alguma coisa, e por isso até pediu que ela dormisse em sua cama, mas Natacha disse que dormiria sozinha.

Todos se deitaram para dormir, mas Natacha não conseguia pregar o olho por causa do gemido do ajudante de ordens, dos bêbados na taberna do outro lado da rua e também por causa dos pensamentos sobre o príncipe Andrei. Natacha esperou todos dormirem para se levantar; caminhou na ponta dos pés, seguindo em direção ao quarto onde estava o príncipe. Ela sabia que não podia ir até lá e também sabia que poderia vê-lo em uma situação desagradável, poderia estar mutilado ou desfigurado, mas, mesmo assim, foi até seu quarto.

Ao chegar ao quarto do príncipe Andrei, Natacha passou por alguns soldados que estavam deitados; o capitão Timókhin não dormia, por causa do ferimento na perna, e perguntou o que ela queria. Natacha apertou os passos e foi até a cama que parecia estar o príncipe Andrei. Ela se aproximou e ajoelhou-se diante dele, que estava deitado e com a mesma aparência de sempre.

O príncipe Andrei sorriu e estendeu-lhe a mão.

# CAPÍTULO 32

Para o príncipe Andrei, passaram-se sete dias desde que ele recobrara os sentidos na enfermaria do campo de batalha em Borodinó. Ele passou quase todo esse tempo inconsciente. O médico que o acompanhava acreditava que, devido ao ferimento no intestino e à febre constante, ele não duraria muito tempo. Mas no sétimo dia ele comeu pão com chá e o médico notou que sua temperatura estava normal.

Durante a partida de Moscou, o príncipe Andrei foi acomodado para dormir no coche; mas, nos Mitíchi, ele pediu que o descessem para tomar chá. Com a remoção, ele perdeu a consciência e só foi voltar a si já tarde da noite. O médico não ficou satisfeito com a melhora do príncipe Andrei pois, baseado em sua experiência, se ele não morresse logo, morreria depois e com mais sofrimento. Ele o examinou e refez o curativo; quando viraram seu corpo, ele perdeu novamente a consciência. Pela primeira vez Bolkónski entendeu onde estava e o que aconteceu com ele, lembrou-se do ferimento na batalha, das perdas de consciência durante a viagem, do chá e também da enfermaria em Borodinó, em que ele viu seu inimigo sofrendo na mesa de operação.

O príncipe Andrei recobrou a consciência quando todos já estavam dormindo, era noite e havia apenas uma vela acesa próximo a ele. Podia sentir as moscas batendo em seu rosto, o andar das baratas sobre a mesa e o barulho dos bêbados na rua. Naquele instante, ele começou a entrar em uma reflexão profunda. Não estava em seu estado normal de consciência, pensava em várias coisas ao mesmo tempo e alheias à sua vontade. Bolkónski sentia uma felicidade nova, fora do mundo material, era uma felicidade da alma, compreensível a qualquer pessoa, mas fornecida apenas por Deus. Ele passou a sentir tudo mais intensamente, o calor da vela, o ruído dos insetos e a música cantada na rua pelos bêbados. Até que ele viu uma imagem, em forma de uma esfinge, mas pensou ser seu camisolão de dormir, que estava sobre a mesa. Ele fechou os olhos, mas sentia aquela presença cada vez mais.

Bolkónski começou a pensar em seu amor por Natacha, o único amor verdadeiro que ele tivera na vida. Quando ele abriu os olhos, conseguiu ver claramente a imagem da jovem, aproximando-se dele e ajoelhando-se a seu lado. O príncipe Andrei estendeu-lhe a mão e Natacha a beijou, pedindo perdão incessantemente. Andrei então disse que não havia o que perdoar, ele a amava muito, ainda mais do que antes. O médico chegou com uma criada, que a condessa enviara, e tiraram Natacha do quarto.

Desde aquele dia, Natacha não saíra mais do lado do príncipe Andrei. Cuidava dele de uma maneira especial, que surpreendia até o médico. No entanto, ninguém falava sobre qualquer compromisso, talvez pela incerteza da vida, não só do príncipe Andrei, mas de toda a Rússia.

# CAPÍTULO 33

Pierre acordou tarde no dia 3 de setembro. Estava com a cabeça doendo e dormira sem trocar de roupa. Ele sentia uma vergonha pelo dia anterior, por ter feito amizade com um oficial francês.

Já eram onze horas da manhã, mas o céu estava escuro, por causa da fumaça dos incêndios. Guerássim deixara a pistola de Pierre sobre a escrivaninha, fazendo-o lembrar de onde estava e o que deveria fazer naquele dia. O conde Bezúkhov pensou estar atrasado, mas imaginou que Napoleão não entraria na cidade antes do meio-dia.

Assim que ajeitou a roupa, Pierre pegou a pistola para sair. No entanto, notou que a pistola era muito volumosa e não havia maneira de escondê-la sob a roupa. Além disso, a pistola estava descarregada. Ele pensou em levar o punhal, mas lembrou de que o atentado a Napoleão, em 1809, dera errado justamente por causa de um punhal. Mesmo assim, por via das dúvidas, colocou-o sob o colete e saiu para a rua. O que Pierre não sabia era que Napoleão já havia entrado na cidade horas antes e já estava até no gabinete do tsar, no Kremlin, tentando resolver a questão dos incêndios e dos saques. Mesmo assim, seguia a passos largos em direção à igreja de São Nicolau.

O ar cheirava a fumaça e a queimado, viam-se línguas de fogo saindo de alguns telhados. Ao entrar na Rua Povarskaia, Pierre sentiu que estava cada vez mais próximo do incêndio, o ar ficava mais quente e sufocante. De repente, ele ouviu uma mulher murmurando, era uma mulher já não muito jovem, sentada sobre uma arca, com dois filhos, a babá e o marido. Quando viu Pierre, foi pedir-lhe ajuda, o marido era rude com ela. A mulher dizia que sua filhinha fora deixada para queimar no incêndio; ela culpava o marido, por ser um monstro e não a salvar. Pierre tenta entender a situação e se propõe a ajudá-la. A babá sai correndo para indicar a Pierre onde estava a menina.

Eles correm por algumas ruas até chegar a um barraco em chamas, ao lado de uma casa maior, parcialmente queimada. Neste momento, Pierre pareceu acordar para a vida, não tinha mais o mesmo ar sombrio e determinado a executar seu plano. Ele avançou e viu soldados franceses saqueando a casa. Eles gritam para Pierre, com medo de que ele também quisesse saquear.

Rapidamente, Pierre perguntou sobre uma criança e, a muito contragosto, um soldado saiu da casa e indicou a Pierre onde ele vira uma criança. Eles passam por um jardim e o homem mostra a Pierre, de longe, uma menina deitada sob um banco. Pierre correu para pegá-la, mas, assustada com o estranho, a menina tentou fugir. Pierre a agarrou e tentou segurá-la de maneira firme, mas a menina o mordia e se debatia em seus braços. Ele tentou voltar de onde veio, mas as chamas aumentavam e ele não conseguia passar. A babá já não estava mais ali. Pierre, correndo, tenta encontrar outra saída.

# CAPÍTULO 34

Depois de tanto correr em busca de uma saída, Pierre conseguiu chegar à esquina da Rua Povarskaia. Porém, a família não estava mais ali e havia uma multidão reunida na rua. Estava cheia de pertences dos russos, soldados franceses saqueando e famílias sentadas na rua. Pierre tentou a todo custo encontrar a família da menina, que já estava quieta em seu colo. Ao olhar para os lados, Pierre viu uma família armênia, com um senhor vestindo botas e um casaco de pele e uma linda jovem de traços orientais.

Pierre perguntou às pessoas ao redor pela mãe da menina. Um sacerdote e uma senhora disseram alguns nomes e, pela descrição de Pierre, disse que a mãe era Mária Nikoláievna. No entanto, naquele exato momento, Pierre viu dois soldados franceses e um deles tomava as botas do velho armênio, enquanto o outro pegava no pescoço da linda jovem oriental, tomando seu colar. Pierre deixou a menina com a senhora e pediu que encontrasse sua família. Ele avança correndo nos soldados, empurrando um para longe e começa a bater no outro, enfurecidamente.

Os ulanos franceses cruzam a esquina e avançam contra Pierre. Ao conseguirem detê-lo, encontram o punhal e pensam que ele era um dos incendiários. Eles perguntam-lhe se falava francês, mas ele nada responde. Chamaram um intérprete, que logo diz que Pierre não era um russo comum. Então Pierre resolveu dizer, em francês, que não diria quem ele era.

No caminho para a detenção, a senhora que estava com a criança encontrou Pierre. Os homens perguntam quem era e Pierre responde que era sua filha, que ele salvara do incêndio.

Os ulanos levaram Pierre e mais alguns russos, suspeitos de serem incendiários, para um alojamento. O conde Bezúkhov, como era o principal suspeito, ficou sob forte vigilância.

# Volume 4

# Primeira parte

## CAPÍTULO 1

Na alta sociedade de Petersburgo, havia uma luta entre o partido que defendia os franceses, do conde Rumiántsev, e o partido patriótico, encabeçado por Maria Fiódorovna, mãe do imperador Alexandre. A vida em Petersburgo continuava sem nenhuma alteração: continuavam preocupados com os bailes, o teatro francês e as mesmas intrigas de sempre. Porém, apenas nos altos círculos é que se mostrava alguma preocupação com a situação da Rússia.

No dia 26 de agosto, o soberano recebeu uma imagem de São Sérgio e o metropolita da cidade escreveu uma carta que era um exemplo de patriotismo e religiosidade. A leitura seria feita pelo príncipe Vassíli, que era um exímio leitor. Todos o esperavam na casa de Anna Pávlovna. Enquanto ele não chegava, o assunto era a condessa Bezúkhova. Diziam que ela estava muito doente e sendo tratada por um médico italiano, que utilizava métodos não convencionais. No entanto, todos sabiam que a doença dela era por causa de estar casada com duas pessoas ao mesmo tempo, mas ninguém ousava dizer isso em presença de Anna Pávlovna. A notícia era de que a condessa Bezúkhova estava com angina do peito e que o velho príncipe Vassíli sofrera muito ao saber da notícia desta terrível doença.

Até mesmo Anna Pávlovna, estando do lado oposto ao da condessa, a estimava muito e torcia por sua melhora. Um jovem desprevenido fez um comentário sobre a condessa não se tratar com médicos conhecidos e disse que o italiano era um charlatão. Anna Pávlovna rebateu dizendo que o médico era muito competente e foi em direção a Bilíbin, que falava sobre a Áustria.

Quando o príncipe Vassíli chegou, Anna Pávlovna entregou-lhe o manuscrito e acendeu algumas velas para ele começar a leitura. O príncipe Vassíli lia aquele texto de cunho patriótico e religioso; Anna Pávlovna antecipava cada palavra do texto, como uma velha que reza ao receber a comunhão.

Ao final da leitura, todos elogiaram o leitor e o autor daquele discurso; as pessoas presentes ficaram animadas e conversavam sobre a situação do país e faziam conjeturas sobre o desfecho da batalha iminente. Anna Pávlovna estava confiante com a notícia que todos receberiam no dia seguinte, dia do aniversário do soberano.

# CAPÍTULO 2

A premonição de Anna Pávlovna se cumpriu. No dia seguinte, durante a missa em homenagem ao soberano, o príncipe Volkónski, chefe do Estado-Maior do soberano, recebeu uma carta de Kutúzov.

O general relatava que a Batalha de Borodinó fora vitoriosa, que muitos franceses haviam morrido e que o exército russo não recuara. Kutúzov lamentava a perda de Bagrátion e outros generais e marechais, alguns muito queridos na corte. Apesar disso, dois dias depois do recebimento da carta, o soberano ficou inquieto com a falta de notícias e todos já falavam mal de Kutúzov, inclusive o príncipe Vassíli. Com a falta de notícias, era difícil ter uma clara noção do que acontecera na batalha. O comentário geral nas ruas de Petersburgo era de que Kutúzov havia capturado Napoleão.

No final daquele mesmo dia em que chegara a carta, todos receberam a notícia da morte da condessa Bezúkhova. Ela havia morrido em decorrência de uma angina no peito. Pelo que diziam, o médico italiano receitara um medicamento, mas a condessa tomara todo o vidro de uma só vez, por causa do desprezo do velho conde, seu segundo marido, e do silêncio de Pierre, que não dava notícias.

Com a informação de que Kutúzov entregara Moscou aos franceses, por meio de uma carta de Rastoptchin, o soberano enviou-lhe uma carta, levada por Volkónski, pedindo-lhe explicações sobre o abandono da cidade.

# CAPÍTULO 3

Depois de nove dias da retirada das tropas de Moscou, Kutúzov enviou o coronel Michaux para dar a notícia oficial ao soberano. Michaux era francês, não falava russo, mas se considerava russo de coração e de alma. Ao encontrar o soberano, informou-lhe sobre a retirada das tropas de Moscou.

O soberano ficou triste e até chorou, mas, logo em seguida, ficou enfurecido por ter perdido sua antiga capital para os franceses. Sua tristeza logo passou e o soberano indagou Michaux, querendo saber se entregaram a cidade sem lutar.

Michaux confirmou e disse que a cidade estava em chamas quando ele partiu para Petersburgo. Completou dizendo que agora deviam restar apenas cinzas.

O soberano quis ainda saber se o exército estava abatido por ter abandonado a cidade sem lutar. Michaux pensou e titubeou por algum tempo, mas deu uma resposta direta, dizendo que, quando ele saíra, o exército inteiro estava com muito temor, dos soldados aos oficiais. Percebendo que o soberano ficara ainda mais triste, o coronel o tranquilizou, dizendo que o temor do exército era de que o soberano, com sua bondade de coração, cedesse aos franceses e assinasse um acordo de paz. Ele disse que o exército estava ansioso para lutar contra os franceses e tomar Moscou de volta.

Essa resposta fez com que o soberano ficasse mais tranquilo. Ele pediu a Michaux que transmitisse a todos a notícia de que ele não assinaria um acordo de paz e que lutaria sozinho contra os franceses, se necessário; usaria todos os recursos do império para impedir a vitória francesa e salvar a pátria, comeria batatas com o último dos camponeses e lutaria contra o inimigo.

Com essas palavras, o soberano despediu-se de Michaux.

# CAPÍTULO 4

Ao pensar naquele tempo, em que a Rússia estava sendo invadida por Napoleão, a formação das milícias em todas as províncias, não podemos deixar de pensar que cada um dos russos pensava apenas na revanche contra os franceses, no autossacrifício e no patriotismo. No entanto, esta é a única coisa que lemos na história, simplesmente porque é o que realmente interessa para os registros. O que realmente aconteceu é que as pessoas tinham seus interesses pessoais que, quase sempre, sobrepunham-se aos interesses da pátria. As pessoas mudavam de acordo com os acontecimentos, para se adequarem às mudanças.

As pessoas relevantes da sociedade não se preocupavam com os acontecimentos gerais e não tomavam parte dos assuntos da guerra. Quem tomava parte e se propunha a fazer autossacrifício era justamente a camada da sociedade que não era relevante e queria tomar parte na história do país. Até mesmo o exército, que estava deixando Moscou, não pensava em revanche ou nos acontecimentos da guerra; eles estavam preocupados com o dinheiro que receberiam, na parada para descansar e até na quitandeira.

Nikolai Rostov, que não participara da batalha porque fora buscar cavalos em Voronej, encarava aqueles acontecimentos com tranquilidade. A tranquilidade de quem havia tomado parte na linha de frente da guerra e participado ativamente das batalhas anteriores. Ele sentia um alívio imenso por ter ido buscar os cavalos e, por isso, não ter participado da última batalha. Mas, a cada província que ele passava, via o sentimento de autossacrifício em todas as milícias. Ele estava muito alegre com o que via: mujiques trabalhando, gado pastando e jovens mulheres, saudáveis, sem serem rodeadas por uma dezena de soldados fazendo a corte.

Ao chegar a Voronej, Rostov foi recebido pelo governador e sua esposa, que foram muito hospitaleiros. Quando retornou do cavalariço com os cavalos, o governador o convidou para uma festa em sua casa. Rostov vestiu sua farda de gala e foi para a festa. Chegando lá, descobriu que haveria dança, a esposa do governador tocaria o clavicórdio.

Ele fora recebido muito bem por todos, em seu uniforme de hussardo. As moças esperavam a todo momento a atenção daquele oficial condecorado. Rostov dançou a noite toda e até se surpreendeu com sua própria destreza no salão. Passou a noite próximo de uma jovem lourinha de olhos azuis, casada com um funcionário da província. O rapaz foi muito educado com o marido, mas, à medida que o entusiasmo da lourinha aumentava, o do marido diminuía.

# CAPÍTULO 5

Nikolai estava com um sorriso que não saía de seu rosto. Estava sentado em uma poltrona, muito perto da lourinha, e fazia-lhe elogios mitológicos. O rapaz observava cada parte do corpo da jovem e sabia que ela também observava cada parte do seu. Em meio aos gracejos, Rostov disse a ela que pretendia raptar uma lourinha ali em Voronej. Quando a moça perguntou quem seria, ele respondeu:

– Ela é maravilhosa, divina. Tem olhos azuis, a boca que parece um coral, uma Diana.

Então, o marido da lourinha aproximou-se e quis saber qual era o assunto. Sem se envergonhar, Rostov se levantou e disse ao marido que pretendia raptar uma lourinha da cidade. O marido ficou sem graça e a jovem sorriu.

De repente, a esposa do governador se aproximou de Nikolai e disse que Anna Ignátievna Malvíntseva queria ter uma palavrinha com ele. Pelo tom de voz dela, o rapaz notou que deveria ser alguém importante e a acompanhou.

Anna Ignátievna era tia da princesa Mária Bolkónskaia, uma viúva rica que morava em Voronej; a princesa Mária estava hospedada em sua casa. A distinta dama disse a Rostov que soubera que ele salvara a vida de sua sobrinha e fazia questão que ele fosse visitá-la. Rostov ficou ruborizado e aceitou o convite. A velha gostava muito da sobrinha, mas não gostava do pai dela e muito menos do príncipe Andrei. Antes de sair, Anna Ignátievna reforçou o convite a Rostov.

A esposa do governador disse a Nikolai que poderia aproximá-lo da princesa Mária, se ele quisesse, pois ela era um ótimo partido. Aproveitou para dizer que não aprovara a atitude dele com a lourinha e o marido, que ele fora longe demais. Nikolai foi franco com a governadora e contou-lhe tudo sobre seu encontro com a princesa Mária, que gostava dela, e também contou da promessa que fizera a Sônia.

Katierina Petróvna disse que ele deveria casar-se com um bom partido e que Sônia deveria entender a situação financeira da família e desistir do casamento. Depois de muita insistência, Nikolai questionou se a princesa Mária iria querê-lo, pois estava de luto. A esposa do governador disse que era questão de tempo, havia maneiras e maneiras de se aproximar.

# CAPÍTULO 6

Ao chegar a Moscou após encontrar-se com Rostov, a princesa Mária encontrou seu sobrinho com o preceptor e uma carta do príncipe Andrei, descrevendo exatamente como ela deveria fazer para encontrar-se com sua tia em Voronej.

A princesa Mária andava muito triste. A calmaria da vida em Varonej a fazia pensar sobre o falecimento do pai e o perigo que o irmão corria na guerra, por isso ela não se permitia pensar em seu encontro com Rostov. No dia seguinte, após o sarau, a esposa do governador foi até a casa de Malvíntseva e falou com a tia sobre uma possível aproximação de Rostov com a sobrinha. Ela sabia que as circunstâncias não eram ideais para um casamento, mas queria aproximá-los. Ao receber a aprovação, a governadora falou do Rostov na frente da princesa Mária, que não ficou alegre e sentiu até mesmo um mal-estar por causa daquela situação, que a fazia pensar em seu futuro.

Nos dois dias que antecederam a visita de Rostov, a princesa Mária não parou de pensar em como reagiria na presença dele. Ela não sabia se deveria recebê-lo, se deveria conversar com ele e nem mesmo o que conversaria. No domingo, quando Rostov chegou para visitá-la, a princesa Mária não demonstrou nenhum constrangimento, seus olhos brilharam, ela parecia outra pessoa e conversava livremente com aquele homem que, na verdade, mal conhecia.

Naquela noite, a princesa Mária falou e agiu de maneira completamente nova até para ela própria e impressionou a senhorita Bourienne. Rostov também não ficou envergonhado nem mesmo falou o que havia planejado, a conversa fluía de maneira livre e oportuna. Falavam de amenidades. Passado algum tempo, Rostov pegou o sobrinho da princesa Mária no colo, brincou com ele e o beijou. Essa atitude agradou muito a princesa e Nikolai notou isso. Parecia que os dois já se conheciam havia muito tempo e que Rostov já sabia tudo sobre a princesa Mária. Para ele, a princesa Bolkónskaia era uma mulher completamente diferente de todas as outras.

Como a princesa saía pouco por causa do luto, a governadora fez o papel de casamenteira e transmitiu os elogios de Rostov a Mária e vice-versa. Ela aproveitou para marcar mais um encontro entre os dois. Embora Rostov tivesse dito que não faria promessa alguma à princesa, ele cedeu às circunstâncias e ao poder das pessoas.

Depois do encontro com a princesa Mária, Rostov pensou muitas vezes nela; porém, não conseguia ver uma vida conjugal com a princesa Mária. Ele se sentia assustado.

# CAPÍTULO 7

Em setembro, em Voronej, chegou a terrível notícia da Batalha de Borodinó. A princesa Mária soube do ferimento do irmão apenas pelo que Nikolai ouvira dizer. Rostov, por sua vez, recebera muito mal a notícia de Borodinó. Ele já não aguentava mais ficar em Voronej, nada mais tinha o mesmo prazer de antes e até apressou seus afazeres, para retornar logo a seu regimento.

Antes de Rostov partir, foi celebrada uma missa pela vitória em Borodinó. Nikolai esteve na igreja e, quando a cerimônia acabou, a governadora o chamou, perguntando se ele vira a princesa Mária. Ela estava logo à frente, rezando atrás do coro. Nikolai a reconheceu em seu vestido preto. Enquanto ela saía da igreja, Nikolai não resistiu e foi até ela e comentou que compartilhava da mesma dor que ela com toda a alma. A princesa Mária ficou radiante ao ouvir a voz de Nikolai. Este tentou tranquilizá-la quanto ao estado do príncipe Andrei, pois acreditava que ele ainda estava vivo. A princesa Mária olhou para Nikolai com uma expressão de gratidão e em seguida se afastou, ficando ao lado da tia.

Nikolai se ocupou dos afazeres com os cavalariços e as preparações para seu regresso ao regimento. Quando terminou, já era tarde para fazer visitas e começou a pensar na princesa Mária, em sua maneira de rezar, de falar e até de se comportar diante das pessoas. Nikolai ficara muito impressionado com a beleza moral que a princesa Mária tinha e também com sua religiosidade, que despertava sua curiosidade. Comparou-a a um anjo. Mas, mesmo assim, ele não conseguia pensar em uma vida conjugal com a princesa, pois ele havia feito uma promessa a Sônia.

Rostov pôs-se a rezar diante de um ícone, pedindo que Deus resolvesse sua situação e o tornasse livre de sua promessa para casar-se com a princesa Mária. De repente, Lavruchka entrou no quarto, trazendo cartas de sua família e uma carta de Sônia.

Ele abriu primeiro a carta de Sônia e a leu mais de uma vez. Nikolai não podia acreditar no que lia: a moça abria mão da promessa de Nikolai e o tornava livre, pois sabia da necessidade financeira da família e não queria o mal de seus benfeitores. Porém, disse que sempre o amaria mais do que ninguém.

Na carta da condessa, ela dizia que o príncipe Andrei estava com eles e que Natacha estava cuidando muito bem dele. O médico estava esperançoso com sua recuperação.

Nikolai correu dar a notícia para a princesa Mária. Graças àquelas cartas, a princesa Mária ficou mais próxima de Nikolai. Tanto que, no dia seguinte, Rostov acompanhou a princesa Mária até Iaroslavl, a Norte de Moscou, e, em seguida, retornou para seu regimento.

# CAPÍTULO 8

A carta de Sônia para Nikolai fora escrita quando a família chegara à região de Troitsa O motivo de ter sido escrita fora justamente a pressão da condessa para que Sônia desistisse da promessa de Nikolai. Desde que o filho relatara o encontro com a princesa Mária Bolkónskaia em Bogutchárovo, a condessa tratava Sônia de forma cruel e só falava no casamento do filho com a princesa.

Ainda em Moscou, a condessa chamou Sônia e implorou-lhe que desistisse de Nikolai, para que ele se casasse com a princesa Mária. Disse que era uma forma de retribuir por tudo o que a família fizera para ela. Sônia não deu uma resposta definitiva de imediato. A moça estava acostumada a se autossacrificar por todos, mas não queria abrir mão de Nikolai. Essa sua postura sempre lhe rendera a admiração de Nikolai, que, no fundo ela considerava seu prêmio por todo o autossacrifício. Agora, ela teria de abrir mão justamente desse prêmio e ela não queria.

Com a partida de Moscou e a aproximação do príncipe Andrei e Natacha, Sônia via a possibilidade de os dois reatarem e, consequentemente, Nikolai não poder se casar com a princesa Mária, devido ao parentesco. Ao chegar a Troitsa, os Rostov se hospedaram no convento. Natacha ficou com o príncipe Andrei em um quarto e a condessa e o conde ocuparam outro. Sônia ficava sempre ouvindo a conversa de Natacha com o príncipe Andrei, na esperança de que a união dos dois salvasse sua união com Nikolai.

Certa vez, enquanto Sônia estava do lado de fora do quarto do príncipe Andrei, Natacha saiu aos prantos, questionando se ele sobreviveria, pois ela não queria perdê-lo. Sônia intimamente se alegrou, imaginando que os dois reatariam o compromisso, e consolou Natacha. Quando olhou para dentro do quarto, viu o príncipe Andrei deitado, de olhos fechados. Imediatamente, ela relembrou a prima de sua visão, no Natal, em que vira o príncipe Andrei no espelho daquele mesmo jeito. Ela convenceu Natacha de que vira aquela mesma cena em sua visão e que isso poderia ser algo bom.

Naquele mesmo dia, a condessa resolveu escrever para Nikolai e chamou Sônia, para que ela escrevesse também, livrando o jovem da promessa. Sônia, alegre com a aproximação do príncipe Andrei com Natacha, sabia que Nikolai não poderia se unir à princesa. Sendo assim, ela escreveu a carta que fizera Nikolai ficar tão surpreso.

# CAPÍTULO 9

No local onde Pierre fora preso, o oficial e os soldados o tratavam com hostilidade, mas com respeito, pois desconfiavam que ele poderia ser alguém importante. Quando a guarda foi trocada, porém, os novos guardas não tinham conhecimento da bravura de Pierre e o tratavam muito mal. No interrogatório, faziam perguntas que sempre levavam ao mesmo ponto, a condenação. Por mais que tentasse responder ou conduzir a resposta para sua inocência, o pobre conde era sempre interrompido e tinha suas palavras distorcidas.

Quando perguntaram o que Pierre fazia no incêndio, ele respondeu que salvava uma criança e, depois, disse defender uma mulher dos saqueadores. No entanto, nada disso adiantou, o interrogatório prosseguia de acordo com a intenção dos oficiais.

Como Pierre continuou se negando a dizer sua identidade, os oficiais consideraram que isso era muito ruim e o condenaram. Pierre foi conduzido, com mais treze prisioneiros, ao vau da Crimeia, na cocheira de um comerciante. Na cocheira, os outros o tratavam muito mal, pois sabiam que ele era um nobre e, pior, falava francês muito bem.

Aquele período, até o dia 8 de setembro, dia em que todos foram interrogados pela segunda vez, foram os piores dias para Pierre.

# CAPÍTULO 10

No dia 8 de setembro, um oficial entrou na cocheira onde Pierre estava preso. Ele carregava uma lista com o nome de todos os prisioneiros. Pierre estava marcado como "aquele que não diz seu nome". Pierre e os outros presos foram levados ao Campo da Virgem.

O céu estava claro, mas Pierre não conseguia ver nada da Moscou que ele conhecia, via apenas cinzas e algumas chaminés e fornos de pé, em meio às ruínas das construções. No caminho, conseguiu ver algumas poucas igrejas que restaram e o Kremlin, que estava intacto. Com o toque do sino, Pierre notou que era um domingo e dia da Natividade da Virgem. No entanto, era evidente que ninguém ali tinha motivos para comemorar aquela festividade. Pierre sentia que o ninho russo havia sido destruído e dado lugar a uma ordem francesa. Ele notava isso nos soldados franceses que andavam pelas ruas.

Todos os prisioneiros foram levados para a casa do príncipe Cherbátov, que agora era ocupada por Davout, o marechal. Sentado diante de uma mesa e com os óculos no nariz, o marechal se encarregava agora de interrogar alguns prisioneiros. Mandaram que Pierre se aproximasse, mas Davout não ergueu a cabeça ao perguntar:

– Quem é o senhor?

Pierre não sabia o que dizer, sabia que aquele homem não era um qualquer e sua resposta poderia custar-lhe a vida. Antes que pudesse responder o que quer que fosse, Davout ergueu a cabeça, olhou para ele e disse reconhecê-lo, acusando-o de ser um espião russo. Pierre entrou em desespero e tentou desmentir, até que afinal admitiu ser o conde Bezúkhov. Davout exigiu provas e Pierre lembrou-se de Ramballe, de seu endereço e começou a dar provas de sua identidade.

De repente, entrou um ajudante de ordens e falou algo para Davout, que começou a se arrumar, apressado, para sair. O marechal ordenou que levassem Pierre dali. O conde não sabia para onde o levariam, talvez para o local das execuções, talvez para a cocheira. Logo percebeu que seria executado.

Com medo e, ao mesmo tempo, revoltado, Pierre tentava descobrir quem teria ordenado sua execução. Não fora o oficial que o interrogou, e Davout também não havia ordenado nada. O infeliz conde percebeu então que ninguém havia dado ordem alguma; tudo aquilo se fizera por obra do destino, do acúmulo de situações. Ele estava sendo assassinado por uma espécie de sistema.

# CAPÍTULO 11

Da casa do príncipe Cherbátov, levaram os prisioneiros para uma horta, passando pelo Campo da Virgem. Lá havia um poste e uma vala, que os soldados acabavam de cavar, logo atrás do poste. Ao redor, estavam alguns russos, soldados franceses, alemães e italianos. De frente para o poste estavam os soldados franceses, segurando fuzis. Os soldados enfileiraram os prisioneiros por ordem alfabética e Pierre era o sexto da fila. Os primeiros estavam de cabeça raspada.

Os franceses tinham pressa em fazer aquela tarefa, não porque queriam fazer logo, mas porque sabiam que era algo vergonhoso, porém necessário. Pierre ouviu-os decidindo se levariam um por um ou em duplas. Um oficial

GUERRA E PAZ | 289

decidiu que seria em duplas. Um funcionário francês se aproximou, pegou dois prisioneiros e levou-os até o poste, amarrou-os e colocou vendas em seus olhos. Doze soldados deram um passo à frente, apontaram e atiraram. Pierre virou o rosto, pois não queria ver aquilo.

Depois fizeram a mesma coisa com outros dois prisioneiros e os jogaram na vala. Quando chegou a vez do quinto e do sexto prisioneiro, que era Pierre, pegaram apenas o quinto e deixaram o conde. Estava claro que eles trouxeram os outros apenas para que vissem a execução e ficassem com medo. O quinto era um rapazinho magro, que gritava muito. No entanto, ao chegar até o poste, calou-se e aceitou seu destino. Pierre quis correr e fazer alguma coisa, mas, quando deu por si, o rapaz já estava na vala e sendo coberto de terra.

Pierre notara que todos estavam ali a contragosto, como ele, mas precisavam cumprir aquela ordem. Todos os soldados foram saindo do lugar, menos um jovem, que estava cambaleando e tremendo, quase caindo. Um sargento velho o pegou pelos braços e carregou-o. Todos caminhavam de cabeça baixa.

– Isso vai ensiná-los a não incendiar... – disse um dos soldados, como se consolando daquilo que acabara de fazer.

# CAPÍTULO 12

Depois da execução, separaram Pierre do grupo de suspeitos e deixaram-no em uma igreja incendiada. Ao anoitecer, um sargento e dois soldados vieram e informaram que Pierre fora absolvido, mas seria levado como prisioneiro de guerra. Os prisioneiros de guerra ficavam em barracões na parte alta do campo.

Pierre foi levado para um barracão completamente escuro e com diversas pessoas de vários povos. Ele olhava para aquelas pessoas, sem entender quem eram, e todos o rodeavam. Alguns faziam-lhe perguntas e Pierre respondia de maneira automática.

Após o episódio da execução, Pierre perdera totalmente a fé no mundo, na humanidade e até em Deus. Ele já havia experimentado essa sensação antes; porém, sabia que a culpa estava dentro dele mesmo, mas agora, ele não tinha culpa, era a própria humanidade. Pierre ficou sentado no canto do barracão, sobre a palha.

Passado algum tempo, ele notou que, a seu lado, havia um homem pequeno. Ele não conseguia enxergar muito bem, mas sentiu a presença daquele homem quando ele se mexeu e também pelo cheiro forte de suor que vinha dele. Pierre notou que o homem olhava para ele, enquanto retirava os sapatos e deitava sobre a palha. O homem começou a falar com Pierre, chamando-o de patrão, e o conde percebeu que seu tom de voz era bondoso. Ele tentou responder ao homem, mas começou a chorar, com o queixo tremendo. O homem tentou consolá-lo, dizendo que entre os franceses também havia pessoas boas. Ele se levantou e foi para algum lugar.

Quando o homem voltou, vinha acompanhado de um cachorro e segurava um embrulho nas mãos. Ele ofereceu a Pierre batatas assadas, que os franceses haviam dado com a sopa no almoço. Pierre comeu aquelas batatas como se fossem as mais saborosas do mundo. Depois de comer um pouco, tentou saber o motivo de terem executado aqueles prisioneiros, mas o homem não tinha resposta. Em vez disso, perguntou por que Pierre ficara em Moscou. Depois que Pierre respondeu que perdera o momento de partir, o homem contou que ficara preso no hospital em Moscou, com seus colegas soldados. Ele disse que era do regimento de Ápcheron e seu nome era Platon Karatáiev, estivera internado com febre.

Platon ficou muito triste ao saber que Pierre não tinha pais nem filhos. Ele contou que fora para o exército como forma de punição por ter sido preso no campo de um vizinho. Mas disse que estava muito bem no exército e que tinha apenas sua esposa. Depois de tanto falar, Platon fez uma oração, que despertou a curiosidade de Pierre, e dormiu.

Pierre, com aquela conversa, pareceu ter recobrado a fé na humanidade e sentia-se renovado.

# CAPÍTULO 13

No barracão, em que Pierre ficara por quatro semanas, estavam vinte e três soldados, três oficiais e dois funcionários públicos. Todos eles apareciam na memória de Pierre como um nevoeiro, mas Platon Karatáiev ficou cravado em sua memória.

Para Pierre, Platon era a personificação de tudo o que era russo. Parecia ter seus 50 anos, nem ele mesmo sabia sua própria idade, mas Pierre calculava por causa de sua experiência em várias campanhas militares. Ele era de um vigor físico invejável, todas as manhãs ele levantava rapidamente e começava a fazer suas tarefas. Era um homem que gostava de falar, usava muitos provérbios em suas falas e os usava com maestria. Parecia que não pensava muito para falar, tanto que nunca se lembrava do que havia dito um minuto atrás. Platon gostava também de cantar, mas não cantava como um cantor, sob a pressão de sua plateia, cantava como um pássaro, livremente. Era um homem sem afeições, amizades e amores, como Pierre as compreendia, mas amava tudo e todos, amava os franceses, os camaradas, seu vira-lata e Pierre.

Para as outras pessoas, Platon era um soldado comum, mas, para Pierre, ele era a personificação da simplicidade e da verdade. Era um homem que não conseguia entender as palavras e os atos de forma isolada, entendia as coisas como parte de um todo.

# CAPÍTULO 14

Depois de receber a notícia de que seu irmão estava com os Rostov em Iaroslavl, a princesa Mária começou a preparar-se para ir até ele, sem ao menos se importar com a distância e a dificuldade em chegar até lá. A princesa Mária preparou todas as suas coisas e embarcou na carruagem com seu sobrinho, o preceptor, a senhorita Bourienne, alguns criados e um guarda-costas enviado por sua tia.

Como não podia prosseguir pela estrada habitual, a princesa Mária precisava dar uma volta ainda maior até chegar a Iaroslavl, passando por diversas cidades; a última delas era Riazan, onde havia o risco de encontrar os franceses. A princesa Mária não se cansava, era a última a se deitar e a primeira a se levantar. Graças à sua energia, chegaram rapidamente em Iaroslavl.

O estado geral da princesa era de completa alegria. Pela primeira vez em sua vida, ela amava e se sentia amada. Em seu último encontro com Nikolai, ele nem mesmo citara o fato de Natacha talvez reatar com o príncipe Andrei, o que atrapalharia a união dos dois. Ao contrário, Nikolai parecia até ficar feliz com essa proximidade familiar e pôde exprimir sua amizade e seu amor por ela.

Apesar de todo o entusiasmo inicial, durante a viagem, a princesa Mária foi ficando cada vez mais debilitada, com uma aparência doente. Isso acontecia porque a princesa ficava cada vez mais ansiosa. Quando finalmente chegaram à Iaroslavl e encontraram o guarda-costas, que fora na frente para verificar o caminho, toda a ansiedade desabou sobre Mária. O guarda-costas veio a seu encontro e disse que já sabia onde estavam os Rostov, mas não disse nada sobre seu irmão.

Ao chegar a casa, logo na entrada, a princesa Mária viu Sônia, com um sorriso falso, e uma criada. Ela cumprimentou Sônia, que a levou para dentro da casa. A condessa foi a seu encontro, dizendo palavras carinhosas e elogiando o sobrinho. A princesa Mária perguntava pelo irmão o tempo todo, mas parecia que precisava passar por aquele momento de conversas ordinárias até chegar a ele de fato. De repente, a princesa Mária ouviu uns passinhos se aproximando. Era Natacha, que viera correndo a seu encontro para abraçá-la. A princesa Mária sentiu o amor e a sinceridade em Natacha, e se permitiu chorar em seu ombro.

Natacha conduziu Mária até o quarto do príncipe Andrei; as duas pararam à porta. A princesa Mária perguntava do estado do irmão, mas Natacha não conseguia dizer nada e ficava com os olhos cheios de lágrimas. A princesa notara que não dava para exprimir em palavras a situação. Natacha tentou explicar tudo desde o começo, desde a chegada do príncipe Andrei, sua melhora, mas não conseguia dizer nada sobre seu estado atual. A princesa Mária, aflita, perguntou se ele estava muito magro, mas Natacha disse que era pior, mas que ela precisava ver com os próprios olhos.

# CAPÍTULO 15

Quando Natacha abriu a porta do quarto, a princesa Mária entrou e sentiu o soluço parar em sua garganta. Ela sabia que não conseguiria segurar o choro ao ver o irmão. A princesa Mária não suportaria mais uma despedida. Não suportaria mais uma vez ouvir palavras carinhosas, serenas e meigas, típicas de uma despedida em um leito de morte.

Ela foi se aproximando do irmão, que estava no sofá, escorado por travesseiros. O príncipe Andrei estava muito magro e pálido, uma mão segurava um lenço e a outra mexia em seu fino bigode; ele beijou a mão da irmã e perguntou como ela estava. Sua voz estava apagada, uma visível indiferença a tudo o que era vivo. Parecia que ele já estava em outro plano, diferente do plano dos que esta- vam vivos.

Tudo no príncipe Andrei mostrava indiferença e frieza, desde sua voz, seus gestos e até seu olhar. Naquele momento, a princesa Mária entendeu o que Natacha queria dizer mas não conseguia. Seu irmão estava naquele estado de quietude típico das pessoas próximas da morte, alheio a tudo o que é vivo. O príncipe Andrei contou que Natacha cuidava dele o tempo todo e muito bem.

A princesa Mária notou que ele dissera aquilo como se nada mais importasse, pois não permaneceria naquela vida por muito tempo. Depois, Bolkónski perguntou se a irmã encontrara Nikolai, disse que ele comentou que gostara muito dela. Disse ainda que fazia muito gosto que os dois se unissem em matrimônio, caso a irmã também gostasse de Nikolai.

A princesa Mária perguntou se o irmão não queria ver o filho. O príncipe Andrei percebeu que a irmã dissera aquilo como uma última tentativa de tocar seus sentimentos. O menino entrou no quarto, olhando assustado para o pai, que o beijara. O príncipe Andrei não sabia o que dizer ao filho.

Quando o menino saiu do quarto, a princesa Mária desatou a chorar. Após aquele dia, o menino ficou ainda mais próximo da tia e começou a aproximar-se também de Natacha. As duas rezavam o tempo todo pelo príncipe Andrei.

# CAPÍTULO 16

O príncipe Andrei sentia que estava morrendo. Tinha a sensação de estar alheio a tudo o que fosse da vida terrena e já esperava por aquilo que precisava acontecer. Antes, ele temia a morte, como havia temido por duas vezes. Uma vez quando vira a granada girando à sua frente, depois, quando acordara na enfermaria do campo de batalha. Mas agora ele já não a temia e sequer pensava nela.

Nas horas que se seguiram a seu ferimento, o príncipe Andrei começara a pensar no amor eterno que ele descobrira. Quanto mais ele pensava nesse amor, tanto mais rejeitava a existência terrena; ele nem sequer se dava conta disso. Quando se lembrou de que precisava morrer, entregou-se e ficou apenas esperando o momento. No entanto, quando ele estava nos Mitíchi, e Natacha apareceu na sua frente, ele sentiu todo o amor que tinha por ela reacender, e aquele amor o prendia à vida terrena. Os pensamentos alegres e ansiosos retornaram.

Sua condição de saúde seguia seu curso, mas a situação a qual Natacha se referia, que ocorrera dois dias antes da chegada da princesa Mária, foi uma última luta entre a vida e a morte, na qual a morte saiu vitoriosa. Essa luta fora causada pelo amor de Natacha, uma consciência inesperada de que o príncipe Andrei ainda gostava da vida.

Após o almoço, o príncipe Andrei estava com uma leve febre. Desde que Natacha passara a cuidar dele, o príncipe Andrei sempre sentia quando ela estava por perto. Ele cochilava e, de repente, sentia a presença de Natacha. Ela estava sentada e tricotava um par de meias. O príncipe Andrei olhava para Natacha com muita ternura e amor. Ainda em Troitsa, Bolkónski disse que, se ficasse vivo, seria eternamente grato a seu ferimento, pois propiciara que os dois se reencontrassem.

Natacha notou que o príncipe Andrei estava acordado e aproximou-se dele. O príncipe Andrei disse a Natacha que a amava demais; ela se emocionou e pediu que ele dormisse e descansasse um pouco. Natacha voltou a tricotar e não olhou mais para o príncipe Andrei, para que ele dormisse.

Então o príncipe Andrei adormeceu e começou a sonhar; ele estava naquele mesmo quarto, porém estava saudável. Ele tentava chegar até a porta, precisava trancá-la, pois sentia que algo queria entrar e ele precisava impedir; este algo não era humano. Quando ele tentou chegar até a porta, suas pernas não se mexeram e então ele começou a se arrastar. Porém, aquela coisa que queria entrar, a morte, começou a abrir a porta. O príncipe Andrei impediu que a porta se abrisse, mas não conseguiu trancá-la. Então a porta se abriu por completo e a morte entrou no quarto. O príncipe Andrei morreu.

No mesmo instante em que ele morria no sonho, acordava na vida real. Com isso, o príncipe Andrei interpretou que a morte era um despertar, por isso ele não devia temê-la. Desde então, o príncipe ficara daquela forma que Natacha tentara descrever para a princesa Mária, apático, apenas esperando a hora da morte.

Os últimos dias do príncipe Andrei transcorreram como o habitual. Natacha e a princesa Mária não saíam do lado dele, mas também não comentavam mais sobre sua condição de saúde. As duas notavam como ele se despedia delas e se afundava cada vez mais em sua morte. Ofereceram a confissão e a comunhão ao príncipe Andrei; todos se despediram dele. Trouxeram o filho para que Bolkónski lhe desse a bênção. Quando o último suspiro de vida deixou o corpo do príncipe Andrei, Natacha se aproximou e fechou seus olhos.

Diante do caixão do pai, o pequeno Nikoluchka chorava dolorosamente. A condessa e Sônia choravam por não ter mais a presença física do príncipe Andrei. O conde Iliá chorava porque sabia que seu fim também seria daquela forma. A princesa Mária e Natacha também choravam, não pela dor da perda, mas pela consciência do mistério da morte que se cumpriu diante delas.

# Segunda parte

## CAPÍTULO 1

Para a mente humana, o conjunto das causas dos fenômenos que a cercam é inalcançável. Mas a natureza humana tenta encontrar as causas para tudo o que acontece, atribuindo causas a apenas uma ação ou um acontecimento. A mente humana não consegue entender que as causas podem ser inúmeras e não apenas uma; é o conjunto de acontecimentos que forma uma causa. Nos acontecimentos históricos, o mais comum é procurar a causa na vontade dos deuses e, em segundo lugar, em algum herói histórico. Porém, muitas vezes, não foi o herói histórico que comandou as massas, mas as massas é que comandaram o herói histórico a tomar determinada decisão.

Depois da Batalha de Borodinó, da invasão de Moscou e de seu incêndio, os historiadores consideram que o episódio mais importante da guerra de 1812 foi o deslocamento dos russos de Riazan para a estrada de Kaluga e para além de Krásnaia Pakhrá, na chamada "marcha de flanco". Os historiadores atribuem esse feito genial a diversas pessoas. No entanto, o que determinou esse deslocamento foi o conjunto de acontecimentos e a vontade da massa.

A estrada de Kaluga era a que tinha mais provisões, portanto, não era preciso ser um gênio para determinar que ela era o melhor caminho para o exército. Havia também a possibilidade de essa marcha em flanco ser a ruína do exército russo e a vitória dos franceses, caso Murat não tivesse perdido de vista o exército russo. Mas os acontecimentos determinaram que os russos saíssem vitoriosos. Os historiadores, todavia, não poderiam aceitar que toda aquela movimentação fosse obra de um conjunto de ações e acontecimentos, queriam atribuir tudo a uma só pessoa.

Os próprios russos não somente tomaram conhecimento do sucesso da marcha de flanco durante a caminhada, mas também depois que tudo terminou. Portanto, todas as ações e todos os acontecimentos guiaram para aquele movimento, não foi apenas obra de uma única mente.

# CAPÍTULO 2

A marcha de flanco consistiu em tropas russas, que antes recuavam em linha reta, começarem a fazer uma curva natural em seu trajeto, em busca de provisões. A falta de um perseguidor em seu encalço, facilitou muito essa ação.

Com a inatividade do exército francês, o exército russo passou a ter mais força. Além disso, agora os soldados russos estavam descansados, com sede de vingança e também com novos recrutas. Porém, Kutúzov sabia que não podia entrar em batalhas inúteis e deveria esperar.

Napoleão escreveu para Kutúzov e enviou um representante para falar com ele. Na carta, o imperador francês dizia que estimava muito Kutúzov e sua esposa e pedia que o general prestasse atenção ao que seu represantete tinha a dizer; terminava dizendo que desejava que Deus o protegesse. Kutúzov respondeu que jamais seria o primeiro a selar qualquer acordo de paz e ser amaldiçoado eternamente pelo povo russo.

Uma nova batalha era tão inevitável quanto o toque dos carrilhões ao movimento do ponteiro.

# CAPÍTULO 3

O exército russo era comandado por Kutúzov, pelo Estado-Maior e pelo soberano, de Petersburgo. O Estado-Maior fora todo modificado com a morte de Bagrátion e o afastamento de Barclay. No entanto, o que ocorria era uma briga de egos entre todos os generais e demais participantes do Conselho, cada um querendo obter vantagens sobre o outro. O que nenhum deles sabia era que, por mais que decidissem por algo, eram as massas que davam o tom do jogo da guerra.

No dia 2 de outubro, o soberano escreveu a Kutúzov dizendo que ele precisava atacar os franceses. Informou que os franceses estavam enfraquecidos, mas ainda representavam um perigo; por isso, haviam destacado diversas tropas para as estradas de Petersburgo, que estava desprotegida, e afirmava que Tula estava sendo ameaçada. A carta finalizava dizendo que o soberano confiava em Kutúzov, mas ele e toda a Rússia esperavam uma ação imediata do exército.

Nesse mesmo dia, um cossaco, que se embrenhara na floresta atrás de uma lebre, deu de cara com o flanco esquerdo de Murat. Ele retornou e comunicou a todos. Ermólov levou a notícia a Bennigsen, que prontamente enviou um bilhete a Kutúzov.

Por mais que Kutúzov não quisesse uma batalha inútil, não tinha como segurar o curso natural dos acontecimentos. Restou-lhe apenas dar a bênção a um fato consumado.

# CAPÍTULO 4

O bilhete entregue por Bennigsen, sobre a necessidade de um ataque, era apenas o último sinal da necessidade de ordenar o ataque que fora marcado para o dia 5 de outubro.

No dia 4 de outubro, Kutúzov assinou a ordem traçada por Toll, que determinava que as colunas deveriam se encontrar no local combinado, ao mesmo tempo. No entanto, como sempre acontecia, no papel era muito mais bonito do que na prática.

Depois de tudo pronto, os papéis foram entregues a um ordenança de Kutúzov, para que ele entregasse a Ermólov. Mas, em cada local que o ordenança procurava por Ermólov, todos diziam que ele não estava. Somente às oito horas informaram-lhe que ele poderia estar em uma festa nas redondezas. Chegando à casa indicada, o ordenança viu Ermólov e todos os generais bebendo e cantando, então decidiu esperar um pouco. Porém, foi logo abordado por Ermólov, que pegou os papéis de sua mão. Segundo o que um oficial do Estado-Maior disse ao ordenança, Ermólov sumira de propósito, para complicar a vida de Konovnítsin.

# CAPÍTULO 5

No dia seguinte, Kutúzov preparou-se para comandar a batalha que ele não aprovava. Montou na carruagem e partiu para Letachóvka, próximo a Tarútino[48], o local onde todos deveriam se reunir. No caminho, cochilava e acordava para ver se já havia uma batalha e encontrou alguns cavaleiros que

---

48 Região de Kaluga onde ocorreu a Batalha de Tarútino, em 18 de outubro de 1812. As tropas russas, comandado por Bennigsen, derrotaram as tropas francesas. (N.E.)

deveriam estar longe dali. Depois, encontrou um regimento em que os solda-dos estavam comendo, banhando-se e nem pensavam em batalha.

Kutúzov desceu da carruagem e foi falar com o oficial deles. Ele descarre-gou toda a sua raiva no oficial, que ficou imensamente ofendido, pois jamais fora tratado daquela forma. Depois, montou na carruagem e vai embora.

Ermólov apareceu apenas no dia seguinte. Segundo as recomendações in-sistentes de Bennigsen, Toll e Konovnítsin, Kutúzov decidiu adiar a batalha para o dia seguinte.

# CAPÍTULO 6

No dia seguinte, as tropas se reuniram e partiram à noite. Todos marcha-vam em silêncio e isso causava até certo encanto. Algumas tropas, alegres, ca-minharam até demais e pararam bem longe do local combinado. Somente o conde Orlov e seus cossacos chegaram ao local combinado e na hora certa.

Antes de amanhecer, trouxeram um sargento polonês, traidor dos france-ses, que estava preso por deserção. Ele explicou ao conde Orlov que Murat estava muito próximo dali e era possível capturá-lo facilmente com cem ho-mens. Após ponderar, o conde Orlov autorizou o destacamento sob o coman-do do major-general Grékov. O conde Orlov disse que, caso fosse mentira, ele enforcaria o sargento polonês, do contrário, daria dinheiro a ele.

Quando o conde Orlov se aproximou do acampamento de Murat, viu uma movimentação e imaginou que fosse uma emboscada. Mandou que o desta-camento retornasse rapidamente. No entanto, a sede dos cossacos era maior e eles avançaram aos gritos e botaram os franceses, ainda sem fardas, para correr. Se eles não estivessem tão interessados nos canhões e equipamentos franceses, teriam capturado Murat. Depois que os franceses pararam de ser perseguidos, reagruparam-se e começaram a atirar. O conde Orlov continuou esperando pelas colunas.

Enquanto isso, as outras colunas andavam a esmo e se perdiam. Perderam muito tempo avançando e recuando sem chegar a lugar algum. Toll, muito nervoso e querendo pôr a culpa em alguém, foi até o comandante de uma tro-pa que estava atrasada e começou a discutir. Outro general, que sempre fora calmo e experiente, não aceitou as ofensas e retrucou à altura. Irritado e preci-sando descarregar a raiva, esse general pegou seus soldados e avançou para o campo de batalha, em meio aos tiros de fuzis e canhões. Foi o primeiro a levar um tiro e morreu; muitos soldados morreram e os outros ficaram no meio da batalha sem saber o que fazer, sem necessidade alguma.

# CAPÍTULO 7

Enquanto isso, a outra coluna deveria atacar os franceses, mas nesta coluna estava Kutúzov. Ele não queria atacar e segurava o máximo possível. Mesmo com muita insistência de Ermólov, Kutúzov não atacava. Somente depois de saber que Murat estava recuando, é que Kutúzov ordenou que avançassem, mas que parassem quarenta e cinco minutos a cada cem passos. Por fim, a batalha se resumiu ao ataque dos cossacos do conde Orlov. O resto foi apenas centenas de homens, de outras tropas, mortos à toa.

Ao fim da Batalha de Tarútino, Kutúzov ganhou uma medalha de diamantes; Bennigsen também recebeu diamantes e mais cem rublos; todos os outros oficiais foram condecorados de acordo com sua posição.

Mais uma vez, nada aconteceu como planejado pelos comandantes, mas representou a vontade dos russos de expulsarem os franceses de suas terras e aquele ataque serviu como estopim para que as forças napoleônicas começassem a debandar.

# CAPÍTULO 8

Napoleão entrou em Moscou depois da vitória. Os russos haviam recuado e deixado a cidade para ele. A posição dos franceses não poderia ser melhor: a cidade repleta de provisões e armamentos; os russos se afastaram e não atacaram por um mês, Napoleão poderia forçar um acordo vantajoso ao ameaçar Petersburgo. Ele só precisava controlar seu exército e impedir os saques, mas não fez nada disso.

Não apenas não fez nada, como também tomou decisões completamente erradas. Historiadores dizem que Napoleão tomou a decisão que destruiria seu exército. Nem mesmo Kutúzov conseguiria fazer melhor contra os franceses do que o próprio Napoleão. Ele tomou a direção totalmente errada e fugiu de todos os confrontos possíveis com os russos.

Por mais que os historiadores digam que Napoleão perdera força em Moscou, é um equívoco. Napoleão fizera exatamente a mesma coisa que fizera em todos os outros países. Mesmo a ausência de delegados para negociar um acordo de paz e resolver o incêndio de Moscou, nada disso o embaraçou; ele continuava o mesmo, dando ordens sem parar.

# CAPÍTULO 9

Nas questões militares, assim que Napoleão invadiu Moscou, deu ordens rigorosas a um de seus generais para que acompanhasse o movimento do exército russo e ordenou a Murat que se encontrasse pessoalmente com Kutúzov. Depois, tratou de fortificar o Kremlin e planejou sua campanha futura sobre um mapa enorme da Rússia.

No campo diplomático, ele chamou o capitão Iákovlev, que ficara em Moscou, e escreveu uma carta ao imperador Alexandre, para que o capitão lhe entregasse. Napoleão se via no dever de informar ao amigo e irmão a respeito do comportamento lamentável de Rastoptchin, que deixou que um prisioneiro fosse linchado enquanto fugia da cidade, à surdina.

Nas questões jurídicas, após o incêndio, deu a ordem de que encontrassem e punissem os responsáveis. Aproveitou para punir Rastoptchin, incendiando sua casa.

Quanto às questões administrativas, criou uma constituição para Moscou, elaborando um conselho municipal e fez uma proclamação. Nela, informava a criação de um conselho municipal ou um governo municipal. Especificou o uso de fitas brancas e também vermelhas, indicando o cargo dos membros desse conselho. Estipulou uma polícia, que usaria fitas brancas, e garantiu a segurança de todos os habitantes e de seus pertences. Informou que as igrejas funcionariam normalmente e que não seriam privados de suas religiões.

O abastecimento das tropas ele resolveu da seguinte maneira: os soldados deveriam andar pela cidade para saquear tudo que encontrassem, a fim de garantir provisões para o futuro.

No comércio, Napoleão pediu que os habitantes voltassem a produzir, saindo de seus esconderijos e retornando a Moscou, desde o camponês até o trabalhador da indústria. O imperador garantia que haveria pagamento por todos os serviços prestados.

E, de forma geral, Napoleão incentivou a criação de teatros, a organização de paradas para elevar o moral e ele mesmo saía com seu cavalo pelas ruas, para consolar os habitantes, e manteve as instituições de caridade.

Por fim, determinou que os exércitos seriam punidos caso falhassem com o cumprimento do dever.

# CAPÍTULO 10

Por mais estranho que possa parecer, todas essas ordens, planos e preocupações não resolveram em nada os problemas que Napoleão enfrentava em Moscou.

As questões diplomáticas não surtiram efeito, Alexandre não recebeu Iákovlev em Petersburgo nem respondeu às embaixadas. A fortificação do Kremlin, que envolvia a demolição da igreja de São Basílio, fora completamente inútil. A instalação de minas não serviria de nada, a não ser para explodir o Kremlin quando Napoleão deixasse a cidade, como faria uma criança birrenta ao perder um jogo.

Nas questões jurídicas, outro fracasso. Enquanto punia os suspeitos de incendiar Moscou, a outra metade da cidade também ardia em chamas. Na religião, nada funcionou. Um dos maiores fracassos foi com o comércio. Ninguém apareceu para vender ou produzir nada. Os comissários que foram para longe levar a notícia foram capturados pelos camponeses e mortos por eles. A filantropia fora um desastre, devido à grande quantidade de notas falsas na cidade.

O maior fracasso de todos foram as tentativas de Napoleão impedir os saques. Os soldados continuavam a saquear mais do que nunca. Os saqueadores, não contentes com os saques, passaram a golpear os moradores com seus sabres. Em suma, o exército francês estava como gado solto, que pisoteava o feno que poderia ser a salvação de sua fome.

A tropa só se moveu quando correu a notícia da Batalha de Tarútino. Ao fugir de Moscou, as tropas carregaram tudo o que podiam dos saques. Até mesmo Napoleão carregou consigo alguma coisa. Foi nesse pânico da fuga que Napoleão tomou caminhos errados e foi parar no caminho mais desvantajoso para seu exército.

O imperador achava que detinha o controle de todo o seu exército. No entanto, ele parecia um garoto, segurando barbantes dentro da carruagem, achando que estava comandando os cavalos.

# CAPÍTULO 11

No dia 6 de outubro, bem cedo, Pierre saiu do barracão e ficou brincando com o vira-latas com quem Karatáiev costumava dormir. Pierre vestia apenas uma camisa rasgada e suja, com uma calça de soldado, além do cafetã e o chapéu. Ele estava descalço. Durante esse período, Pierre mudara muito fisicamente, já não tinha a aparência gorda, seus cabelos e barba cresceram. Seu olhar já não era mais preguiçoso, havia uma energia nele.

Parado na frente do barracão, Pierre ficava olhando as casas em ruínas, ocupadas pelos franceses, o campo com as carroças e homens a cavalo. Um cabo francês, com um cachimbo na boca, saiu de trás do barracão e aproximou-se de Pierre.

O cabo começou a conversar amigavelmente com Pierre, comentando do clima e dizendo que gostaria de poder marchar com um clima daqueles. Disse que as tropas já estavam indo embora e que logo teria alguma ordem a respeito dos prisioneiros. Pierre aproveitou a oportunidade e pediu que ajudassem um soldado que estava à beira da morte. O cabo respondeu que não era preciso se preocupar, logo receberiam ordens sobre os doentes e que eles tinham enfermarias para cuidar de todos. Em todo caso, o cabo sugeriu a Pierre que falasse com o capitão, que gostava muito dele.

De fato, aquele capitão gostava muito de conversar com Pierre, pois ele falava muito bem francês e era um nobre. Além disso, Pierre caíra em suas graças por ter conseguido apaziguar uma briga entre os prisioneiros e os franceses. Depois disso, o capitão dissera que podiam servir a Pierre tudo o que ele precisasse.

Por fim, o cabo perguntou por Platon, que havia recebido a tarefa de costurar umas camisas para ele com panos que a tropa havia obtido uma semana antes. Karatáiev veio até eles, carregando uma camisa que havia costurado com muito esmero. O cabo vestiu a camisa e tirou um dinheiro do bolso. Em seguida, perguntou pelos restos do pano. Karatáiev queria fazer algumas perneiras para ele, mas entregou os trapos. O cabo olhou os retalhos, pensou melhor, e devolveu tudo a Karatáiev, que ficou muito feliz. Voltou ao barracão sonhando com as perneiras que faria e o deixariam quentinho.

# CAPÍTULO 12

Pierre já estava preso havia quatro semanas. De início, seria transferido para o barracão dos oficiais, mas acabou ficando com os soldados. Na Moscou devastada, Pierre experimentou o máximo da privação que um homem pode suportar. No entanto, por sua constituição física, resistiu muito bem a todas as privações, pode-se dizer que até com certa alegria.

Naquele período encarcerado, Pierre conseguiu encontrar aquilo que ele procurara em todos os lugares e situações. Procurara no amor por Natacha, na Batalha de Borodinó (invejando os soldados), na vida mundana, na maçonaria e nos pensamentos, mas foi somente naquele momento da sua quase execução que ele encontrou a liberdade interior. Agora, ele sentia o máximo do prazer em cada pequena coisa da vida; sentia o pleno prazer em comer, beber, dormir e falar; muito mais do que quando vivia em uma vida de abundância.

Durante toda a sua vida, Pierre comentou sobre aquele período em que estivera preso; relembrava como se fosse o único período em que sentira tamanha liberdade interior. Esse sentimento foi aumentando conforme aumentavam as dificuldades naquele barracão. Com o tempo, ele passou a ser muito respeitado pelos camaradas e também pelos soldados franceses. Pierre ajudava a todos e fazia todas as tarefas com prazer. Tudo o que ele sempre fora, todas as coisas que sempre fizera, e que fora dali, na alta sociedade, eram motivo de riso, dentro do barracão eram motivo de orgulho.

# CAPÍTULO 13

Na noite do dia 6 para o dia 7 de outubro, os franceses começaram o processo de retirada; começaram a desmontar barracões e cozinhas, carregaram carretas e as tropas começaram a se movimentar. Às sete da manhã, um comboio de franceses, todo uniformizado e preparado, estava parado diante dos barracões.

Todos os prisioneiros estavam prontos, de cintos apertados, calçados e vestidos; menos um, aquele por quem Pierre tentara interceder, um que estava muito doente. Despido e descalço, ele gemia muito, pois sabia que seria deixado para trás e não teria ajuda médica.

Pierre se levantou e disse que ia pedir ajuda. Saiu do barracão e deu de cara com aqueles soldados todos uniformizados. Ele não conseguia reconhecer aqueles homens, estavam com uma feição diferente de antes. O cabo, conhecido de Pierre, foi até ele e disse-lhe que precisava fechar a porta do barracão, ordem superior, para poder contar os presos. Quando Pierre perguntou o que fazer com o doente, o cabo nada respondeu. Ele resolveu pedir para o capitão, que dizia fazer qualquer coisa por Pierre. Ao abrir das portas e os prisioneiros saírem enfileirados, Pierre abriu caminho e foi falar com o capitão, que também não fez nada e estava com a mesma feição de todos os outros. Pierre seguiu junto dos oficiais, que eram cerca de trinta, e ele era o mais malvestido de todos.

No caminho, os presos observavam a Moscou incendiada, lamentando toda aquela destruição. Ao passar por uma igreja, avistaram um cadáver apoiado no muro, todos ficaram horrorizados. Os soldados botaram todos para andar, batendo com o lado cego da lâmina das espadas.

# CAPÍTULO 14

Pelas travessas de Khamóvniki, ainda na região central de Moscou, os prisioneiros caminhavam seguidos pela escolta e pelas carroças que pertenciam a ela. No entanto, ao chegarem perto dos armazéns de provisões, encontraram um imenso comboio de carga da artilharia. A espera para atravessar a ponte durou muito tempo.

À frente da ponte, via-se uma fila imensa de carroças e soldados indo em direção à estrada de Kaluga. A tropa de Davout, que carregava os prisioneiros, já havia chegado lá, mas a fila era tão grande, que algumas tropas ainda estavam em Moscou. Pierre estava espremido no muro de uma casa em ruínas. Alguns prisioneiros subiam no muro para ver até onde ia aquela fila e, ao olharem, os prisioneiros comentavam e xingavam os soldados franceses, que carregavam imensas cargas de saques da cidade. Era tanta coisa, que eles mal conseguiam levar e até brigavam entre si. Algo que chamou a atenção de todos foram três carroças de munição, em que algumas moças russas estavam empoleiradas, todas maquiadas e bem-vestidas. Nada mais poderia impressionar Pierre, depois de ter tomado consciência da força misteriosa que dominou o olhar de todos os franceses. Tudo o que ele via não deixava nenhuma impressão; parecia que ele estava se preparando para uma luta ainda maior e não queria se enfraquecer com aquelas imagens. Os comboios só pararam quando o Sol se pôs. Ficaram todos na estrada de Kaluga e armaram acampamento para passar a noite naquele local.

No acampamento, os soldados tratavam os prisioneiros ainda pior do que antes; deram carne de cavalo para comer. Desde os oficiais até os soldados, todos tomaram uma atitude hostil com os prisioneiros, muito diferente da atitude amistosa de antes. Na hora da contagem dos prisioneiros, com a confusão em Moscou, um soldado russo conseguiu escapar, dizendo estar com dor de barriga. Pierre viu como o capitão, seu amigo, repreendeu o sargento por causa da fuga do prisioneiro, ameaçando levá-lo à corte marcial. Pierre ouviu o capitão dizer que a ordem era fuzilar quem ficasse para trás. Naquele momento, a mesma força que dominara Pierre durante o fuzilamento voltou a dominá-lo, o que aumentava a força de vida em sua alma.

Entre os prisioneiros, ninguém falava sobre o presente, apenas sobre a família e acontecimentos passados. Pierre tentou ir para junto dos soldados prisioneiros para conversar, mas foi repreendido por um francês e ficou encostado em uma carroça durante uma hora, pensando. Após muito pensar, foi para junto de seus camaradas para dormir.

# CAPÍTULO 15

Nos primeiros dias de outubro, Kutúzov recebeu mais uma mensagem de Napoleão, falsamente datada de Moscou, com uma proposta de paz. Kutúzov, na estrada velha de Kaluga, deu a mesma resposta de antes, de que não era possível um acordo de paz.

Logo depois, chegou uma mensagem de um destacamento dizendo que haviam descoberto uma tropa francesa em Fomínski, nas proximidades da aldeia de Tarútino, que estava separada das outras e poderia ser aniquilada. Os soldados e o Estado-Maior queriam destruir aquela tropa francesa, mas Kutúzov não queria outra batalha. No entanto, achou um meio-termo: enviaram Dokhtúrov com sua tropa.

Era esse o mesmo Dokhtúrov que lutava bravamente havia treze anos pela Rússia, desde Austerlitz até Borodinó, que tão pouco fora citado na história de todas as guerras entre a Rússia e a França. Tal silêncio sobre seu nome demonstra que ele realmente fora um herói de guerra.

Ao chegar próximo de Fomínski, Dokhtúrov viu que a tropa francesa já não estava sozinha: ali estava toda a vanguarda do exército francês. Sendo assim, Dokhtúrov decidiu não atacar e enviou um mensageiro a Kutúzov, para informar que o plano deveria ser modificado.

# CAPÍTULO 16

Era uma noite escura e chovia de leve fazia quatro dias. O mensageiro percorreu trinta verstas em uma hora e meia até chegar a Letachóvka. Ao chegar à isbá onde estava o Estado-Maior, foi barrado por um ordenança, que informara que o general de serviço estava muito mal e precisava dormir. O ordenança sugeriu que acordasse primeiro o capitão.

O mensageiro tateou a porta no escuro e entrou; o ordenança tomou a frente e acordou alguém. Naquela escuridão, não era possível identificar ninguém. Após alguns minutos procurando uma vela, alguém falou com o mensageiro, que informou ter uma mensagem importante, de Dokhtúrov e Ermólov, de que Napoleão estava em Fomínski.

Diante dessa informação, acordam Konovnítsin, que prontamente se levantou e correu para levar a mensagem a Kutúzov. Konovnítsin, assim como Dokhtúrov, é um dos heróis de guerra que foram pouco citados pela história, mas foram decisivos na guerra. Ele mostrou a mensagem para Toll, que começou a expor suas ideias a um general que dividia o quarto com ele. Já cansado, Konovnítsin convenceu Toll de que era preciso avisar Kutúzov.

# CAPÍTULO 17

Kutúzov dormia pouco durante a noite, ele preferia tirar seus cochilos durante o dia, a qualquer momento. Sendo assim, ele aproveitava as noites para pensar, deitado na cama, com um olho aberto.

Desde que Bennigsen passou a evitá-lo, Kutúzov ficara mais tranquilo, achando que ninguém o obrigaria a fazer algo que não quisesse. Acreditava que todos tinham aprendido a lição em Tarútino.

Kutúzov acreditava que poderia perder, caso agisse de forma ofensiva; acreditava também que os melhores heróis de guerra eram a paciência e o tempo.

Então, ele queria apenas esperar para saber se o exército francês estava ferido mortalmente ou não. Pelas informações oficiais que recebera e também pelos comunicados dos guerrilheiros, Kutúzov tinha quase certeza de que o exército francês estava aproximando-se de seu fim.

Já fazia um mês que Kutúzov esperava essa resolução, ele já estava ansioso e pensava em milhares de planos e possibilidades. Kutúzov temia muito que Napoleão empregasse o mesmo plano que ele, que era esperar. No entanto, não imaginava que aconteceria aquilo que ele menos esperava: Napoleão foi a seu encontro.

No dia 11 de outubro, Kutúzov estava deitado, quando entram Toll, Konovnítsin e Bolkhovítinov. Eles trouxeram a notícia que Kutúzov tanto esperava, de que Napoleão deixara Moscou e estava arremetendo com seu exército. Kutúzov foi até seus ícones e agradeceu ao Senhor, por ter salvo a Rússia, e chorou.

# CAPÍTULO 18

Desde a chegada daquela notícia até o fim da campanha, Kutúzov concentrara-se apenas em evitar manobras e ataques inúteis com o inimigo, que já estava morrendo. Recuou em toda parte, mas Napoleão não esperou o recuo e tomou a direção contrária.

Os historiadores franceses descrevem as engenhosas manobras de Tarútino e tantas outras e formulam hipóteses, caso Napoleão tivesse chegado às províncias meridionais. No entanto, eles não contam que o exército de Napoleão, não importa para onde fosse, não tinha mais chance alguma de sobreviver, pois seus homens acabaram com todas as provisões de Moscou, em vez de poupá las. Em qualquer lugar que fossem, não fariam nada diferente do que fizeram em Moscou. Estavam fadados ao fracasso.

No conselho de guerra francês, um soldado disse aquilo que todos queriam dizer, mas não tinham coragem: que era hora de recuar. No entanto, no dia seguinte, Napoleão também decidiu recuar. O que aconteceu é que Napoleão resolveu percorrer as tropas e quase foi capturado pelos cossacos, que estavam ali saqueando. Só não foi capturado porque os cossacos somente saqueavam, e não prestavam atenção às pessoas.

Portanto, parece que tanto Napoleão quanto o soldado tiveram a mesma ideia, mas por motivos diferentes.

# CAPÍTULO 19

Enquanto o exército francês estava em movimento, ele precisava criar uma finalidade para esse movimento. Quando estavam atacando, a finalidade, o pote de ouro, era Moscou; agora, a finalidade era ir para casa. Porém, a França estava muito mais longe do que qualquer um poderia imaginar. Sendo assim, o exército francês precisava pensar em pontos de parada, onde descansariam e partiriam para outro ponto, e assim por diante. O primeiro ponto de parada era Smolensk. Eles sabiam que ali não havia provisões, mas era um ponto de descanso. Ao chegar à entrada principal, eles eram cem mil soldados movendo-se, quase um estado inteiro em movimento.

Ao saber desse movimento por Smolensk, todos os comandantes russos quiseram atacar, interceptar, bloquear e aprisionar os franceses. Apenas Kutúzov empregava forças para evitar um ataque. Alguns comandantes ficaram perto dos franceses e não conseguiram resistir à vontade de atacar. Para avisar Kutúzov, eles enviaram um envelope com um papel em branco.

As tentativas de Kutúzov foram inúteis, os russos atacaram os franceses. No entanto, perderam soldados e não conseguiram bloqueá-los e muito menos aniquilá-los. A massa francesa era muito grande para ser parada. Por mais que muitos franceses quisessem ser capturados, para botar um fim naquilo, era impossível impedir o movimento de cem mil homens. No entanto, o exército francês ia se dissolvendo aos poucos, em sua marcha fatal para Smolensk.

# Terceira parte

## CAPÍTULO 1

A Batalha de Borodinó, com a invasão de Moscou e a fuga dos franceses, sem novas batalhas, é um dos mais instrutivos fenômenos da história.

Todos os historiadores concordam que os confrontos entre os Estados e nações se dão por meio de guerras e, sendo assim, as pequenas e grandes vitórias militares aumentam ou diminuem a força política imediatamente.

Por regra, um rei ou imperador, depois de se desentender com outro líder, entra em guerra, e assim ocorrem as batalhas; matam milhares de soldados e, dessa forma, a nação derrotada se subjuga perante a nação vitoriosa, mesmo que o exército seja uma décima parte de seu povo. No entanto, a guerra de 1812 foi completamente atípica, e isso desafiava todos os historiadores.

Depois da vitória de Borodinó e da invasão de Moscou, não foi o exército russo que deixou de existir, mas o exército francês, que foi se extinguindo até que culminasse com o fim da era napoleônica. Desde o incêndio de Smolensk, sucedeu-se uma guerra que não se enquadrava em nenhuma outra das tradições bélicas. Napoleão percebeu isso e queixou-se diversas vezes com Kutúzov e Alexandre I, dizendo que aquela guerra foi conduzida fora das regras. Os comandantes russos sentiam vergonha disso, mas ninguém podia segurar o povo, que golpeava os franceses até que abandonassem Moscou.

## CAPÍTULO 2

Uma das mais proveitosas quebras das regras da guerra é a ação de pessoas dispersas contra pessoas unidas em uma massa. Geralmente se dá em guerras de caráter popular e são muito eficazes. Consiste em pequenos grupos que atacam uma grande massa e batem em retirada, depois atacam novamente e assim por diante. Tal tática funcionara em diversas ocasiões, na Espanha, no Cáucaso e com os russos, em 1812. É a famosa guerrilha.

Essa guerra de guerrilha contradiz totalmente a regra da guerra, pois calcula a força de um exército por sua massa vezes um fator desconhecido. Este fator desconhecido é o ânimo das tropas, que pode variar e não depende de seu volume, armamento ou comandante. Aqueles que têm maior vontade de lutar se colocam em vantagem para o combate. Portanto, não importa o volume do exército, pois, se ele for imenso e desanimado, perderá para um menor, mas animado. Foi exatamente o que aconteceu em 1812. O exército francês, ao abandonar Moscou, saiu em uma massa compacta, pois estava desanimado e precisava da massa para manter-se firme. O exército russo estava animado e destemido, portanto, conseguia manter-se separado e com ânimo para lutar, mesmo sem as ordens dos comandantes.

# CAPÍTULO 3

A tal guerra de guerrilha teve início na cidade de Smolensk, com a entrada do inimigo.

Antes que a tática fosse adotada oficialmente, inúmeros soldados do exército francês, que saqueavam, foram aniquilados por cossacos e mujiques. O poeta Denis Davídov, um dos mais bravos soldados das tropas russas, foi um dos precursores da guerra de guerrilha de 1812, ao aniquilar franceses de uma forma alheia à regra da guerra.

No dia 24 de agosto, foi criado o primeiro destacamento de guerrilheiros de Davídov. Depois, conforme a campanha avançava, aumentava o número de guerrilheiros. O auge das guerrilhas foi no fim do mês de outubro. O próprio Deníssov era comandante de um grupo de guerrilheiros, assim como Dólokhov. No final de outubro, eles acompanhavam de perto um destacamento francês, com cerca de mil e quinhentos homens.

Deníssov uniu seu grupo a um general polonês. Ele tinha a intenção de atacar o comboio francês com Dólokhov. Eles seguiam pela floresta, enquanto o comboio seguia pela estrada rumo a Chámchevo, região ao Sul da Rússia, próxima da fronteira.

Deníssov e Dólokhov planejavam atacar pela manhã. Deníssov fizera um primeiro ataque e conseguira alguns equipamentos, além de ter feito um jovem tamboreiro de prisioneiro, mas este nada sabia sobre aquele comboio. Portanto, eles precisavam pegar um oficial francês que tivesse informações sobre aquela tropa. Para isso, Deníssov enviou o mujique Tíkhon Cherbáti até Chámchevo para, se possível, capturar um oficial francês.

# CAPÍTULO 4

Era um dia chuvoso e quente de outono. Deníssov e um cossaco ucraniano seguiam sob forte chuva. No entanto, a chuva incomodava apenas Deníssov, pois o cossaco estava tranquilo e parecia formar um único ser com seu cavalo. Mais à frente, seguia um mujique, que era o guia; um pouco atrás, seguia um jovem oficial e um hussardo, que levava o jovem tamboreiro francês. Atrás deles, seguiam os demais hussardos e os cossacos. Deníssov estava irritado por causa da chuva, da fome e pela demora de Dólokhov em mandar notícias. Ao chegar a uma clareira, eles avistaram dois homens, um oficial e um cossaco, aproximando-se deles.

Ao aproximar-se, o oficial disse que tinha uma carta do general alemão para Deníssov, que pegou a carta com um olhar irritado. O oficial se espantou ao ver o jovem prisioneiro, significava que eles haviam travado um combate, e logo perguntou onde havia sido e se o prisioneiro contara algo. De repente, Deníssov reconheceu o oficial: era Pétia Rostov! Naquele momento, o bom capitão ficou mais alegre e Pétia também ficou bastante entusiasmado por encontrar um velho conhecido.

Durante todo o caminho, Pétia pensava em como deveria se comportar diante de Deníssov; achava que ele deveria se comportar como um adulto e oficial, não mais como aquele jovenzinho na casa dos pais.

Após algumas conversas, mas sem demonstrar que se conheciam previamente, Pétia perguntou qual resposta deveria dar ao general alemão, que queria Deníssov unido à sua tropa. Deníssov não deu resposta alguma, mas soube que precisava acelerar seu ataque, pois o alemão podia chegar antes dele e tomar sua presa. Pétia pediu para ficar com o grupo de Deníssov até o dia seguinte e eles seguiram para a floresta, próxima a Chámchevo, onde estava planejado o ataque aos franceses.

# CAPÍTULO 5

A garoa passou e restaram apenas a neblina e as gotas de água nos galhos das árvores. Deníssov, o cossaco ucraniano e Pétia seguiam o mujique que os guiava.

Ao chegar a um declive, o mujique parou e chamou os três. De longe, era possível ver a tropa francesa. Dava para ouvi-los nitidamente gritando com os cavalos e entre eles em uma língua que não era o russo.

– Traga o prisioneiro aqui – pediu Deníssov, em voz baixa.

Deníssov apontou para a tropa e perguntou ao garoto qual tropa era aquela, mas o garoto não sabia dizer, não dizia nada de útil, apenas o que Deníssov já sabia. Pétia tentava ouvir e entender tudo o que era dito por Deníssov, pelo cossaco ucraniano e pelos franceses.

O cossaco dizia que deveriam atacar, mesmo que Dólokhov não viesse. E assim começou a traçar seu plano. Enquanto estavam conversando, ouviram tiros e gritos dos franceses. Eles ficaram apavorados, pensando que tinham sido descobertos. Lá embaixo, avistaram um homem correndo com algo vermelho pelos brejos. O cossaco ucraniano reconheceu Tíkhon.

Logo os franceses desistiram de persegui-lo. Tíkhon Cherbáti era muito necessário no bando. Era um mujique que Deníssov encontrara em Pokróvskoie, quando perguntara sobre os franceses por ali. Tíkhon era forte e ligeiro, preferia andar sempre a pé, em vez de a cavalo, e carregava consigo uma lança, um machado e um bacamarte, armas que ele manejava com maestria. Todos convocavam Tíkhon para as tarefas mais difíceis, desde percorrer dezenas de verstas, até fazer prisioneiros. No entanto, após levar um tiro de um prisioneiro, ele preferia não fazer mais prisioneiros.

Deníssov enviara Tíkhon para capturar alguém, mas ou ele não se contentou com apenas um ou ele dormiu demais e resolveu fazê-lo durante a manhã e foi descoberto pelos franceses.

# CAPÍTULO 6

Depois de conversar com o cossaco ucraniano sobre o ataque que fariam, e vendo a proximidade dos franceses, Deníssov tomou a decisão de atacar.

Ao chegar ao posto de vigia da floresta, Deníssov se deteve ao ver alguém se aproximando. Chegando mais perto, viu que era Tíkhon, que jogou algo atrás do arbusto e veio até eles.

Tíkhon contou o que fizera durante a noite. Ele disse que capturara três franceses, mas nenhum deles prestava para nada. Tíkhon narrou com detalhes todas as capturas. Deníssov ficou nervoso, mas viu que não adiantava. Todos riam do que Tíkhon contava. Seguiram em frente, enquanto os cossacos e Pétia riam de Tíkhon, por ter escondido um par de botas nos arbustos.

Pétia percebeu que Tíkhon havia matado aqueles franceses e algo apertou-lhe o peito ao olhar para o jovem tamboreiro, talvez imaginando o destino do rapaz.

Um oficial encontrou Deníssov e avisou que Dólokhov o encontraria em instantes e tudo estava correndo bem. Deníssov ficou mais tranquilo e passou a conversar com Pétia, querendo saber tudo o que ele fizera até então.

# CAPÍTULO 7

Quando Pétia partiu de Moscou, onde deixara sua família, ingressou no regimento e depois foi escolhido para ser ordenança de um grande destacamento. Pétia estava feliz, pois fazia parte de um exército ativo, era um oficial e até participara da Batalha de Viazma. Quando seu general precisou enviar alguém para o destacamento de Deníssov, Pétia praticamente implorou para ser escolhido e o general não teve como negar. No entanto, o general o proibiu de participar de qualquer ação com Deníssov.

Em Viazma, Pétia desobedeceu às ordens do general e seguiu sozinho ao encontro da linha de frente francesa, em meio aos tiros de canhão, e ainda disparou com sua pistola. Por isso, quando Deníssov perguntou se ele podia ficar, Pétia ruborizou-se e titubeou para responder.

Pétia queria fazer parte da ação, estava cansado de nunca participar com os heróis. Ele queria ficar ali, com Deníssov e seu bando. Na hora do jantar, Pétia foi ajudar os cossacos a preparar a mesa. Enquanto comiam o cordeiro, Pétia falava sem parar e começou a dar presentes aos camaradas; deu sua faca dobrável, deu pederneiras, um saco de uvas-passas e uma cafeteira.

Quando sentiu que podia ter falado demais, ficou quieto por um instante. Logo em seguida, perguntou a Deníssov se podia dar algo de comer ao jovem tamboreiro. Deníssov concordou e Pétia foi até o menino.

Ao aproximar-se, Pétia pegou-o pela mão e o levou para dentro da isbá para comer. Ele estava sem graça ao conversar com o prisioneiro e passava a mão no bolso, pensando se não seria vergonhoso dar-lhe algum dinheiro.

# CAPÍTULO 8

A atenção de Pétia, que era toda para o tamboreiro, a quem Deníssov pedira para servir vodca e cordeiro, para poder ficar próximo deles, fora totalmente desviada com a entrada de Dólokhov. Pétia, querendo mostrar que não se intimidava, ergueu a cabeça. Dólokhov entrou e não cumprimentou ninguém, foi direto até Deníssov para tratar do ataque. Ele queria saber exatamente quantos franceses havia na tropa, e sugeriu que ele fosse com mais alguém, vestindo uniforme francês, até lá para saber. Deníssov era contra, achava inútil e perigoso. Pétia ouviu a conversa e prontamente se voluntariou para ir com Dólokhov. Deníssov tentou proibir, mas Pétia foi inflexível e disse que iria de qualquer forma.

Dólokhov se irritou com a presença de um prisioneiro entre eles e acusou Deníssov de ser muito brando com os prisioneiros. Disse que, caso fossem capturados, os franceses não teriam tanta compaixão quanto Deníssov tinha com eles.

Dólokhov confirmou se Pétia iria com ele. Pétia disse que iria e que ninguém poderia impedi-lo.

# CAPÍTULO 9

Vestindo barretinas e capotes franceses, Pétia e Dólokhov foram até o acampamento francês. Chegando à entrada, Pétia disse que carregava uma pistola e que não seria capturado vivo pelos franceses. Dólokhov o repreendeu por estar falando russo.

Próximo à entrada, uma sentinela pergunta pela senha. Dólokhov não sabia, mas insistiu, dizendo que estava em ronda e procurando o coronel Gérard. A sentinela deu passagem aos dois, que adentraram o acampamento. No caminho, eles encontraram um homem e perguntaram-lhe onde estavam os oficiais e o comandante. O homem respondeu que eles estavam no alto do morro, no pátio da casa senhorial. E foi para lá que Pétia e Dólokhov seguiram.

Chegando ao pátio, alguns soldados estavam em volta de uma fogueira. Dólokhov e Pétia desceram do cavalo, que entregaram a um soldado, e sentaram-se em volta da mesma fogueira. Dólokhov começou a fazer perguntas sobre aquele regimento, em quantos soldados eles eram, se não tinham medo dos cossacos; Pétia estava com medo da reação dos franceses e pensava que não sairia dali vivo. Um oficial perguntou a Dólokhov de qual regimento ele era, mas Dólokhov fingiu não ouvir e se esquivou da pergunta. Dólokhov perguntou então sobre os prisioneiros russos e brincou, dizendo que deveriam fuzilá--los, em vez de carregá-los como um fardo, e começou a gargalhar. Ninguém acompanhou Dólokhov em sua gargalhada.

Eles se despediram, pegaram os cavalos e foram embora para a mata. Ao chegarem à mata, Dólokhov despediu-se de Pétia e disse que contasse a Deníssov que seria necessário aguardar o primeiro tiro de aviso pela manhã. Pétia se emocionou, chamou Dólokhov de herói e o beijou. Dólokhov seguiu pela escuridão.

# CAPÍTULO 10

Pétia encontrou Deníssov na entrada do posto de vigia. Deníssov estava muito preocupado com o jovem Rostov e disse que nem sequer conseguira pregar os olhos enquanto ele não voltava. Deníssov mandou Pétia dormir, mas ele se recusou, dizendo que nunca dormia antes de uma batalha. Ele ficou um tempo na isbá, pensando sobre sua aventura e nos detalhes do que seria o outro dia. Quando Deníssov adormeceu, Pétia foi para fora.

Lá fora, estava muito escuro, mal se via os cavalos; alguns cossacos e hussardos estavam acordados. Pétia foi sentar-se em uma carroça, sob a qual um cossaco cochilava. O cossaco despertou e perguntou o que Pétia fazia ali, pois era tarde. Pétia disse que não dormia antes de uma batalha e fez questão de contar toda a sua aventura com Dólokhov, e disse que gostava de fazer tudo com perfeição, por isso fora até os franceses para ter a certeza de tudo. Ofereceu pederneiras ao cossaco e pediu-lhe que afiasse seu sabre.

Então, Pétia começou a pensar, ao som do metal sendo afiado. Para ele, era como uma sinfonia e pouco importava o que estava acontecendo a seu redor, ele estava em um mundo de fantasia e alheio a tudo. Pétia olhava para o céu, que estava tão belo quanto a terra. Ele perguntou sobre o prisioneiro francês, o cossaco disse que vira o garoto entrar em alguma das isbás e que parecia estar feliz.

Pétia deitou-se na carroça e ficou com seus pensamentos. De repente, Likhatchióv terminou de afiar o sabre e despertou Pétia, que havia cochilado. Ele se levantou, brandiu seu sabre no ar e guardou-o. O dia já estava clareando e Deníssov estava vindo a seu encontro, gritando seu nome e ordenando que se preparasse.

# CAPÍTULO 11

Ainda amanhecendo, todos pegaram os cavalos rapidamente e se dividiram em pelotões. Seguiam pela lama, em direção às árvores. Pétia esperava a ordem de Deníssov para montar o cavalo. Seus olhos brilhavam e corria-lhe um frio pela espinha, fazendo com que ele tremesse todo. Deníssov deu a ordem para trazer os cavalos. Pétia pediu a Deníssov que lhe desse alguma ordem e o capitão disse apenas:

– Obedeça-me e não faça besteiras.

Quando os cossacos passaram para a frente, todos começaram a descer o morro. Deníssov ordenou que fosse dado o sinal; ao soar o tiro de aviso, todos avançaram. Pétia não esperou e avançou em direção à ponte, na frente de todos. No acampamento, Pétia foi até a casa senhorial, de onde ouvia-se tiros dos franceses. Lá, encontrou Dólokhov, que disse para todos darem a volta, mas Pétia não lhe deu ouvidos e avançou em meio aos tiros.

A fumaça no pátio era densa e voavam balas por todos os lados. Pétia galopava, mas sem segurar as rédeas e com as mãos abanando no ar e pendendo para o lado. Seu cavalo desacelerou e Pétia caiu, de braços abertos. Sua cabeça estava imóvel, ele levara um tiro na cabeça.

Deníssov viu, de longe, Pétia caindo e aproximou-se correndo, a cavalo. Ao chegar mais perto, perguntou a Dólokhov se ele havia morrido. Dólokhov disse com simplicidade que sim, o garoto estava morto.

Com lágrimas nos olhos, Deníssov desmontou do cavalo e aproximou-se do corpo sem vida do pequeno Rostov. Olhando para seu rosto pálido e ensanguentado, ele só conseguia se lembrar de Pétia oferecendo uvas-passas aos cossascos no acampamento.

Entre os prisioneiros russos estava Pierre Bezúkhov.

# CAPÍTULO 12

Há muito tempo não havia nenhuma alteração na ordem do comando em que Pierre era prisioneiro. No dia 22 de outubro, seu grupo já não estava mais com as mesmas tropas que saíram de Moscou. Metade do comboio que carregava pão seco fora saqueado pelos cossacos, a outra metade seguiu em frente e depois sumiu.

Depois de Viazma, as tropas francesas estavam em completa desordem. O comboio onde estava Pierre era um amontoado de três grupos, a bagagem dos cavalarianos, os prisioneiros e o comboio de carga. No entanto, a cada trecho percorrido, esses grupos diminuíam. Dos trezentos e trinta prisioneiros, restavam uns cem. Muitos tentaram fugir ou adoeceram e foram fuzilados, conforme a ordem dos comandantes franceses. Os prisioneiros oficiais e os soldados já estavam todos juntos, e Pierre caminhava sempre com Karatáiev. Depois, Karatáiev teve a mesma febre que tivera no acampamento, o que levou Pierre a se afastar dele; era questão de tempo até que Karatáiev também fosse fuzilado.

Pierre experimentava a alienação em relação a tudo o que acontecia ao seu redor, até mesmo seus problemas. Ele notara que todos os problemas eram iguais, desde o menor problema do nobre até o pior dos problemas do prisioneiro que não tem o que comer. Por isso, tentava não pensar em nada, nem mesmo em seus pés descalços, que estavam em ferida. Essa alienação fazia-o seguir em frente, sem sentir a dor dos pés.

# CAPÍTULO 13

No dia 22 de outubro, ao meio-dia, Pierre andava pelo morro enlameado e escorregadio. Às vezes, ele olhava para a multidão conhecida e também para seus pés. O vira-latas, chamado agora de Cinzento, que o acompanhava desde Moscou, estava até bem nutrido, pois se fartava com os corpos dos animais e dos soldados largados na beira da estrada.

Pierre parecia não pensar em nada, mas, lá no fundo, estava pensando em algo importante e até consolador. Pensava em sua conversa com Karatáiev no dia anterior. Durante a parada noturna, os prisioneiros estavam em volta da fogueira com Karatáiev, que falava muito, por causa da febre. Pierre olhava para ele e sentia uma grande pena, em virtude de sua voz e aparência debilitados. Mas ele não tinha escolha, só havia aquela fogueira. Então, foi até a fogueira e sentou-se, sem olhar para Karatáiev.

Ele estava contando uma história, que Pierre já ouvira umas duas vezes, de um mercador e seu amigo, que pararam para descansar, então, mataram o amigo do mercador e colocaram a faca sob seu travesseiro. O velho fora julgado e condenado a trabalho forçado.

Após muitos anos, ele acabou encontrando o verdadeiro assassino de seu amigo, cumprindo pena com ele. Quando o governo reconheceu o erro, o mercador já havia morrido. Essa história que Platon sempre contava, agora enchia alegremente a alma de Pierre.

# CAPÍTULO 14

De repente, gritaram para todos irem para seus lugares. Entre os soldados via-se uma expressão alegre, como se algo festivo estivesse prestes a acontecer. Ouviam--se comandos para que os prisioneiros saíssem da estrada. Os soldados estavam todos bem-vestidos e puseram-se em forma. Aos gritos, diziam que o imperador passaria por ali, com um marechal e um duque. Ao passar a carruagem, o marechal olhou para o corpo volumoso de Pierre, franziu a testa e virou o rosto.

Depois que passou a carruagem, Pierre viu Karatáiev, do outro lado da estrada, encostado em uma árvore. Ele olhava para Pierre, com os olhos molhados, como se o chamasse. Pierre ficou receoso e fingiu que não o viu e seguiu em frente. Ao olhar para trás, Pierre viu dois soldados conversando muito perto de Karatáiev e decidiu não olhar mais para trás. Pouco depois, ouviu um tiro. Os dois soldados passaram por ele, um com o fuzil fumegante. Todos então ouviram Cinzento uivando, onde antes estava Karatáiev.

# CAPÍTULO 15

Os comboios e os prisioneiros pararam na aldeia de Chámchevo. Todos se aglomeraram em volta das fogueiras. Pierre se aproximou de uma fogueira, comeu carne de cavalo cozida e adormeceu próximo ao fogo. Ele dormiu pesado, como fizera em Mojáisk, após a Batalha de Borodinó. Novamente, Pierre começou a misturar a realidade com o sonho. Sonhou com seu antigo professor de geografia, depois, com o próprio Karatáiev, e pensou muito sobre a vida; ele descobrira que amar a vida era amar a Deus e, o mais difícil, era amar aquela vida de sofrimento.

De repente, Pierre acordou com a voz de um oficial, que queria assar sua carne na fogueira. Pierre ouviu Cinzento latindo perto do prisioneiro que foi empurrado para longe da fogueira. Aquilo fez Pierre lembrar-se da imagem de Platon encostado na árvore e olhando para ele, momentos antes de ser fuzilado.

Antes do amanhecer, ouviram-se gritos e tiros, que despertaram Pierre. Eram os cossacos, que invadiram o acampamento. Os prisioneiros começaram a gritar de felicidade e abraçavam os cossacos e os hussardos, que lhes davam roupas e pães.

Dólokhov estava de pé, junto ao portão. Do outro lado, estava o cossaco, contando os prisioneiros que passavam. Deníssov caminhava ao lado dos cossacos, que carregavam o corpo de Pétia Rostov até a cova improvisada no jardim.

# CAPÍTULO 16

Desde o dia 28 de outubro, quando começou o frio, a fuga dos franceses tomou um caráter ainda mais trágico. Muitos morriam congelados ou assados na beira da fogueira, na tentativa de se aquecerem. Enquanto os soldados morriam na fuga, passavam carruagens com pessoas vestindo casacos de pele e carregando os despojos tomados pelo imperador, pelos reis e duques. De Moscou até Viazma, o exército contava com setenta e três mil homens, mas restaram apenas trinta e seis mil.

O exército francês se desintegrava desde a partida de Moscou, e seria assim até Smolensk, depois até Berezíná e também até Vilnius. Um marechal escreveu a Napoleão alertando-o que o exército havia perdido grande parte de seu contingente, os soldados estavam morrendo de fome e precisavam de provisões para chegar a Smolensk. Ele recomendava que largassem as cargas inúteis e permitissem que os soldados descansassem, pois não teriam condições de entrar em uma batalha.

No entanto, Napoleão e seu círculo pouco se preocupavam e continuavam levando a mesma vida, cheia de pompas e títulos de nobreza. Cada um pensando em salvar a própria pele.

# CAPÍTULO 17

As ações das tropas russas e francesas pareciam uma briga de gato e rato, onde os dois se escondem e, de vez em quando, um aparece para ver onde está o outro e foge novamente. Era assim com os dois exércitos; os franceses fugiam, os russos iam atrás deles e depois se escondiam novamente. Os cavalos franceses já estavam exaustos; por isso, já não existia cavalaria alguma. As tropas mudavam constantemente sua direção, de forma que era impossível precisar a posição do exército para poder atacá-lo em um prazo de um ou dois dias.

O exército francês ficou em Smolensk por quatro dias, descansando. No entanto, ao partir, continuaram escolhendo as piores estradas. Como esperavam um ataque pela retaguarda, os franceses aceleravam e deixavam os companheiros para trás. Na frente de todos, ia Napoleão, depois os reis e os duques.

Quando o exército francês foi interceptado, eles se apavoraram e correram assustados, largando para trás os companheiros que os seguiam. Um general francês que passou por último perdeu nove mil soldados, restando apenas mil. Quem podia, fugia; quem não podia, ou morria ou era capturado.

# CAPÍTULO 18

Tudo o que o exército francês fez, desde a tomada de Moscou, foi se destruir. Parecia impossível que os historiadores conseguissem atribuir toda aquela ação a uma só pessoa, como de costume. No entanto, escreveram pilhas de livros sobre aquela parte da campanha francesa, sempre atribuindo-a às ordens de Napoleão. Chegaram a narrar que Napoleão heroicamente quisera travar uma batalha por conta própria e até teria dito estar cansado de ser imperador, queria mesmo era ser general. Porém, Napoleão continuou a fugir e deixou todos os seus companheiros para trás.

Descrevem Napoleão como grandioso; até mesmo o general que perdeu nove décimos de sua tropa é descrito como grandioso e genial. Tudo o que aconteceu foi que Napoleão escapuliu para casa, envolto em seu grosso casaco de pele, abandonando até aqueles que ele mesmo levara a Moscou.

# CAPÍTULO 19

Entre os russos, quem lê os relatos da última fase da campanha de 1812 ficará com uma horrível sensação de irritação, descontentamento e incerteza. Isso porque os historiadores russos descrevem que o exército deveria e poderia aniquilar o exército francês em sua fuga, mas não o fez. O mesmo exército russo que, em menor número, enfrentara os franceses em Borodinó, falhou em aniquilar os franceses e aprisionar Napoleão. No entanto, se Kutúzov e o alto comando russo falharam em seu objetivo, por que não foram julgados e condenados? Porque, mesmo se admitirmos a culpa de Kutúzov, o exército russo não tinha a mínima condição de interceptar e aniquilar o exército francês, era uma ação impossível.

A despeito do que os historiadores encontraram em memorandos, relatórios e cartas de algumas dezenas de oficiais, o povo russo e o exército, aquele que estava em ação direta na campanha de 1812, queriam que os franceses deixassem a Rússia e os deixassem em liberdade. E, neste quesito, os russos foram vitoriosos.

Alguns dizem que o exército francês foi vitorioso em sua fuga, afinal, ele alcançou o objetivo; voltar para casa. Outros dizem que o exército russo foi perdedor, pois não conseguiu aniquilar o exército francês nem capturar Napoleão. Contudo, contraditoriamente, a derrota do exército russo e a consequente vitória dos franceses foram vantajosas apenas para os russos, que reconquistaram seu país.

Portanto, por mais que os historiadores, em suas salas e cadeiras quentes e confortáveis, digam que os russos deveriam ter tomado tais e tais direções para cercar os franceses, tais ações seriam humanamente impossíveis, em razão da condição extrema do inverno russo.

Tudo o que o exército russo podia fazer, e fez, foi acompanhar a fuga dos franceses e impedir que eles parassem. Fizeram como um carroceiro que conduz seu animal sob o temor do chicote levantado.

# Quarta parte

## CAPÍTULO 1

Quando a pessoa vê um animal moribundo, o horror a domina e sua essência é aniquilada diante de seus olhos. Mas quando é com um ser humano, alguém querido, além do horror, há um sentimento de dilaceração e ferimento na alma, que, assim como o ferimento físico, às vezes mata, às vezes cicatriza, mas sempre dói e fica sempre sensível a qualquer toque.

Após o falecimento do príncipe Andrei, Natacha e a princesa Mária experimentaram esse sentimento. As duas não se falavam muito e não se permitiam fazer qualquer plano para o futuro. O menor dos ruídos já desencadeava a dor da perda.

Imaginar um futuro, para elas, era como uma traição à memória do príncipe Andrei. As duas faziam um esforço enorme para não cruzar o limite que as fazia lembrar-se do falecido. No entanto, assim como a felicidade plena e pura, a tristeza plena e pura não é possível. A princesa Mária precisava cuidar da educação do sobrinho e dos negócios da família, agora que ela era a única responsável. Nikólienka estava em um quarto úmido e começava a tossir, a princesa Mária precisava responder uma carta dos parentes e Alpátitch chegara a Iaroslavl com notícias das finanças e com a proposta de levá-los para Moscou, na casa da Rua Vzdvíjenka, que necessitava apenas de alguns reparos. Por mais lastimável que fosse, a princesa Mária precisava deixar Natacha sozinha e cuidar da vida que não parava. A jovem Rostova estava sozinha e passou a conversar ainda menos com a princesa Mária, que a convidara para ir consigo a Moscou, o que ela negou categoricamente.

Natacha passava os dias calada, triste e pensativa. Ela se sentava em seu quarto durante horas, apenas pensando no príncipe Andrei. Quando alguém entrava, ela fingia estar lendo e ficava ansiosa para que a deixassem em paz, para retornar a seus pensamentos. Ela começava a imaginar conversas com o príncipe Andrei, em uma tentativa de mudar o que aconteceu. Repassava essas conversas inúmeras vezes em sua cabeça, chegava a imaginar a presença dele.

Um dia, quando Natacha, em seus pensamentos, já estava quase obtendo a resposta para sua dor, Duniacha, sua criada, entrou em seu quarto.

– Por favor, fale com seu paizinho, rápido. Um desastre, é sobre o Pétia Ilitch... uma carta – disse ela, em meio a soluços.

# CAPÍTULO 2

Além de estar alheia a tudo e a todos de sua família, Natacha também os encarava de maneira hostil. Ela ouviu as palavras da criada sobre Pétia, mas não compreendeu. Não entendia que desastre poderia ter ocorrido, pois eles viviam sempre a mesma vida monótona. Quando foi para o salão, encontrou o pai saindo do quarto aos prantos; Natacha tentou acudi-lo, mas ele abanava os braços, apontando para o quarto da condessa. O conde se jogou na cadeira e cobriu o rosto com as mãos.

Natacha foi até o quarto e viu a mãe, desesperada, se debatendo na poltrona. Os criados tentavam segurá-la e Natacha foi ajudá-los. Ela pegou a mãe e a colocou na cama. A condessa gritava, não conseguia crer que seu filhinho estava morto e queria uma confirmação de Natacha ou talvez ainda tivesse uma esperança de que a filha pudesse desmentir aquela notícia.

Natacha passou dias ao lado da mãe, sem dormir. Ela cochilou apenas quando a mãe se acalmou. Enquanto cochilava, ouviu o ranger da cama e acordou. A condessa estava sentada na cama e falava em voz baixa, como se falasse com Pétia. Natacha se aproximou da mãe e disse:

– Mãezinha, o que está dizendo?

– Natacha, ele não existe mais! – disse a condessa, abraçando a filha e chorando pela primeira vez.

# CAPÍTULO 3

A princesa Mária adiou sua partida. Sônia e o conde tentavam substituir Natacha nos cuidados com a condessa, mas não puderam. Apenas Natacha conseguia impedir o louco desespero da mãe. Durante três semanas, a jovem dormiu no quarto da mãe, acomodada na poltrona. Somente a voz suave de Natacha tranquilizava a condessa.

A ferida da alma da condessa não podia ser curada. A morte de Pétia consumiu metade de sua vida. Depois de um mês da notícia da morte de Pétia, a condessa, uma senhora energética e animada, saiu daquele quarto quase sem vida. A ferida de Natacha foi curada justamente com a ferida que consumiu a condessa, pois ela se curou da ferida anterior ao notar que precisava dar amor à mãe.

Natacha e a princesa Mária ficaram ainda mais unidas. A princesa passou a cuidar de Natacha como se fosse uma filha. A jovem ficara muito debilitada ao cuidar da mãe.

Certo dia, a princesa Mária levou Natacha para seu quarto, pois ela estava com febre. As duas começaram a conversar e Natacha disse que a amava muito. A partir desse dia, uma não vivia sem a presença da outra. Era um amor maior do que entre irmãs. Conversaram durante toda a madrugada, falando do passado.

Natacha emagreceu muito naqueles últimos tempos. Tanto que até ela própria já estava preocupada com sua saúde. Com o tempo, a ferida de Natacha estava cicatrizando e ela já se permitia viver. Em janeiro, a princesa Mária foi para Moscou e o conde sugeriu que levasse Natacha, a fim de se consultar com os médicos.

# CAPÍTULO 4

Após o combate em Viazma, quando Kutúzov não conseguiu impedir que os soldados lutassem, a continuação do deslocamento francês e a perseguição dos russos até Krásnoie aconteceram sem batalhas. A fuga dos franceses era tão acelerada que fora essa rapidez o maior motivo do aniquilamento do exército francês e da grande perda de soldados do lado russo. Os esforços para perseguir os franceses eram enormes, a condição climática era péssima e os soldados já estavam esgotados. Kutúzov decidira não acompanhar o exército francês tão de perto, pois assim ele conseguia traçar uma rota mais rápida para chegar até eles. Caso ficasse muito próximo, faria todo o zigue-zague com eles, perderia tempo e soldados.

A grande diferença entre os dois exércitos que estavam se destruindo é que os franceses estavam fugindo e sofrendo com o risco iminente de um ataque, enquanto os russos estavam perseguindo, sem riscos de sofrer ataques. Além disso, no caso dos russos, os soldados que ficavam para trás estavam em casa, mas, no caso dos franceses, os retardatários eram capturados pelo inimigo.

Contrário a todas as ordens de Petersburgo e ao clamor popular, Kutúzov decidira não travar batalhas e apenas acompanhar os franceses até a fronteira russa. No entanto, a Batalha de Krásnoie foi inevitável, pois deram de cara com os franceses e com o próprio Napoleão. O resultado disso foi o massacre de dezesseis mil franceses.

Em Krásnoie, foram capturados vinte e seis mil homens, centenas de canhões, mas nenhum rei, duque e muito menos Napoleão. Em razão disso, acusaram Kutúzov de ficar desnorteado com a presença de Napoleão e ter sido subornado por ele. Seus contemporâneos e a história descrevem Kutúzov como um velhote cortesão e fraco; um fantoche que era útil apenas por causa do nome russo.

# CAPÍTULO 5

Culparam Kutúzov diretamente pelos erros de 1812 e 1813. O imperador ficou aborrecido com ele. Na história, recentemente escrita, dizem que ele era um cortesão mentiroso e ardiloso, que temia Napoleão e privou a Rússia de uma grande glória.

É estranho dizer, mas as pessoas e a história colocam uma pessoa insignificante e sem dignidade alguma na posição de grandiosa e de objeto de admiração. Essa pessoa é Napoleão Bonaparte. No entanto, alguém que nunca traiu sequer a si mesmo, um exemplo nítido de abnegação e consciência da importância dos acontecimentos no futuro, é considerado alguém digno de pena. Esse alguém é Kutúzov.

Kutúzov era o total oposto de Napoleão, não esbravejava, não contava vantagens; era um homem simples e nunca contradizia ninguém que quisesse provar algo para ele. Nem mesmo Rastoptchin, quando o acusou de abandonar Moscou sem travar uma batalha.

Desde o início, Kutúzov fora o único homem a dizer e prever todos os acontecimentos daquela guerra de 1812. Desde Austerlitz, quando ele fora o único que acreditara na derrota. Em Borodinó, fora o único que considerava uma vitória; fora o único a dizer que perder Moscou não era perder a Rússia e fora o único a rejeitar o acordo de paz. Em geral, apenas Kutúzov disse que eram inúteis todas as batalhas após Borodinó e que não daria um russo em troca de dez franceses, além de que era necessário guardar energia até chegar à fronteira.

Kutúzov não poderia se render à forma falsa do herói europeu. Ele era grandioso justamente por ser simples, humilde e verdadeiro.

# CAPÍTULO 6

Dia 5 de novembro foi o primeiro dia da Batalha de Krásnoie. Depois de muitas discussões e quando já era claro que o inimigo estava em fuga e não poderia haver batalha alguma, Kutúzov foi a galope para Dóbroie, para onde o quartel-general fora transferido. Naquele dia, estava um frio intenso e a estrada estava tomada por prisioneiros franceses, famintos e queimados do frio.

Próximo a Dóbroie, uma multidão de prisioneiros esfarrapados conversavam na beira da estrada. Ali, Kutúzov viu um grupo de franceses cortando um pedaço de carne crua com as mãos e, com o rosto coberto de chagas, lançavam um olhar horrendo para Kutúzov, que se virou e continuou com as atividades.

Kutúzov reuniu os soldados e oficiais para fazer um pronunciamento. Ele agradeceu a todos os soldados e oficiais pelo empenho e lealdade, dizendo que seus nomes seriam lembrados por toda a eternidade. Depois, mais emotivo, pediu paciência aos soldados, dizendo que faltava pouco tempo para aquilo tudo terminar.

Disse que os franceses agora eram dignos de pena, mas, apesar de tudo, ainda eram seres humanos. Por fim, disse que ninguém os convidara para ir à Rússia, então eles mesmos eram culpados pelo próprio sofrimento. Kutúzov saiu emocionado, sob gritos de saudações.

# CAPÍTULO 7

O último dia da Batalha de Krásnoie foi em 8 de novembro. Já estava escuro quando as tropas chegaram ao lugar de pernoite. O dia todo foi de calmaria, apenas uma neve bem leve caía. À noite, o frio aumentou.

Um regimento de mosqueteiros, que antes eram três mil e agora apenas novecentos, foi um dos primeiros a chegar ao local e logo começou a preparar o acampamento. As isbás estavam todas ocupadas por prisioneiros mortos e doentes, por cavalarianos e membros do Estado-Maior. Restara apenas uma isbá para o comandante do regimento. Sendo assim, todos os outros começaram a preparar os alojamentos e as fogueiras.

Todos foram para a floresta pegar lenha seca e madeira para as barracas. Ouvia-se machadadas e o ranger das madeiras se partindo. Os soldados falavam muito alto, proferindo palavrões e xingamentos. Logo eles foram repreendidos por um oficial, sob o alerta de que havia oficiais e até um marechal nas isbás.

Ao final, todos sentaram-se ao redor das fogueiras; uns fumavam cachimbo, outros pegavam piolhos, uns consertavam as botas. Todos se ocupavam com alguma coisa para passar o tempo.

# CAPÍTULO 8

Era de se esperar que, sob aquelas condições extremas, a falta de provisões, o frio de dezoito graus negativos, a falta de uniformes de inverno, o ânimo geral dos soldados fosse dos mais desanimadores e deprimentes. No entanto, o ânimo geral das tropas era o melhor possível, muito melhor do que quando estavam em melhores condições climáticas e materiais. O motivo era que todos os soldados fracos e desanimados ficaram para trás e não acompanharam as tropas. Sendo assim, restaram apenas os melhores, mais fortes e mais animados soldados.

Naquela noite, eles ficaram ao redor das fogueiras. A oitava companhia pegou um tapume e colocou perto da fogueira, como se fosse uma parede. Aos poucos, muitos queriam ficar por ali; eles cobravam uma lenha de cada um como pagamento. Conversavam, riam, dançavam e cantavam em volta da fogueira. Contavam histórias fantasiosas sobre Napoleão e sobre as batalhas.

Um pensamento unânime era de que a grande batalha fora em Borodinó. Um soldado contava que os franceses eram muito limpos e brancos, que nem mesmo mortos fediam como os soldados russos. Esta e mais outras faziam parte das histórias inventadas pelos soldados.

De repente, ouviram-se risos vindos da quinta companhia. Um soldado foi verificar e disse que haviam chegado dois franceses e um deles estava cantando, animando todos por ali. Alguns soldados foram até lá para ver.

# CAPÍTULO 9

A quinta companhia estava ao lado da floresta. Uma enorme fogueira queimava no meio da neve, iluminando as árvores.

No meio da noite, os soldados ouviram alguns passos pela neve. Pensaram ser um urso, mas eram dois soldados franceses. Um era oficial, que estava debilitado, e o outro um soldado, que o carregava pelos braços.

O soldado fez um sinal com a mão na boca, indicando que estava faminto e o outro se jogou perto da fogueira. Aqueles dois eram Ramballe e seu ordenança, Morel. Os mesmos que haviam passado uma noite em Moscou, conversando com Pierre.

Os soldados russos deram-lhes mingau e vodca. Após alguns goles, Morel começou a dançar e a cantar em volta da fogueira; Ramballe apenas observava e se aquecia à beira da fogueira.

Os russos também estavam se divertindo com Morel e tentavam cantar junto com ele, apenas seguindo a melodia. Depois, alguns soldados perguntaram ao coronel se não deixaria Ramballe se aquecer em sua isbá. Quando o coronel concordou, dois soldados o carregaram. Ramballe agradeceu muito, chamando-os de bravos amigos. O céu estava incrivelmente estrelado, era sinal de que viria um frio ainda mais intenso.

# CAPÍTULO 10

As tropas francesas se dissolveram de maneira contínua e em uma progressão matemática. A travessia do Rio Bereziná, sobre a qual tanto se escreve, foi apenas um dos pontos da destruição. Esse episódio é largamente citado porque foi um plano traçado em Petersburgo para capturar Napoleão. Mas, mesmo com a queda da ponte, os soldados continuaram a atravessar o rio em botes, enfrentando suas gélidas águas. A verdade é que a travessia de Bereziná foi menos danosa aos franceses do que aquilo que ocorreu em Krásnoie.

Em Bereziná, comprovou-se aquilo que Kutúzov defendia: que era inútil lutar e a melhor saída era apenas acompanhar os franceses para fora da Rússia. Era impossível cortar o exército francês, eles evacuavam muito rápido e tinham seu objetivo muito claro: se ficassem, poderiam morrer, se avançassem, poderiam sobreviver.

Muitos dos franceses que se rendiam sabiam que a morte era quase certa. As tropas russas tinham poucas provisões e os franceses eram os últimos da fila de prioridade. Alguns oficiais tinham boas intenções com os franceses, mas, na hora de escolher, seus soldados estavam em primeiro lugar, pois os franceses eram inúteis para os russos.

A situação de Kutúzov perante o soberano e o Estado-Maior era péssima. Todos os altos oficiais faziam questão de criticá-lo e prejudicá-lo. Nesse momento, as intrigas alcançaram seu ápice. Kutúzov sabia que seu poder estava no fim, mas sabia que cumprira sua missão.

No dia 29 de novembro, Kutúzov entrou em Vilnius. Ele decidira descansar, estava muito cansado e debilitado. Em Vilnius, o general tinha muitos amigos e fora governador por duas vezes. Além de descanar, Kutúzov ainda reteve na cidade a maior parte das tropas, para desgosto do soberano.

No dia 7 de dezembro, o imperador Alexandre saiu de Petersburgo, em comitiva, para Vilnius, chegando à cidade no dia 11 de dezembro. Kutúzov se preparara para a chegada do soberano e redigira um relatório para entregar-lhe. Uma troica chegou antes, para anunciar a chegada de Sua Majestade Imperial.

Quando o soberano chegou, Kutúzov desceu as escadas, em seu uniforme de gala, coberto de medalhas e condecorações. Ao encontrar o soberano, para completa surpresa de Kutúzov, ele o abraçou. O general não resistiu ao abraço e chorou. Eles foram diretamente para o gabinete. O soberano contou que estava descontente com sua campanha, com a demora na perseguição dos franceses e os erros em Krásnoie e Bereziná. Kutúzov não fez nenhuma objeção.

Quando Kutúzov saiu do gabinete, um dos condes da comitiva estava segurando uma bandeja de prata, com algo pequeno sobre ela. Kutúzov recebeu a medalha da Ordem de São Jorge de Primeira Classe.

# CAPÍTULO 11

No outro dia, houve um jantar na casa de Kutúzov e um baile, em que o soberano deu a honra de sua presença. Apesar de ter recebido no dia anterior a Ordem de São Jorge, a mais alta honraria militar russa, a insatisfação do soberano com a campanha era visível a todos. Eram mantidas as aparências, o soberano precisava dar o exemplo.

No dia do baile, como de costume, quando o soberano entrou no salão, Kutúzov mandou estender as bandeiras capturadas dos franceses. Alguns dizem que Alexandre falou: "Velho comediante".

Como forma de tirar Kutúzov do poder, o soberano assumiria a frente do exército. Ele tinha a intenção de continuar a guerra, agora na Europa, mas

Kutúzov era contra, pois sabia que o povo e o exército russo não suportariam. Sendo assim, o soberano foi trocando todo o Estado-Maior, deixando Kutúzov enfraquecido.

Para o soberano, a Rússia precisava alçar voos mais altos; para o povo, isso não fazia sentido, e, para o representante da guerra popular, só restava a morte. E ele morreu.

# CAPÍTULO 12

Pierre somente sentiu todo o peso de tudo o que passara quando havia terminado. Depois de sua libertação, foi para a cidade de Oriol, ao Sul de Moscou, e, quando se preparava para ir a Kiev, ficou doente e precisou ficar na cidade por três meses. Os médicos diziam que era uma febre biliosa. Ele melhorou depois do tratamento médico, que incluía sangrias e alguns remédios.

De tudo o que acontecera a Pierre, desde sua libertação dos franceses até sua doença, não restava nenhuma lembrança. Ele se recordava apenas do tempo cinzento, chuvoso, do sofrimento das pessoas e da curiosidade dos oficiais, que lhe fizeram inúmeras perguntas. No dia de sua libertação, ele vira o corpo de Pétia. No mesmo dia, soube que o príncipe Andrei não morrera em Borodinó, mas na casa dos Rostov, em Iaroslavl. E, por acaso, Deníssov falou sobre a morte de Hélène, achando que Pierre já soubesse. O conde não conseguia entender aquele turbilhão de informações, só pensava em sair daquele lugar de sofrimento, onde as pessoas matavam umas às outras. Pierre queria paz e sossego.

Quando voltou a si, viu-se rodeado por seus criados, com cama limpa e mesa farta. Ele vivia um sentimento de liberdade física e também espiritual. A morte da esposa e sua libertação dos franceses causavam-lhe um sentimento de liberdade nunca vivido antes. Ele pensava no que seria dali para a frente. Mas não se importava, pois até sua fé em Deus se modificara e aumentara. Ele sempre procurou Deus ao longe, em coisas distantes. No entanto, graças a Karatáiev, ele descobriu que Deus estava em tudo e em todos, bem diante de seus olhos.

# CAPÍTULO 13

Pierre continuava o mesmo exteriormente; distraído e ocupado com coisas distantes daquilo que estava diante de si. O que mudou é que, antes, ele franzia a testa e tentava lembrar de algo que esquecera ou não entendera. Agora, ele lança um sorriso jocoso. Antes, ele era bondoso e de aparência infeliz. Agora, ele continua bondoso, mas seu sorriso, alheio a tudo, cativa as pessoas para ficar perto dele e contar os segredos mais íntimos. Ele também deixara de falar demais e escutar de menos. Ele não se envolve mais em discussões infrutíferas e não contesta ninguém. Apenas lança um sorriso e escuta a todos.

Antes, Pierre não conseguia negar nada a ninguém. As pessoas o procuravam para lhe pedir dinheiro,  e ele sempre dava tudo o que tinha. Agora, ele já tinha desenvolvido um juizo interno: procurava refletir antes se devia ou não ajudar. Ele fez isso com um oficial e prisioneiro francês, que virou frequentador de sua casa e pediu-lhe dinheiro para enviar à família. Pierre negou sem pestanejar. Ao mesmo tempo que oferecera ao oficial italiano, pois sentiu que precisava de dinheiro.

Seu administrador foi até Oriol para deixá-lo inteirado de suas finanças. Com o incêndio de Moscou, Pierre perdera mais de dois milhões em propriedades. No entanto, o administrador disse que ele lucrara com a ruína de suas casas, pois mantê-las custava muito dinheiro, e ainda o advertiu que não pagasse as dívidas de Hélène, pois não lhe diziam respeito.

Pierre adorou as notícias e acatou os conselhos. Porém, quando Villárski, seu irmão de maçonaria que morava em Oriol e casara-se com uma esposa rica, fez- -lhe uma visita e disse que seria melhor quitar as dívidas, Pierre, mais uma vez, julgou que deveria reconstruir as casas e quitar as dívidas, mesmo que lhe custasse caro, mas sentia que deveria ser feito. Sendo assim, foi para Petersburgo, com Villárski, que iria para Moscou.

Pierre continuava a viver o maravilhoso sentimento de liberdade e alegria. Cada pessoa que encontrava durante a viagem, observava com curiosidade e alegria. Ele continuava evitando qualquer tipo de discussão, apenas escutava.

# CAPÍTULO 14

Assim como um formigueiro destruído se enche de formigas novamente, assim a Moscou devastada pelo incêndio e pelos franceses voltou a ficar povoada. Muitos dos antigos moradores voltaram à cidade, além de mujiques, funcionários e também alguns curiosos.

Alguns mujiques foram os primeiros a chegar, na intenção de saquear e encher as carroças. Depois, foram chegando mais e mais pessoas, todas para saquear o que restara. Moscou virou uma terra de ninguém, sem polícia, todos saqueavam tudo o que viam pela frente. Somente depois de a polícia ser reestabelecida e os mujiques, presos, foi que os saques cessaram.

Outros mujiques, porém, haviam ido à cidade a fim de vender trigo e alimentos. Da mesma forma, outras tantas pessoas voltavam a Moscou para reconstituir suas vidas e a cidade com toda a dignidade. Com o tempo, reestabeleceram-se as igrejas, os comércios, a construção e a reforma das casas incendiadas.

Os moradores começaram a contabilizar os prejuízos e reclamá-los às autoridades, listando suas perdas e acusando os vizinhos e até a polícia pelos saques. Muitos pediam ajuda e indenização do governo pelas perdas. Aos poucos, a cidade ia voltando ao normal. O velho Rastoptchin continuava redigindo seus decretos.

# CAPÍTULO 15

Pierre chegou a Moscou no fim de janeiro. Visitou Rastoptchin e outros conhecidos; ele já preparava sua partida para Petersburgo. Todos queriam vê-lo, saber de tudo o que ele passara. Ele respondia da mesma forma a todos, sempre sem se comprometer com nada, principalmente quando perguntavam se iria morar em Moscou. Ele sabia que os Rostov estavam em Kostromá, na região central da Rússia, e raramente pensava em Natacha. Ela fazia parte de um passado distante. Pierre se sentia livre não apenas da vida mundana, mas também do sentimento pela jovem.

No terceiro dia em Moscou, Drubetskoi contou-lhe que a princesa Mária estava na cidade, em sua casa na Rua Vzdvíjenka. Ao saber disso, Piere resolveu visitá-la naquela mesma noite. Ao chegar a casa, o copeiro o recebeu, mas informou que a princesa estava em seus aposentos e costumava receber visitas apenas aos domingos. Pierre insistiu para que o anunciasse, talvez ela mudasse de ideia ao ouvir seu nome. Quando o copeiro retornou, pediu que ele subisse ao quarto da princesa.

A princesa Mária estava no quarto, iluminada apenas por uma vela e com a presença de uma dama de companhia. Pierre beijou-lhe a mão e conversaram um pouco sobre o príncipe Andrei, que ele já sabia que estivera na casa dos Rostov. Enquanto Pierre falava no amigo e nos Rostov, notou que a princesa olhava de maneira desconfortável para sua dama de companhia. E esta, olhava para Pierre com curiosidade. Após alguns minutos de conversa, a princesa Mária, surpresa, perguntou ao conde se ele não reconhecia aquela moça que estava ali com eles, de preto.

Pierre se espantou. Por ironia do destino, era Natacha. Estava mudada, muito magra, com o rosto um tanto envelhecido e pálido. Naquele momento, Pierre percebeu que a amava e não conseguiu esconder das duas esse amor; mesmo sem dizer nada, todo o seu rosto o denunciava.

# CAPÍTULO 16

A princesa Mária contou a Pierre que Natacha viera se hospedar em sua casa e que o conde e a condessa Rostov chegariam em alguns dias, pois o estado da condessa necessitava de cuidados. Pierre lamentou a situação, pois toda família tinha uma história triste para contar. Ele contou a Natacha que fora libertado no mesmo dia em que Pétia morrera. Em seguida, começou a falar com a princesa Mária sobre fé em Deus e Natacha questionou Pierre, que lhe disse que apenas quem crê em Deus pode suportar toda aquela dor dela e da princesa Mária.

Não satisfeito, Pierre quis saber dos últimos dias do príncipe Andrei; a princesa estava relutante, mas logo começou a contar como o irmão se sentia em seus últimos dias de vida. Pierre disse a Natacha que fora uma felicidade ela ter encontrado Bolkónski. Natacha se estremeceu, concordou com ele e pôs-se a contar todos os detalhes daquele período. Pierre se emocionou com toda a história. A princesa Mária disse que ela nunca havia contado a ninguém antes.

De repente, eles foram interrompidos pela entrada de Nikoluchka, que entrou no quarto. Natacha aproveitou a deixa para sair correndo. Pierre beijou o menino e fez menção de ir embora, mas a princesa fez questão de que ele jantasse com eles.

# CAPÍTULO 17

Pierre foi para a sala de jantar, logo depois chegaram Natacha e a princesa Mária. Eles estavam desconfortáveis, sem saber o que dizer. Não poderiam continuar o assunto anterior nem falar coisas corriqueiras, seria inadequado. Mas Pierre decidiu interromper o silêncio e recomeçar a conversar. As duas pareciam ter tomado a decisão de viver, pois, além da dor, existe a alegria.

A princesa Mária pediu a Pierre que contasse um pouco de suas histórias, pois diziam que ele fizera coisas inacreditáveis. Pierre disse que lhe contavam coisas sobre ele que nem mesmo o próprio conhecia. A princesa interrompeu, quis saber se ele perdera mesmo dois milhões de rublos por causa dos incêndios e se reconstruiria suas casas. Pierre disse que o administrador havia recomendado a reconstrução e que, na verdade, ele estava duas vezes mais rico, mas que, ao fim e ao cabo, sua verdadeira conquista fora a liberdade.

A princesa Mária falou sobre a morte de Hélène e perguntou quando Pierre recebera a notícia. O conde disse que soubera da morte da esposa havia pouco tempo, em Oriol, e que sentia muita pena dela. Quando a princesa Mária disse que Pierre estava solteiro novamente, ele ruborizou e evitou olhar para Natacha por um tempo.

Natacha quis saber todos os detalhes das histórias de Pierre. Ele relutou de início, mas logo começou a contar e não parou mais. Natacha e a princesa ouviam com um profundo interesse. Pierre estava gostando daquela sensação de ser ouvido por mulheres verdadeiramente interessadas em suas histórias. Então ele contou de Karatáiev, disse quanto aprendera com aquele velho mujique analfabeto; falou da cena da execução e do episódio em que fora preso. Pierre riu quando as duas quiseram saber se era verdade que ele havia encontrado Napoleão. Ele disse que nem sequer chegou perto do imperador francês. No entanto, confirmou que tinha planos de assassiná-lo.

Já eram três horas da manhã e nenhum dos três estava cansado de conversar. A princesa Mária passou apenas a ouvir a conversa e observava como Pierre e Natacha formavam um belo casal. Pierre disse que viveria tudo aquilo de novo, pois se achava um homem melhor agora, do que antes de ser preso. Natacha também disse que viveria tudo outra vez e começou a chorar. Ao chorar, Natacha deu boa noite e subiu para seu quarto. Pierre levantou-se e despediu-se dela.

No quarto, Natacha e a princesa Mária falaram um pouco sobre o príncipe Andrei e também da mudança que Pierre sofrera, era um homem diferente, mudara para melhor. Pela primeira vez em muito tempo, Natacha esboçou um sorrisinho que permaneceu em seu rosto durante toda a noite.

# CAPÍTULO 18

Naquela noite Pierre levou muito tempo para dormir. Ele pensava bastante no príncipe Andrei, em Natacha, no amor deles e até sentia ciúmes do amigo. Já eram seis horas da manhã, e nada de ele dormir. Ao decidir que não podia fugir daquele sentimento, trocou-se e foi dormir.

Ao acordar, resolveu adiar sua ida a Petersburgo e conversou com o administrador sobre isso e também sobre a liberdade de seu criado e sua família. Mas o administrador dizia ter prazer em servir ao conde e não queria a liberdade.

Pierre estava em um momento em que via a bondade em tudo e em todos a seu redor.

Novamente, Pierre foi jantar na casa da princesa Mária. Ao andar pelas ruas, admirava as ruínas, as pessoas que caminhavam e até os cocheiros. Ao entrar na casa, Natacha estava vestida e arrumada da mesma forma do dia anterior. No entanto, seu olhar e seu rosto haviam mudado; era, agora, a mesma Natacha de antes.

Apesar da alegria de Natacha e da princesa com a presença de Pierre, o assunto deles se esgotara. Já era tarde e a princesa Mária precisou se despedir de Pierre, quando ele fez menção de ir embora. A princesa perguntou-lhe se partiria no dia seguinte, ele respondeu que sim, mas que passaria antes para despedir-se. Natacha estendeu-lhe a mão e foi embora, deixando Pierre e a princesa sozinhos.

De repente, todo o cansaço da princesa e o embaraço de Pierre sumiram. Os dois se aproximaram e começaram a falar de Natacha. Pierre disse que a amava, mas não sabia se poderia ter esperanças. A princesa Mária disse que não era possível falar de amor naquele momento com Natacha, mas acreditava que havia esperanças. Pierre ficou incrivelmente feliz e a princesa sugeriu que ele escrevesse ao conde e à condessa Rostov e que fosse para Petersburgo, pois ela o ajudaria com Natacha. No dia seguinte, ao despedir-se de Natacha, ela lhe disse:

– Adeus, conde. Ficarei ansiosa pelo seu retorno.

E aquelas palavras tomaram conta dos pensamentos de Pierre pelos dois meses em que esteve em Petersburgo.

# CAPÍTULO 19

Na alma de Pierre, acontecia algo que nunca acontecera antes em situações semelhantes, como quando se casara com Hélène.

Ele não sentia a necessidade de repetir com vergonha as coisas que dissera, ou se arrepender de não ter dito que a amava. Pelo contrário, ele ficava repetindo mentalmente as palavras dela e dele, com as expressões do rosto, o sorriso e não sentia a necessidade de modificar nada do que fora dito.

A única dúvida que o acometia, de vez em quando, era se tudo aquilo que estava acontecendo era real ou apenas fruto de sua imaginação. Tinha receio de a princesa Mária contar para Natacha e a moça dizer que haviam confundido tudo, que ela não nutria sentimento algum por ele. Mesmo com essa dúvida recorrente, Pierre estava constantemente radiante e feliz; acreditava que todos a seu redor também estavam felizes por causa dele.

Quando examinou os documentos de Hélène e analisou suas dívidas, sentiu pena dela, porque ela não tivera a oportunidade de vivenciar a felicidade da qual ele vivenciava no momento.

Pierre não esperava motivos pessoais para amar as pessoas, mas quando amava alguém, encontrava motivos indubitáveis para isso.

# CAPÍTULO 20

Desde aquela primeira noite após a partida de Pierre, quando Natacha ficara com um sorrisinho alegre e dissera que Pierre havia melhorado, desde aquele momento havia surgido algo oculto em sua alma, algo totalmente desconhecido e irresistível.

Tudo nela mudara, o rosto, o jeito de andar, o olhar, a voz, tudo mudou de repente. Natacha não reclamava de mais nada, não falava mais no passado e não tinha medo de planejar o futuro. Ela pouco falava de Pierre, mas, quando a princesa Mária falava nele, seus olhos brilhavam.

Essa mudança surpreendera a princesa Mária. Passado algum tempo, a princesa começou a ficar um tanto triste, pois parecia que Natacha não amava tanto seu irmão quanto ela imaginava. No entanto, na presença de Natacha, a princesa Mária não reclamava de nada e até gostava de sua alegria.

Quando Natacha soube que Pierre fora de fato para Petersburgo, ficou espantada e pediu ajuda à amiga. A princesa Mária perguntou se Natacha amava Pierre; quando Natacha afirmou que o amava, a princesa Mária passou a ficar feliz também. Natacha, por sua vez, ficou igualmente feliz com a possibilidade de Nikolai casar-se com a princesa Mária.

Sobre a ida de Pierre para Petersburgo, Natacha disse que tinha de ser assim mesmo.

# Epílogo

# Primeira parte

## CAPÍTULO 1

Já era 1819. O mar da turbulência histórica da Europa já havia retornado para as margens. Parecia ter sossegado, mas as forças que movem a humanidade continuavam a agir. Apesar da aparente calmaria, a humanidade continuava a mover-se sem parar. Grupos se formavam e se desfaziam, os Estados se separavam e os povos se deslocavam.

Os personagens históricos não flutuavam mais nas ondas, mas davam voltas no mesmo lugar. As ondas não se moviam de uma margem à outra, mas a água borbulhava no fundo. Esses personagens, que antes detinham o poder nas guerras, agora se ocupavam de considerações políticas e diplomáticas, por meio de leis e tratados.

Fora criada a Santa Aliança, uma união entre os reinos da Prússia, Áustria e Rússia, logo após o fim da era napoleônica, em 1815. Os historiadores russos culpavam Alexandre I por essa aliança. O mesmo Alexandre que fora exaltado pelos movimentos liberais e por salvar a Rússia. Tanto os historiadores quanto os estudantes, não há ninguém que não tenha julgado Alexandre I por seus atos naquele período de seu reinado. Diziam que ele agira bem em 1812, mas fizera mal ao criar uma Constituição para a Polônia, compactuar com a Santa Aliança e por muitas outras decisões. No entanto, é impossível julgar o bem e o mal, assim como é impossível julgar o bem que Alexandre I acreditava estar fazendo para a Rússia. Afinal, o que era o bem naquela época, pode ser o mal hoje. O bem de hoje pode ser o mal daqui a dez anos. Sendo assim, esse mesmo historiador que julgava as decisões de Alexandre I como maus, daqui a alguns anos pode julgar que estava errado em sua afirmação e considerar que fizera mal ao julgar Alexandre I.

Vamos supor que Alexandre fizesse tudo de maneira diferente, tal como as pessoas que o julgam desejam que fosse, que tivesse governado segundo o programa da nacionalidade, da liberdade, da igualdade e do progresso. Se tal programa fosse possível e aceito por Alexandre I, o que seria de todas aquelas pessoas que contrariavam o governo da época, da qual os historiadores julgam que são boas e úteis? Não existiria nada.

Se admitir que a vida humana pode ser controlada pela razão, então a possibilidade da vida é destruída.

# CAPÍTULO 2

Se aceitarmos, assim como fazem os historiadores, que as pessoas grandes conduzem a humanidade para alcançar seus objetivos, sejam eles a grandeza da Rússia e da França, o equilíbrio da Europa, a difusão de ideias revolucionárias ou qualquer outra coisa, então é impossível explicar tais fenômenos históricos sem a ideia de acaso e de gênio.

Porém, se todas as guerras deste século consistiam na grandeza da Rússia e da França, este objetivo poderia ser alcançado sem guerras, invasões, revolução e império. Se o objetivo era a difusão de ideias, a impressão de livros teria sido muito mais eficaz do que o emprego de soldados. Se o objetivo fosse o progresso, há maneiras melhores de alcançá-lo do que o extermínio de pessoas e de suas riquezas.

Precisamos entender que esse acaso nada mais é do que algo que as pessoas não compreendem e não entendem, então chamam apenas de acaso. Quando não entendem a força que produz um efeito sobre a humanidade, chamam de gênio. Se renunciarmos ao objetivo imediato e nos concentrarmos nos fatos, não precisaremos do acaso. Assim, podemos reconhecer que Napoleão e Alexandre eram pessoas como todas as outras e não precisaremos mais de gênios.

# CAPÍTULO 3

O significado principal e básico dos acontecimentos europeus do nosso século XIX é o deslocamento militar de povos europeus do Ocidente para o Oriente e depois o inverso. Para que os povos do Ocidente conseguissem deslocar-se até Moscou, era necessário que formassem um exército de uma grandeza que lhes permitisse resistir ao conflito com o Oriente; que renunciassem aos hábitos e às tradições; que tivessem no comando um homem capaz de justificar a todos, e a si mesmo, as fraudes, assassinatos e roubos durante o deslocamento. Para isso, depois da Revolução Francesa, fora preparado um exército com tais características e também um comandante para esse exército, que deveria ser um homem sem convicções, sem hábitos, sem tradições, sem nome. Este homem era Napoleão, que nem era francês e se destacou, por estranhos acasos, entre os partidos que agitavam a França, sendo alçado a uma posição de destaque.

Durante a queda do governo francês, Napoleão, que não tinha uma boa reputação, fora para o Egito em uma expedição descabida, mas que o salvou de uma desgraça. Inclusive a desgraça de cair nas mãos do exército russo em 1799, na Itália. Ele já não estava lá quando Suvórov entrou na Itália.

Em sua expedição à África, Napoleão foi conquistando cada nação, encontrou Malta desarmada e africanos sem condições de lutar, mas, ainda assim, cometeu suas atrocidades. Tudo o que Napoleão fazia de ruim não era atribuído a ele, desde a execução de prisioneiros até o abandono de seus camaradas na África.

Quando ele retornou à França, chegou no meio do turbilhão, sendo empurrado para os partidos, que exigiam sua participação. Um milhão de acasos o levaram até o poder. Na verdade, todos os acasos o levaram a conquistar tudo nos anos seguintes. Durante dez anos ele preparou seu exército até seu objetivo, chegar a Moscou. No caminho, ele deixou a Europa a seus pés, com reis subjugados. Porém, após a entrada em Moscou, todos os acasos continuaram a acontecer, mas todos contrários a seus desejos, fazendo com que ele recuasse até a França novamente.

Quando chegou à França, ele já não era mais necessário, mas sim indesejado e até repugnante aos olhos de todos. O homem que agora consideravam um bandido, foi enviado para uma ilha, da qual foi nomeado governador, recebendo uma guarda e milhões de francos, que não se sabe por qual motivo fora pago.

# CAPÍTULO 4

O movimento dos povos começa a assentar em suas margens. O movimento das ondas volta a fluir e no mar calmo flutuam os círculos dos diplomatas. Eles acreditam que criaram essa calmaria. Mas, de repente, a maré subiu e os diplomatas acreditam que suas discordâncias é que causaram a agitação, e pressentem a guerra entre os soberanos.

Mas a agitação não vem de onde eles esperam, vem de Paris. Depois, vem do Oriente. O homem que acabou com a França, sozinho, sem um plano e sem soldados, não foi preso, mas sim recebido de braços abertos. Obra de um estranho acaso. Porém, um mês depois, todos aqueles que o receberam e festejaram sua chegada, o amaldiçoram. Napoleão ficou em sua ilha, criando intrigas e imaginando quanto a França estaria melhor sob seu comando, criando planos infantis.

Napoleão precisava de alguém como Alexandre I para frear e ofuscar suas ações. Alexandre, após 1812, continuou a avançar contra a França e uniu-se à Europa, rumo a seu objetivo, que foi afinal alcançado em 1815. Foi assim que ele conquistou a alcunha de pacificador da Europa.

Este pacificador da Europa, que desde a mocidade empenhou-se em obter o bem para seus povos, defensor das inovações liberais, exerceu o poder máximo e teve a oportunidade de fazer o bem para aqueles povos. No entanto, reconhecendo a insignificância daquele poder perante Deus, entregou-o nas mãos das pessoas que ele desprezava.

# CAPÍTULO 5

O casamento de Pierre com Natacha, em 1813, fora o último acontecimento feliz da velha família Rostov. No mesmo ano, o conde Iliá Rostov morreu e, como sempre acontece, sua morte desintegrou a velha família.

Os acontecimentos do ano anterior, a morte do príncipe Andrei, o incêndio de Moscou, a morte de Pétia, as dívidas, o desespero de Natacha e o desgosto da condessa, vieram tudo de uma vez sobre a cabeça do velho conde. Ele já não era o mesmo e apenas com o casamento de Natacha pôde se animar um pouco mais e voltou até a dar os jantares de sempre. No entanto, com a partida de Natacha e Pierre para Petersburgo, a melancolia o dominou.

O conde morreu, mas, antes, pediu perdão a todos pela miséria em que se encontravam. A condessa passou os últimos dias a seu lado. Após sua morte, uma multidão foi prestar as últimas homenagens. A condessa escreveu para Nikolai, que pedira licença do exército e fora até sua família. Ele herdara os bens e também as dívidas, que somavam mais do que o dobro dos bens. Os credores, antes calmos, começaram a se agitar; sobretudo os funcionários que tinham promissórias, dadas como presente pelo conde. Estes se tornaram os piores credores de todos.

Os bens dos Rostov foram a leilão e Nikolai conseguiu quitar apenas a metade das dívidas. Pierre emprestou-lhe trinta mil rublos. Nikolai escondia da condessa e de Pierre a miséria em que viviam. Ele entrou para o serviço público, mas não conseguia poupar dinheiro, pois precisava manter o padrão de vida da mãe. Eles viviam em um apartamento alugado, junto de Sônia, que cuidava da casa e da condessa.

Após a carta de Sônia, dispensando Nikolai da promessa de casamento, ele passou a manter distância da prima. Quanto mais ele era grato pelo cuidado de Sônia com a condessa, menos ele a amava. Nikolai afastou-se dos antigos amigos, não saía e alimentava um ânimo sombrio, a fim de suportar aquela situação.

# CAPÍTULO 6

No início do inverno, a princesa Mária foi a Moscou. Ela ficou sabendo da situação dos Rostov por meio de boatos pela cidade. Todos diziam que Nikolai se sacrificava pela mãe. A princesa Mária não esperava outra coisa daquele homem bondoso que ela conhecera e por quem se apaixonara. Ela estava receosa e até com medo de visitá-lo. A princesa Mária tomou coragem de ir visitá-lo apenas algumas semanas depois.

Nikolai recebeu a princesa de uma maneira fria, seca e orgulhosa. Ele ficou no quarto da mãe apenas cinco minutos e saiu. Quando a princesa saiu do quarto, Nikolai a conduziu até a antessala e continuou com a mesma atitude, mal dando continuidade à conversa da princesa Mária sobre a saúde da condessa.

Depois que princesa partiu, ele comentou com Sônia que não suportava as fidalgas e suas amabilidades. Sônia, tentando esconder sua felicidade, apenas tentou fingir que a princesa Mária era boa e que a condessa gostava muito dela. A mãe de Nikolai não parava de falar na princesa após sua visita. Ela insistia para que Nikolai retribuísse a cortesia da visita, mas ele não queria ver ninguém.

Após a recepção fria que a princesa Mária teve nos Rostov, ela começou a acreditar que não tinha nenhuma ligação com Nikolai e que seu interesse na visita era apenas a condessa, que sempre a tratara muito bem. Mas ela não conseguia se acalmar, sentia que Nikolai estava escondendo algo dela. Um tempo depois, Nikolai foi retribuir a visita à princesa Mária. Ela desceu com a senhorita Bourienne. Nikolai estava com o mesmo ar frio em seu rosto. A princesa Mária decidiu responder à mesma altura, sendo fria como ele. A conversa dos dois não fluiu muito e, após dez minutos, Nikolai se levantou para ir embora, mas, distraída, a princesa não se levantou e continuou a conversa com ele.

Quando ela finalmente voltou a si, impediu o rapaz de ir embora e começou a fazer-lhe mil perguntas, para saber qual era o problema, o que ele estava escondendo dela. A princesa Mária notou que ele estava escondendo algo e era o mesmo Nikolai de antes, que ela tanto amava. Finalmente, cansada de recusas e evasivas, a princesa virou-se e despediu-se. Mas Nikolai não suportou mais agir daquela maneira e chamou a princesa de volta. Os dois ficaram se olhando durante um tempo e, de repente, a paixão reacendeu entre os dois.

# CAPÍTULO 7

Nikolai e a princesa Mária casaram-se no outono de 1814. Partiram para Montes Calvos, com Sônia e a condessa.

Três anos mais tarde, Nikolai pagou todas as dívidas e sem fazer uso do patrimônio da esposa. A herança que recebeu de um primo também o ajudou a quitar as dívidas. O conde Rostov agora administrava tão bem suas finanças que comprara uma propriedade vizinha a Montes Calvos e negociava a compra de Otrádnoie, a antiga propriedade de seu pai e seu grande sonho de consumo.

Nikolai começou a cuidar dos assuntos agrícolas de sua propriedade e esta se tornara sua atividade predileta. Ele era avesso às inovações inglesas, às teorias agrícolas, às fábricas e ao cultivo de sementes caras. Para Nikolai, o principal em sua propriedade não era o hidrogênio, o adubo ou qualquer outra coisa, mas sim o mujique. Ele estudara durante anos a fala, os costumes e os anseios dos mujiques. Apenas quando dominou tudo isso é que ele passou a dar ordens a seus mujiques, de igual para igual. A administração de Nikolai era notável, ele se preocupava tanto com sua plantação e criação quanto com a dos mujiques. Com os servos domésticos, Nikolai não tinha o mesmo apreço, achava-os preguiçosos e parasitas. Não pensava duas vezes em mandar um servo doméstico ao exército, no lugar de um mujique.

A princesa Mária não entendia nada daquele negócio e não entendia também o amor que o marido tinha por tudo relacionado à agricultura. Por vezes, ela tentava elogiá-lo por fazer o bem para os mujiques, mas Nikolai a repreendia, pois não fazia o bem para ninguém além de si mesmo e para deixar uma riqueza para seus filhos, para que não terminassem pedindo esmolas.

Os mujiques gostavam de Nikolai, de sua forma de tratá-los e também de trabalhar. Ele era exigente, mas era honesto e valorizava os mujiques. Mesmo após sua morte, os mujiques lembravam-se dele como um bom patrão e com certa nostalgia.

# CAPÍTULO 8

Algo que incomodava Nikolai em seu trabalho agrícola era seu temperamento. Talvez um hábito de hussardo, de levantar a mão para bater por qualquer motivo. De início, ele achava normal, mas essa ideia modificou-se após o segundo ano de casamento.

Uma vez, ele chamou o estaroste que substituíra Dron para uma conversa. Ele era acusado de fraudes e negligência. Assim que o estaroste chegou à varanda, Nikolai bateu muito nele. Mais tarde, quando entrou em casa, o conde viu que a condessa Mária estava chorando. Ele percebeu que o motivo era seu temperamento e pediu perdão, prometendo não repetir o ocorrido. Disse que usaria sempre o anel, que quebrara enquanto batia no estaroste, como lembrança daquilo que não deveria fazer. Sendo assim, sempre que ele pensava em bater em um mujique, virava para o anel e lembrava-se de sua promessa. No entanto, umas duas vezes ao ano ele perdia a cabeça e voltava a prometer à esposa que jamais bateria em ninguém novamente.

Nikolai passava todo o verão e a primavera em sua plantação. No outono ele se dedicava à caça, passava uns dois meses com o grupo de caça. No inverno ia para as aldeias e se ocupava da leitura. Ele reuniu uma grande biblioteca de livros sobre história e se ocupava de ler cada um deles. Exceto pelas viagens de negócios, Nikolai passava o tempo junto da família e se tornara cada vez mais apegado à esposa.

Sônia morava com eles em Montes Calvos. Nikolai pediu à esposa que a tratasse bem e contou toda sua história com a prima. A condessa Mária se esforçava para gostar de Sônia, mas se pegava em pensamentos ruins a respeito dela. A condessa Mária até conversou com Natacha, dizendo que não conseguia gostar de Sônia. Mas Natacha disse que Sônia era uma alma bondosa e agradecida por tudo o que faziam por ela.

A casa de Montes Calvos fora reconstruída, mas não era mais como antes, a construção era feita de materiais e móveis simples. No entanto, chegava a receber até cem hóspedes e sempre havia jantares, almoços e chás.

# CAPÍTULO 9

Na véspera do dia de São Nicolau, em 5 de dezembro de 1820, Natacha, os filhos e Pierre estavam hospedados em Montes Calvos desde o início do outono. Pierre estava em Petersburgo, para resolver problemas particulares. Deveria ficar por três semanas, já havia se passado sete semanas e ele ainda não retornara, mas podia chegar a qualquer momento. Naquele dia, além dos Bezúkhov, estava também Deníssov, grande amigo de Nikolai.

Rostov sabia que a cerimônia do dia 6 seria cansativa para ele. Teria de vestir uma sobrecasaca e calçar botas estreitas, ir para a igreja (construída por ele), receber as congratulações, depois oferecer comida, falar sobre política e sobre a colheita. Portanto, na véspera, sabia que precisava descansar e foi cedo para casa. Como sempre, antes do jantar, Nikolai ficava de mau humor e a condessa Mária sabia que só podia conversar com ele após a sopa. Porém, naquele dia, ela se esqueceu e começou a fazer-lhe perguntas, obtendo respostas breves e secas do marido. A condessa Mária começou a pensar que ele, talvez, estivesse nervoso com ela e, por isso, insistiu nas perguntas, mas nada mudou e ela continuou recebendo as mesmas respostas secas e irritadas.

A noite só foi salva porque Deníssov dominou o assunto. Nikolai se despediu de todos e foi descansar, sem nem falar com a esposa. A condessa Mária teve a certeza de que ele estava irritado com ela. Mária então começou a se irritar com a conversa de Deníssov e os olhares de Sônia; ela não aguentou e foi até o quarto das crianças, mas os pensamentos com o humor do marido não a deixaram em paz. Ela resolveu ir até onde estava o marido, mas Andriucha, seu filho mais velho, a seguiu.

Sônia alertou que Nikolai estava cansado e dormindo, mas a condessa não lhe deu ouvidos e entrou mesmo assim. Ao entrar, Andriucha fez barulho e acordou Nikolai, que logo repreendeu o filho e a esposa, que saíram sem dizer nada. Cinco minutos depois, entrou a pequena Natacha, a preferida de Nikolai, e o acordou novamente. Desta vez, porém, ele sorriu e brincou com a filha.

Passado alguns minutos, Nikolai chamou a esposa e disse que não estava irritado com ela, beijou-a, disse que a amava e que ela deveria parar com aqueles pensamentos. Ela disse que era feia e ele não podia amá-la, mas Nikolai disse que não a amava porque era bela, mas ela era bela porque ele a amava. Nikolai, enquanto brincava com a filha, comentou com a esposa que pretendia convidar Pierre para ficar com eles até a primavera.

Logo em seguida, ouviram porta da entrada se abrir. A condessa Mária foi até lá: era Pierre, que chegara de Petersburgo e estava sendo longamente repreendido por Natacha, por causa do atraso. A condessa retornou para avisar ao marido da chegada de Pierre. Ao ficar no quarto sozinha, ela começou a pensar em como era feliz, e como jamais imaginara tamanha felicidade antes. No entanto, parecia que havia outra felicidade para ela, inalcançável, que ela recordara naquele instante por acaso.

# CAPÍTULO 10

Natacha casou-se no início da primavera de 1813 e, em 1820, já tinha três filhas e um filho que ela tanto queria. A Natacha casada de agora em nada lembrava a Natacha de solteira, fina, fraca e de rosto pálido. Era um mulher robusta, de rosto delineado, que expressava clareza e suavidade. Era muito raro ver aquela antiga chama em Natacha, apenas quando o marido chegava de uma longa viagem, quando o filho melhorava de saúde ou quando a condessa Mária lembrava sobre o príncipe Andrei, sobre quem Natacha só falava com a cunhada, pois evitava que Pierre sentisse ciúmes.

Natacha abandonara todos os seus encantos de outrora, principalmente sua bela voz ao cantar as romanças. Ela considerava que esses encantos eram muito fortes e que usá-los com seu marido era uma tolice, não havia motivos para tal. Ela inclusive relaxou por completo, não sentia a necessidade de maquiar-se, arrumar-se ou dizer coisas bonitas para as pessoas da sociedade. Aliás, ela não frequentava nenhuma festa da alta sociedade, não tinha tempo. Agora era mãe e esposa. Natacha não gostava da sociedade, gostava da companhia apenas de sua família e da família do irmão, onde ela podia agir de forma natural, sem fingimentos.

As pessoas estranhavam a mudança de Natacha; a única pessoa que a entendia era sua mãe. A condessa soube que Natacha seria uma boa esposa e mãe desde Otrádnoie, quando a filha lhe disse que queria ter uma família só para ela. A verdade é que, além de não gostar mais de agradar aos outros, Natacha nem sequer tinha tempo de fazer isso. Ela se ocupava completamente dos afazeres domésticos, da amamentação e educação dos quatro filhos, além dos desejos do marido.

Ao casar, Natacha fizera algumas imposições a Pierre, que de início se surpreendeu, mas acatou-as perfeitamente. As exigências eram que Pierre não podia mais cortejar ou dar sorrisinhos para mulheres enquanto conversava, não podia frequentar os jantares do clube, não podia viajar durante muito tempo, apenas a trabalho, e não podia gastar dinheiro com caprichos. Em troca, Pierre teria todo o comando da casa. Natacha fazia tudo o que ele queria e até tentava adivinhar seus desejos antes mesmo de ele dizer algo. A casa era movida pelas vontades e desejos de Pierre. Depois de sete anos de casados, o conde tinha a certeza de que não era uma pessoa ruim e sentia isso ao olhar para a esposa. Pierre sentia que tudo de bom e de ruim se misturava dentro de si, mas quando se tratava de sua esposa, apenas o que era bom nele aparecia; o que era ruim era descartado. Esse reflexo de si não se dava por meio do pensamento lógico, mas por meio de um reflexo misterioso, direto.

# CAPÍTULO 11

Dois meses antes, quando Pierre já era hóspede dos Rostov, ele recebera uma carta do príncipe Piotr, chamando-o a Petersburgo para um assunto importante sobre uma sociedade da qual Pierre era um dos fundadores. Natacha, que lia todas as cartas do marido, fez questão de que ele fosse e deu-lhe cinco semanas de férias, com a promessa de que retornasse na data prevista. Quando o prazo terminou e Pierre não retornou, Natacha passou as outras duas semanas irritadiça, presa de extrema melancolia. Deníssov, que conhecera a Natacha envolvente, sedutora e animada, não reconhecia aquela Natacha de olhar cansado e entediada. Por causa da melancolia, Natacha se apegou a seu filho mais novo, Pétia, e passou a amamentá-lo demais. Exagerou tanto que fez com que o menino adoecesse. A doença do menino fez com que Natacha suportasse melhor a ausência do marido, pois o filho requeria atenção total.

Natacha estava amamentando quando ouviu o barulho do trenó de Pierre; a babá foi correndo avisá-la que o marido chegara. Natacha tirou a criança do peito, cobriu-a e entregou para a babá, que se encarregou de colocá-la no berço. Ela foi correndo ao encontro do marido, que estava no vestíbulo. Assim que o viu, Natacha notou uma alegria estampada em seu rosto e indagou-o de várias formas, nervosa, por causa de seu atraso, dizendo que o filho quase morrera. Pierre sabia que era tudo um drama e que logo ela voltaria a seu normal. Natacha então levou o marido pelo braço até o quarto do bebê.

Pierre segurava o filho em seus braços imensos e brincava com ele. A condessa Mária e Nikolai foram até Pierre e Nikolai zombou do zelo do amigo com o bebê, dizendo que era apenas um pedaço de carne. A condessa justificou dizendo que Nikolai era um pai amoroso, mas só após o primeiro ano de vida.

# CAPÍTULO 12

Como em cada família, em Montes Calvos viviam juntos diversos mundos distintos, que ao mesmo tempo mantinham suas singularidades e faziam concessões uns aos outros, fundindo-se em um todo harmonioso. Tudo o que acontecia na casa era compartilhado por todos, fosse a tristeza ou a alegria; mesmo que cada um tivesse sua alegria ou tristeza particulares. Assim foi quando Pierre chegou a Montes Calvos; cada um dos moradores, dos criados a Deníssov, que não era amigo dele, todos ficaram felizes com sua chegada. Os criados ficavam felizes porque Pierre trazia-lhes presentes, Natacha ficava feliz porque ele interagia com as crianças e tocava a mazurca no clavicórdio, a única música que ele sabia. Deníssov ficava feliz porque via Natacha novamente como era antes, alegre e radiante. Nikólienka ficava feliz porque amava o tio Pierre, como ele o chamava. Depois de conversar com ele, o rapazinho passava horas procurando o significado de cada uma das palavras ditas por Pierre.

Nikólienka já era um menino de 15 anos, franzino, cabelos loiros cacheados e inteligente. Ele tinha um amor especial por Pierre, desde criança, mesmo não o vendo com tanta frequência. A condessa Mária tentava fazer o sobrinho amar Nikolai com a mesma intensidade; Nikólienka até o amava, mas tinha um certo ar de desprezo. O menino amava a bondade e alegria de Pierre, suas histórias sobre a guerra, as histórias sobre seu pai, de quem ele não se lembrava. Não queria ser um herói hussardo como Nikolai, ele queria ser como Pierre, bondoso e alegre. Nikólienka também tinha um carinho especial por Natacha, pois ele sabia que ela tinha amado muito seu pai.

Quando Natacha, a condessa Mária e Pierre contavam-lhe sobre o príncipe Andrei, Nikólienka fazia a imagem do pai como se fosse um santo, alguém acima do bem e do mal. Ele acreditava que o pai, antes de morrer, entregara sua amada ao melhor amigo, para que ele cuidasse dela. Isso contribuía para que ele amasse muito a imagem do pai que ele construíra para si.

Pierre, assim que chegou, foi logo separando os presentes para todos. Ele seguia uma listinha de presentes que Natacha sempre lhe preparava e que ele não podia ousar se esquecer. Ele sempre gastava demais, o que deixava Natacha nervosa, pois era um tanto avarenta. Inclusive, após o casamento, Pierre conseguiu dobrar sua fortuna graças a Natacha e a seu modo simples de viver e impor essa simplicidade também a ele, que não fazia objeção alguma.

Os dois foram levar o presente da velha condessa. Ela já levava uma vida sem sentido, após a morte do marido e do filho. Todos tinham pena dela, mas a respeitavam pela mulher importante e necessária que fora para todos eles.

# CAPÍTULO 13

Quando Pierre e Natacha entraram na sala onde estavam a condessa e sua dama de companhia, elas estavam jogando paciência. Todos sabiam que quando a condessa estava jogando, não gostava que ninguém a incomodasse, pois ficava muito concentrada no jogo.

Sempre que Pierre ou Nikolai retornavam de viagem, ela sempre dizia a mesma coisa, que já não era sem tempo e coisas do tipo; quando ela recebia presentes, a mesma coisa, dizia que não era o presente que tinha valor, mas o gesto, e agradecia por se preocuparem com uma velha. Naquele dia, a condessa só deu atenção depois de terminar sua partida de paciência.

Pierre trouxera um tecido para a dama de companhia. Para a condessa, trouxera um lindo estojo para baralhos, uma chávena azul com pastores desenhados na tampa e uma tabaqueira de ouro, com a imagem do velho conde na tampa. Ela, para não se emocionar, olhou brevemente para a tabaqueira e agradeceu como sempre fazia. A velha condessa pediu que Pierre não se ausentasse tanto, pois Natacha ficava impossível em sua ausência, não prestava atenção em nada e em ninguém.

Embora Natacha, Nikolai, Mária e Deníssov tivessem muitos assuntos para conversar, eles evitavam falar na presença da condessa, pois ela não entendia direito e se atrapalhava com as inúmeras perguntas. Portanto, em sua presença, conversavam apenas amenidades, perguntas corriqueiras sobre o povo de Petersburgo, enquanto tomavam chá.

Deníssov, que não era da família, não entendia aquele segredo todo em falar certas coisas na presença da condessa. Então ele começou a fazer perguntas sobre o governo, o que logo irritou a condessa, ao saber que eles falavam mal de Golítsin, a quem ela estimava, e saiu da sala. Pierre ouviu os gritos das crianças e foi até lá, para brincar com elas. Enquanto isso, a babá tricotava meias para Nikolai, observada pelas crianças, que adoravam aquele espetáculo.

# CAPÍTULO 14

Logo depois, as crianças vieram despedir-se dos adultos para dormir. Os preceptores as acompanharam até seus quartos e ficaram apenas Nikólienka e seu preceptor junto dos adultos. Dessalles chamou seu pupilo para ir dormir, mas ele não quis ir; queria ficar ouvindo Pierre contar as histórias de Petersburgo. A condessa Mária disse a Pierre que seu sobrinho não queria se afastar dele quando ele estava na casa. Pierre disse a Dessalles que deixasse o menino na sala e se surpreendeu ao notar que o pequeno Nikólienka estava cada dia mais parecido com o pai, o que deixou o menino orgulhoso.

A conversa era sobre as fofocas das altas esferas do governo. Deníssov, descontente com o governo por causa de seus fracassos no exército, ficou feliz com a notícia das tolices que faziam em Petersburgo. Segundo ele, agora o soberano só ouvia os conselhos dos místicos, assim como todo o governo. Ele considerava tal prática danosa e tinha raiva também pela troca de comando do regimento de Semiónov, que ele muito prezava.

Nikolai, embora fosse mais otimista, também achava necessário julgar as nomeações feitas pelo governo. Sendo assim, os dois bombardeavam Pierre com perguntas. O conde Bezúkhov já estava cansado daquele assunto e queria mudá-lo, mas não conseguia. Natacha, que conhecia muito bem o marido, o ajudou, perguntando sobre a reunião com o príncipe Piotr.

Curioso, também Nikolai quis saber do que se tratava aquela reunião. Pierre explicou que era para reunir as pessoas honradas para reagir contra o governo. Nikolai insistiu, perguntando como fazê-lo e chamou os homens para seu escritório, enquanto Mária e Natacha permaneceram na sala. Nikólienka, sem ninguém perceber, foi atrás deles e ficou em um canto, apenas ouvindo as palavras de Pierre.

Pierre explicou que o governo estava ruindo, que Magnítski e Araktchéiev estavam sufocando tudo com suas reformas. Pierre acreditava que pessoas como eles estavam acabando com o país, pois o soberano queria apenas a serenidade com seus assuntos místicos. Ele citou a roubalheira nos tribunais e a barbárie no exército; disse que o povo estava sendo torturado e a corda estava esticando, portanto, era preciso agir. Pierre pensava em organizar uma associação secreta, para instruir o povo e prepará-los para uma revolta contra o governo. Neste momento, Nikolai notou o sobrinho no escritório, pensou em tirá-lo dali, mas desistiu e resolveu continuar a conversa.

352 | LIEV TOLSTÓI

Nikolai parecia contrário às ideias de Pierre; acreditava que uma sociedade secreta seria hostil ao governo e agiria de maneira danosa. Natacha entrou no escritório e ficou olhando, alegre, para o marido, enquanto ele falava. Ela olhava para Pierre com a mesma admiração e entusiasmo que Nikólienka.

Deníssov passou a concordar com Pierre e disse que o apoiaria em uma revolta contra o governo. Nikolai continuava sério e pensativo, pois não acreditava que tudo estivesse tão mal assim, até que começa a dizer a todos que, de acordo com seu juramento, se eles começassem a agir contra o governo, e Araktchéiev o mandasse atacá-los, ele o faria sem nem mesmo pensar.

Todos ficaram em silêncio, até que Natacha intercedeu em defesa do marido. A conversa voltou a ficar animada e em um tom diferente de antes. Todos se levantam para jantar e então Nikólienka pergunta para Pierre se seu pai concordaria com ele; Pierre respondeu que não tinham como saber ao certo, mas que talvez Andrei concordasse.

# CAPÍTULO 15

Durante o jantar, o assunto não era mais sobre política. Conversavam sobre as lembranças de 1812, que Deníssov deu início e Pierre ouvia de maneira cordial e divertida. Após o jantar, Nikolai trocou de roupa e foi para seu quarto.

A condessa Mária ainda estava acordada, escrevendo algo em sua escrivaninha. Nikolai perguntou o que ela escrevia e a condessa queria mostrar-lhe mas, ao mesmo tempo, tinha receio de que o marido não aprovasse aquilo que ela fazia.

A condessa escrevia um diário, no qual anotava tudo o que acontecia entre ela e os filhos, além de seus pensamentos sobre eles, a respeito do caráter e sua educação. Nikolai leu algumas páginas, fechou o diário e ficou olhando para a esposa, que o fitava com um olhar de dúvida, se o marido aprovara ou não aquela atitude.

No fundo, Nikolai achava que a esposa exagerava, talvez nem fosse necessário aquele diário. No entanto, o cuidado constante com o bem moral dos filhos, fazia com que Nikolai a amasse ainda mais. Rostov se orgulhava por sua esposa ser tão inteligente, boa e espiritualmente mais elevada do que ele. Por fim, ele disse à esposa que aprovava muito aquele diário.

Nikolai contou à esposa sobre a discussão acalorada que tivera com Pierre. A esposa disse que já tinha conhecimento do assunto, pois Natacha lhe contara tudo. Nikolai disse que todos haviam ficado contra ele, mas que ele não podia compactuar com Pierre em se revoltar contra o governo. A condessa concordou com o marido, mas disse que eles precisavam pensar antes nos problemas imediatos, na família, na segurança dos filhos. Nikolai completou dizendo que Pierre dissera todas aquelas coisas na frente de Nikólienka, que se enfiara no escritório e ainda quebrara várias coisas.

Ao falar no sobrinho, a condessa começa a falar sobre sua preocupação com ele, pois sentia que o deixava de lado em relação a seus filhos. A condessa sentia pena do menino, pois todos tinham familiares e ele não tinha ninguém. Nikolai tranquiliza a esposa, dizendo que ela fazia o possível pela educação de Nikólienka, e que ele era um menino extraordinário, pois nele não havia mentiras, ele sempre dizia apenas a verdade. No fundo, Nikolai não gostava de Nikólienka, mas sempre admitia que era um menino extraordinário.

Após essa conversa, Nikolai retomou o assunto que teve no escritório, dizendo que não tinha nada a ver com o que os homens decidiam e faziam em Petersburgo, pois sua única preocupação era com o trabalho e com a construção da fortuna dos filhos, para que não passassem por aquilo que ele passou. A condessa Mária quis dizer que não era apenas o dinheiro que importava, mas percebeu que seria inútil e apenas beijou a mão do marido, que pensou ter a completa aprovação da esposa. Sendo assim, Nikolai começou a falar nas finanças, de que estava muito próximo de conseguir a propriedade de Otrádnoie. Aquele assunto não interessava em nada à condessa, mas ela tentava ouvir atentamente, enquanto pensava em muitas outras coisas, como a educação dos filhos e o destino de Nikólienka. Ao pensar nisso, ela franzia as sobrancelhas e ficava com uma aparência séria. Nikolai começou a olhar para a esposa com aquela aparência e teve medo que um dia ela morresse, pois não sabia o que seria dele e dos filhos sem a presença dela.

# CAPÍTULO 16

Ao ficar a sós com o marido, Natacha começou a conversar com ele de uma forma que só era permitida quando estavam a sós. Conversavam sempre de uma maneira ilógica, com muitos assuntos se misturando e falando ambos ao mesmo tempo. No entanto, sempre se entendiam. Na verdade, o importante era o sentimento de ambos e não o assunto em si. Os dois sabiam que, se começassem a falar de maneira pausada e lógica, era indício de que algo estava errado e de que terminaria em discussão.

Quando Natacha se viu finalmente a sós com o marido, abraçou-o fortemente contra o peito e disse que agora ele era apenas dela. Ela falava sobre o modo de vida do irmão, de como ela ficava triste longe do marido e de como sentia ciúmes por ele ficar próximo de tantas mulheres em Petersburgo. Natacha exigia que Pierre reforçasse seus sentimentos por ela.

Como resposta, Pierre disse que achava insuportável ter que conversar com as damas de Petersburgo, ele não tinha mais jeito para essas coisas. Natacha falou da cunhada, que ela amava muito e considerava ser uma pessoa muito melhor do que ela própria. Enquanto falava, porém, a condessa percebeu que o marido estava incomodado com a discussão que tivera com o Nikolai, e então pôs-se a dizer que o irmão era um teimoso e só concordava com o que agradava a todos, já Pierre era alguém que abria caminhos.

Pierre discordou e disse que Nikolai apenas gostava de contra-argumentar, que aquilo era uma diversão para ele. Citou também suas manias, como a que ele tinha com sua biblioteca. Mas terminou dizendo que gostava muito de Nikolai. Assim, Pierre continuou falando sobre suas ideias em Petersburgo, que pensava em unir as pessoas honradas para lutar contra os erros do governo. Natacha sabia que a ideia era boa, mas se preocupava que aquele homem, tão necessário para a nação, fosse justamente seu marido. Pensava que ele não teria tempo para ser um homem necessário à nação e, ao mesmo tempo, seu marido. Natacha então perguntou a Pierre o que Karatáiev pensaria daquelas ideias, se ele concordaria. Pierre pensou um instante e respondeu que provavelmente não, pois Karatáiev valorizava a paz e a família.

Pierre disse a Natacha que quanto mais longe dela ele ficava, melhor era o retorno, pois a amava ainda mais. Natacha tem um acesso de ciúmes, olha para Pierre friamente e pergunta:

– Você a viu?

– Não, mas se a visse, não reconheceria – disse Pierre.

Então Natacha ouviu o filho gritar e saiu do quarto.

Enquanto isso, o pequeno Nikólienka estava dormindo e sonhava com Pierre e Nikolai. Os dois estavam em uma batalha e Nikolai prometia que iria destruir quem avançasse contra o governo. Nikólienka estava do lado de Pierre na batalha e, quando o pequeno olhou para ele, viu a imagem de seu pai observando os dois, como se aprovasse todas as ideias do amigo e do filho.

Nikólienka acordou e começou a pensar no pai, em Pierre e na aprovação que recebera dele. Naquele momento, decidiu que seria um homem que faria coisas que deixariam seu pai orgulhoso e até mesmo admirado.

# Segunda parte

## CAPÍTULO 1

O objeto da história é a vida dos povos e da humanidade. Explicar e captar de maneira direta, com palavras, não só a vida da humanidade, mas de um povo, mostra-se impossível.

Os historiadores antigos aplicavam o mesmo método para dar tal explicação. Eles descreviam a atividade de pessoas individuais que comandavam um povo e, para eles, essa atividade representava toda a vida do povo. No entanto, como essas pessoas forçavam o povo a agir como elas queriam e o que guiava a vontade delas? Os historiadores respondiam que dependia da vontade divina a escolha de determinadas pessoas, e o reconhecimento da divindade era o que guiava a vontade da pessoa escolhida rumo a um objetivo.

Para os historiadores antigos, essas perguntas se resolviam pela fé na participação direta da divindade. Porém, a nova ciência da história rejeitou essas teses, pelo menos na teoria, pois na prática ela continuou seguindo a mesma coisa. A nova história deveria investigar os fatores que constituem as manifestações do poder e não a manifestação em si.

No lugar de pessoas com poderes divinos, escolhidas pelas próprias divindades, a nova história criou ou heróis com poderes extraordinários, não humanos, ou apenas pessoas com atributos especiais, de monarcas a jornalistas, que conduzem as massas.

No lugar de objetivos divinos em nome de uma divindade, como fora com os judeus, gregos e romanos, agora eram colocados objetivos próprios, como o bem do povo francês, do povo russo, e até o bem da própria humanidade. Atribuindo a isso, ao bem de todos, é que se deu todo o movimento do Ocidente para o Oriente, com matanças, incêndios e barbáries diversas. Da mesma forma se deu o movimento contrário, do Oriente para o Ocidente, quando Napoleão trouxe de volta seu exército para o ponto inicial, a França.

Ou seja, pela antiga história, Napoleão teria sido escolhido por uma divindade para o bem de seu povo, dando-lhe poder para guiar a vontade da divindade para que fossem alcançados seus objetivos divinos. Pela nova história, seria explicado tudo desde antes de Napoleão, com Luís XIV e todos os movimentos feitos, inclusive a ida de Napoleão à África e a matança do povo africano, até sua própria nomeação a imperador; depois sua matança pela Europa, sendo inimigo da Rússia, depois amigo e inimigo novamente; sua ida ao Oriente até chegar a Moscou; então, seu retorno para a França, seu afastamento, o retorno para salvar o povo francês, seu exílio e sua morte, isolado na ilha de Santa Helena, reconhecido como um bandido. Tudo isso, claro, pelo bem de um povo ou da humanidade.

# CAPÍTULO 2

Qual a força que move os povos?

Os historiadores biógrafos e os historiadores de povos entendem essa força como um poder inerente aos heróis e aos chefes. Segundo suas descrições, os acontecimentos são exclusivos da vontade de pessoas como Napoleão, Alexandre ou das pessoas que os historiadores biógrafos descrevem. As respostas dadas por esse tipo de historiador, a respeito da força que move os povos, são satisfatórias. Porém, apenas de forma isolada.

Ao confrontar a opinião de dois historiadores biógrafos, eles entram em conflito e até se contradizem. Por exemplo, um historiador descreve que um acontecimento ocorreu pelo poder de Napoleão, o outro descreve que foi pelo poder de Alexandre. Há também a possibilidade de dois historiadores biógrafos de um mesmo personagem entrarem em conflito. Sendo assim, ao serem confrontadas, as duas descrições são aniquiladas e permanece o mistério da força que movimenta os povos.

Os historiadores gerais, que se ocupam de todos os povos, admitem que os historiadores biógrafos estão errados em seus métodos. Eles não reconhecem que o poder seja inerente aos heróis e chefes, mas sim resultado de inúmeras forças diferentes, empregadas de forma direcionada.

Ao descrever uma guerra ou a submissão de um povo, eles não direcionam ao poder de uma única pessoa, mas à ação de muitas pessoas ligadas ao acontecimento. Por esse viés, o poder dos personagens históricos não poderia ser visto como um produtor do acontecimento por si só. Porém, esses historiadores usam a noção de poder que produz os acontecimentos por si só, e este tem uma relação de causa. De acordo com essa explicação, o personagem histórico pode ser um produto de seu tempo, e este é apenas um produto de causas diversas, ou o poder é uma força que produz os acontecimentos.

O historiador biógrafo diria que a campanha de 1813 ou o retorno dos Bourbon foram produzidos pela vontade de Alexandre. Mas o historiador geral diz que, além da vontade de Alexandre, houve a ação de outros componentes, neste caso, Stein, Metternich, Staël e outros, que produziram tais acontecimentos.

Há também que citar os historiadores da cultura, que citam os escritores e as damas como forças que geram acontecimentos. A cultura, eles entendem como a atividade intelectual. Sendo assim, para eles, os acontecimentos se dão por causa de determinado escritor ou ideia difundida por algum intelectual da época. Tal pensamento, isolado, não pode ser considerado verdadeiro. É impossível imaginar que a atividade intelectual sozinha pode influenciar um povo. Talvez, os historiadores da cultura, inseridos nesse meio intelectual, possam considerar factível, mas apenas eles.

# CAPÍTULO 3

O único conceito, por meio do qual se pode explicar o movimento dos povos, é o conceito de uma força igual a todo o movimento dos povos.

Porém, esse conceito é entendido por diferentes historiadores de maneiras totalmente distintas. Alguns entendem como uma força inerente aos heróis, outros como uma força produzida por várias outras forças, outros ainda entendem como uma força com a influência intelectual.

Enquanto se escrever a história apenas de pessoas individuais e incutir a elas a força que move as multidões, sem descrever a história de todas as pessoas que tomaram parte do acontecimento, sem exceção, e sem entender a força que obriga as pessoas a dirigir-se para um objetivo comum, não há a possibilidade de descrever o movimento da humanidade. E o único entendimento dos historiadores é baseado no poder.

Sobre a questão do que é esse poder, os historiadores gerais respondem de maneira contraditória, mas os historiadores da cultura até mesmo fogem desta pergunta. Sendo assim, os historiadores gerais e os historiadores da cultura, ao não responderem as perguntas fundamentais da humanidade, servem apenas para o meio em que vivem, tornando-se úteis apenas entre os professores, que são os leitores de livros sérios, segundo eles, e às universidades. Em suma, servem apenas para aquele ambiente no qual eles são aceitos, não correspondendo aos anseios dos demais.

# CAPÍTULO 4

Renunciando à opinião dos antigos a respeito da submissão divina da vontade de um povo a alguém escolhido e da submissão dessa vontade perante uma divindade, é impossível a história dar algum passo sem se contradizer. Caso não escolha a opção de voltar à antiga crença da divindade ou explicar de maneira definida o significado da força que gera os acontecimentos históricos, e que é chamada de poder, retornar ao ponto de vista anterior é impossível, pois a crença na divindade já fora quebrada e então é necessário explicar o significado do poder.

Napoleão deu a ordem para seiscentos mil soldados irem para a guerra. Estamos tão acostumados com essa visão que querer saber por que seiscentos mil homens vão para a guerra quando Napoleão ordena parece-nos um absurdo. Ele tinha o poder e por isso o que ele ordenava era cumprido por todos. Essa resposta seria aceita caso assumíssemos que Napoleão tinha um poder dado por Deus. Mas, como deixamos de reconhecer isso, precisamos detalhar o que é esse poder de um homem que se impõe sobre os outros.

Não é um poder baseado na força física e muito menos baseado na força moral. Sendo assim, Napoleão jamais teria tal poder de ordenar seu povo a fazer o que ele queria. Muito menos qualquer outro governante que seja humano. Se esse poder não se encontra na força física nem na força moral, é óbvio que se encontra em algo fora da pessoa.

Segundo a ciência do direito, o poder é o resultado das vontades das massas transferidas por meio de um acordo a governantes escolhidos por elas. Essa questão está muito clara dentro do âmbito da ciência do direito, no que tange à organização de um Estado e ao poder. Mas quando aplicado à história, essa definição de poder necessita de explicações.

Ao tentar explicar sob a luz da ciência do direito, chega-se à conclusão de que o próprio poder de Napoleão era resultado da vontade das massas ao invadir Moscou e muitas outras nações pela Europa. Essa questão pode ser respondida de três maneiras distintas.

A primeira é reconhecer que a vontade das massas é transmitida de maneira incondicional aos governantes escolhidos por elas. Sendo assim, qualquer outra intervenção naquele poder é uma infração ao poder verdadeiro.

A segunda é reconhecer que a vontade das massas é transmitida ao governante sob condições determinadas e mostrar que a limitação, o conflito e o aniquilamento do poder são uma desobediência às regras do poder conferido ao governante.

A última é reconhecer que a vontade das massas é transferida ao governante sob condições determinadas e que quaisquer mudanças são a vontade dessas massas, transferida de uma pessoa para outra.

Porém, algo que os historiadores não explicam e até mesmo se contradizem é em que consiste esse acordo entre as massas e seus governantes, que lhes transferem determinado poder sobre as próprias massas.

Cada historiador, ao examinar aquilo que constitui o objetivo do movimento de um povo, vê as condições na riqueza, na grandeza, na liberdade, na instrução dos cidadãos de uma nação. Porém, se admitirmos que há um programa dessas condições comum a todos, veremos que os fatos contradizem essa teoria. Principalmente se analisarmos e questionarmos por que Luís XIV e Ivan, o Terrível, viveram tranquilos até o fim de seus reinados enquanto seus contemporâneos foram executados pelo povo?

Os historiadores respondem dizendo que os desvios dos dois se refletiram em Luís XVI e em Carlos I. Mas por que não se refletiram em seus sucessores diretos, mas em intervalo de tempo tão longo? Qual seria o prazo para tal reflexo? Não há respostas.

Em suma, os historiadores e a ciência do direito não nos explicam a origem desse poder sobre as massas.

# CAPÍTULO 5

A vida dos povos não se encaixa na vida de várias pessoas. Pois não há relação entre os vários povos e tais pessoas. A teoria de que tal relação está baseada na transferência do resultado das vontades para um personagem histórico é uma suposição não confirmada pela história em sua experiência.

Talvez isso possa explicar muita coisa no âmbito da ciência do direito e pode até ser necessária para seus objetivos. Porém, dentro da história, essa teoria não explica nada.

Seja em qualquer acontecimento ou quem quer que esteja à frente dele, a teoria sempre dirá que determinada pessoa estava à frente do acontecimento porque a totalidade das vontades foi transferida para elas.

A primeira categoria de historiadores dirá que o povo caminha por determinada direção porque o governante detém a totalidade das vontades do povo.

A segunda categoria explica que se o governante é substituído por outro, é porque a totalidade das vontades de todos é transferida para outro, caso o governante não siga a direção escolhida pelo povo.

A terceira categoria reconhece como expressões de seu tempo todos os personagens históricos, de monarcas a jornalistas.

Se admitirmos a participação divina nos assuntos da humanidade, como faziam os antigos historiadores e até os novos, que não conseguem definir o que é o poder, não podemos aceitar o poder como causa dos acontecimentos.

Do ponto de vista da experiência, o poder é a dependência que existe entre a expressão da vontade de uma pessoa e a concretização dessa vontade por outras pessoas. Para explicar as condições de tal dependência, temos que restabelecer o conceito de expressão da vontade, direcionando-o para o homem e não para divindades.

# CAPÍTULO 6

Nenhuma ordem pode ser concretizada sem que haja uma ordem anterior ou várias ordens, que tornem possível a concretização da última ordem. Uma ordem não surge de maneira espontânea e nunca encerra em si uma série de acontecimentos. Toda ordem decorre de outra e não se refere a toda uma série de acontecimentos. Porém, sempre se refere apenas a um momento daquele acontecimento.

Um exemplo claro é quando dizemos que Napoleão deu a ordem a seu exército para que fosse para a guerra; aqui, estamos unindo apenas uma ordem, expressa uma única vez, a uma série de ordens consecutivas, que dependem umas das outras. Em resumo, o fato de Napoleão ter chegado a Moscou deu-se por causa de milhares de ordens dadas de maneira consecutiva e cada uma dependendo da anterior.

Para uma ordem ser concretizada de maneira segura, é necessário que a pessoa dê uma ordem que possa ser concretizada. No entanto, é impossível saber qual ordem pode ser concretizada, pois dela dependem muitas outras variáveis. Por menor que seja a ordem, tudo pode acontecer em seu decorrer até a concretização. Portanto, quando analisamos e vemos que uma ordem ou o conjunto delas concretizou uma vontade, é porque só temos acesso às ordens que foram concretizadas, uma a uma, até seu objetivo. Todas as outras que não se concretizaram são descartadas e esquecidas pela história.

À relação de quem ordena com aqueles a quem se ordena é que se dá o nome de poder. E tal relação consiste em uma hierarquia, como no exército, em forma de um cone onde, na parte mais baixa, e em maioria, estão aqueles que recebem e executam a ordem de maneira mais direta possível, como os soldados; depois, temos os cabos e sargentos, que já dão alguma ordem e também executam algumas outras e têm um certo contato com a execução, mas menos do que os soldados; depois, temos os generais, em menor número, que têm o mínimo contato possível com a execução e já se ocupam mais em dar ordens; por último, temos o comandante-geral, no topo do cone, e ele sozinho se ocupa de dar as ordens e não tem contato algum com a execução de qualquer ordem dada. Sendo assim, podemos dizer que quanto mais alto na hierarquia, menor sua participação no acontecimento.

# CAPÍTULO 7

Quando algum acontecimento se concretiza, as pessoas expressam seus anseios e desejos a respeito do acontecimento e, assim como o acontecimento decorre da ação coletiva das pessoas, um dos anseios ou dos desejos se concretizam. Quando um deles é concretizado, passa a fazer parte do acontecimento como uma ordem que o precedeu.

Aquele que mais participa do movimento é aquele que menos pensa sobre o que está fazendo e menos ainda poderia dar ordens ou refletir sobre o que poderia ser feito. Aquele que menos participa do movimento é aquele que mais reflete sobre as hipóteses e que mais dá ordens.

Quando alguém age sozinho, carrega determinada série de ideias que guiaram sua atividade passada e serviram para justificar a atividade presente e o guiaram nos pensamentos sobre as realizações futuras. É exatamente o que fazem os grupos de pessoas quando permitem que aqueles que não participam dos acontecimentos inventem ideias, justificativas e hipóteses sobre a atividade coletiva. Tais justificativas retiram a responsabilidade moral das pessoas que produzem os acontecimentos e servem para, por exemplo, justificar os crimes coletivos, guerras e assassinatos.

Quanto ao poder, podemos chegar à conclusão de que este é a relação entre determinada pessoa e outras pessoas. E, quanto menos a pessoa participa da ação, mais dá opiniões, formula hipóteses e justificativas para a ação que se concretizou coletivamente.

Quanto à força que produz o movimento dos povos, podemos dizer que o movimento dos povos é produzido pela atividade de todas as pessoas que participam do acontecimento e que se unem de tal maneira, que aos que participam de forma direta do acontecimento é atribuída a menor responsabilidade, e vice-versa.

Por fim, como a atividade moral é impossível sem a atividade física, a causa do acontecimento é a união das duas atividades.

# CAPÍTULO 8

Se a história tivesse ligação com fenômenos externos, um decreto dessa lei seria o bastante para colocar um fim à nossa discussão. Mas a lei da história tem ligação com o ser humano. A presença da questão do livre-arbítrio do homem é notada a cada passo da história, pois o homem se sente livre e pensa não estar sujeito às leis.

Se cada pessoa pudesse agir como quisesse, a história seria uma série de acasos sem conexão alguma. Mesmo que exista apenas uma única lei regendo as ações das pessoas, não há livre-arbítrio, pois a vontade está sujeita a essa lei. Esta contradição encerra o assunto do livre-arbítrio, cuja relevância é conservada até hoje.

Encarando o homem como algo a ser observado do ponto de vista teológico, histórico, ético e filosófico, encontramos a lei geral da necessidade, ao qual o homem está sujeito, como todas as outras criaturas. Já observando do nosso próprio ponto de vista, como alguém com consciência, somos livres.

A consciência é uma fonte de autoconhecimento separada da razão; a razão serve para o homem observar a si, enquanto a consciência serve para que o homem possa se conhecer. E sem a consciência de si é impossível qualquer observação e aplicação da razão.

Uma pessoa só pode se reconhecer como alguém quando tem consciência de sua vontade. Só assim essa pessoa pode se entender como livre. Por mais que a pessoa aprenda que sua vontade está sujeita a leis, ela não acredita e não consegue acreditar. Para uma pessoa, imaginar-se sem liberdade é a mesma coisa que se imaginar cerceado à vida. Se a noção de liberdade se contradiz à razão, então a consciência não está sujeita à razão.

Se o homem é criação de um Deus, o que vem a ser o pecado, conceito que vem da consciência da liberdade da pessoa? Esta é a questão da teologia.

Se as pessoas estão sujeitas a leis gerais, então em que consiste a responsabilidade perante a sociedade, conceito que vem da consciência da liberdade? Surge a questão do direito.

As ações decorrem do caráter congênito e dos motivos que agem sobre a pessoa. O que é a consciência e a noção do bem e do mal das ações decorrentes da consciência da liberdade? Esta é a questão ética.

Alguém, em ligação com a vida geral da humanidade, está sujeito às leis que determinam esta vida. Mas esse mesmo alguém se imagina livre. Como olhar para a vida passada da humanidade como um fruto da ação livre ou não das pessoas? Esta é a questão da história.

# CAPÍTULO 9

A resposta para a questão da liberdade e da necessidade, para a história, diz respeito à representação da manifestação da vontade no passado e em certas condições.

A história não tem como objeto de análise a vontade da pessoa, mas sua representação. Ela examina a existência do ser humano quando a união da liberdade e da necessidade já ocorreram. Toda ação do ser humano ocorre com a união da liberdade e da necessidade, que pode ser em maior ou menor grau, mas sempre ocorre dessa forma.

Se a liberdade é maior, a necessidade é inversamente menor e vice-versa. Sempre que aumenta ou diminui a representação da liberdade e da necessidade, esse movimento é representado por três fundamentos: a relação do homem que praticou a ação com o mundo exterior, com o tempo e com as causas que produziram o ato.

O fundamento da relação do homem com o mundo exterior dá-se com a análise do homem com o ambiente que o cerca. Por exemplo, se analisarmos um homem sozinho, sem relacioná-lo com tudo aquilo que o cerca, ele é um homem livre. Porém, se analisarmos seu ambiente, vemos que ele sofre a influência de tudo que está a seu redor; pode ser algum homem conversando com ele, alguém próximo a ele, pode ser a leitura de um livro, a luz que o ilumina e até mesmo o ar que o cerca, tudo isso pode influenciá-lo em seus atos. Sendo assim, vemos que sua liberdade será menor do que sua necessidade.

O fundamento da relação do tempo do homem com o mundo. O grau da maior ou menor liberdade e necessidade nessa relação depende do maior ou menor intervalo entre a execução do ato e o seu julgamento. Se analiso um ato feito por mim um momento atrás, e nas mesmas condições em que estou agora, o meu ato será representado como livre. Porém, quanto mais eu recuar ou avançar no tempo, menos livre este ato será. Pensando na história, quanto mais nos transportamos para o passado ao observarmos os acontecimentos, menos eles nos parecerão aleatórios. Quanto mais distante o acontecimento, mais duvidosa se torna a liberdade das pessoas que produziram o acontecimento e fica ainda mais evidente a lei da necessidade.

O terceiro fundamento é o menor ou maior acesso que temos à cadeia de causas. Quanto menos conhecemos as causas de um ato, mais livre este ato será. Por exemplo, um sacrifício de um pai ou de uma mãe e uma espécie de sacrifício que tem a possibilidade de ser recompensado são mais compreensíveis do que sacrifícios sem uma causa; logo, é considerado mais digno de compaixão e menos livre.

Apenas sobre esses três fundamentos se baseiam a irresponsabilidade pelos crimes e a redução da culpa sob as circunstâncias que existem em todas as legislações. A responsabilidade pode ser menor ou maior, de acordo com o maior ou menor conhecimento das condições em que a pessoa que cometeu o ato a ser julgado se encontrava, conforme o maior ou menor intervalo de tempo entre a execução do ato e seu julgamento, e de acordo com a maior ou menor compreensão das causas do ato.

# CAPÍTULO 10

Se analisarmos uma situação em que a ligação de um homem com o mundo exterior é conhecida ao máximo, o período de tempo entre o julgamento e a execução do ato é mais longo, e as causas do ato são acessíveis ao máximo, teremos uma representação da necessidade máxima e da liberdade mínima. Por outro lado, se analisarmos um homem em dependência mínima das condições exteriores, se a ação foi praticada no momento mais próximo possível e a causa de seu ato não é acessível, teremos a representação de necessidade mínima e de liberdade máxima. No entanto, ainda que tudo isso seja possível, jamais teremos nem a liberdade total, nem a necessidade total.

Por mais que imaginemos o homem como isento de influências exteriores, jamais teremos um entendimento da liberdade no espaço. Toda ação do homem é condicionada por aquilo que o rodeia e até pelo próprio corpo. Para que um ato seja livre, é necessário que esteja fora do espaço, o que torna impossível.

Por mais que aproximemos o tempo do julgamento do tempo do ato, não conseguiremos obter a liberdade no tempo. Pois o tempo não é imóvel e só é possível executar um único movimento no mesmo espaço de tempo. Para representá-lo como livre, é preciso estar no presente, entre o passado e o futuro. Em suma, fora do tempo. O que é impossível.

Mesmo que o acesso às causas seja dificultoso, jamais obteremos a liberdade completa, ou seja, a ausência de uma causa. Pois se você executar um ato em razão da ausência de causa, essa ausência será justamente a causa de seu ato.

Alguém que consegue ficar fora da influência do mundo exterior, que está fora do tempo e ausente de causas, não pode ser humano.

Da mesma forma, não podemos representar a ação de um homem sujeita apenas à lei da necessidade.

Por mais que tenhamos conhecimento do espaço em que o homem está inserido, jamais o conheceremos de maneira plena, é impossível. Mesmo que alonguemos o período de tempo do fenômeno que observamos até o tempo de seu julgamento, será um tempo finito. No entanto, o tempo é infinito. Portanto, mais uma vez, não temos a necessidade completa.

Por mais que tenhamos o conhecimento das causas de um ato, nunca poderemos conhecer toda a cadeia, o que torna impossível a necessidade completa.

No primeiro caso, se fosse possível a necessidade sem a liberdade, chegaríamos à definição de uma forma sem conteúdo. No segundo caso, se fosse possível a liberdade plena, sem a necessidade, chegaríamos a um conteúdo sem forma.

A razão representa as leis da necessidade. A consciência representa a essência da liberdade. A liberdade é a essência da vida na consciência do homem. A necessidade é a razão do ser humano em suas três formas.

A liberdade é aquilo que é observado. A necessidade é aquilo que observa. A liberdade é o conteúdo. A necessidade é a forma. Apenas com a união dos dois é possível uma representação da vida de um homem. Fora desses dois conceitos, é impossível representá-la.

Na história, aquilo que conhecemos, chamamos de leis da necessidade; aquilo que desconhecemos, chamamos de liberdade.

# CAPÍTULO 11

A história trata da manifestação da liberdade do homem em relação ao mundo, com o tempo e em função das causas. Ela define essa liberdade pelas leis da razão. Por isso, a história só é uma ciência enquanto a liberdade é determinada por essas leis.

Reconhecer que a liberdade das pessoas é como uma força que influencia os acontecimentos históricos, que não é subordinada a leis, é o mesmo que reconhecer que uma força livre move os corpos celestes. Se há um ato humano livre, então não há mais nenhuma lei histórica e nenhuma representação dos acontecimentos.

Para a história, há linhas do movimento das vontades humanas, em que uma extremidade se esconde no desconhecido e a outra extremidade se move no espaço, no tempo e na dependência das causas. Quanto mais essa área de movimento se estende diante de nossos olhos, mais evidentes são as leis desse movimento. Localizar e determinar essas leis é a tarefa da história.

Se a história tem como objetivo pesquisar o movimento dos povos e da humanidade, e não a descrição dos episódios da vida humana, ela deve abandonar a ideia de causa e buscar as leis comuns a todos os elementos de liberdade infinitamente pequenos, iguais e ligados entre si.

# CAPÍTULO 12

Desde que o primeiro homem disse e provou que o número de nascimentos ou de crimes estão sujeitos a leis matemáticas, e que determinadas condições geográficas e político-econômicas determinam as condições de um ou outro modo de governo, e que determinadas relações da população com a terra produzem o movimento do povo, desde então, foram destruídos os alicerces nos quais se construiu a história.

Talvez, refutando as novas leis, fosse possível manter as leis anteriores; mas como tais leis não foram refutadas, elas são mantidas. Se determinada forma de governo se estabeleceu ou se determinado movimento de um povo se deu devido a determinadas condições geográficas, econômicas ou etnográficas, então a vontade das pessoas como determinantes dos motores do movimento de um povo não pode ser utilizada como causa.

A destruição da lei anterior faz parte de toda a ciência moderna. Foi assim com a física, e com a história não é diferente. No entanto, a ciência sempre teve a teologia como um obstáculo, que mantém as leis antigas em detrimento das novas; afinal, as leis novas contradizem as leis que a teologia defende como verdade e até podem destruir a religião. Portanto, a teologia sempre dá um jeito de coexistir com as novas leis. Porém, as novas leis sempre são utilizadas como uma forma de arma contra a religião.

Na história não é diferente, os defensores da lei da necessidade empregam-na como uma arma contra a religião. Porém, isso não apenas não a destrói como até mesmo reforça o solo sobre o qual são construídas as instituições eclesiásticas e governamentais.

Na história, toda a diferença de opinião está na admissão ou rejeição da unidade absoluta que serve de medida para os fenômenos visíveis, que é a liberdade. Neste caso, é necessário abandonar uma liberdade inexistente e aceitar uma dependência que não sentimos.

FIM